中华古诗词大讲堂

中侨大讲堂

刘凤珍 主编

中华古诗词大讲堂

方青羽 ◎ 编著

中国华侨出版社

图书在版编目（CIP）数据

中华古诗词大讲堂 / 方青羽编著 . — 北京：中国华侨出版社，2016.12
（中侨大讲堂 / 刘凤珍主编）
ISBN 978-7-5113-6523-1

Ⅰ．①中… Ⅱ．①方… Ⅲ．①古典诗歌－诗集－中国
Ⅳ．① I222

中国版本图书馆 CIP 数据核字（2016）第 281090 号

中华古诗词大讲堂

编　　著 / 方青羽
丛书主编 / 刘凤珍
总　审　定 / 江　冰
出　版　人 / 方　鸣
责任编辑 / 子　墨
封面设计 / 杨　琪
经　　销 / 新华书店
开　　本 /720mm×1010mm　1/16　印张：24　字数：650 千字
印　　刷 / 北京鑫国彩印刷制版有限公司
版　　次 /2017 年 6 月第 1 版　2017 年 6 月第 1 次印刷
书　　号 /ISBN 978-7-5113-6523-1
定　　价 /48.00 元

中国华侨出版社　北京市朝阳区静安里 26 号通成达大厦 3 层　邮编：100028
法律顾问：陈鹰律师事务所
发行部：（010）64443051　　　　　　传　真：（010）64439708
网　址：www.oveaschin.com　　　　　E-mail：oveaschin@sina.com

如发现图书质量有问题，可联系调换。

前言

Preface

中国是一个诗歌的国度，古典诗词是中国传统文化的奇葩，是我们民族文化遗产中极为珍贵的一部分。在中华文明史中，我们的祖先给我们留下了浩如烟海的诗词典籍，几千年来虽历经沧桑变化，依然传诵不衰。它们已经融入到我们的文化性格里，启发着我们的心智，滋养着我们的心灵，丰富着我们的精神，陶冶着我们的情操，成为我们日常生活的一部分。常言道："腹有诗书气自华。"要想成为一个谈吐不俗、语惊四座、高雅而有修养的人，不能不具备些中华传统文化素养，掌握些古典诗词。

这是一本能让你花最少的时间读完最美的古典诗词的经典之作，为你达到"腹有诗书"的境界提供一扇方便之门。书中收录了千余首在思想上和艺术上具有最高成就的古诗词，有文学史上著名诗人和词人的代表作、有广泛社会影响的名篇佳句等，比较全面地反映了我国古典诗词的全貌，能有效地帮助你了解古典诗词的概貌和更深入地领悟古典诗词的意蕴。

《诗经》是我国古代第一部诗歌总集，是中国优秀传统文化中的核心经典之一。《诗经》不仅记录了我们民族的感情之源，还是我们的语言之源。现代汉语中的许多词汇、成语、典故、谚语、格言都是出自《诗经》。如"切磋""琢磨""寤寐以求""巧笑倩兮，美目盼兮"等，举不胜举。

以屈原为代表作家的《楚辞》的产生，开辟了中国文学史上继《诗经》以来的一个新时代。屈原是我国文学史上第一个伟大诗人，开创了中国文学的浪漫主义先河，给后世文学以深远的影响。

从汉立到隋灭这漫长的八百多年时间里，我国诗歌获得空前发展。如果说短诗是汉诗的锋芒，那么乐府就是汉诗的光辉。东汉末年的动乱时代，其中最具影响力的是《古诗十九首》。它抒写了乱世中人生的悲苦，它将叙事、写景和抒情熔于一炉，它的语言朴实自然而生动妥帖。一方面，《古诗十九首》是五言创作达到成熟的标志；另一方面，它是建安文学的先声。

魏晋南北朝诗具有清劲的风骨、洒脱的精神、深刻的内涵、自然的审美，在中国诗歌史上具有承前启后的作用。

唐诗在中国文学史上占有举足轻重的地位，代表着我国诗歌的最高水平。王勃、李白、王维、杜甫、白居易、李商隐等诗坛巨匠以他们杰出的创作才华成就了唐诗最壮美的光彩，将唐诗推到前所未有的高度，并形成了流派纷呈、名家辈出的局面。唐诗可以说是无美不具。

宋词是中国古代文学皇冠上光辉夺目的一颗明珠，又像一座芬芳绚丽的园圃。她以姹紫嫣红、千姿百态的风韵，与唐诗并称双绝。

元曲是中华民族灿烂文化宝库中的一朵奇葩，它在思想内容和艺术成就上都体现了独有的特色，和唐诗、宋词鼎足并举，都代表一代文学之盛，成为我国文学史上三座重要的里程碑。宋、金、元、明、清诗和金、元、明、清词都有很多传世之作，表现了不同时代的文学特点。

本书以中国文学史为纲，集合了历代诗词著名选本的精华，讲述了先秦、两汉、魏晋南北朝、唐五代、宋元明清各个时代的诗词艺术特点。为了帮助读者更好地理解原作，本书还增设了相关辅助性栏目：作者介绍简单介绍了作者的生平和作品风格，使读者对作者有一个大体了解；注释部分除对难懂的词语进行注释外，还对全部生僻字进行了注音；译文力求忠于原作，使读者能直接了解原诗词的语言风格；诗解和词解部分介绍写作背景和写作意图、诗词的意境和写作特点，以及作者所要表达的情感和作品的意义。你需要做的只是跟随本书走入古典诗词美丽清新的世界，感受至美意境，体验诗情人生。

目录

第一篇　诗经

- 关雎 …………………… 2
- 葛覃 …………………… 2
- 卷耳 …………………… 3
- 汉广 …………………… 4
- 草虫 …………………… 4
- 燕燕 …………………… 5
- 击鼓 …………………… 6
- 式微 …………………… 6
- 静女 …………………… 7
- 桑中 …………………… 7
- 氓 ……………………… 8
- 黍离 …………………… 9
- 君子于役 ……………… 10
- 风雨 …………………… 11
- 子衿 …………………… 11
- 伐檀 …………………… 12
- 硕鼠 …………………… 12
- 蒹葭 …………………… 13
- 七月 …………………… 14
- 采薇 …………………… 17
- 鸿雁 …………………… 18
- 鹤鸣 …………………… 18
- 北山 …………………… 19
- 何草不黄 ……………… 20
- 荡 ……………………… 20
- 有客 …………………… 21
- 玄鸟 …………………… 22

第二篇　楚辞

- 离骚 …………………… 24
- 天问 …………………… 41
- 思美人 ………………… 58
- 惜往日 ………………… 61
- 橘颂 …………………… 64
- 卜居 …………………… 65
- 渔父 …………………… 67

第三篇　汉魏南北朝诗选

乐府 …………………… **70**
- 陌上桑 ………………… 70
- 古诗为焦仲卿妻作并序 … 72

古诗 …………………… **77**
- 行行重行行 …………… 78
- 西北有高楼 …………… 78
- 迢迢牵牛星 …………… 79
- 明月何皎皎 …………… 79

曹操 …………………… **80**
- 观沧海 ………………… 80

龟虽寿 …… 81	南朝乐府 …… 96
短歌行 …… 81	子夜歌 …… 97
王粲 …… 82	其一 …… 97
七哀 …… 82	其二 …… 97
其一 …… 82	其三 …… 97
曹植 …… 83	其四 …… 97
白马篇 …… 83	其五 …… 98
七步诗 …… 84	其六 …… 98
阮籍 …… 85	子夜四时歌 …… 98
夜中不能寐 …… 85	春歌其一 …… 98
陆机 …… 85	春歌其二 …… 99
赴洛道中作 …… 86	夏歌其一 …… 99
左思 …… 86	夏歌其二 …… 99
咏史 …… 87	秋歌其一 …… 99
其一 …… 87	秋歌其二 …… 99
潘岳 …… 88	冬歌其一 …… 100
悼亡诗 …… 88	冬歌其二 …… 100
陶渊明 …… 89	大子夜歌 …… 100
归园田居 …… 90	其一 …… 100
其一 …… 90	其二 …… 100
饮酒 …… 90	读曲歌 …… 101
其一 …… 90	其一 …… 101
移居 …… 91	其二 …… 101
其二 …… 91	其三 …… 101
谢灵运 …… 91	其四 …… 102
夜宿石门 …… 92	其五 …… 102
东阳溪中赠答 …… 92	采桑度 …… 102
其一 …… 92	其一 …… 102
其二 …… 93	其二 …… 103
鲍照 …… 93	其三 …… 103
咏史 …… 93	作蚕丝 …… 103
梅花落 …… 94	长干曲 …… 103
谢朓 …… 95	西洲曲 …… 104
晚登三山还望京邑 …… 95	**北朝乐府** …… 105
王孙游 …… 96	陇头歌 …… 105
	其一 …… 105

其二	105	其二	123
其三	106	其三	123
敕勒歌	106	杜甫	**124**
折杨柳歌	106	望岳	124
李波小妹歌	107	佳人	124
木兰诗	107	梦李白	125
		其一	125
第四篇 唐诗		其二	126
		观公孙大娘弟子舞剑器行并序	126
张九龄	**110**	兵车行	128
感遇	110	丽人行	128
其一	110	春望	129
其七	110	月夜	130
望月怀远	111	春宿左省	130
李白	**111**	月夜忆舍弟	131
月下独酌	112	别房太尉墓	131
春思	112	旅夜书怀	132
关山月	113	登岳阳楼	132
子夜吴歌	113	蜀相	132
长干行	114	客至	133
庐山谣寄卢侍御虚舟	114	野望	133
梦游天姥吟留别	115	闻官军收河南河北	134
宣州谢朓楼饯别校书叔云	116	登高	134
蜀道难	117	登楼	135
行路难	118	宿府	135
将进酒	119	阁夜	136
赠孟浩然	120	咏怀古迹	136
渡荆门送别	120	其一	136
送友人	120	其二	137
听蜀僧濬弹琴	121	其三	137
登金陵凤凰台	121	其四	138
夜思	122	其五	139
下江陵	122	江南逢李龟年	139
黄鹤楼送孟浩然之广陵	123	王维	**140**
清平调	123	送綦毋潜落第还乡	140
其一	123		

送别 …… 140	塞下曲 …… 156
青溪 …… 141	芙蓉楼送辛渐 …… 156
渭川田家 …… 141	闺怨 …… 157
西施咏 …… 142	春宫怨 …… 157
桃源行 …… 142	长信怨 …… 157
辋川闲居赠裴秀才迪 …… 143	出塞 …… 158
山居秋暝 …… 144	**常建** …… **158**
归嵩山作 …… 144	题破山寺后禅院 …… 158
送梓州李使君 …… 145	**岑参** …… **159**
汉江临眺 …… 145	与高适薛据登慈恩寺浮图 …… 159
积雨辋川庄作 …… 146	走马川行奉送封大夫出师西征 …… 160
赠郭给事 …… 146	轮台歌奉送封大夫出师西征 …… 160
鹿柴 …… 147	白雪歌送武判官归京 …… 161
竹里馆 …… 147	寄左省杜拾遗 …… 162
送别 …… 148	逢入京使 …… 162
相思 …… 148	**元结** …… **162**
九月九日忆山东兄弟 …… 148	石鱼湖上醉歌并序 …… 163
秋夜曲 …… 149	**韦应物** …… **163**
渭城曲 …… 149	寄全椒山中道士 …… 164
孟浩然 …… **150**	夕次盱眙县 …… 164
秋登兰山寄张五 …… 150	送杨氏女 …… 164
夜归鹿门山歌 …… 150	赋得暮雨送李曹 …… 165
望洞庭湖赠张丞相 …… 151	寄李儋元锡 …… 166
与诸子登岘山 …… 151	秋夜寄邱员外 …… 166
宴梅道士山房 …… 152	滁州西涧 …… 167
岁暮归南山 …… 152	**李端** …… **167**
过故人庄 …… 153	听筝 …… 167
留别王维 …… 153	**柳宗元** …… **168**
早寒有怀 …… 153	晨诣超师院读禅经 …… 168
宿建德江 …… 154	溪居 …… 168
春晓 …… 154	渔翁 …… 169
王昌龄 …… **155**	登柳州城楼寄漳汀封连四州刺史 …… 169
同从弟南斋玩月忆山阴崔少府 …… 155	江雪 …… 170
塞上曲 …… 155	**陈子昂** …… **170**

登幽州台歌 …………… 171
李颀…………………… **171**
　　古意 ………………… 171
　　送陈章甫 …………… 172
　　琴歌 ………………… 172
韩愈…………………… **173**
　　山石 ………………… 173
　　八月十五夜赠张功曹 … 174
　　谒衡岳庙遂宿岳寺题门楼 … 175
李商隐………………… **176**
　　蝉 …………………… 176
　　落花 ………………… 177
　　凉思 ………………… 177
　　锦瑟 ………………… 177
　　无题 ………………… 178
　　隋宫 ………………… 178
　　无题 ………………… 179
　　　其一 ……………… 179
　　　其二 ……………… 180
　　　其三 ……………… 180
　　春雨 ………………… 181
　　登乐游原 …………… 181
　　夜雨寄北 …………… 182
　　寄令狐郎中 ………… 182
　　隋宫 ………………… 182
　　贾生 ………………… 183
孟郊…………………… **183**
　　列女操 ……………… 184
　　游子吟 ……………… 184
白居易………………… **184**
　　长恨歌 ……………… 185
　　琵琶行并序 ………… 186
　　赋得古原草送别 …… 188
　　望月有感 …………… 189

　　问刘十九 …………… 189
　　宫词 ………………… 189
高适…………………… **190**
　　燕歌行并序 ………… 190
王勃…………………… **191**
　　送杜少府之任蜀州 … 191
骆宾王………………… **192**
　　在狱咏蝉 …………… 192
杜审言………………… **193**
　　和晋陵陆丞早春游望 … 193
沈佺期………………… **193**
　　杂诗 ………………… 194
王之涣………………… **194**
　　登鹳雀楼 …………… 194
　　出塞 ………………… 195
杜秋娘………………… **195**
　　金缕衣 ……………… 195
刘长卿………………… **196**
　　秋日登吴公台上寺远眺 … 196
卢纶…………………… **197**
　　送李端 ……………… 197
　　塞下曲 ……………… 197
　　　其一 ……………… 197
　　　其二 ……………… 198
李益…………………… **198**
　　江南曲 ……………… 198
刘禹锡………………… **199**
　　蜀先主庙 …………… 199
　　乌衣巷 ……………… 199
　　春词 ………………… 200
杜牧…………………… **200**
　　赤壁 ………………… 200
　　泊秦淮 ……………… 201
　　寄扬州韩绰判官 …… 201

遣怀 …………………… 201	潇湘神（斑竹枝） ………… 212
秋夕 …………………… 202	**白居易** …………………… **213**
赠别 …………………… 202	忆江南（江南好） ………… 213
其一 ………………… 202	忆江南（江南忆） ………… 213
温庭筠 …………………… **203**	长相思（汴水流） ………… 213
送人东游 ……………… 203	花非花（花非花） ………… 214
韦庄 ……………………… **203**	浪淘沙（借问江潮与海水）… 214
章台夜思 ……………… 204	**皇甫松** …………………… **215**
崔颢 ……………………… **204**	采莲子（菡萏香连十顷陂）… 215
黄鹤楼 ………………… 204	**温庭筠** …………………… **215**
长干行 ………………… 205	望江南（梳洗罢） ………… 215
其一 ………………… 205	菩萨蛮（小山重叠金明灭）… 216
其二 ………………… 205	**韦庄** ……………………… **216**
元稹 ……………………… **205**	菩萨蛮（红楼别夜堪惆怅）… 216
遣悲怀 ………………… 206	女冠子（昨夜夜半） ……… 217
其二 ………………… 206	思帝乡（春日游） ………… 217
行宫 …………………… 206	**牛希济** …………………… **217**
贾岛 ……………………… **206**	生查子（新月曲如眉） …… 218
寻隐者不遇 …………… 207	**李珣** ……………………… **218**
贺知章 …………………… **207**	南乡子（乘彩舫） ………… 218
回乡偶书 ……………… 207	**顾夐** ……………………… **219**
张继 ……………………… **208**	诉衷情（永夜抛人何处去）… 219
枫桥夜泊 ……………… 208	**孙光宪** …………………… **219**
	浣溪沙（蓼岸风多橘柚香）… 220
第五篇　唐宋词	**冯延巳** …………………… **220**
	谒金门（风乍起） ………… 220
李白 ……………………… **210**	鹊踏枝（谁道闲情抛掷久）… 221
菩萨蛮（平林漠漠烟如织）… 210	**李璟** ……………………… **221**
张志和 …………………… **210**	浣溪沙（手卷珠帘上玉钩）… 221
渔歌子（西塞山前白鹭飞）… 210	浣溪沙（菡萏香销翠叶残）… 222
戴叔伦 …………………… **211**	**李煜** ……………………… **222**
调笑令（边草） …………… 211	虞美人（春花秋月何时了）… 222
王建 ……………………… **211**	相见欢（无言独上西楼）…… 223
调笑令（团扇） …………… 211	相见欢（林花谢了春红）…… 223
刘禹锡 …………………… **212**	
竹枝词（山桃红花满上头）… 212	

浪淘沙（帘外雨潺潺）……… 224
清平乐（别来春半）……… 224
破阵子（四十年来家国）…… 224

敦煌曲子词……………… 225
　菩萨蛮（枕前发尽千般愿）… 225
　鹊踏枝（叵耐灵鹊多漫语）… 226
　望江南（天上月）………… 226

潘阆……………………… 226
　酒泉子（长忆观潮）……… 227

林逋……………………… 227
　长相思（吴山青）………… 227

范仲淹…………………… 228
　苏幕遮（碧云天）………… 228
　渔家傲（塞下秋来风景异）… 228

柳永……………………… 229
　蝶恋花（伫倚危楼风细细）… 229
　雨霖铃（寒蝉凄切）……… 230
　望海潮（东南形胜）……… 230
　八声甘州（对潇潇暮雨洒江天）… 231

张先……………………… 232
　天仙子（水调数声持酒听）… 232
　千秋岁（数声鶗鴂）……… 232

晏殊……………………… 233
　浣溪沙（一曲新词酒一杯）… 233
　蝶恋花（槛菊愁烟兰泣露）… 233
　破阵子（燕子来时新社）… 234

宋祁……………………… 234
　玉楼春（东城渐觉风光好）… 235

欧阳修…………………… 235
　诉衷情（清晨帘幕卷轻霜）… 235
　踏莎行（候馆梅残）……… 236
　生查子（去年元夜时）…… 236
　蝶恋花（庭院深深深几许）… 237
　浪淘沙（把酒祝东风）…… 237

王安石…………………… 238
　桂枝香（登临送目）……… 238

王观……………………… 238
　卜算子（水是眼波横）…… 239

晏几道…………………… 239
　临江仙（梦后楼台高锁）… 239
　蝶恋花（醉别西楼醒不记）… 240
　鹧鸪天（小令尊前见玉箫）… 241

苏轼……………………… 241
　水龙吟 次韵章质夫杨花词…… 241
　水调歌头（明月几时有）… 242
　念奴娇 赤壁怀古………… 243
　定风波（莫听穿林打叶声）… 243
　卜算子 黄州定惠院寓居作… 244
　洞仙歌（冰肌玉骨）……… 244
　江城子 密州出猎………… 245
　江城子 乙卯正月二十日夜记梦… 245
　蝶恋花（花褪残红青杏小）… 246

李之仪…………………… 246
　卜算子（我住长江头）…… 247

黄裳……………………… 247
　减字木兰花 竞渡………… 247

王雱……………………… 247
　眼儿媚（杨柳丝丝弄轻柔）… 248

黄庭坚…………………… 248
　清平乐（春归何处）……… 248

秦观……………………… 249
　望海潮（梅英疏淡）……… 249
　满庭芳（山抹微云）……… 250
　鹊桥仙（纤云弄巧）……… 250
　踏莎行（雾失楼台）……… 251

贺铸……………………… 251
　半死桐 思越人…………… 251
　芳心苦（杨柳回塘）……… 252

横塘路（凌波不过横塘路）⋯252
周邦彦 ⋯⋯⋯⋯⋯⋯⋯⋯⋯ **253**
　　苏幕遮（燎沉香）⋯⋯⋯⋯⋯253
　　少年游（并刀如水）⋯⋯⋯⋯254
　　兰陵王 柳 ⋯⋯⋯⋯⋯⋯⋯254
谢逸 ⋯⋯⋯⋯⋯⋯⋯⋯⋯⋯ **255**
　　江城子（杏花村馆酒旗风）⋯255
毛滂 ⋯⋯⋯⋯⋯⋯⋯⋯⋯⋯ **256**
　　惜分飞 富阳僧舍代作别语 ⋯⋯256
叶梦得 ⋯⋯⋯⋯⋯⋯⋯⋯⋯ **256**
　　点绛唇 绍兴乙卯登绝顶小亭 ⋯256
汪藻 ⋯⋯⋯⋯⋯⋯⋯⋯⋯⋯ **257**
　　点绛唇（新月娟娟）⋯⋯⋯⋯257
曹组 ⋯⋯⋯⋯⋯⋯⋯⋯⋯⋯ **257**
　　蓦山溪 梅 ⋯⋯⋯⋯⋯⋯⋯258
朱敦儒 ⋯⋯⋯⋯⋯⋯⋯⋯⋯ **258**
　　鹧鸪天 西都作 ⋯⋯⋯⋯⋯258
赵佶 ⋯⋯⋯⋯⋯⋯⋯⋯⋯⋯ **259**
　　燕山亭 北行见杏花 ⋯⋯⋯⋯259
李清照 ⋯⋯⋯⋯⋯⋯⋯⋯⋯ **260**
　　南歌子（天上星河转）⋯⋯⋯260
　　一剪梅（红藕香残玉簟秋）⋯260
　　渔家傲（天接云涛连晓雾）⋯261
　　如梦令（常记溪亭日暮）⋯⋯261
　　如梦令（昨夜雨疏风骤）⋯⋯261
　　醉花阴（薄雾浓云愁永昼）⋯262
　　武陵春（风住尘香花已尽）⋯262
　　声声慢（寻寻觅觅）⋯⋯⋯⋯263
吕本中 ⋯⋯⋯⋯⋯⋯⋯⋯⋯ **263**
　　采桑子（恨君不似江楼月）⋯263
蔡伸 ⋯⋯⋯⋯⋯⋯⋯⋯⋯⋯ **264**
　　苍梧谣（天）⋯⋯⋯⋯⋯⋯264
李重元 ⋯⋯⋯⋯⋯⋯⋯⋯⋯ **264**
　　忆王孙 春词 ⋯⋯⋯⋯⋯⋯264
陈与义 ⋯⋯⋯⋯⋯⋯⋯⋯⋯ **265**

　　临江仙 夜登小阁忆洛中旧游 ⋯265
张元干 ⋯⋯⋯⋯⋯⋯⋯⋯⋯ **265**
　　贺新郎 送胡邦衡待制赴新州 ⋯266
岳飞 ⋯⋯⋯⋯⋯⋯⋯⋯⋯⋯ **266**
　　满江红（怒发冲冠）⋯⋯⋯⋯266
　　小重山（昨夜寒蛩不住鸣）⋯267
朱淑真 ⋯⋯⋯⋯⋯⋯⋯⋯⋯ **267**
　　蝶恋花 送春 ⋯⋯⋯⋯⋯⋯268
张抡 ⋯⋯⋯⋯⋯⋯⋯⋯⋯⋯ **268**
　　踏莎行 山居 ⋯⋯⋯⋯⋯⋯268
陆游 ⋯⋯⋯⋯⋯⋯⋯⋯⋯⋯ **269**
　　钗头凤（红酥手）⋯⋯⋯⋯⋯269
　　卜算子 咏梅 ⋯⋯⋯⋯⋯⋯270
　　诉衷情（当年万里觅封侯）⋯270
唐琬 ⋯⋯⋯⋯⋯⋯⋯⋯⋯⋯ **270**
　　钗头凤（世情薄）⋯⋯⋯⋯⋯271
严蕊 ⋯⋯⋯⋯⋯⋯⋯⋯⋯⋯ **271**
　　卜算子（不是爱风尘）⋯⋯⋯271
张孝祥 ⋯⋯⋯⋯⋯⋯⋯⋯⋯ **272**
　　念奴娇 过洞庭 ⋯⋯⋯⋯⋯272
辛弃疾 ⋯⋯⋯⋯⋯⋯⋯⋯⋯ **272**
　　摸鱼儿（更能消）⋯⋯⋯⋯⋯273
　　水龙吟 登建康赏心亭 ⋯⋯⋯273
　　菩萨蛮 书江西造口壁 ⋯⋯⋯274
　　青玉案 元夕 ⋯⋯⋯⋯⋯⋯275
　　西江月 夜行黄沙道中 ⋯⋯⋯275
　　丑奴儿 书博山道中壁 ⋯⋯⋯275
　　破阵子 为陈同甫赋壮语以寄之 ⋯276
　　鹧鸪天（壮岁旌旗拥万夫）⋯276
　　永遇乐 京口北固亭怀古 ⋯⋯277
　　南乡子 登京口北固亭有怀 ⋯277
石孝友 ⋯⋯⋯⋯⋯⋯⋯⋯⋯ **278**
　　卜算子（见也如何暮）⋯⋯⋯278
陈亮 ⋯⋯⋯⋯⋯⋯⋯⋯⋯⋯ **278**
　　水调歌头 送章德茂大卿使虏 ⋯279

刘过 ···················· 279
　唐多令（芦叶满汀洲）···· 279
姜夔 ···················· 280
　点绛唇 丁未冬过吴松作 ···· 280
　扬州慢（淮左名都）······ 281
　疏影（苔枝缀玉）········ 281
史达祖 ·················· 282
　双双燕 咏燕 ············ 282
卢祖皋 ·················· 283
　江城子（画楼帘幕卷新晴）··· 283
刘克庄 ·················· 284
　贺新郎 送陈真州子华 ···· 284
　一剪梅 戏林推 ·········· 285
蒋捷 ···················· 285
　一剪梅 舟过吴江 ········ 285
黄公绍 ·················· 286
　青玉案（年年社日停针线）··· 286
方岳 ···················· 286
　水调歌头 平山堂用东坡韵 ··· 286
吴文英 ·················· 287
　风入松（听风听雨过清明）··· 287
王清惠 ·················· 288
　满江红（太液芙蓉）······ 288

第六篇　元　曲

元好问 ·················· 290
　人月圆 卜居外家东园 ···· 290
　骤雨打新荷（绿叶阴浓）··· 290
杨果 ···················· 291
　小桃红 采莲女 ·········· 291
　赏花时 [套数] ·········· 291
刘秉忠 ·················· 292
　干荷叶（干荷叶）········ 292
杜仁杰 ·················· 292
　耍孩儿 庄家不识勾阑 [套数] ··· 292

王和卿 ·················· 293
　醉中天 咏大蝴蝶 ········ 294
　拨不断 大鱼 ············ 294
商挺 ···················· 294
　潘妃曲（戴月披星耽惊怕）··· 294
刘因 ···················· 295
　人月圆（茫茫大块洪炉里）··· 295
王恽 ···················· 295
　平湖乐（采菱人语隔秋烟）··· 295
卢挚 ···················· 296
　蟾宫曲 长沙怀古 ········ 296
陈草庵 ·················· 296
　山坡羊（晨鸡初叫）······ 296
　山坡羊（伏低伏弱）······ 297
关汉卿 ·················· 297
　四块玉 闲适 ············ 297
　碧玉箫（秋景堪题）······ 297
　一枝花 不伏老 [套数（节选）] ··· 298
白朴 ···················· 298
　醉中天 佳人脸上黑痣 ···· 298
　沉醉东风 渔父词 ········ 299
姚燧 ···················· 299
　凭阑人 寄征衣 ·········· 299
刘敏中 ·················· 299
　黑漆弩 村居遣兴 ········ 300
马致远 ·················· 300
　蟾宫曲 叹世 ············ 300
　天净沙 秋思 ············ 301
　夜行船 秋思 [套数] ······ 301
冯子振 ·················· 302
　鹦鹉曲 农夫渴雨 ········ 302
　鹦鹉曲 赤壁怀古 ········ 302
朱帘秀 ·················· 302
　寿阳曲 答卢疏斋 ········ 303
贯云石 ·················· 303

塞鸿秋 代人作 ……………… 303
　　红绣鞋（挨着靠着云窗同坐）… 303
　　清江引 惜别 …………………… 304
鲜于必仁 ……………………… 304
　　折桂令 苏学士 ………………… 304
张养浩 ………………………… 304
　　山坡羊 潼关怀古 ……………… 305
　　雁儿落兼得胜令 退隐 ………… 305
白贲 …………………………… 305
　　鹦鹉曲 渔父 …………………… 305
郑光祖 ………………………… 306
　　蟾宫曲 梦中作 ………………… 306
范康 …………………………… 306
　　寄生草 酒 ……………………… 306
睢景臣 ………………………… 307
　　哨遍 高祖还乡 ………………… 307
周文质 ………………………… 308
　　叨叨令 自叹 …………………… 308
乔吉 …………………………… 309
　　绿幺遍 自述 …………………… 309
　　卖花声 悟世 …………………… 309
刘时中 ………………………… 310
　　朝天子 邸万户席上 …………… 310
　　山坡羊 与邸明谷孤山游饮 …… 310
薛昂夫 ………………………… 310
　　朝天曲（沛公） ………………… 311
赵善庆 ………………………… 311
　　普天乐 秋江忆别 ……………… 311
马谦斋 ………………………… 311
　　柳营曲 叹世 …………………… 312
张可久 ………………………… 312
　　卖花声 怀古 …………………… 312
徐再思 ………………………… 312
　　蟾宫曲 春情 …………………… 313
吕止庵 ………………………… 313
　　后庭花 秋思 …………………… 313
真真 …………………………… 313
　　解三酲（奴本是明珠擎掌）… 313
查德卿 ………………………… 314
　　寄生草 感叹 …………………… 314
赵显宏 ………………………… 314
　　满庭芳 樵 ……………………… 315
李德载 ………………………… 315
　　阳春曲 赠茶肆 ………………… 315
贾固 …………………………… 315
　　醉高歌过红绣鞋 寄金莺儿 …… 315
张鸣善 ………………………… 316
　　水仙子 讥时 …………………… 316
杨朝英 ………………………… 316
　　水仙子（雪晴天地一冰壶）… 317
周德清 ………………………… 317
　　蟾宫曲 别友 …………………… 317
钟嗣成 ………………………… 318
　　凌波仙 吊周仲彬 ……………… 318
周浩 …………………………… 318
　　蟾宫曲 题《录鬼簿》 ………… 318
汪元亨 ………………………… 319
　　醉太平 警世 …………………… 319
兰楚芳 ………………………… 319
　　四块玉 风情 …………………… 319
汤式 …………………………… 320
　　谒金门 长亭道中 ……………… 320
无名氏 ………………………… 320
　　红绣鞋（窗外雨声声不住）… 320
　　红绣鞋（一两句别人闲话）… 320

第七篇　宋、元、明、清诗

范仲淹 ………………………… 322
　　江上渔者 ……………………… 322
张俞 …………………………… 322

蚕妇 …………………………… 322
王安石 …………………………… 322
　泊船瓜洲 ……………………… 323
　登飞来峰 ……………………… 323
　元日 …………………………… 323
　梅花 …………………………… 323
苏轼 ……………………………… 324
　游金山寺 ……………………… 324
　饮湖上初晴后雨 ……………… 324
　　其二 ………………………… 324
　题西林壁 ……………………… 325
　惠崇春江晚景 ………………… 325
　　其一 ………………………… 325
李清照 …………………………… 325
　乌江 …………………………… 325
陆游 ……………………………… 326
　书愤 …………………………… 326
　示儿 …………………………… 326
　游山西村 ……………………… 326
杨万里 …………………………… 327
　小池 …………………………… 327
　晓出净慈寺送林子方 ………… 327
　宿新市徐公店 ………………… 327
　　其一 ………………………… 327
朱熹 ……………………………… 328
　春日 …………………………… 328
　观书有感 ……………………… 328
　　其一 ………………………… 328
姜夔 ……………………………… 329
　过垂虹 ………………………… 329
林升 ……………………………… 329
　题临安邸 ……………………… 329
叶绍翁 …………………………… 329
　游园不值 ……………………… 330
文天祥 …………………………… 330

过零丁洋 ………………………… 330
王冕 ……………………………… 330
　墨梅 …………………………… 331
于谦 ……………………………… 331
　石灰吟 ………………………… 331
唐寅 ……………………………… 331
　言志 …………………………… 332
王士禛 …………………………… 332
　秦淮杂诗 ……………………… 332
　　其一 ………………………… 332
郑燮 ……………………………… 333
　竹石 …………………………… 333
龚自珍 …………………………… 333
　己亥杂诗 ……………………… 333
　　其五 ………………………… 333
　　其一百二十五 ……………… 334
谭嗣同 …………………………… 334
　狱中题壁 ……………………… 334

第八篇　金、元、明、清词

蔡松年 …………………………… 336
　尉迟杯（紫云暖）……………… 336
党怀英 …………………………… 337
　青玉案（红莎绿蒻春风饼）… 337
赵秉文 …………………………… 338
　水调歌头（四明有狂客）…… 338
董解元 …………………………… 339
　哨遍（太皞司春）…………… 339
完颜璟 …………………………… 340
　蝶恋花　聚骨扇 ……………… 340
高永 ……………………………… 341
　大江东去　滕王阁 …………… 341
元好问 …………………………… 341
　迈陂塘（问世间）……………… 342
　水龙吟（少年射虎名豪）…… 343

鹧鸪天（只近浮名不近情） … 344
赵孟頫 … 344
　　渔父词（渺渺烟波一叶舟） … 344
虞集 … 345
　　风入松 寄柯敬仲 … 345
张以宁 … 346
　　明月生南浦（海角亭前秋草路） … 346
萨都剌 … 347
　　小阑干（去年人在凤凰池） … 347
刘基 … 348
　　水龙吟（鸡鸣风雨潇潇） … 348
杨基 … 349
　　蝶恋花（新制罗衣珠络缝） … 349
高启 … 349
　　沁园春 雁 … 349
聂大年 … 350
　　卜算子（杨柳小蛮腰） … 350
夏言 … 351
　　浣溪沙（庭院沈沈白日斜） … 351
杨慎 … 351
　　临江仙（滚滚长江东逝水） … 351
王世贞 … 352
　　忆江南（歌起处） … 352
汤显祖 … 352
　　阮郎归（不经人事意相关） … 353

陈子龙 … 353
　　唐多令 寒食 … 353
归庄 … 354
　　锦堂春 燕子矶 … 354
王夫之 … 354
　　蝶恋花 衰柳 … 355
夏完淳 … 355
　　卜算子（秋色到空闺） … 355
毛奇龄 … 356
　　相见欢（花前顾影粼粼） … 356
朱彝尊 … 356
　　卖花声 雨花台 … 357
纳兰性德 … 357
　　浣溪沙（谁念西风独自凉） … 358
　　菩萨蛮（催花未歇花奴鼓） … 358
　　蝶恋花（辛苦最怜天上月） … 358
　　浣溪沙（记绾长条欲别难） … 359
　　金缕曲 赠梁汾 … 360
　　南乡子 为亡妇题照 … 360
曹寅 … 361
　　浣溪沙（曲曲蚕池数里香） … 361
蒋士铨 … 362
　　水调歌头 舟次感成 … 362

第一篇

诗 经

关 雎

关关雎鸠①,在河之洲。窈窕淑女,君子好逑③。参差荇菜④,左右流之。窈窕淑女,寤寐求之⑤。求之不得,寤寐思服⑥。悠哉悠哉⑦,辗转反侧⑧。参差荇菜,左右采之。窈窕淑女,琴瑟友之⑨。参差荇菜,左右芼之⑩。窈窕淑女,钟鼓乐之⑪。

【注释】

①关关:水鸟相互和答的鸣声。雎(jū)鸠(jiū):水鸟名,即鱼鹰。相传这种鸟情意专一。②窈窕:幽静美丽的样子。淑:好,善。③逑(qiú):配偶。④参(cēn)差(cī):长短不齐的样子。荇(xìng)菜:一种水生植物,可以采来作蔬菜吃。⑤寤(wù):睡醒。寐(mèi):睡着。⑥思服:思念。⑦悠哉:思虑深长的样子。哉:语气词,相当于"啊""呀"。⑧辗转反侧:在床上翻来覆去睡不安稳。⑨友:动词,亲近。⑩芼:择取。⑪乐:使动用法,使……快乐,使……高兴。

【译文】

"关关关关……"相应和的一对雎鸠,栖宿在黄河中的小洲上。娴静美丽的好姑娘,正是与君子相配的好对象。长短不齐的荇菜,时左时右地去采摘它。娴静美丽的好姑娘,君子日夜心思都在追求着她。追求她却不能得到她,翻来覆去想她——睡不着。那么深长的深长的思念啊,翻来覆去不能成眠。长短不齐的荇菜,时左时右地将它采摘。娴静美丽的好姑娘,必能琴瑟和鸣相亲相爱。长短不齐的荇菜,左右选择才去摘取。娴静美丽的好姑娘,鸣钟击鼓取悦她。

葛 覃

葛之覃兮①,施于中谷②,维叶萋萋③。黄鸟于飞,集于灌木,其鸣喈喈④。葛之覃兮,施于中谷,维叶莫莫⑤。是刈是濩⑥,为絺为绤⑦,服之无斁⑧。言告师氏⑨,言告言归。薄污我私⑩,薄浣我衣⑪。害浣害否⑫?归宁父母⑬。

【注释】

①葛：多年生植物，茎皮可织布，也称葛麻。覃（tán）：蔓延生长。②施（yì）：蔓延，伸展。中谷：即谷中。③维：发语词，无实义。萋萋：草木茂盛的样子。④喈喈（jiē）：象声词，形容鸟的叫声。⑤莫莫：茂密的样子。⑥是：助词，表示并列的两个动作。刈（yì）：用刀割。濩（huò）：在水中煮。⑦为（wéi）：做。绪（chī）：细葛布。绤（xì）：粗葛布。⑧斁（yì）：厌恶，讨厌。⑨言：发语词。师氏：女管家。⑩薄：发语词。污：去污，清洗。私：内衣，穿在里面的衣服。⑪浣（huàn）：洗。衣：礼服，外衣。⑫害：通"曷"，哪些，什么。否：不要。⑬归宁：古代已婚女子回娘家省亲叫归宁。

【译文】

葛藤长又长，枝条伸展到山谷，叶子真繁茂。黄鸟翻飞，落在灌木丛，欢快地鸣叫。葛藤长又长，枝条伸展到山谷，叶子真繁茂。忙割忙煮，葛布有细也有粗，人人穿上好舒服。告诉女管家，我想告假回家。搓洗我的衣衫，清洗我的礼服。哪些要洗哪些不要洗？我要急着回家看我的父母。

卷　耳

采采卷耳①，不盈顷筐②。嗟我怀人③，置彼周行④。陟彼崔嵬⑤，我马虺隤⑥。我姑酌彼金罍⑦，维以不永怀⑧。陟彼高冈，我马玄黄。我姑酌彼兕觥⑨，维以不永伤。陟彼砠矣⑩，我马瘏矣⑪。我仆痡矣⑫，云何吁矣。

【注释】

①采采：茂盛的样子。卷耳：植物名，即苍耳，嫩苗可以吃。②盈：满。顷筐：一种筐子，前低后高像箕形。③嗟（jiē）：叹词。怀人：想念的人。④周行：大路。⑤陟（zhì）：上升，登上。崔（cuī）嵬（wéi）：本指土山上盖有石块，后来引申为高峻不平的山。⑥虺（huī）隤（tuí）：足病跛蹶难走的样子。⑦姑：姑且。酌（zhuó）：斟酒，舀取。金罍（léi）：一种黄金装饰的青铜酒器。⑧维：发语词。以：用，借以。永怀：长久地思念。⑨兕（sì）觥（gōng）：兕是头上只长一只角的野牛，觥是大型的酒器。用兕牛的角做的觥叫兕觥。⑩砠（jū）：盖着泥土的石山。⑪瘏（tú）：马病不能走路前进。⑫痡（pū）：人病不能行。

【译文】

采呀采呀采卷耳菜，采不满小小一浅筐。心中想念我的丈夫，我将小筐搁置在大道旁。他该在登向高高的土石山了，我的马也跑得腿软疲累。我姑且把金杯斟满酒，借此暂脱心里的长相思。他该在登向高高的山脊梁了，我的马也病得眼玄黄。我姑且把犀角大杯斟满酒，借此不让心中长久悲伤。他该在登向乱石冈了，我的马疲病倒在一旁。仆人也累得病快快了，这是什么样的哀愁忧伤！

汉 广

南有乔木①，不可休思②。汉有游女③，不可求思。汉之广矣，不可泳思④。江之永矣⑤，不可方思⑥。翘翘错薪⑦，言刈其楚⑧。之子于归⑨，言秣其马⑩。汉之广矣，不可泳思。江之永矣，不可方思。翘翘错薪，言刈其蒌⑪。之子于归，言秣其驹⑫。汉之广矣，不可泳思。江之永矣，不可方思。

【注释】

①乔：高。②休：休息。思：语末助词。乔木高耸，树荫很少，因而不适宜在乔木下休息。③游女：出游的女子。女子出游，是汉魏以前长江、汉水一带的风俗。④泳：游泳渡过，泅渡。⑤江：长江。永：长，指江水流得很远。⑥方：古称竹筏或木筏为方。用成动词，乘筏渡江。⑦翘翘：众多树枝挺出的样子。错：错杂，杂乱。薪：柴。古时男女嫁娶时烧火炬照明，因此，这里用"错薪"起兴。⑧言：关联词，有"乃""则"的作用。楚：荆，一种丛生的树木。⑨之子：那个女子。于归：出嫁。⑩秣：喂马。⑪蒌（lóu）：蒌蒿，植物名，生在水泽中，可当饲料。⑫驹（jū）：小马。

【译文】

南边有棵高大的树，却不能在树下休息。汉水边上有位游赏的姑娘，想要追求却没希望。汉水宽广无边，不能游到对岸。长江浩浩荡荡，无法乘筏渡江。杂乱丛生的草木，只砍取其中的荆条。那位姑娘要出嫁，先喂饱她骑的马。汉水宽广无边，不能游到对岸。长江浩浩荡荡，无法乘筏渡江。杂乱丛生的草木，只割取其中的蒌蒿。那位姑娘要出嫁，先喂饱她骑的马。汉水宽广无边，不能游到对岸。长江浩浩荡荡，无法乘筏渡江。

草 虫

喓喓草虫①，趯趯阜螽②。未见君子，忧心忡忡③。亦既见止，亦既觏止④，我心则降⑤。陟彼南山⑥，言采其蕨⑦。未见君子，忧心惙惙⑧。亦既见止，亦既觏止，我心则说⑨。陟彼南山，言采其薇⑩。未见君子，我心伤悲。亦既见止，亦既觏止，我心则夷⑪。

【注释】

①喓喓（yāo）：象声词，形容草虫的叫声。草虫：此处指蝈蝈。②趯趯（tì）：虫跳跃的样子。阜（fù）螽（zhōng）：蚱蜢。③忡忡：忧虑不安的样子。④觏：通"媾"，结合，特指男女相爱而结合。一说通"遘"，相遇。⑤降：放下，指心情平静下来。⑥陟（zhì）：登上。⑦言：发语词。蕨（jué）：蕨菜，植物名，嫩苗可以吃。一般在仲春采蕨，此时正是男女求爱的时节。⑧惙惙（chuò）：忧愁的样子。⑨说：通"悦"，高兴。⑩薇（wēi）：指巢菜，草本植物，嫩苗和叶可以吃。⑪夷：平，心安，放心。

【译文】

蝈蝈喓喓鸣叫，蚱蜢蹦蹦跳跳。见不到情郎，忧愁得心神不宁。一旦见到他，一旦与他相会，我的心就放下了。登上南山，采摘山上的蕨菜。见不到情郎，忧愁得心慌意乱。一旦见到他，一旦与他相会，我的心就欢喜舒畅。登上南山，采摘山上的巢菜。见不到情郎，我心中悲伤。一旦见到他，一旦与他相会，我的心就舒坦安详。

燕　燕

燕燕于飞，差池其羽。之子于归①，远送于野②。瞻望弗及③，泣涕如雨！燕燕于飞，颉之颃之④。之子于归，远于将之⑤。瞻望弗及，伫立以泣⑥。燕燕于飞，下上其音。之子于归，远送于南。瞻望弗及，实劳我心⑦。仲氏任只⑧，其心塞渊。终温且惠，淑慎其身。先君之思⑨，以勖寡人⑩。

【注释】

①之：指示代词，这，这个。子：姑娘。于归：出嫁。②于：往。野：郊外。③瞻望：向远处看。④颉（xié）：往上飞。颃：往下飞。⑤将：送。⑥伫（zhù）：站着等候。⑦劳：愁苦，忧伤。⑧仲：排行第二。任：可以信任。只：语气词。⑨先君之思：即"思先君"。先君：先父。⑩勖（xù）：勉励、激励。

【译文】

燕子双飞，参差不齐展翅膀。这位女子要出嫁，远远地送她到郊外。渐渐地望不见她，泪珠滚滚如雨下。燕子双飞，忽上忽下追随忙。这位女子要出嫁，送她不嫌路途长。渐渐望不见她，久久站立泪涟涟。燕子双飞，忽高忽低相鸣唱。这位女子要出嫁，远远地送她城南外。渐渐地望不见她，苦苦思念欲断肠。二妹令人可信任，她心地真诚虑事深，既温和又贤惠，为人善良又谨慎。"时记先父有大恩。"临别对我多劝勉。

击 鼓

击鼓其镗①，踊跃用兵②。土国城漕③，我独南行。从孙子仲，平陈与宋④。不我以归⑤，忧心有忡⑥。爰居爰处⑦？爰丧其马？于以求之⑧？于林之下。死生契阔⑨，与子成说⑩。执子之手，与子偕老。于嗟阔兮⑪，不我活兮！于嗟洵兮⑫，不我信兮！

【注释】

①其：助词。镗：象声词，击鼓声。古代有皮做的鼓，敲鼓的声音为咚咚；有青铜制的鼓，敲的声音为镗镗。②踊跃：操练武术时，进退的样子。兵：刀、枪一类的武器。③土：用成动词，以土修造城。国：首都。城：用成动词，筑城。漕：卫国的地名，在今河南省境内。④平：平定，讨伐。陈、宋：国名，在今河南省境内。⑤不我以归：即"不以我归"。以：即"与"，允许，让。⑥有：助词。有忡：心神忧虑不安的样子。⑦爰：疑问代词。于何：在何处。⑧于以：同"于何"，在哪里。⑨契：合。阔：离。死生契阔：死生离合，生离死别。⑩子：此处指作者的妻子。成说：订约，指临别时的誓言。⑪于嗟（jiē）：感叹词。阔：远别遥隔。⑫洵（xún）：久远。

【译文】

战鼓擂得镗镗响，战士们踊跃练刀枪。修建国都建漕城，只有我从军往南方。跟随统帅孙子仲，平定两国陈与宋。不让我回归家园，想家让我忧心忡忡。在哪里居住？在哪里驻扎？在哪里丢失了马？在哪里寻到它？在那树林之下。生死永远不分离，已与你立下誓盟。我会紧紧握着你的手，和你到老在一起。啊！如今天各一方，叫我怎么活！啊！别离时日已久，叫我如何实现诺言！

式 微

式微式微①，胡不归②？微君之故③，胡为乎中露④？式微式微，胡不归？微君之躬，胡为乎泥中？

【注释】

①式：发语词。微：天黑。②胡：为什么。③微：非，要不是。君：这里指统治者。故：缘故。④中露：露水中。

【译文】

天色愈来愈黑，为什么还不回家？若不是为主子的事，怎么会身沾露水？天色愈来愈黑，为什么还不回家？若不是为了主子的贵体，怎么会在泥水中受苦？

静　女

静女其姝①，俟我于城隅②。爱而不见③，搔首踟蹰④。静女其娈⑤，贻我彤管⑥。彤管有炜⑦，说怿女美⑧。自牧归荑⑨，洵美且异⑩。匪女之为美，美人之贻。

【注释】

①静女：文静娴雅的女子。姝（shū）：美丽，美好。②俟（sì）：等候，等待。隅（yú）：角落。③爱：躲藏，隐藏。④搔首：用手挠头。踟（chí）蹰（chú）：来回走动，走来走去。⑤娈：美丽，漂亮。⑥贻（yí）：赠送。彤（tóng）：红色。彤管：象征一片赤心和火样的热情。⑦有：助词。炜：红色鲜明，有光泽的样子。⑧说：通"悦"。怿（yì）：喜。说怿：喜爱。女：通"汝"，你。⑨牧：牧场，郊外。归（kuì）：通"馈"，赠送。荑（tí）：草名，白茅。古代常以白茅来象征婚媾。以白茅相赠，是一种求爱的表示。⑩洵：确实，真的。异：奇异。

【译文】

文静的姑娘多么美丽，约我等候在城门角。故意藏起来不让我看见，急得我挠头又徘徊。文静的姑娘多么漂亮，送给我一个红管。红管亮闪闪，我真喜欢它的美丽。从郊外回来送给我白茅，白茅实在美得出奇。并不是茅草有多好看，只因为是美人送的。

桑　中

爰采唐矣①？沬之乡矣②。云谁之思③？美孟姜矣④。期我乎桑中⑤，要我乎上宫⑥，送我乎淇之上矣⑦。爰采麦矣？沬之北矣。云谁之思？美孟弋矣⑧。期我乎桑中，要我乎上宫，送我乎淇之上矣。爰采葑矣⑨？沬之东矣。云谁之思？美孟庸矣⑩。期我乎桑中，要我乎上宫，送我乎淇之上矣。

【注释】

①爰：何处，哪里。唐：植物名，即菟丝，一种蔓生植物。②沬（mèi）：卫国城邑名。③云：助词。谁之思：即"思谁"。之：代词。④孟：排行第一。姜：姓。⑤期：约会。⑥要：通"邀"，邀请。上宫：楼。⑦淇：卫国水名。⑧弋：即"姒"，也是姓氏。⑨葑（fēng）：野菜名，即芜菁，芥菜。⑩庸：姓氏。

【译文】

到哪里采摘菟丝？在那沬邑的郊野。心中把谁思念？是那美丽的姜家的大女儿。约我在桑林中相会，邀我相会在上宫，又送我到淇水边。到哪里采摘麦子？在那沬邑的北边。心中把谁思念？是那美丽的弋家的大女儿。约我在桑林中相会，邀我相会在上宫，又送我到淇水边。到哪里采摘芜菁？在那沬邑的东边。心中把谁思念？是那美丽的庸家的大女儿。约我在桑林中相会，邀我相会在上宫，又送我到淇水边。

氓

氓之蚩蚩①，抱布贸丝②。匪来贸丝③，来即我谋④。送子涉淇，至于顿丘⑤。匪我愆期⑥，子无良媒。将子无怒，秋以为期。乘彼垝垣⑦，以望复关⑧。不见复关⑨，泣涕涟涟。既见复关，载笑载言⑩。尔卜尔筮，体无咎言⑪。以尔车来，以我贿迁⑫。桑之未落，其叶沃若⑬。于嗟鸠兮⑭，无食桑葚⑮。于嗟女兮，无与士耽⑯！士之耽兮，犹可说也⑰；女之耽兮，不可说也！桑之落矣，其黄而陨。自我徂尔⑱，三岁食贫⑲。淇水汤汤⑳，渐车帷裳㉑。女也不爽，士贰其行㉒。士也罔极㉓，二三其德㉔！三岁为妇，靡室劳矣㉕。夙兴夜寐㉖，靡有朝矣㉗。言既遂矣，至于暴矣。兄弟不知，咥其笑矣㉘。静言思之，躬自悼矣。及尔偕老，老使我怨。淇则有岸，隰则有泮㉙。总角之宴㉚，言笑晏晏㉛。信誓旦旦㉜，不思其反㉝。反是不思㉞，亦已焉哉㉟！

【注释】

①氓(méng)：民，人。诗中男子的代称。蚩蚩(chī)：憨厚的样子。通"嗤嗤"，笑嘻嘻的样子。②布：古货币名。贸：买，交易。一说"布"作"布匹"。以布匹换取丝，是以物换物。③匪：通"非"，不是。④即：就。即我：接近我，靠近我。谋：商量(婚事)。⑤顿丘：卫国地名，今河南清丰县西南。⑥愆：拖延，耽误。愆期：约期而失信。⑦乘：登上。垝(guǐ)：毁坏，倒塌。垣：墙。⑧复关：地名，氓所居住的地方。⑨复关：此代指氓。⑩载：语气助词。载笑载言：又说又笑。⑪体：卦象，即卜筮的结果。咎言：凶辞，不吉利的话。⑫贿：财物，指嫁妆。⑬其：代词，代指桑。沃若：润泽、茂盛的样子。⑭鸠：斑鸠，传说它吃多了桑果就会迷醉。⑮桑葚(shèn)：桑果。⑯士：男子。耽：迷恋，沉湎。⑰说：通"脱"，解脱，摆脱。⑱徂(cú)：往，到。徂尔：嫁给你。⑲三岁：概数，指多年。食贫：过受穷吃苦的生活。⑳汤汤：水势很大的样子。㉑渐：浸湿。帷裳：车上的帷帐。描写女子被弃后，渡淇水回去的情形。㉒爽：过错。贰：有二心，不专一。㉓罔：无。极：准则。罔极：没有准则，行为不端。㉔二三其德：三心二意。㉕靡：不，没有。室：家中。劳：家务辛苦。㉖夙：早，指黎明前。兴：起，起床。㉗靡有朝：不止一天，天天如此。㉘咥(xì)：嬉笑的样子，带有讥讽的意味。㉙隰(xí)：低湿的地方。泮：岸边。㉚总角：古人未成年时将头发束成丫状髻。宴：欢乐。㉛晏晏：相处和悦融洽的样子。㉜信誓：诚挚的誓言。旦旦：诚恳、忠实的样子。㉝反：变心，背叛。㉞是：这，指信誓。㉟已：止，罢了。焉哉：双重感叹词，表示感叹不已的语气，显示出女子的决绝。

【译文】

　　农家小伙笑嘻嘻，抱着布来换我的蚕丝。不是有心换丝，借机找我商量婚事。送他过淇水，送到顿丘才告辞。不是我拖延婚期，是你没有找个好媒人。请你不要生我气，约定秋天作为婚期。登上那破败的墙垣，眺望我思念的复关。不见我的复关，伤心泪儿涟涟。见到我的复关，又笑又说心欢畅。你去占卦问卜，卦象没有不吉的话。驾着你的车来，搬迁我的嫁妆。桑树叶儿未落，桑叶又嫩又润。唉，斑鸠，别贪吃那桑葚。唉，女人，不可与男人迷恋。男人迷恋，还可以解脱。女人迷恋，就无法自拔。桑树叶儿落下，枯黄憔悴任飘零。自从我嫁到你家，多年来吃苦受穷。淇河水奔流荡荡，浸湿了车上的帷帐。我做妻子并没有过错，男人你却反复无常。男人变化无常性，三心二意坏德行。做你妻子多年，家务辛劳什么没有做。早起晚睡，天天如此，干也干不完。家业有成已安定，就变得粗暴无礼。兄弟们不知真相，嘻嘻讥笑再加嘲讪。静静细想，独自伤心悲叹。曾经发誓，与你白头到老，这样到老使我怨恨。淇水虽宽有堤岸，沼泽虽阔有边涯。回想年少未嫁时，你说我笑温雅无间。誓言说得响亮，却不料如今翻脸变冤家。违背的誓言不愿再想，从今与你一刀两断！

黍　离

　　彼黍离离①，彼稷之苗②。行迈靡靡③，中心摇摇④。知我者谓我心忧。不知我者谓我何求。悠悠苍天⑤，此何人哉⑥？彼黍离离，彼稷之穗。行迈靡靡，中心如醉。知我者谓我心忧。不知我者谓我何求。悠悠苍天，此何人哉！彼黍离离，彼稷之实。行迈靡靡，中心如噎。知我者谓我心忧。不知我者谓我何求。悠悠苍天，此何人哉！

【注释】

①彼：指示代词，那，那个。黍（shǔ）：黍子，一种农作物，籽实去皮后叫黄米。离离：排列成行，整齐繁密的样子。②稷（jì）：谷子，一种农作物，籽实去皮后叫小米。③行迈：行走不止。一说，迈为远行。靡靡：步行缓慢的样子。④摇摇：心忧不安的样子。一说为"愮愮"，忧郁无处诉说的样子。⑤悠悠：遥远的样子，形容无边无际。⑥此：指这种颓败荒凉的景象。何人：指什么人（造成的）。

【译文】

那黍子生长满田畴，那谷子抽苗绿油油。我举步迟迟，因为心中彷徨愁闷。理解我的人说我心中忧愁。不理解我的人说我有什么贪求。悠悠苍天啊，是谁害得我要离家走？那黍子生长满田畴，那谷子抽穗垂下头。我举步迟迟，心中忧闷如醉。理解我的人说我心中忧愁。不理解我的人说我有什么贪求。悠悠苍天啊，是谁害得我要离家走？那黍子生长满田畴，那谷子结实不胜收。我举步迟迟，心中哽塞郁闷。理解我的人说我心中忧愁。不理解我的人说我有什么贪求。悠悠苍天啊，是谁害得我要离家走？

君子于役

君子于役①，不知其期②。曷至哉③？鸡栖于埘④，日之夕矣，羊牛下来。君子于役⑤，如之何勿思⑥！君子于役，不日不月⑦。曷其有佸⑧？鸡栖于桀⑨，日之夕矣，羊牛下括。君子于役，苟无饥渴？

【注释】

①君子：古代妻子对丈夫的敬称。于：去，往。役：古代徭役。②期：服役的期限。③曷（hé）：何，何时。④埘（shí）：在墙上挖洞或砌泥筑成的鸡窝。⑤指傍晚时分"鸡栖于埘""羊牛下来"尚有定时，而服役的人却没有归期。⑥如之何：怎么。⑦不日不月：没有定期。⑧有（yòu）：又，重新。佸（huó）：相会，团聚。⑨桀（jié）：亦作"榤"，指木桩，或以木桩支架起来的鸡棚。

【译文】

丈夫去服役，不知道他的归期。他什么时候才能回来？鸡儿回窝，太阳也要落西山，羊牛都下了山坡。丈夫去服役，叫我怎能不苦苦思念？丈夫去服役，没日没月，何时才能相聚？鸡儿回窝，太阳也要落西山，羊牛下了山坡。丈夫去服役，会否受到饥渴折磨？

风 雨

风雨凄凄①，鸡鸣喈喈②。既见君子③，云胡不夷④？风雨潇潇⑤，鸡鸣胶胶⑥。既见君子，云胡不瘳⑦！风雨如晦⑧，鸡鸣不已⑨。既见君子，云胡不喜！

【注释】

①凄凄：寒凉，阴冷。②喈喈：鸡叫的声音。③既：终于。④云胡：为何，为什么。夷：平静。⑤潇潇：风雨急骤的样子。⑥胶胶：鸡叫的声音。⑦瘳（chōu）：病愈。⑧晦（huì）：昏暗。⑨已：停止。

【译文】

风雨交加阴又冷，鸡鸣喈喈报五更。丈夫已经回家来，心情为何不平静？疾风骤雨冷潇潇，鸡叫咯咯报天明。丈夫已经回家来，心病为何不痊愈？凄风冷雨天地昏，雄鸡报晓不停歇。丈夫已经回家来，心中为何不高兴？

子 衿

青青子衿①，悠悠我心②。纵我不往，子宁不嗣音③？青青子佩④，悠悠我思。纵我不往，子宁不来？挑兮达兮⑤，在城阙兮⑥。一日不见，如三月兮！

【注释】

①衿（jīn）：衣领。②悠悠：思念不已的样子。③宁：岂，难道。嗣（sì）：继续。音：音信。嗣音：即保持联系。④佩：指身上佩玉石的绶带。⑤挑：跳跃。达：放恣。⑥阙（què）：城门两边的高台。

【译文】

青青的是你衣领的颜色，悠悠思念的是我的心。即使我不去看你，你为何不捎个音信？青青的是你佩带的颜色，悠悠的是我的思念。即使我不去看你，你为何不来？走来走去，心神不宁，在城门边的高台里。只有一天没见面，好像隔了三个月！

伐　檀

坎坎伐檀兮①，置之河之干兮②，河水清且涟猗③。不稼不穑④，胡取禾三百廛兮⑤？不狩不猎⑥，胡瞻尔庭有县貆兮⑦？彼君子兮⑧，不素餐兮！坎坎伐辐兮，置之河之侧兮，河水清且直猗。不稼不穑，胡取禾三百亿兮？不狩不猎，胡瞻尔庭有县特兮⑨？彼君子兮，不素食兮！坎坎伐轮兮，置之河之漘兮⑩。河水清且沦猗⑪。不稼不穑，胡取禾三百囷兮⑫？不狩不猎，胡瞻尔庭有县鹑兮？彼君子兮，不素飧兮⑬！

【注释】

①坎坎：伐木声。檀：檀树，此树木质坚韧，可以造车。②置：放。前一个"之"：代词，它，指檀木。后一个"之"：结构助词。干：岸。③且：而且。涟：风吹水面所起的波纹。猗：同"兮"，表示感叹语气。④稼：耕种。穑（sè）：收获。稼穑：指农业劳动。⑤胡：为什么。禾：百谷的通称。三百：形容很多，不是确数。廛：一亩，古代一个成年男子耕种的田。⑥狩（shòu）：冬天打猎。猎：夜间打猎。统称打猎为打猎。⑦瞻：看，瞧。庭：院子。县：通"悬"，悬挂。貆：一种像狐狸的小兽，即獾猪。⑧彼：那，那些。⑨特：三岁的兽，大野兽。⑩漘（chún）：水边，岸。⑪沦（lún）：小而圆的波纹。⑫囷（qūn）：圆形的谷仓。⑬飧（sūn）：熟食，泛指吃饭。

【译文】

砍伐檀树叮当响，把它置于河岸上，河水清清起波纹。你们既不播种又不收割，为什么拿走三百亩的庄稼？不出狩又不打猎，为什么院子里挂獾猪？那些"君子"呀，可不白吃饭哪！砍伐车辐叮当响，把它置于河边上，河水清清不见波澜。你们既不播种又不收割，为什么拿走三百捆的庄稼？不出狩又不打猎，为什么院子里挂大兽？那些"君子"呀，可不白吃饭哪！砍伐车轮叮当响，把它置于河水边，河水清清旋起波纹。你们既不播种又不收割，为什么拿走三百囷的庄稼？不出狩又不打猎，为什么院子里挂鹌鹑？那些"君子"呀，可不白吃饭哪！

硕　鼠

硕鼠硕鼠①，无食我黍！三岁贯女②，莫我肯顾③。逝将去女④，适彼乐土⑤。乐土乐土⑥，爰得我所⑦。硕鼠硕鼠，无食我麦！三岁贯女，莫我肯德⑧。逝将去女，适彼乐国。乐国乐国，爰得我直⑨！硕鼠硕鼠，无食我苗。三岁贯女，莫我肯劳⑩。逝将去女，适彼乐郊。乐郊乐郊，谁之永号⑪？

【注释】

①硕（shuò）鼠：田鼠，喜食谷物。②三岁：泛指多年。贯：侍奉，服伺。女：通"汝"，你。③莫我肯顾：即"莫肯顾我"。下文"莫我肯德""莫我肯劳"均同。莫：不。顾：念及，顾及。④逝：通"誓"，发誓。将：将要。去：离去，走开。⑤适：到，往。⑥乐土：作者理想中享有自由平等的安乐地方。以下"乐国""乐郊"均同。⑦爰（yuán）：乃，就，便。所：处所，指可以安居的地方。⑧德：感德，感激，恩惠。⑨直：通"值"，价值，代价。⑩劳：慰劳，体恤。⑪永号：长叹，长吁。

【译文】

大老鼠呀大老鼠，不要吃我的黄黍。多少年辛苦侍奉你，我的生活你不顾。如今我们誓将离开，去寻找那理想的乐土。乐土呀乐土，是我们的安居处。大老鼠呀大老鼠，不要吃我的麦子。多少年辛苦侍奉你，你却从不对我施恩惠。如今我们誓将离开，去寻找那理想的乐国。乐国呀乐国，劳动价值归自己。大老鼠呀大老鼠，不要吃我的禾苗。多少年辛苦侍奉你，你却从不慰劳我。如今我们誓将离开，去寻找那理想的乐郊。乐郊呀乐郊，谁还会长哭哀号？

蒹 葭

蒹葭苍苍①，白露为霜。所谓伊人②，在水一方③。溯洄从之④，道阻且长⑤。溯游从之⑥，宛在水中央⑦。蒹葭萋萋⑧，白露未晞⑨。所谓伊人，在水之湄⑩。溯洄从之，道阻且跻⑪。溯游从之，宛在水中坻⑫。蒹葭采采⑬，白露未已⑭。所谓伊人，在水之涘⑮。溯洄从之，道阻且右⑯。溯游从之，宛在水中沚⑰。

【注释】

①蒹：又称荻，细长的水草。葭（jiā）：初生的芦苇。苍苍：芦苇入秋后，颜色深青，茂盛鲜明的样子。②谓：说。伊：指示代词，那，那个。③方：通"旁"，边，侧。④溯（sù）：逆着水流的方向行走。洄（huí）：弯曲盘旋的水道。从：追随，追

寻，寻求。⑤阻：险阻，阻碍。⑥溯游：顺流而下。⑦宛：宛然，仿佛，好像。⑧萋萋：草长得茂盛的样子。⑨晞（xī）：干，晒干。⑩湄（méi）：水草交接的地方，水边，也即是岸边。⑪跻（jī）：地势高起。⑫坻（chí）：水中小沙洲。⑬采采：众多稠密的样子。⑭已：止。⑮涘（sì）：水边。⑯右：迂回，曲折。⑰沚（zhǐ）：水中小洲，小沙滩。

【译文】

　　细长的荻苇青苍苍，白露凝成冰霜。我思念的人啊，在水的那一边。逆着河道追寻她，道路崎岖而漫长。顺着流水追寻她，她好像在水的中央。细长的荻苇萋萋生，露水还没晒干。我思念的人啊，在河的岸边。逆着河道追寻她，道路崎岖而高险。顺着流水追寻她，她仿佛在水中沙洲上。细长的荻苇密密长，露水还没有消失。我思念的人啊，在河的水边。逆着河道追寻她，道路崎岖而曲折。顺着流水追寻她，她仿佛在水中沙滩上。

七　月

【原文】

　　七月流火①，九月授衣②。一之日觱发③，二之日栗烈④，无衣无褐⑤，何以卒岁⑥？三之日于耜⑦，四之日举趾⑧。同我妇子，馌彼南亩⑨，田畯至喜⑩。七月流火，九月授衣。春日载阳⑪，有鸣仓庚⑫。女执懿筐⑬，遵彼微行⑭，爰求柔桑⑮。春日迟迟⑯，采蘩祁祁⑰。女心伤悲，殆及公子同归⑱。七月流火，八月萑苇⑲。蚕月条桑⑳，取彼斧斨㉑，以伐远扬㉒，猗彼女桑㉓。七月鸣鵙㉔，八月载绩㉕。载玄载黄㉖，我朱孔阳㉗，为公子裳。

【注释】

　　①七月：夏历七月。流：向下行。火：星名，又名"大火""心宿"，是天蝎星座中最亮的一颗星。每年夏历五月，火星出现在正南方，六月以后，渐偏西，七月里便向西行沉下去，天气渐渐寒冷。②授衣：将缝制冬衣的工作交给女工。③一之日：夏历十一月，即周历正月。周历以夏历十一月为正月。以下"二之日""三之日""四之日"，以此类推。觱（bì）发（bō）：风寒冷。④栗烈：同"凛冽"，空气寒冷。⑤褐：麻织短衣，无袖。⑥卒：终了。⑦于：修理。耜（sì）：农具，犁的一种，用来耕地翻土。⑧举趾：抬脚，下田耕种。⑨馌（yè）：送饭。南亩：泛指田地。⑩田畯（jùn）：掌管农事的官。⑪载：开始。阳：温暖，暖和。⑫仓庚：黄莺。⑬懿（yì）筐：深筐。⑭遵：顺着，沿着。微行：小路。⑮爱：于是。⑯迟迟：缓缓，形容春季日长。⑰蘩（fán）：白蒿，养蚕用。祁祁：众多的样子。⑱殆：将，只怕。及：与。同归：指被公子强行带走。

⑲萑苇：芦苇一类的草，可以制作蚕箔。此做动词，指收割萑苇。⑳蚕月：即夏历三月，这是养蚕的月份。条：动词，修剪。㉑斧斨（qiāng）：斧类工具（椭圆的叫斧，方的叫斨）。㉒远扬：指长得太长太高的桑枝。㉓猗：借作"掎"，拉。女桑：嫩桑叶。㉔鵙（jué）：鸟名，又名"伯劳""子规""杜鹃"。㉕载：则，始。绩：织麻。㉖玄：黑而带红色。㉗孔：非常。阳：鲜明。

【译文】

七月火星偏西方，九月女工制冬衣。十一月北风呼呼吹，十二月寒风凛冽刺骨。粗布衣服都没有，如何熬过寒冬期？正月里修理锄犁，二月份下田犁地。和妻子儿女一起耕作，饭菜送到田地，农官看到满心欢喜。七月火星偏西方，九月女工制冬衣。春天太阳暖洋洋，黄莺对对婉转啼。姑娘手提深竹筐，沿着那小路在行走，采呀采那嫩桑叶。春天日子渐渐长，采蒿的姑娘闹嚷嚷。姑娘心中暗悲伤，怕公子强邀一同归。七月火星偏西方，八月收割芦苇。三月修剪桑树，取来那把斧头，砍掉又高又长的枝条。七月伯劳树上唱，八月纺麻织布忙。染色有黑又有黄，我的红布最鲜艳，为那公子做衣裳。

【原文】

　　四月秀葽①，五月鸣蜩②。八月其获③，十月陨萚④。一之日于貉⑤，取彼狐狸，为公子裘。二之日其同⑥，载缵武功⑦。言私其豵⑧，献豜于公⑨。五月斯螽动股⑩，六月莎鸡振羽⑪。七月在野，八月在宇。九月在户，十月蟋蟀入我床下⑫。穹窒熏鼠⑬，塞向墐户⑭。嗟我妇子，曰为改岁⑮，入此室处。六月食郁及薁⑯，七月亨葵及菽⑰。八月剥枣⑱，十月获稻，为此春酒⑲，以介眉寿⑳。七月食瓜，八月断壶㉑，九月叔苴㉒。采荼薪樗㉓，食我农夫㉔。

【注释】

　　①秀：植物不开花而结实叫"秀"。葽（yāo）：药草名，今名"远志"。②蜩：蝉。③获：收获庄稼。④陨：落下。萚（tuò）：草木的落叶。⑤于：猎取。貉（hé）：兽名。似狐狸，毛深厚温暖。⑥同：会合，指聚众打猎。⑦缵：继续。武功：武事。此处指田猎，古时田猎也属于军事演习。⑧言：语气助词。私：私人占有。豵（zōng）：一岁的小猪。此指小兽。⑨豜：三岁的大猪，此指大兽。⑩斯螽：虫名，即蚱蜢。动股：相传斯螽以两股相切发声。⑪莎（suō）鸡：虫名，即纺织娘。振羽：两翼鼓动发声。⑫以上四句写蟋蟀由远而近，由室外躲进室内过冬。⑬穹（qióng）：空隙，孔洞。窒：堵塞。⑭向：朝北的窗子。墐（jìn）：用泥涂抹。户：门。⑮改岁：过年，更改一岁。⑯郁：一种李子。薁（yù）：野葡萄。⑰亨："烹"本字，煮。葵：蔬菜名，又名冬苋菜。菽（shū）：大豆黄豆一类。⑱剥：通"扑"，敲打。⑲春酒：冬日酿酒，春日始成，所以叫"春酒"。⑳介：祈求。眉寿：长寿。长寿的人有长眉，故

称。㉑断：摘取。壶：葫芦之类。㉒叔：拾取。苴（jū）：青麻子，可食。㉓荼（tú）：一种苦菜。薪：采薪，用作动词。樗（chū）：臭椿。㉔食（sì）：养活。

【译文】

　　四月远志结子囊，五月知了声声唱。八月庄稼要收割，十月落叶随风扬。十一月捕貉子，剥取狐狸皮，好给公子做皮衣。十二月大伙儿聚一起，继续打猎练武忙。猎到小兽归自己，大兽献到公堂里。五月蚱蜢弹腿鸣，六月纺织娘鼓翼叫。七月蟋蟀野外鸣，八月屋檐底下唱，九月进到屋门里，十月钻到我床下。打扫垃圾熏老鼠，塞住北窗，泥抹门缝来御寒。可怜我的妻子儿女，眼看就要过年关，挤进这破屋居住。六月里吃那郁李和葡萄，七月里烹煮冬葵和大豆。八月把那枣儿打，十月收割稻米香。将它酿成好春酒，祝贺老爷寿命长。七月吃瓜，八月摘葫芦，九月拾取青麻，采摘苦菜又砍柴，养活咱们农家人。

【原文】

　　九月筑场圃①，十月纳禾稼②。黍稷重穋③，禾麻菽麦④。嗟我农夫，我稼既同⑤，上入执宫功⑥。昼尔于茅⑦，宵尔索绹⑧。亟其乘屋⑨，其始播百谷。二之日凿冰冲冲⑩，三之日纳于凌阴⑪。四之日其蚤⑫，献羔祭韭⑬。九月肃霜⑭，十月涤场⑮，朋酒斯飨⑯，曰杀羔羊。跻彼公堂⑰，称彼兕觥⑱，万寿无疆！

【注释】

　　①筑场圃：把菜园修筑为打谷场。古时场圃同地轮用，春夏为圃，秋冬平整筑实为场。②纳：收进谷仓。禾稼：五谷的通称。③黍稷重穋：都是谷物。黍：黍子，性黏。稷：高粱，性不黏。重：早种晚熟的谷。穋：晚种早熟的谷。④禾：此处专指小米。⑤同：收齐集中。⑥上：通"尚"，还要。执：执行，负担。宫功：修建宫室之事。⑦尔：语气助词。于茅：去割茅草。⑧索绹：用手搓绳。绹：绳子。⑨亟：同"急"，赶快。乘屋：爬上屋顶修缮房屋。⑩冲冲：凿冰的声音。⑪凌阴：冰窖。⑫蚤："早"的古字。⑬献羔祭韭：古代一种祭祀仪式，仲春二月，在取冰之时，以羔羊和韭菜祭司寒之神。⑭霜：同"爽"。肃霜：天高气爽。⑮涤场：打扫场圃。⑯朋酒：两樽酒。斯：语中助词。飨：同"享"，享用。⑰跻（jī）：登上。公堂：古代的公共场所。⑱称：举杯敬酒。兕（sì）觥（gōng）：兕牛角制成的酒器。

【译文】

　　九月里筑好打谷场，十月粮食进谷仓。黍子、高粱、早晚谷、米、麻、豆、麦都入仓。可叹我农家人，庄稼收完，又要服役修宫房。白天出外割茅草，夜晚搓绳长又长。急急忙忙盖屋顶，开春又忙种庄稼。腊月凿冰咚咚响，正月里送进冰窖藏。二月早取冰祭寒神，献上韭菜和羊羔。九月天高气又爽，十月清扫打谷场。两樽美酒共品尝，宰杀肥美小羔羊。登上公堂，举起那牛角杯，同声高祝"万寿无疆"！

采 薇

　　采薇采薇①，薇亦作止②。曰归曰归，岁亦莫止③。靡室靡家④，狁之故⑤。不遑启居⑥，狁之故。采薇采薇，薇亦柔止⑦。曰归曰归，心亦忧止。忧心烈烈⑧，载饥载渴⑨。我戍未定⑩，靡使归聘⑪。采薇采薇，薇亦刚止⑫。曰归曰归，岁亦阳止⑬。王事靡盬⑭，不遑启处⑮。忧心孔疚⑯，我行不来⑰！彼尔维何⑱？维常之华⑲。彼路斯何⑳？君子之车。戎车既驾㉑，四牡业业㉒。岂敢定居？一月三捷㉓。驾彼四牡，四牡骙骙㉔。君子所依㉕，小人所腓㉖。四牡翼翼㉗，象弭鱼服㉘。岂不日戒？狁孔棘㉙！昔我往矣㉚，杨柳依依㉛。今我来思㉜，雨雪霏霏㉝。行道迟迟，载渴载饥。我心伤悲，莫知我哀！

【注释】

①薇：即野豌豆苗，可以食用。②作：初生。止：语气助词。③莫：古"暮"字。④靡：无。⑤狁（xiǎn）狁（yǔn）：我国北方的少数民族。西周时称狁，春秋时称北狄，战国以后称匈奴。⑥遑：暇。启：跪坐。居：安坐。古人席地而坐，两膝着席，跪坐时腰板伸直，臀部跟足跟离开；安坐时臀部贴在足跟上。⑦柔：幼嫩。⑧烈烈：火势猛烈的样子，这里指忧心如焚。⑨载：又。⑩戍：戍守，指驻守的地方。⑪使：使者。聘：问候。归聘：带回问候家人的音信。⑫刚：粗硬，指薇菜将老，茎叶变粗变硬。⑬阳：阴历十月。⑭靡盬：没有止境。盬（gǔ）：停止。⑮启处：与上文"启居"同义。⑯孔：非常。疚：痛苦。⑰来：返回，归来。⑱尔：花盛开的样子。维何：是什么。⑲常：通"棠"，棠棣。华：古"花"字。⑳路：同"辂（lù）"，古代的一种大车。斯何：同"维何"。㉑戎车：兵车，战车。㉒牡：雄马。业业：高大健壮的样子。㉓捷：通"接"，即接战。㉔骙骙（kuí）：强壮的样子。㉕依：乘。㉖腓（féi）：庇护，掩护。㉗翼翼：行列整齐的样子。㉘弭（mǐ）：弓的两头缚弦的地方。象弭：用象牙镶饰的弓。鱼服：用鱼皮做的箭袋。服：通"箙"，箭袋。㉙棘：同"急"。㉚昔：过去。㉛依依：柳条随风摇曳飘拂的样子。㉜思：语气助词。㉝雨（yù）：降

落，散落。霏霏：大雪纷飞的样子。

【译文】

采薇菜呀采薇菜，薇菜新芽已长大。回家乡呀回家乡，已盼到年终岁尾。抛弃亲人离家园，只因匈奴来侵犯。跪不宁来坐不安，只因匈奴来侵犯。采薇菜呀采薇菜，薇菜柔嫩刚发芽。回家乡呀回家乡，心里忧愁多牵挂。忧心如同被火焚，又饥又渴真苦煞。防地调动难定下，无法给家人捎音信。采薇菜呀采薇菜，薇茎渐渐长硬。回家乡啊回家乡，又到十月"小阳春"。王室差事无休无止，想要休息没闲暇。心中充满忧愁伤痛，远征在外难归还。那绚丽耀眼的是什么？那是棠棣的花朵。高大的马车属于谁？那是将军的战车。驾起兵车要出战，四匹雄马矫健齐奔腾。边地怎敢图安居？一月要争几回胜。驾着那四匹雄马，雄马强壮又矫健，将军乘坐在车中，小兵掩护也靠它。四匹马步调一致，象牙弓配着鱼皮箭袋。哪有一天不戒备？匈奴实在太猖狂。回想我当初出征时，杨柳依依随风吹。如今回来路途中，雪花纷纷飘落下。我行路艰难慢慢走，又饥又渴真劳累。满心伤感满腔悲，却没有谁人知道我的哀痛。

鸿　雁

鸿雁于飞，肃肃其羽①。之子于征，劬劳于野②。爰及矜人③，哀此鳏寡④。鸿雁于飞，集于中泽。之子于垣⑤，百堵皆作⑥。虽则劬劳，其究安宅⑦。鸿雁于飞，哀鸣嗷嗷⑧。维此哲人，谓我劬劳。维彼愚人，谓我宣骄⑨。

【注释】

①肃肃：羽翼声。②劬（qú）：劳苦，劳病。③爰：焉，于是。矜人：受苦人。④鳏：老而无妻曰鳏。寡：死了丈夫的妇女。⑤垣：垣墙，此处作动词用，指筑垣墙。⑥百堵：百重墙。皆："偕"之借。作：起。⑦究：终究。宅：此处作动词。⑧嗷嗷：哀鸣声。⑨宣：侈大。骄：放纵。

【译文】

雁儿飞呀飞，两翅沙沙响。使臣在征途，在那旷野辛劳奔波。救济穷苦人，鳏寡更可哀。雁儿飞呀飞，落在湖中央。使臣巡工地，筑起百堵墙。尝尽了辛劳，穷人有住房。雁儿飞呀飞，嗷嗷哀鸣声。只有这些明理之人，说我真辛劳。那些愚昧者，说我讲排场。

鹤　鸣

鹤鸣于九皋①，声闻于野。鱼潜在渊，或在于渚。乐彼之园，爰有树檀，其下维萚②。他山之石，可以为错③。鹤鸣于九皋，声闻于天。

鱼在于渚，或潜在渊。乐彼之园，爰有树檀，其下维榖④。他山之石，可以攻玉⑤。

【注释】

①九：虚数。皋：沼泽地。②蘀（tuò）：枯叶。③错：砺石，磨石。④榖（gǔ）：楮树，叶似桑，树皮可制纸。⑤攻玉：雕琢玉器。

【译文】

鹤儿长鸣在沼泽中，鸣声嘹亮传四野。鱼儿潜在深水里，有时游出接近小岛。那令人赏心悦目的林园，有檀树大又高，树下落叶已焦枯。其他山上的石头，能把那玉石琢。鹤儿长鸣在沼泽中，声音飘荡在云霄。鱼儿游在沙洲边，有时潜在深水里。那令人赏心悦目的林园，有那檀树大又高，又有楮树矮又小。其他山上的石头，同样可以把玉雕。

北 山

陟彼北山①，言采其杞。偕偕士子②，朝夕从事。王事靡盬，忧我父母。溥天之下③，莫非王土。率土之滨④，莫非王臣。大夫不均⑤，我从事独贤⑥！四牡彭彭⑦，王事傍傍⑧。嘉我未老，鲜我方将⑨。旅力方刚⑩，经营四方。或燕燕居息⑪，或尽瘁事国。或息偃在床⑫，或不已于行⑬。或不知叫号，或惨惨劬劳⑭。或栖迟偃仰⑮，或王事鞅掌⑯。或湛乐饮酒⑰，或惨惨畏咎⑱。或出入风议⑲，或靡事不为。

【注释】

①陟：登上。北山：非实指。②偕偕：强壮的样子。士子：作者自称。③溥：大，全。④滨：大陆四周的海滨。⑤大夫：执政者。不均：不公平。⑥贤：多，劳苦。⑦彭彭：不得休息。⑧傍傍：无尽无休。⑨鲜：称赞。方将：正壮。⑩旅：通"膂"，指体力。⑪燕燕：安闲的样子。居息：在家休息。⑫息偃：躺着休息。⑬不已：不停。行：道路。⑭惨惨：忧虑不安。⑮栖迟：栖息盘桓。⑯鞅掌：指勤于王事，奔波忙碌之状。⑰湛乐：沉湎于安乐。⑱畏咎：岌岌自危。⑲风议：放言高论。

【译文】

登上那座北山，去山上采那枸杞。强壮的男子汉，日夜都为公事忙。朝廷的事儿没有停息，忧念我那年老的父母。普天之下呀，哪一块地不是王家？四海之内呀，哪一个人不是国王的臣民？执政的官员分配不均，使我独个儿辛苦劳累。四匹骏马匆匆跑，朝廷的事没有穷尽。他们夸我说我还没老，称赞我说我正强壮。就因我身强体壮，使我奔波走四方。有的人安闲养在家里，有的人尽心竭力来报效国家，有的人高枕无忧，有的人不停奔走四方。有的人不闻民生疾苦，有的人忧心忡忡受辛劳。有的人嬉戏游乐好安逸，有的人百事缠身很辛苦。有的人沉湎美酒，有的人担心罹祸殃。有的人只会发表空空言论，有的人事事都要亲躬。

何草不黄

何草不黄①？何日不行②？何人不将③，经营四方④？何草不玄⑤，何人不矜⑥？哀我征夫，独为匪民⑦。匪兕匪虎⑧，率彼旷野⑨。哀我征夫，朝夕不暇⑩。有芃者狐⑪，率彼幽草。有栈之车，行彼周道。

【注释】

①黄：枯黄。②行：行役。③将：义同"行"，出征。④经营：往来，操劳。⑤玄：赤黑色，指草由枯而腐烂。⑥矜：通"瘝"，劳瘁病苦。⑦匪：通"非"。⑧匪：通"彼"，那，那些。兕（sì）：只生一只角的野牛。⑨率：循着，沿着。⑩暇：空暇，闲暇。⑪有：助词，放在形容词之前，无实义。有芃（péng）：同"芃芃"，草木茂盛的样子，此处形容蓬蓬松松的狐狸尾巴。

【译文】

哪种草呀不枯黄？什么日子不出行？哪有人呀不去服兵役，往来经营走四方？哪种草儿不枯萎？哪有人儿不经苦难？可怜我们出征人，偏偏不被当人看。不是野牛，不是老虎，却要奔波在旷野上。可怜我们出征人，从早到晚没空闲。狐狸尾巴蓬松松，沿着路边钻草丛。高高的役车征夫坐，行在漫漫的大道上。

荡

荡荡上帝，下民之辟①。疾威上帝，其命多辟。天生烝民，其命匪谌②。靡不有初，鲜克有终。文王曰咨，咨女殷商！曾是强御③，曾是掊克④。曾是在位，曾是在服。天降慆德，女兴是力。文王曰咨，咨女殷商！而秉义类⑤，强御多怼⑥。流言以对，寇攘式内⑦。侯作侯祝⑧，靡届靡究⑨。文王曰咨，咨女殷商！女炰烋于中国⑩，敛怨以为德。不明尔德，时无背无侧⑪。尔德不明，以无陪无卿。文王曰咨，咨女殷商！天不湎尔以酒，不义从式。既愆尔止⑫，靡明靡晦。式号

式呼，俾昼作夜。文王曰咨，咨女殷商！如蜩如螗⑬，如沸如羹。小大近丧⑭，人尚乎由行。内奰于中国⑮，覃及鬼方⑯。文王曰咨，咨女殷商！匪上帝不时，殷不用旧。虽无老成人，尚有典刑⑰。曾是莫听，大命以倾。文王曰咨，咨女殷商！人亦有言，颠沛之揭⑱，枝叶未有害，本实先拨⑲。殷鉴不远，在夏后之世⑳。

【注释】

①辟（bì）：君王。②匪谌（chén）：不可信。③强御：强暴。④掊克：暴敛贪狠。⑤义类：邪曲之事。⑥怼（duì）：怨恨。⑦寇攘：寇盗攘窃。⑧作：古"诅"字。祝：通"咒"。⑨届：至，引申为"极"。⑩炰烋：即"咆哮"。⑪时：是。背：后。侧：旁边。背侧：君主左右两旁的近侍。⑫愆：罪咎，过失。止：威仪容止。⑬蜩：蝉。螗：蝉。⑭丧：丧亡，亡失。⑮奰（bì）：怒。⑯覃：延，扩大。鬼方：远方之国的通称。⑰典刑：先王传留的旧法常规。⑱颠沛：倒伏。揭：举起，树根蹶起大貌。⑲拨：败坏，断绝。⑳夏后：夏桀。

【译文】

骄纵放荡的天帝啊，却是下民的君王。暴虐贪婪的天帝啊，政令邪僻不正常。天生芸芸众百姓，天命荒唐不可信。开始都能有善行，很少有能保持始终。文王叹息道：你这殷商的末代君王！怎能这样逞强，怎能这样的暴敛、贪赃。你竟是这样在高位，竟是这样掌大权。上天降下这些邪恶臣，助长国王来作恶。文王叹息道：你这殷商的末代君王!你若任用正义人，强梁之辈心快快。流言蜚语满国内，盗寇窃贼祸朝纲。诅咒朝廷害贤良，好人全都遭祸殃。文王叹息道：你这殷商的末代君王!你跋扈横行于国中，却将坏人当好人。不能辨明好和坏，奸臣叛臣结成帮，你真糊涂啊，不知公卿谁能当。文王叹息道：你这殷商的末代君王!老天没叫你贪酒杯，也没叫你干坏事。你威仪容止全失态，没日没夜饮酒浆。狂呼乱叫不像样，日夜颠倒国事荒。文王叹息道：你这殷商的末代君王!朝政昏乱如蝉儿在乱叫，怨声载道似沸汤。大小政事全搞乱，你却一意孤行还那样。国内民众怒气升，愤怒之火燃向远方。文王叹息道：你这殷商的末代君王!不是上帝心不好，是你不遵循旧法章。虽无德高望重老臣，还有法度可遵循。先王话你也听不进，国运怎能不衰亡。文王叹息道：你这殷商的末代君王!人们也曾这样讲：大树倾倒根子出，枝叶暂时未受伤，树根已坏命难长。殷商的借鉴并不远，看那夏桀怎样遭灭亡。

有　客

有客有客①，亦白其马②。有萋有且③，敦琢其旅④。有客宿宿，有客信信⑤。言授之絷⑥，以絷其马。薄言追之，左右绥之⑦。既有淫威⑧，降福孔夷⑨！

【注释】

①客：宋人。《左传·僖公二十四年》："宋，先代之后，于周为客。"②亦：而。白马：《毛传》："殷尚白也。"③蹌、且：马瑞辰《通释》："蹌、且双声字，皆以状从者之盛。"④敦琢：本为治玉，在此形容客人随从仪容整饬，犹如攻治过的美玉。旅：即客人的随从人员。⑤宿宿、信信：《毛传》："一宿曰宿，再宿曰信。"此处未必确指，重复言之，不过表达留客殷勤之意。⑥縶：即绊马绳索。授縶也是表达留客之意。⑦绥：绊。⑧淫威：马瑞辰《通释》："《广雅·释言》：'威，德也。'……是知古者威训德。'既有淫威'，犹言既有大德耳。"⑨夷：马瑞辰《通释》："《说文》夷从大、从弓，古夷字必有'大'训。'降福孔夷'犹云降福孔大也。"

【译文】

客人来了客人来了，他乘坐雪白的马，从者极盛，个个人才出众，如玉琢成。客人住了一天又一天，住了很多时日。送给他绊马绳，系住马好停留。设好宴饯送他，百官都来问候他。他既有盛德和威望，天降洪福保佑他。

玄　鸟

天命玄鸟①，降而生商，宅殷土芒芒②。古帝命武汤③，正域彼四方④。方命厥后⑤，奄有九有⑥。商之先后，受命不殆⑦，在武丁孙子。武丁孙子，武王靡不胜。龙旂十乘⑧，大糦是承⑨。邦畿千里⑩，维民所止⑪，肇域彼四海⑫。四海来假⑬，来假祁祁⑭。景员维河⑮。殷受命咸宜，百禄是何⑯。

【注释】

①玄鸟：燕子。②宅：居。芒芒：广大。③古帝：指天帝。④正：治理。域：封疆。⑤方：古通"旁"，广，普遍。⑥奄有：尽有。九有：即九州。⑦殆：通"怠"，懈怠。⑧十乘：此指兵车十辆。⑨糦：指酒食，祭祀用的供品。⑩邦畿：指封畿。⑪止：居住。⑫肇：开始。⑬假：至，来朝。⑭祁祁：众多貌。⑮景：大。员：周围。维：围绕。⑯何：通"荷"，承受。

【译文】

上天命令神燕，降生下了契来做商王，住在殷这块广大的土地之上。古时候天帝命成汤治理天下，征服四方。遍告天下诸侯，商朝全部拥有九州之广。商的先王接受了天命勤政不怠，武丁子孙继承大业保兴旺。成汤更是好君主，十辆马车龙旗扬，酒食丰盛祭先祖。上千里辽阔的国土啊，是人民安居乐业的好地方。封疆达四海，四海诸侯络绎不绝朝见忙。高高的山原萦绕着黄河，殷商受之于天命万事吉祥，繁荣富强永无疆。

第二篇

楚 辞

离 骚

【原文】

　　帝高阳之苗裔兮①，朕皇考曰伯庸②。摄提贞于孟陬兮③，惟庚寅吾以降④。皇览揆余初度兮⑤，肇锡余以嘉名⑥：名余曰正则兮，字余曰灵均⑦。

【注释】

　　①帝，先秦的"帝"字，直至战国中期，都只指神界主宰者，夏以后的人间君主称"后"称"王"而不称"帝"。古氏族为了美化自己的世系，都要托祖于天神天帝，自称是某"帝"某"神"的后裔。高阳：即颛顼帝的别号。屈原之所以自托为其子孙，是因为颛顼的后代熊绎是周成王的大臣，受封于楚国，及至春秋楚武王熊通生子名瑕，后封于屈地，改姓屈，屈原就是他的后代。苗裔：后代的子孙。兮：文言助词，表示语气，相当于现在的"啊"。②朕（zhèn）："我"的意思，也就是先秦时古人的自称。据《史记·秦始皇本纪》，秦始皇二十六年起，才诏定为帝王自称。皇：光大，美，是古代常用于神圣人、物的赞颂状词。考：指已经死去的父亲或祖先。皇考：就是对已经死去的父亲（或祖先）的美称。伯庸："皇考"的表字。从《离骚》的艺术特点看来，应该是化名，例同下文的"正则""灵均"。③摄提："摄提格"的简称。古人把天宫划为子、丑、寅、卯、辰、巳、午、未、申、酉、戌、亥十二等分，称为十二宫。以岁星（木星）在天空运转所指向的方位来纪年。当岁星指向寅宫那一年，就叫摄提格，即寅年的别名。贞：正。孟：开端。陬（zōu）：夏历正月的别名。正月是一年的开端，故称"孟陬"。夏历正月是寅月。《楚辞》都用夏历。④惟：文言助词，常用于句首。庚寅：纪日的干支。寅年寅月寅日，古人认为是难得的吉日。吾：是作者在长诗中创造的神话式的艺术形象，不等于屈原本人。降：从天降临，与下文"百神翳其备降兮"的"降"意义相同。⑤皇：从王逸以来，都认为是"皇考"的简称。先秦文献中的单个"皇"字，用作名词，指天与古之帝王。王逸释"皇考"为亡父，又说它简称为"皇"，这不符合当时的语言习惯。刘向《九叹·愍命篇》把《离骚》的"皇考"理解为楚先王，相当于《诗经》颂诗里的"皇祖""皇王"，这样的"皇考"才可以简称为"皇"。览：观察。揆：揣度，衡量。览揆：就是研究的意思。初：开始。度：作名词解，气宇，气度。初度：就是初生时的气度。⑥肇：有"开端、起始"的意思，但此处另作他解。刘向在《九叹·灵怀篇》中有"兆出名曰正则兮，卦发字曰灵均"之句，闻一多在《离骚解诂》中认为"肇"是"兆"的借字，"肇""兆"古通，因此"肇"在这里取意为卜兆算卦。锡：借作"赐"，赐给。嘉：善。嘉名：就是美名，包括下文的"名"与"字"。古代贵族子弟要在祖庙行冠礼时才取字。行冠礼的年龄一般在二十岁左右，这表示正式加入统治集团，担负起国家大任。⑦"名余"二句：这是在向人阐述我的名和字。正则：公正而有

法则。灵均：灵善而均调。关于"正则"和"灵均"是否是屈原的名和字，至今众说纷纭，笔者认为，无论如何，"正则""灵均"都是美名。

【译文】

我是帝高阳的后裔，我的父亲名叫伯庸。在太岁寅年的正月，庚寅之日我降生。先父看到我初降时的气度，卜兆赐给我美名。我的名叫正则，我的字叫灵均。

【原文】

纷吾既有此内美兮①，又重之以修能②。扈江离与辟芷兮，纫秋兰以为佩③。汨余若将不及兮④，恐年岁之不吾与⑤。朝搴阰之木兰兮，夕揽洲之宿莽⑥。日月忽其不淹兮⑦，春与秋其代序⑧。惟草木之零落兮⑨，恐美人之迟暮⑩。不抚壮而弃秽兮⑪，何不改乎此度？乘骐骥以驰骋兮⑫，来吾道夫先路⑬！

【注释】

①纷：盛貌。《楚辞》句例，往往以一个字或三个字的形容词置于句首。内美：内在的本质的美，这里指前八句所美化的世系、生辰、"初度"、名字。②重（chóng）：加上。修：修饰。能：古通"态"，这里有"才能"的意思。屈赋经常以修饰容态比喻锻炼品德。③"扈江离"二句：扈（hù）：披在身上，楚地方言。江离：一种香草名，生在江中。芷：香草名，即白芷。辟：通"僻"，幽也。辟芷：幽香的芷草。纫：作动词，穿连。秋兰：香草名，秋季开花，花呈淡紫色。佩：这里作名词，指佩带在身上的饰物。这两句所描绘的"修能"，与《九歌》中的少司命、山鬼诸神一样，显然不是屈原的实际形象。④汨：水流急速的样子。⑤不吾与：不与吾，不等待我。与：等待。⑥搴：拔取，楚方言。阰（pí）：大的山坡，楚方言。木兰：香树名，辛夷的一种。揽：采。宿莽：一种经冬不死的香草。无论时间流逝多快，木兰都去皮不死，宿莽仍经冬不枯，暗喻自己在勤奋的锻炼中养成了清雅素洁的坚强个性。⑦淹：停留。⑧代序：轮换。序：古通"谢"。代序：即代谢。⑨惟：想。⑩美人：怀王。《离骚》里的美人都是"吾"思念、追求的对象，这是一个复杂巧妙的比喻。⑪今本句前有"不"字，宋洪兴祖《楚辞补注》说，他所见的《文选》古本没有。抚：据。壮：盛也。⑫骐骥：骏马，比喻有才能的人。⑬夫（fú）：语气助词。本篇除最后的"仆夫悲余马怀兮"的"夫"属实词外，其余都是语气助词。

【译文】

我既有许多内在的美德,又兼具外在的才能。身披幽香的江离和白芷,带着秋兰穿连的佩饰。时光如流水我怕追不上,岁月恐怕也不等我;朝霞中攀折山上的木兰,夕阳下采撷水洲的宿莽。日月匆匆一刻不停,春秋更替永无止息;想到草木的凋零陨落,害怕怀王霜染两鬓。为何不趁壮年摈弃污秽,为何不改变这样的态度?乘上骐骥去驰骋,我来为你引路。

【原文】

昔三后之纯粹兮①,固众芳之所在②;杂申椒与菌桂兮③,岂维纫夫蕙茝④?彼尧舜之耿介兮⑤,既遵道而得路;何桀纣之猖披兮⑥,夫唯捷径以窘步!惟夫党人之偷乐兮⑦,路幽昧以险隘;岂余身之惮殃兮⑧,恐皇舆之败绩⑨!忽奔走以先后兮,及前王之踵武⑩;荃不察余之中情兮⑪,反信谗而齌怒⑫。余固知謇謇之为患兮⑬,忍而不能舍也;指九天以为正兮⑭,夫唯灵修之故也⑮!初既与余成言兮⑯,后悔遁而有他⑰;余既不难夫离别兮,伤灵修之数化⑱。

【注释】

①后:君王。昔三后:指老童、祝融、鬻熊。纯粹:丝无杂质称纯,米无杂质称粹;比喻远古三王的德行美好。②固:本来。众芳:喻群贤。在:聚集。因为君王贤德,所以众多有才能的人才愿意聚集到他们身边。③申:这里是重叠的意思,形容茂盛。椒:花椒,一种灌木,所结的果子有香气。菌桂:应作"箘(jùn)桂",即肉桂,一种香木。④维:唯,只有。蕙:兰草的一种,又名薰草。茝:即白芷。⑤耿:光明。介:正直。⑥猖披:衣不束带、散乱不整的样子。⑦党人:指朝廷里结党营私的群小。先秦的"党"字多指朋比为奸的结合,故孔子说"君子群而不党",和后来的含义不同。⑧惮:畏惧,害怕。⑨皇舆:君王的乘车,这里比喻楚国。败绩:本指军队溃败,此指车驾倾覆,喻国家灭亡。⑩踵:脚后跟。武:足迹。⑪荃:香草名,此处隐喻怀王。⑫齌(jì)怒:怒火中烧。"齌"本义指用猛火烧饭。⑬謇謇:直谏忠言的样子。⑭九天:苍天,古说天有九层。正:通"证",意思是指天为证。⑮灵修:作品中塑造的以怀王为原型的另一个艺术形象,寄望他德行兼备,使国家长盛不衰。灵:神。修:美。⑯通行本在这句前面,还有"曰黄昏以为期兮,羌中道而改路"两句,现已公认是衍文,故删去。成言:成约。⑰悔遁:变心。他:别的主意。这里是说秦相张仪游说楚怀王,以商于六百里之地劝他与齐断交,后来怀王信以为真之事。⑱数化:屡次变化。怀王在位期间,张仪数次出使楚国,使怀王在联合抗秦的态度上摇摆不定,楚国国运日益衰微。

【译文】

　　古代三王品德纯粹，群贤都围绕在他们周围。花椒丛和菌桂树杂糅相间，岂止是串连蕙草和白芷？那尧舜是多么耿直光明，遵循正道走正路。桀与纣衣不束带，只因贪图捷径难以前行。那些小人偷安享乐，国家的前途黑暗险阻。岂是我害怕自身遭殃，只怕王车将要毁坏。急匆匆前后奔走，想让你赶上先王的脚步；你不体察我的衷情，反而听信谗言对我发怒。明知忠言会招来祸患，想隐忍却难以割舍；遥指苍天为我作证，全都是为灵修的缘故。当初你与我盟誓，后来竟然反悔另有他想；我倒不难过与你分别，伤心的是灵修的变化无常。

【原文】

　　余既滋兰之九畹兮①，又树蕙之百亩。畦留夷与揭车兮②，杂杜衡与芳芷③。冀枝叶之峻茂兮④，愿竢时乎吾将刈⑤；虽萎绝其亦何伤兮⑥，哀众芳之芜秽⑦！

【注释】

　　①滋：培植。九畹：九是虚数，表示多。下文"九死"同此。畹有十二亩、二十亩、三十亩几种说法。②畦（qí）：田垄，此作动词用，一行行地种植。留夷，即芍药。揭车：亦香草名。留夷和揭车都是楚地所产香草。③杂：套种。杜衡：即马蹄香。香草象征贤才。以上四句用栽植香草比喻培养英才。④冀：希望。峻：高大。⑤竢：同"俟"，等待。刈（yì）：收割。⑥萎绝：指草木的自然老化、死亡。⑦芜秽：指中途变质，即篇末"兰芷变而不芳兮，荃蕙化而为茅"之意。花开花落，草木凋零虽然是一件悲伤的事，但是芳草的中途变质却更为可伤。

【译文】

　　我已培植九畹芝兰，又种下百亩蕙草。分垄栽培留夷和揭车，其中间杂杜衡和芳芷。希望枝叶繁茂，到时候我就收割；即便枯萎凋谢也不悲伤，只哀伤众芳草的中途变质。

【原文】

　　众皆竞进以贪婪兮①，凭不厌乎求索②；羌内恕己以量人兮③，各兴心而嫉妒④。忽驰骛以追逐兮⑤，非余心之所急；老冉冉其将至兮⑥，恐修名之不立⑦。朝饮木兰之坠露兮，夕餐秋菊之落英⑧。苟余情其信姱以练要兮⑨，长顑颔亦何伤⑩！揽木根以结茞兮⑪，贯薜荔之落蕊⑫；矫菌桂以纫蕙兮⑬，索胡绳之纚纚⑭。謇吾法夫前修兮⑮，非世俗之所服⑯；虽不周于今之人兮，愿依彭咸之遗则⑰！

【注释】

①竞进：争着向上爬。贪婪：贪得无厌，不知满足。②冯不厌：指贪得无厌。冯：通"凭"，楚方言"满"的意思。厌：满足。③羌：发语词，楚方言。恕：揣度。④兴心：生心，打主意。⑤驰骛：奔走。⑥冉冉：渐渐。⑦修：本义是长，古人以长为美，此处为"美"义。⑧落：始也。英：花的别名。落英：初生的花，即蓓蕾。早晨喝木兰花上坠落的露滴，晚上以秋菊初生的花为食，饮露餐英是比喻修炼品德，使自己人格高洁。木兰春天开花，菊花秋天始荣，这两句意同上文"朝搴阰之木兰兮，夕揽洲之宿莽"，也是以朝夕喻岁时。是说一年到头，无时无刻都在坚持修洁。⑨苟：只要。信：确实。姱：美好。练要：精要，是说操守纯粹。⑩长：长期。顑颔：面貌憔悴黄瘦。这四句意承上节，众人因追求名利而自得，我却因追求仁义高洁为志向。⑪木根：此指木兰的根。⑫薜荔：香草名，蔓生灌木，亦称木莲。落蕊：初开的花。蕊：花心。⑬矫：举。菌桂：应作箘桂，这里指箘桂的嫩枝。⑭索：绳索，作动词，搓绳。胡绳：一种蔓生的香草。纚纚（xǐ）：长而下垂，整齐美观的样子。以上四句就是篇首所说的"修能"，是"吾"的神话形象的重要部分。⑮謇：发语词，楚方言。法：效法。前修：前代的圣人。⑯服：佩，用。⑰彭咸：关于彭咸是谁有很多种说法，有说是"殷贤大夫"，也有说是彭祖祝融，即太阳神，但现在也没有确凿的证据。唯一可以肯定的是，彭咸应该是诗人心中的另一个美好化身，他包含了作者对德行深厚的理想人物的憧憬和赞美之情。

【译文】

众人都贪婪成性，个个贪得无厌欲壑难填；用自己的私心猜量他人，钩心斗角互相嫉妒。急速奔驰追逐私利，不是我心中之所急；衰老慢慢地将要来到，怕美名还不能建立。清晨饮木兰滴下的露水，傍晚吃秋菊的花瓣；只求我情操确实美好，长期饥饿也不悲伤。用木兰的根须串连白芷，再串薜荔的花蕊；用菌桂的嫩枝串连蕙草，把胡绳揉搓得又长又美。我效法前贤的模样，不是世俗之人所能够做到的；虽然不合于今人的趣味，只愿依从彭咸的风范。

【原文】

长太息以掩涕兮①，哀民生之多艰②；余虽好修姱以鞿羁兮③，謇朝谇而夕替④。既替余以蕙纕兮⑤，又申之以揽茝⑥。亦余心之所善兮⑦，虽九死其犹未悔。怨灵修之浩荡兮⑧，终不察夫民心。众女嫉余之蛾眉兮⑨，谣诼谓余以善淫⑩。固时俗之工巧兮，偭规矩而改错⑪；背绳墨以追曲兮⑫，竞周容以为度⑬。忳郁邑余侘傺兮⑭，吾独穷困乎此时也；宁溘死以流亡兮⑮，余不忍为此态也！鸷鸟之不群兮⑯，自前世而固然⑰；何方圆之能周兮，夫孰异道而相安！屈心而抑志兮，忍尤而攘诟⑱；伏清白以死直兮⑲，固前圣之所厚⑳。

【注释】

①太息：叹息。掩涕：掩面流泪。②民生：人生。先秦的"民"字，含义多有不同，一为百姓，一为自指，一为同列的小人。笔者认为，这里的"民"一来是诗人自伤之词，一来也是哀百姓生活多艰。这是诗人悲天悯人的济世情怀的体现。③虽（雖）：同"唯"，只。好：爱好。修：修饰。姱：美貌。鞿：马缰绳。羁（jī）：马笼头。鞿羁：束缚，牵累的意思。④謇：发语词。谇（suì）：原义是劝谏。但与上下文意不相属，郭沫若在《屈原赋今译》中曾说"作为卒字解，言卒业也"，即完成的意思。替：废弃。⑤纕：佩的带子。⑥申：再次。⑦亦：语助词，在这里有转折的语气。善：爱好。⑧浩荡：原义水大貌，这里意同荒唐，没有准则。⑨众女：喻上文"众""党人"，是说包围在怀王身边的一群壑佞小人。蛾眉：美貌，比喻美德。⑩谣诼（zhuó）：造谣诽谤，楚方言。⑪偭：违背。规：制圆形的工具。矩：制方形的工具。规矩：在这里比喻法度。错：同"措"，措施。⑫绳墨：木匠画直线用的墨线，喻法度。"规""矩""绳墨"都是匠人用的工具。⑬周容：就圆随方，苟合取容。⑭忳（tún）：忧郁，烦闷的样子。侘傺（chì）：心情不定、失意的样子，楚方言。⑮溘（kè）：突然。溘死：暴死。流亡：指暴死野外，尸体不得收殓，而随水漂泊。⑯鸷（zhì）鸟：鹰类的鸟，猛禽。⑰固然：本来就是如此。⑱尤：罪罚。攘：本义是取。诟：侮辱。忍尤攘诟：就是承受各种罪责侮辱。⑲伏：同"服"，保持。⑳厚：动词，看重。

【译文】

长声叹息眼泪擦不干，哀伤人民生活的艰难；我爱好修饰而受到牵累，早晨刚进谏晚上就被废弃。毁坏了我蕙草做的佩带，又申斥我拿的芳芷。这些都是我的爱好，纵然九死也不后悔。怨恨灵修昏聩荒唐，终究不能体察我的衷肠；众女流嫉妒我的美貌，造谣啄伤我是生性淫荡。世俗之人本来就工于取巧，违背规矩而改变措施；背弃绳墨而追随邪曲，竞相苟且取容以为法度。我忧郁苦闷惆怅失意，独自穷困窘迫在这样的时代；我宁愿暴死于野外，也不忍仿效这种丑态。雄鹰的不合群，自古以来就这样；方榫圆孔如何能吻合，异路人哪会相安？委屈心情压抑志向，隐忍罪责承担侮辱；坚守清白而死的正直，这本为前圣所称道。

【原文】

　　悔相道之不察兮①，延伫乎吾将反②；回朕车以复路兮，及行迷之未远。步余马于兰皋兮③，驰椒丘且焉止息④；进不入以离尤兮⑤，退将复修吾初服⑥。制芰荷以为衣兮，集芙蓉以为裳⑦；不吾知其亦已兮，苟余情其信芳！高余冠之岌岌兮⑧，长余佩之陆离⑨；芳与泽其杂糅兮，唯昭质其犹未亏⑩。忽反顾以游目兮⑪，将往观乎四荒⑫；佩缤纷其繁饰兮，芳菲菲其弥章⑬。民生各有所乐兮⑭，余独好修以为常⑮；虽体解吾犹未变兮⑯，岂余心之可惩⑰！

【注释】

①相：观察选择。察：仔细看清楚。②延：长久。一说延颈而望。伫：站立。延伫：长久站立。反：同"返"。③步马：解开车驾，让马散步。兰皋：长有兰草的水边。皋：水边。④椒丘：有椒树的山丘。且：暂且，姑且。焉：在这儿。⑤进：进仕。离：借作"罹"（lí），遭遇。尤：罪祸。这是说既然进仕郁郁不得志，倒不如退隐以洁一身。⑥初服：芳洁的服饰，这里比喻美好的品德。⑦芰（jì）：菱。芰荷：荷叶，楚方言。芙蓉：荷花。衣、裳：古代分别指上衣，下服，以叶为衣，以花为裳。⑧高：用作动词，加高。岌岌（jí）：本是山高的样子，这里与高叠用，形容很高。⑨长：用作动词，加长。陆离：很长的样子。⑩泽:旧说是"润泽"，与"芳"义近。但从上下文看来，应该是芳的反面，即污浊。糅（róu）：混在一起。芳泽杂糅是说芳香与污浊混杂在一起，比喻"吾"曾与"众女""党人"共处。昭质，清白的本质。昭，明。这两句是出淤泥而不染的意思，我虽与一些奸邪小人共处于朝廷之中，但我决不会同流合污。⑪游：放纵。游目：远眺，放眼纵观。⑫四荒：四方荒远之处。荒：远。⑬菲菲：花草香气浓郁。弥：更加。章：同"彰"，显著。⑭民生：人生。⑮好修：爱好"修能"。常：习惯的意思，本作"恒"，与下文"惩"字叶韵，后因汉文帝叫刘恒，汉人为避讳而改。⑯体解：即肢解，古代一种酷刑，把人的四肢砍掉。⑰惩：戒惧而悔恨。

【译文】

悔恨选择道路不曾细察，踌躇不前我将要返回；掉转我的车走回原路，趁走入迷途还不太远。我的马徐行在兰草边，奔到椒山暂且休息；不前去遭遇罪祸，隐退去重新修我当年衣。缝制芰荷做上衣，采集芙蓉为下裳；没人欣赏我也没有关系，只要我的内心确实芳香。把我的冠冕做得更高，把我的佩带结得更长；芬芳与污泥虽然杂糅，它的光彩质地却未受损伤。蓦然回首张望，我将远观四方；佩带缤纷装饰锦簇，芬芳格外馥郁幽香。人们天生各有自己的喜乐，我独好修洁并习以为常；纵然肢解我也不会改变，难道我的心可以惩戒？

【原文】

女媭之婵媛兮①，申申其詈予②；曰："鲧婞直以亡身兮③，终然殀乎羽之野④。汝何博謇而好修兮⑤。纷独有此姱节⑥？薋菉葹以盈室兮⑦，判独离而不服⑧。众不可户说兮，孰云察余之中情⑨？世并举而好朋兮⑩，夫何茕独而不予听⑪？"

【注释】

①女媭（xū）：一说是屈原的姐姐，一说是屈原的妹妹，都没有确凿的证据，此处译为女伴即可，她是现实生活中对屈原既同情又缺乏理解的一类人物的艺术化身。婵

媛：关心爱切而显得婉转痛恻的样子。②申申：重叠不休，一遍又一遍。詈（lì）：责备。③鲧（gǔn）：传说中禹的父亲。婞（xìng）直：刚直。亡身：忘我。亡同"忘"。婞直亡身是说持正而不顾自身。④夭：死于非命。羽：山名。传说鲧被杀于羽山。⑤博：多。謇：直言。博謇：过于忠贞，爱说直话。⑥姱：美好。节：节操。朱骏声《离骚补注》认为是"饰"字之误。饰指服饰，《离骚》以服饰喻节操。⑦薋（cí）：作动词，草堆积起来的意思。菉（lù）：即王刍，草类的一种。葹（shī）：即苍耳。菉葹都是恶草，比喻奸邪小人。⑧判：区别开来。服：佩带。⑨孰：谁。云：语助词。余：指"咱们"。⑩并举：互相抬举。好朋：喜欢结党营私。⑪茕（qióng）独：原义是无兄弟称茕，无子称独。

【译文】

　　女媭对我那么关切，再三地把我责备；她说："鲧刚直而忘身，结果死于羽山的原野。你何必直言好修洁，独自赋有这美好的节操？屋子里堆积着野花杂草，偏你与众不同不愿佩带。不能逐户去解说，有谁会体察咱们的真情；世人相互吹捧好结党朋，你为啥孤傲不听我的话。"

【原文】

　　依前圣以节中兮①，喟凭心而历兹②；济沅湘以南征兮③，就重华而陈词④；启《九辩》与《九歌》兮⑤，夏康娱以自纵⑥；不顾难以图后兮，五子用失乎家巷⑦。羿淫游以佚畋兮⑧，又好射夫封狐⑨；固乱流其鲜终兮⑩，浞又贪夫厥家⑪。浇身被服强圉兮⑫，纵欲而不忍⑬；日康娱而自忘兮⑭，厥首用夫颠陨⑮。夏桀之常违兮⑯，乃遂焉而逢殃⑰；后辛之菹醢兮⑱，殷宗用而不长⑲。汤禹俨而祗敬兮⑳，周论道而莫差㉑。举贤而授能兮㉒，循绳墨而不颇。

【注释】

　　①节中：节制不偏，保持正道。②喟（kuì）：叹息。凭：愤懑。历：经历，遭遇。兹：现在，此时。③济：渡。征：行。④重华：舜的名字。传说舜葬于沅湘以南的九疑山。⑤启：禹之子。《九辩》与《九歌》：我国古代神话中两个有名的乐曲，传说是启上天做客时偷带下来的。⑥夏康娱以自纵：语法与下文"周论道而莫差"同。一说这句仍指启一人。康：大。康娱：过分地逸乐。另一说是指启及其儿子太康。例同下文"日康娱而自忘"。⑦五子：启的五个儿子。用：因而。失：指太康失国。一说"失"为衍字。

家巷：家乡，此指故都，太康耽于淫乐，被有穷国的后羿夺了故都。一说，家巷指内部的争斗。夏启十年至十一年间，五个儿子叛乱，被平定。夏启十五年，最小的儿子武观又叛，"五子家閧"就是指这两次内乱。或说"五子"即指武观。⑧淫、佚：都是过度享乐的意思。畋：打猎。⑨封：大。⑩鲜终：少有好的结果。⑪浞（zhuó）：人名，即寒浞，相传是羿的国相。厥：其。家：妻室家小。传说后羿沉迷于游猎，不理政事，国相寒浞擅权，与妃子纯狐私通，害死后羿。⑫浇：人名，即过浇，寒浞的儿子。被服：穿戴，引申为负恃、信奉之义。强圉：多力也。⑬不忍：不肯自制。⑭自忘：忘记自身的安危。⑮颠陨（yǔn）：坠落。太康弟仲康之孙少康，攻灭浇，夏遂复兴。⑯常违："违常"的倒文，违背了正常的道理。⑰乃：于是。遂：终于，结果。焉：语气词。⑱辛：纣王的庙号。菹（zū）醢：菹是切细的腌菜，醢是肉酱，此指古代的一种酷刑，把人剁成肉酱。⑲宗：宗祀，指王朝。⑳汤禹："汤"指商汤，"禹"指夏禹。在屈赋中禹汤并称共三次，下文"汤禹严而求合兮"，《怀沙》"汤禹久远兮"，都是先汤后禹。俨：读作"严"，严明。祗（zhī）：与"敬"意义相同。敬重法度，不敢胡作非为，即谨慎的意思。㉑周：指周初的文王、武王和周公等人。㉒举贤授能，是屈原重要的政治主张之一，在作品里反复强调。这四字虽只在这里出现一次，但屈赋是文学作品，不是政治论文，这一政治主张，主要寄寓于"骐骥""众芳"等大量形象化的语言之中。

【译文】

　　遵循前代圣贤坚持正道，可叹历尽如此磨难让人寒心；渡过沅水湘江而朝南行，向虞舜去陈述衷情；夏启窃得《九辩》《九歌》，夏王朝纵情娱乐放任无度；不居安思危考虑后患，五个儿子起了内讧。后羿沉溺于游猎嬉戏，喜欢射杀大狐狸。本来淫乱之徒就没有好下场，又被寒浞抢占了他的妻室。浇身体强壮有力，放纵自己的欲望不加节制；每日寻欢作乐以致忘形，终究掉了脑袋。夏桀行为违背常理，于是遭到灾殃。纣王把忠臣弄成肉酱，殷朝的王位也因而不长久。汤和禹都谨慎敬戒，周先王讲求理法也没差错，举用贤者和能者，遵守规矩没有偏颇。

【原文】

　　皇天无私阿兮①，览民德焉错辅②；夫维圣哲以茂行兮③，苟得用此下土。瞻前而顾后兮，相观民之计极④；夫孰非义而可用兮，孰非善而可服⑤？阽余身而危死兮⑥，览余初其犹未悔⑦；不量凿而正枘兮⑧，固前修以菹醢。曾歔欷余郁邑兮⑨，哀朕时之不当；揽茹蕙以掩涕兮⑩，霑余襟之浪浪⑪。

【注释】

　　①私：偏私。阿：与"私"同义。无私阿：即公正不偏。②民：人，此指君主。错：同"措"，施行。看万民之中最有道德的，就让他做君王，让贤能之士去辅佐他。③维：唯。茂：美。④相（xiàng）观：仔细地考察。民：万民众生。计：计虑。极：

目的。计极：最终的想法。⑤服：义同"用"。⑥阽：临近危险。⑦初：初志，初衷。⑧枘（ruì）：插孔用的木栓，此指木柄。凿的上端圆形中空，枘插其内，是为柄。不迁就凿孔的方圆大小来削柄，就插不进去。这是比喻古代的诤臣，不肯苟合取容，而不得善终。⑨曾：借作"增"，屡次。歔（xū）欷（xī）：悲泣抽噎的声音。⑩茹：柔软。⑪霑：同"沾"，浸湿。浪浪：流不断的样子。

【译文】

上天啊，不偏私，看到了有德行的才肯辅助。只有圣哲德行美好，才能够统治天下。考察了前王而又观省后代，看出了万民的心愿。哪有不义的人可被任用，哪有行为不好的人能被敬服？我纵使是身临绝境，回顾自己的初衷也不后悔。不度量凿孔的方圆而只求正枘，前代的贤人因此碎骨粉身。我忧郁而又呜咽，哀怜我生不逢时。用蕙草擦干眼泪，眼泪滚滚沾湿了衣襟。

【原文】

跪敷衽以陈辞兮①，耿吾既得此中正②；驷玉虬以乘鹥兮③，溘埃风余上征。朝发轫于苍梧兮④，夕余至乎县圃⑤；欲少留此灵琐兮⑥，日忽忽其将暮。吾令羲和弭节兮⑦，望崦嵫而勿迫⑧；路曼曼其修远兮⑨，吾将上下而求索。饮余马于咸池兮⑩，总余辔乎扶桑⑪；折若木以拂日兮⑫，聊逍遥以相羊⑬。

【注释】

①敷：铺开。衽（rèn）：衣襟。②耿：明亮貌。中正：即上文"节中"，正道，真理。③驷：古代同驾一辆车的四匹马。这里作动词用，就是驾的意思。虬（qiú）：传说是无角的龙。鹥（yī）：传说中凤类的鸟，身有五彩。④轫：阻止车轮转动的木头。发轫就是在行车前把这块木头拿开，是出发的意思。苍梧：地名，舜所葬的九嶷山在其境内。⑤县圃：神话中的山名，在昆仑山顶。县："悬"的古字。⑥灵琐：神的官门。灵，神。琐，门上雕刻的花纹。此代指门。⑦羲（xī）和：古代神话中十个太阳的母亲，又是太阳的赶车夫。弭（mǐ）：停。节：鞭子。⑧崦嵫（zī）：神山名，传说中日没之处。⑨曼曼：同"漫漫"，长而远的样子。修：长。⑩马：指上文当马驾用的玉虬。咸池：太阳沐浴的神池。⑪总：整理系结。辔：缰绳。扶桑：神树名，据说在东方，日出于扶桑之下。⑫若木：神树名，据说生在昆仑山的西极，青叶红花，光华下照。拂日：拂拭太阳，使它放出光明，不要昏暗下去。⑬相羊：同"徜徉"，自由自在地往来游玩，有逍遥之意。

【译文】

跪在衣襟上陈述衷情，我的心中耿直已得中正之道。驾玉虬乘彩凤，飘忽地乘风而上。清晨从苍梧动身，晚上便来到昆仑山上的悬圃。想要在这神山逗留片刻，无奈太阳却匆匆地要西沉入暮。我叫羲和慢慢地行车，看到崦嵫也不要急迫。前面的路那么长，那么远，我将要上天入地去寻求探索。让我的龙马在咸池饮水，把缰绳拴在扶桑树上。折下几根枝条轻轻遮挡阳光，且让我无拘无束地在这里逍遥闲逛。

【原文】

　　前望舒使先驱兮①，后飞廉使奔属②；鸾皇为余先戒兮③，雷师告余以未具。吾令凤鸟飞腾兮，继之以日夜；飘风屯其相离兮④，帅云霓而来御⑤。纷总总其离合兮，斑陆离其上下⑥；吾令帝阍开关兮⑦，倚阊阖而望予⑧。时暧暧其将罢兮⑨，结幽兰而延伫⑩；世溷浊而不分兮⑪，好蔽美而嫉妒。

【注释】

　　①望舒：月神。②飞廉：风神。奔属：奔跑跟随。③鸾：神鸟名，形状如鸡而大，五色。皇：即"凰"，雌凤。④屯：聚集。离：读作"丽"，依附。⑤帅：同"率"，率领。霓：通"蜺"，虹霓。虹常有内外两层，通称为虹。古人分别言之，内层色鲜，称虹；外层色淡，称蜺。御：迎接。⑥斑：光彩斑斓。上下：天地。⑦阍：守门人。关：本义是门栓，此指天门。⑧阊阖（hé）：天门。⑨暧暧：昏暗的样子。罢：完，指一天将尽。⑩结：结交，这里是寄情的意思。延伫：长久站立。⑪溷（hùn）：义同"浊"，肮脏浑浊。

【译文】

　　月神望舒在前面为我开道，风神飞廉跟在后面随着奔跑。鸾鸟凤凰在前头替我警戒，雷神却告诉我还没有准备好。我让凤凰展翅飞腾，不管是白天还是黑夜都不停前行。旋风把分散的云朵聚集起来，率领着云霓前来列队恭迎。飘忽时聚时散，色彩斑斓乍离乍合，我让帝阍把天门打开，他却倚着天门冷冷地望着我。天色昏暗，一天将要过去，我编结着兰花久久地伫立。人世间是这样混浊善恶不分，总爱遮蔽美好的事物并且嫉妒它。

【原文】

　　朝吾将济于白水兮①，登阆风而绁马②；忽反顾以流涕兮，哀高丘之无女③。溘吾游此春宫兮④，折琼枝以继佩；及荣华之未落兮⑤，相下女之可诒⑥。吾令丰隆乘云兮⑦，求宓妃之所在⑧；解佩纕以结言兮⑨，吾令蹇修以为理⑩。纷总总其离合兮⑪，忽纬繣其难迁⑫；夕归次于穷石兮⑬，朝濯发乎洧盘⑭。保厥美以骄傲兮⑮，日康娱以淫游；虽信美而无礼兮，来违弃而改求⑯。

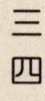

【注释】

①白水：神话中发源于昆仑山的河，饮后不死。②阆风：神山名，在昆仑山上。缕：系结，表示在这里停留。③高丘：指阆风山。无女："吾"在天国碰壁以后，渡过白水，登上阆风山顶，却没有一个理想的神女可以追求。④春宫：东方青帝所居。⑤荣华：琼枝上的鲜花。⑥下女：指下文宓妃、简狄、二姚等下界名淑，她们都是神话式人物，只因不住在天上故称"下女"。"下"相对于天而言。诒（yí）：通"贻"，赠送。⑦丰隆：云神。⑧宓（fú）：古通"伏"。宓妃：传说是伏羲氏的女儿，因溺死于洛水，而成为洛水女神。⑨佩纕：佩用的丝带。结言：寄言结交。⑩蹇修：人名，旧说为伏羲氏之臣。但从《离骚》的艺术特点来看，应该是作者虚构的寓言人物。⑪纷总总：指宓妃开始时心绪很乱，拿不定主意。离合：若即若离，不易捉摸。⑫纬繣：别扭。难迁：难以迁就。⑬次：住宿。穷石：西极的山名，传说是夏代东夷族有穷氏后羿所居之地，说法不一。传说宓妃是河伯之妻，常与后羿偷情。⑭洧（wěi）盘：神话里的水名，发源于崦嵫山。⑮保：恃，仗。⑯来：招呼从者之词。违：放弃，丢开。

【译文】

明天早晨，我将渡过白水，登上阆风山把我的马拴在那里。猛然间回头望，忍不住流起泪来，哀伤这高山上没有理想的女子。匆匆地我游逛到春神的宫殿，折下玉树的枝条来续上佩饰。趁着这开放的花朵还未凋落，到下界去送给可心的女郎。我让丰隆驾起云彩，去寻找宓妃住的地方。把佩带解下来寄托我的心意，我让蹇修去做媒人。忙忙乱乱地她总是若即若离，忽然间闹起别扭，真难迁就。晚上，她在穷石住宿，早晨，她却在洧盘的岸边洗头。她仰仗着美貌而满脸骄傲，整日里在外面荒唐地漫游。她虽然貌美，可是太不懂礼节，走吧！我要丢弃她，另外去寻求（别的姑娘）。

【原文】

览相观于四极兮①，周流乎天余乃下；望瑶台之偃蹇兮②，见有娀之佚女③。吾令鸩为媒兮④，鸩告余以不好；雄鸠之鸣逝兮，余犹恶其佻巧⑤。心犹豫而狐疑兮⑥，欲自适而不可⑦；凤皇既受诒兮，恐高辛之先我⑧。欲远集而无所止兮⑨，聊浮游以逍遥；及少康之未家兮，留有虞之二姚⑩。理弱而媒拙兮，恐导言之不固⑪；世溷浊而嫉贤兮，好蔽美而称恶。闺中既以邃远兮⑫，哲王又不寤⑬；怀朕情而不发兮，余焉能忍与此终古。

【注释】

①览相观：三字同义连用，都是看的意思。②瑶台：玉台，犹"琼楼"，华贵美丽的建筑。偃蹇：高耸的样子。③有娀（sōng）：古代部落名。佚：美。传说有娀氏有个美貌的女儿，名叫简狄，未嫁时住在高台上面，她后来成了帝喾的次妃。④鸩（zhèn）：传说

中的毒鸟，羽毛呈紫绿色，稍置酒中，即能致人死。⑤佻巧：言辞不诚实。⑥犹豫、狐疑：都是双声联绵字，疑惑不决的意思。⑦适：往。⑧受：通"授"。诒：原义是赠给，作名词用，指聘礼。高辛：即帝喾。传说简狄为帝喾之妃，吞食玄鸟（燕子）的卵而生契，为商人的祖先。简狄的婚姻与玄鸟有关，而《离骚》此处不写玄鸟写凤凰，因为它是一部浪漫主义的作品，风格浓艳夸张，凤凰的形象比燕子华美得多，作者出于艺术上的需要，才这样处理。⑨集：就。⑩少康，夏代中兴的君主，是大康弟仲康之孙，其父名相。寒促指使自己的儿子过浇杀相，少康逃到有虞国，国君把两个女儿嫁给他。后来少康杀浇复夏。有虞氏属姚姓，故其两个女儿称"二姚"。⑪导：致。导言：传递言语。固：成，牢固。⑫闺：宫中小门，引申为内室。闺中本义是女子所居之所，这里是女子的代称。邃：幽深，深远。⑬哲：明智。哲王：指楚怀王。寤：醒，喻觉悟。

【译文】

仔细观察了天空四方的边缘，在天上周游了一遍才降临大地。远远望瑶台那么巍峨壮丽，看见了有娀氏美女简狄。我吩咐鸩鸟去替我做媒，鸩鸟却告诉我说那美女不好。雄鸠边飞边叫着飞远了，可我却讨厌它的轻佻。心里犹豫不决而迟迟疑疑，想亲自前去又觉得不可以。凤凰已经送去了礼物，恐怕高辛已经比我先到了。我要到远处去又没有地方落脚，暂且随便游荡倒也逍遥。趁着少康还没有成家，有虞的两个女儿还在呢。提亲的媒人无能笨拙，恐怕这次传话又没有把握。世道混浊而又嫉贤妒能，喜欢隐蔽美好而宣扬邪恶。闺中的美人住在幽远深邃的地方，聪明的君王又还没觉悟。满怀衷情却无处倾诉，我怎能忍受这长久的痛苦了此一生！

【原文】

　　索藑茅以筳篿兮①，命灵氛为余占之②。曰："两美其必合兮③，孰信修而慕之④？思九州之博大兮⑤，岂唯是其有女⑥？"曰："勉远逝而无狐疑兮⑦，孰求美而释女⑧？何所独无芳草兮，尔何怀乎故宇⑨？世幽昧以眩曜兮⑩，孰云察余之善恶⑪？民好恶其不同兮⑫，惟此党人其独异⑬；户服艾以盈要兮⑭，谓幽兰其不可佩。览察草木其犹未得兮，岂珵美之能当⑮？苏粪壤以充帏兮⑯，谓申椒其不芳！"

【注释】

　　①索：取。藑（qióng）茅：是一种用来占卜的草。古代楚人有"茅卜法"，结草折竹来占卦就用此草。以：与。楚（tíng）、篿：都是算卦用的竹片，楚人用于另一种占卜法。把两种不同的占卜工具写在一起，正如把扶桑与若木扯在一块、把燕子改作凤凰一样，是《离骚》特殊的艺术手法。②灵氛：卜师之名。从《离骚》的艺术特点看来，向灵氛问卜，是虚构假设之词。③其：表示肯定的语气助词。④信：真正，确实。修：美。⑤九州：泛指天下。⑥是：此。⑦曰：古书中同一个人说的话，中间往往再用"曰"字。这是灵氛针对屈原所提出来的怀疑劝勉他勤奋努力，出去则必有遇合。

勉：劝勉。⑧释：丢开，放弃。女：通"汝"，指"吾"。⑨宇：当作"宅"，形之误。"宅"古音待洛反，与"恶"（乌各反）叶韵。故宅：老家，指楚国。⑩世：当从一本作"时"，"世"与"何所独无芳草"矛盾。眩曜：迷乱的样子。⑪云：语气词。余：包括"灵氛"与"吾"，就是咱们的意思，是一种表示亲密的称谓。⑫民：一般的人们。⑬惟：唯。此：指"故宇"。⑭户：披。艾：野草名，有怪味。要：古"腰"字。⑮瑆（chéng）：美玉。当：借作"党"，懂得，楚方言。⑯苏：借作"取"，索取。帏：佩在身上的香囊。对草木尚且缺乏辨别的能力，更不能鉴别美玉，那么玉再美也不适合他们。灵氛这样说，是为了坚定"吾"的去志。

【译文】

　　找到灵草和竹片，请灵氛为我占卜。她说："双方是美的一定能结合，可谁是真正美好值得去爱慕呢？想想天下是如此的广大，难道只是这里有美女吗？"她说："向远处去吧不要迟疑，哪有追求美好的人会把你丢下？什么地方没有芳草你何必如此怀念故土？世道既黑暗又让人眼花缭乱，谁能够详察咱们的善恶？人们的好恶本来就有不同，只是这里的小人更加独特不同。家家户户的人都在腰间挂满了艾草，反而说幽兰不可佩戴。分辨草木都不能真切，对美玉又怎能评价得恰当？拿粪土塞满了香囊，偏要说申椒一点也不香。"

【原文】

　　欲从灵氛之吉占兮，心犹豫而狐疑；巫咸将夕降兮，怀椒糈而要之②。百神翳其备降兮③，九疑缤其并迎④；皇剡剡其扬灵兮⑤，告余以吉故。曰："勉升降以上下兮⑥，求榘矱之所同⑦；汤、禹严而求合兮，挚、咎繇而能调⑧。苟中情其好修兮，又何必用夫行媒？说操筑于傅岩兮，武丁用而不疑⑨。吕望之鼓刀兮，遭周文而得举⑩；宁戚之讴歌兮，齐桓闻以该辅⑪。及年岁之未晏兮⑫，时亦犹其未央⑬；恐鹈鴂之先鸣兮，使夫百草为之不芳⑭！"

【注释】

　　①巫咸：古代著名的神巫。但文中的巫咸，仅借用其名，不是历史人物，而是寓言人物。故下文巫咸称引周代的吕望、宁戚。降：从天降临。②怀：揣在怀里，准备。糈（xǔ）：精米，用于祭神的祭品。椒糈：香草和精米。要：祈求。③翳：遮蔽，形容百神盛多。备：齐，全都。④九疑：山名，此指九嶷山诸神。⑤皇：读作"煌"，辉煌，是"剡剡"的状语。剡剡：发亮的样子。灵：神。

⑥勉：勉强。升降上下：俯仰浮沉，只"求榘矱之所同"，不计地位之高低。"
⑦榘：即"矩"，量方形的工具。矱（yuē）：量长短的工具。同：合。⑧挚：即伊尹，汤时贤臣，帮助商汤灭夏。咎繇（yáo）：即皋（gāo）陶，传说是夏禹时期的贤臣，是精明公正的立法官。⑨说（yuè）：即傅说，相传本是傅岩地方筑土墙的奴隶，商王武丁梦到他，就画了像到处寻访，结果在刑徒中找到，后为殷高宗时贤相。筑：打土墙用的木杵。⑩吕望：又称吕尚，俗称姜太公。本属姜姓，因先代封邑在吕，故以吕为氏。传说曾在朝歌当过屠夫，遇文王而被重用，是周朝的开国贤臣。鼓：敲。鼓刀：敲刀发声，以招揽生意。⑪宁戚：春秋时卫国人，喂牛时敲着牛角唱歌，抒发怀抱，被齐桓公听到，带去列为客卿。该：预备。辅：辅佐大臣。该辅：预备作为辅佐。以上所举伊尹、傅说、吕望、宁戚诸人，都是处卑"好修"，就地待时，而得到知遇，都没有"用夫行媒"。⑫晏：晚。⑬犹其未：即"其犹未"。上文"虽九死其犹未悔""唯昭质其犹未亏""览余初其犹未悔""览察草木其犹未得"，都作"其犹未"。
⑭鹈（tí）鴂（jué）：子规鸟，秋天鸣。巫咸的话至此止。

【译文】

　　想听从灵氛的占卜吉言，心里却又犹犹豫豫无法决断。巫咸将在晚上求神降临，我准备着香椒和精米去邀请他。百神遮天蔽日一齐降临，九嶷山的众神都纷纷去迎接。光灿灿地闪耀着灵光，巫咸又告诉我一些吉利的典故。他说："地上天下地去求索吧！去寻求道义相同的人。商汤、夏禹诚心地寻求贤臣，才能和伊尹、皋陶协同一心。只要内心确实是美好修洁的，又何必到处去托媒介绍？傅说曾在傅岩筑过土墙，武丁重用他却毫不怀疑。姜太公在朝歌操过屠刀，碰上周文王而得以荐举。宁戚喂牛时敲着牛角唱歌，齐桓公听到了任用他为辅佐。趁年岁还没有衰老，时势的极限还没有来到；当心那子规鸟叫得太早，使百草因此而芳香尽消。"

【原文】

　　何琼佩之偃蹇兮^①，众薆然而蔽之^②？惟此党人之不谅兮^③，恐嫉妒而折之。时缤纷其变易兮，又何可以淹留^④？兰芷变而不芳兮，荃蕙化而为茅。何昔日之芳草兮，今直为此萧艾也^⑤？岂其有他故兮，莫好修之害也！余以兰为可恃兮^⑥，羌无实而容长^⑦；委厥美以从俗兮^⑧，苟得列乎众芳^⑨。

【注释】

　　①琼佩：玉树枝做的佩。此处是自喻。偃蹇：繁盛而高贵的样子。②薆然：受到遮蔽而显得黯然。③谅：诚实，信用。④淹留：久留。⑤萧、艾：都是蒿草，不香。⑥兰：旧说是暗射楚怀王的小儿子子兰，其实不然。⑦羌：发语词。容：外表。长：义同"修"，美好。古人以长为美。⑧委：弃。⑨苟得：能够得到，实际上还配不上。

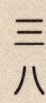

【译文】

　　为什么琼玉的佩饰出众的美丽，众人就把它的光彩遮蔽？这些小人是没有诚信的，怕他们会妒忌而把玉佩毁弃！世俗纷乱易变，怎能在这里久久流连？兰与芷变得不再芬芳，荃与蕙变成了茅草。为什么往日的芳草，今日里直成了野艾臭蒿？难道还有其他的缘故？都只怪他们不洁身自好！本以为幽兰可以信赖，谁知道它也虚有其表，抛弃了美质随从世俗，苟且地名列众芳。

【原文】

　　椒专佞以慢慆兮①，榝又欲充夫佩帏②；既干进而务入兮③，又何芳之能祇④！固时俗之流从兮⑤，又孰能无变化？览椒兰其若兹兮，又况揭车与江离？惟兹佩之可贵兮⑥，委厥美而历兹⑦；芳菲菲而难亏兮，芬至今犹未沬⑧。和调度以自娱兮⑨，聊浮游而求女；及余饰之方壮兮⑩，周流观乎上下。

【注释】

　　①椒：王逸认为是暗射"楚大夫子椒"，但和"兰"一样，没有具体实证可考。《离骚》对众芳芜秽写得特别沉痛，在作品中一再严词谴责，应有作者的实际感受为生活基础。大概屈原被疏以后，原来大批得到过屈原扶植、支持屈原的人，全都随风转舵，倒向靳尚等人一边，而与屈原为敌。这是符合旧时代官场世道的一般规律的。但要说哪种香草影射哪个人，那就很难说了。慆：义同"慢"，傲慢。②榝：茱萸（yú）一类的草，外形似椒而无香味。③干：义同"务"，钻营追求。④祇：敬重。⑤流从："从流"的倒文，随波逐流，趋炎附势。⑥惟：同"唯"。⑦委：作"秉"解释，把持，坚持。历兹：至今。⑧沬：消失，消散。⑨和：调和，缓和。调度：调整。这句是说把自己的心情调整得和悦、愉快一些。⑩饰：指琼佩。这一段是听了巫咸"吉故"之说后的感慨，是对他的反驳。其中心意思是故国里连众芳都已变质，只剩下"琼佩""偃蹇"，"吉故"不可能在故国重演再现。

【译文】

　　花椒专横谄媚而且傲慢，茱萸还想充满佩囊。既然都只贪图攀缘钻营，又有哪种芳草能够坚持芳香之道？时俗本来就随波逐流，又有谁能够不生变化？看椒兰都已经这样了，更何况揭车和江离？只有这玉佩是可贵的，却遭到弃置经此危厄！清香依旧难以污损，芳香至今还留存。调节内心的思度求得欢娱，姑且四处逍遥寻求美女。趁着我的玉佩还璀璨美丽，到天上地下去到处游览！

【原文】

　　灵氛既告余以吉占兮，历吉日乎吾将行①。折琼枝以为羞兮②，精琼靡以为粮③。为余驾飞龙兮，杂瑶象以为车④；何离心之可同兮，吾将远逝以自疏！邅吾道夫昆仑兮⑤，路修远以周流；扬云霓之晻蔼兮⑥，鸣玉鸾之啾啾⑦。朝发轫于天津兮⑧，夕余至乎西极；凤皇翼其承旂兮⑨，高翱翔之翼翼⑩。忽吾行此流沙兮，遵赤水而容与⑪；麾蛟龙使津梁兮⑫，诏西皇使涉予⑬。

【注释】

①历：选择，挑选。②羞：这里泛指菜肴。③精：捣碎。今闽南话还称捣为"精"。靡（mí）：细末。粻：粮食。④象：象牙。⑤邅（zhān）：转，楚方言。⑥扬云霓：举云霓作为旌旗。晻蔼：云旗蔽日的样子。⑦玉鸾：玉制的车铃，挂在车横上，形状像鸾鸟。啾啾：铃声。⑧津：渡口。天津：天河的渡口。传说在箕、斗二星之间。⑨翼：作动词用，展翅。承：连接。旂：指云旗。⑩翼翼：整齐和谐的样子。⑪遵：循。赤水：神话里的水名，源出昆仑山。容与：从容宽适的样子。⑫麾：指挥。梁津：在渡口搭桥。梁：桥，这里用作动词。⑬诏：命令。西皇：西方天帝少皞。涉予：帮助我渡河。

【译文】

灵氛告诉我说卜占是吉祥的，选定好日子我就去远方。折琼枝来做菜肴，用碧玉捣碎做干粮。为我驾驭飞龙之车，用美玉象牙装饰那车。怎能跟异心人在一块？我将远游放飞自己！把行程转向昆仑，路途遥远天涯漫漫。用云霓做彩旗飘扬蔽日，玉制的车铃铿锵如鸟鸣。早晨从天河的渡口出发，黄昏就到了西天的尽头。凤凰的彩翎连接如云彩的旗帜，在天空之上高高飞翔。转眼间来到一片流沙之地，沿着赤水河从容优游。指挥蛟龙在渡口搭桥，叫西皇帮我渡过河流。

【原文】

路修远以多艰兮，腾众车使径待①；路不周以左转兮②，指西海以为期③。屯余车其千乘兮，齐玉轪而并驰④；驾八龙之婉婉兮⑤，载云旗之委蛇⑥。抑志而弭节兮⑦，神高驰之邈邈⑧；奏《九歌》而舞韶兮⑨，聊假日以媮乐⑩。陟升皇之赫戏兮⑪，忽临睨夫旧乡⑫；仆夫悲余马怀兮，蜷局顾而不行⑬。乱曰⑭：已矣哉！国无人莫我知兮⑮，又何怀乎故都？既莫足与为美政兮⑯，吾将从彭咸之所居⑰。

【注释】

①腾：传告。待：当从一本作"侍"，与"期"叶韵。径待：在路边侍卫。②路：路过。不周：神话里的山名，在昆仑山西北。③期：读作"极"，目的地。④轪：车轮

的别名,楚方言。⑤婉婉:一作蜿蜿,龙在天空飞行蜿蜒的样子。⑥委蛇(yí):即"逶迤",舒卷蜿蜒的样子。⑦抑志:抑制自己的情绪。⑧邈邈:高远的样子。⑨韶:即九韶,传说是舜时的舞乐。⑩假日:利用时间。媮(yú):通"愉"。⑪陟(zhì):登。皇:皇天。戏:同"曦",光明的样子。⑫临:居高临下。睨:斜视。⑬蜷局:卷曲不伸。顾:回头。⑭乱:本是古代乐曲里的一个名称,用在末尾,约当于今天的"尾声"。辞赋最后往往也有"乱"辞作为一篇的总结。⑮莫我知:"莫知我"的倒文。⑯美政:理想的政治。⑰从彭咸之所居:追随彭咸去他的居处。

【译文】

行程悠远而艰难,叫随从的车辆在两旁等待。路过不周山向左转弯,直奔西海而去!成千的车辆列队集中,玉制的车轮隆隆转动。每辆车驾八条婉蜒的神龙,车上云旗飘飘荡荡。控制住兴奋减少兴态,心神已经像奔马一样跑远了。奏起了《九歌》,舞起《九韶》,姑且娱乐一下来打发时光!登上了光辉灿烂的皇天,忽然间俯视看到了故乡!仆人悲伤,马儿也怀恋,弯曲着身体回头看不肯向前。最后说:就这样算了吧!国家里没有人懂得我,我又何必怀念故都?既然没有人能同我推行美政,我将追随彭咸寻求安身的地方!

天　问

【原文】

曰:遂古之初①,谁传道之?上下未形,何由考之?冥昭瞢暗②,谁能极之③?冯翼惟像④,何以识之?明明暗暗,惟时何为⑤?阴阳三合,何本何化⑥?

【注释】

①遂:通"邃"(suì),远。②冥:幽暗,指黑夜。昭:光明,指白昼。瞢(méng)、暗:都是昏暗的意思,"瞢""暗"连文,是说昼夜未分,混沌不明的样子。③极:穷究。④冯(píng)翼:宇宙混沌时,大气充盛弥满的运动状态。古代传说,未有天地之时,宇宙间只有大气在运动。惟:语气助词。像:只可想象得之,而无实形可见。古代"形""象"有别,"形"实"象"虚。这是一种看不见摸不着不实在的无定形感觉或现象。⑤惟:发语词。时:是,此。⑥三:同"参",掺合。我国古代的朴素辩证思想,认为宇宙万物的生长,都由于阴气与阳气这两个对立物掺合统一的结果。又说阴阳掺合是由阳者吐气,阴者含气;吐气称"施",含气称"化";施出者为本,化即化育、化生。或说"三"指阴、阳、天。

【译文】

话说:远古初态,宇宙尚未形成,谁能将此种形态传言开来?天地还没有成形,又从何考定天地的差别?日月明暗昼夜清浊皆混沌一片晦暗不清,谁能探究出它的道理?天地

形成前仅能想象到处充塞着无形的元气，又怎么能识别它的形体？昼与夜、阴与阳的分界，究竟是谁作谁为的？阴阳三合而生宇宙，何为本源何所变化？

【原文】

圜则九重①，孰营度之②？惟兹何功③，孰初作之？斡维焉系④，天极焉加⑤？八柱何当⑥，东南何亏⑦？九天之际⑧，安放安属⑨？隅隈多有⑩，谁知其数？

【注释】

①圜：同"圆"，指天。则：规则，体制。②营：通"萦"，环绕。度：计量。③惟：发语词。兹：此。何：赞叹词。④斡：旋转，指旋转着的圆穹形天。维：本义是绳，此指地维，是四方形平地的四个角。⑤天极：星名，构成天顶，指最高层天的顶端。极：屋梁，引申为顶义。加：安放。⑥八柱：有两种说法，一种是支撑天的八座山，另一种是指地上支撑天的八根柱子。当：对着。⑦亏：缺损，此指低陷。⑧九天：这里指天的中央和八方。际：边际，指九野之间。⑨放：放置，设置。属（zhǔ）：连接。⑩隅：角落。隈（wēi）：弯曲处。

【译文】

天圆而生九重。谁又曾去环绕度量？开辟九重天需要什么样的功力，又是谁的力作？能使天体旋转的网绳系在哪里？而天体的八极又依附在何处？撑天的八柱根植何方？东南的天柱为何缺损不齐？九天的边际，放置何处？附属何方？天边相交隅角众多，又有谁能知道它的数目？

【原文】

天何所沓①？十二焉分②？日月安属？列星安陈③？出自汤谷，次于蒙汜④。自明及晦，所行几里？夜光何德，死则又育⑤？厥利维何，而顾菟在腹⑥？女歧无合，夫焉取九子⑦？伯强何处⑧？惠气安在⑨？何阖而晦⑩？何开而明？角宿未旦⑪，曜灵安藏⑫？

【注释】

①沓：交会。是问天与地在哪里交会。②十二：即十二辰，指太阳与月亮在天空黄道上的一年十二会。③属：附着。陈：陈列。④汤谷：即"旸谷"，传说这是日出的地方。次：停宿。蒙：神话中的水名。汜（sì）：水边。蒙汜：传说中太阳落下的地方。⑤夜光：月亮的别名。德：通"得"。则：而。育：生。"死""育"指月的亏、盈。⑥厥：其，指月亮。维：同"惟"。顾菟：指月中的阴影。⑦女歧：传说为女神"九子母"，系由尾宿"九子星"衍变而来。合：匹配，婚配。夫：发语词。取：取得，这里指生出。⑧伯强：亦名禺强、隅强，神话传说中北方的一位

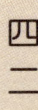

风神。⑨惠气：祥瑞惠和之气。⑩阖：关闭。⑪角宿（xiù）：星名，二十八宿中东方苍龙七宿的第一宿，有两颗，传说这两颗星之间就是天门。旦：明，指天亮。⑫曜灵：对太阳的尊称。以上是《天问》的第一部分，都写天象。先写鸿蒙未开，再写建立天盖，最后写日月星宿。

【译文】

　　天体中的日月在哪里相会合？十二个时辰如何划分？日月依附在哪里？众星陈列在哪里？太阳从旸谷中升起来，夜晚歇息在蒙水河边。从天明到日暮，所行之路究竟有多少里？月亮具有什么本领，竟然死了又能再生？月亮究竟有什么好处？而兔子竟在月亮里面藏身？女岐未曾婚配，怎么会生了九个孩子？伯强之神主宰戾气，他在何处？祥和明惠之气究竟在哪里？关闭什么而天黑？开启什么而天亮？角宿星尚未发光，太阳又藏在何方？

【原文】

　　不任汩鸿①，师何以尚之②？佥曰："何忧③，何不课而行之④？"鸱龟曳衔⑤，鲧何听焉？顺欲成功⑥，帝何刑焉⑦？永遏在羽山⑧，夫何三年不施⑨？伯禹愎鲧⑩，夫何以变化？纂就前绪⑪，遂成考功⑫。何续初继业，而厥谋不同⑬？洪泉极深，何以窴之⑭？地方九则⑮，何以坟之⑯？应龙何画？何尽何历⑰？鲧何所营？禹何所成？康回冯怒，坠何故以东南倾⑱？

【注释】

　　①任：胜任。汩（gǔ）：治水。鸿：借作"洪"，指洪水。②师：众人。尚：推举。③佥：皆，都。④课：试，考察。行：用。⑤鸱龟：形如鸱鸟的龟。曳（yè）：牵绕，缠绕。衔：相衔接。⑥顺欲：顺从愿望。鲧这样做也是为了治平洪水，顺从众人的愿望。一说欲是"将"的意思。顺欲成功：犹言将要成功。⑦刑：极刑。⑧遏（è）：遏制，幽闭。永遏：长久拘禁。羽山：神山名，传说在东边海滨，鲧死于此。⑨施：通"弛"，缓解，释放。"不施"指不释放鲧。⑩愎（bì）：当从一本作"腹"。是说禹直接从鲧的腹部生出来。⑪纂就：继续。前：前人。绪：事业，指平治水土的工作。前绪：即前业。⑫考：对已亡故的父亲的称呼，这里指禹的先父鲧。⑬谋：谋略，指治水的方法。传说鲧用筑堤堵塞的消极方法，禹用疏通九河的积极方法。下面对比两人不同的方法及其不同的后果。⑭窴：同"填"，填塞。⑮方：音义同"旁"，广大。则：当从一本作"州"。⑯坟：堤。此作动词用，筑堤。传说鲧盗息壤以筑堤。"息"是生长的意思，息壤是一种会自行增殖的神泥。⑰这两句当依一本作"应龙何画，河海何历？"应龙，有翼的龙。据说蚩尤出兵伐黄帝，黄帝就命令应龙攻打冀州之野。应龙蓄水。蚩尤请来风伯雨师，操纵大风雨。黄帝于是请天女叫魃，大雨停止。应龙杀死蚩尤，后又杀夸父，于是去往南方，所以南方多雨。而此处应龙为禹画地导流入海是又一个神话。传说禹治水时，应龙以尾巴画地，成为江河，导水入海。历：经过，指水通过。⑱康回：指共工。冯：通

"凭",满,盛。坠:同"地"。传说共工与颛顼争帝,败后盛怒,用头撞坏西北天柱周山,周山因而改称不周山,大地也因而向东南倾斜。在总结夏禹治水时,插入共工之事,是因为共工使地倾东南,为禹的导洪入海准备了地理条件。共工争帝虽败,在改造自然方面,却是胜利的英雄。故写完鲧禹治水后,即追述共工的先行之功。

【译文】

鲧不能胜任治水重任,众人为何推举他?众人都说不必太过担忧,为什么不让他试着去做呢?鸱鹗和龟拖土衔泥,鲧为何对它们言听计从?如果顺应民意治水成功,尧帝又怎么会对鲧施以刑罚?虽然鲧在羽山被处死,但他的尸体为什么三年没有腐烂?伯禹从鲧腹中而生,为何他治水的方法会有变化?继续先人未尽的事业,完成先父治水之功德。为何继承先业,而他的谋略方法却与前人不相同?洪水渊泉深不见底,竟然能将它填平?天下土地有九州,肥瘠有九等,用什么方法来划分?应龙如何以尾画地导流?江河湖海流域遥远又是如何流入大海?鲧在治水时采取了什么办法?禹成就了什么?康回勃然大怒,大地为什么就向东南倾斜?

【原文】

九州安错①?川谷何洿②?东流不溢,孰知其故?东西南北,其修孰多③?南北顺隳,其衍几何④?昆仑县圃⑤,其尻安在⑥?增城九重,其高几里⑦?四方之门⑧,其谁从焉?西北辟启,何气通焉⑨?

【注释】

①错:同"措",安排。②洿(wū):凹坑,此作动词用,挖坑,掘坑,可引申为疏浚。③修:长度,指距离。我国古代有各种关于大地广度的臆说,具体数字各不相同,有的认为南北比东西略短,有的认为南北与东西同,有的认为南北长于东西。观《天问》文意,屈原属后一种看法。④衍:余。这两句是说:以南北的宽度减东西的长度,尚余多少。⑤县圃:神话里的地名,神仙所居之处,在昆仑山上。⑥尻:即尾,脊骨的末节,这里是基础的意思。"县圃"的"县"是悬空的意思,即系于天,故问其地基安在。⑦增城:古代神话传说中的地名,为昆仑山上的一座城堡,共九层。⑧四方之门:昆仑山之门。⑨辟:打开。气:风。传说昆仑西北有"不周之山",昆仑的北门开以纳不周之风。

【译文】

九州大地如何安置?河流山谷为何都如此之深?水都东流入海而不满溢,谁知道这是什么原因?大地有东西南北四方,哪方更长又长出多少?从南到北为椭圆形状,它的广度又是多少?昆仑山上悬圃仙境,到底在哪里呢?山有增城九重,它的高度又有多少里?四方之门户,都有谁由此出入?西北门户敞开,是让什么气由此通过?

【原文】

日安不到?烛龙何照①?羲和之未扬②,若华何光③?何所冬暖？何所夏寒？焉有石林？何兽能言？焉有虬龙④，负熊以游？雄虺九首⑤，倏忽焉在⑥？何所不死⑦？长人何守⑧？靡蓱九衢，枲华安居⑨？一蛇吞象⑩，厥大何如？黑水玄趾，三危安在？延年不死，寿何所止⑪？鲮鱼何所⑫？魀堆焉处⑬？羿焉彃日？乌焉解羽⑭？

【注释】

①烛龙：古代神话中的一种神龙，能把日光照不到的地方照亮。②羲和：神话中的太阳之母，又是太阳的赶车夫。扬：扬鞭东行。③若华：若木的花。若木是神树，在昆仑西极日落之处，花发红光，照耀大地。④虬（qiú）龙：无角的龙。⑤虺（huǐ）：传说中的毒蛇。⑥倏（shū）：义同"忽"，倏忽，极快的样子。⑦不死：指不死的人。⑧长人：指长寿的人。⑨靡蓱：一种神异的萍草，生长在水中。靡：古通"麻"。蓱：同"萍"。衢：本指岔道，这里指一枝多杈，或一叶多瓣。枲（xǐ）：麻的一种。华：古"花"字。⑩蛇吞象：指《山海经》中巴蛇吞象的事。⑪黑水：水名，发源于昆仑山。玄趾：地名，传说为黑水流域的一座山。⑫鲮（líng）鱼：一种怪鱼，即《山海经》中所

说的陵鱼，人面人手鱼身，见则风涛起。⑬魀（qí）：义同"魁"，大。堆："雀"的误字。魀堆：神话传说中的一种亦怪鸟、亦神兽的动物。⑭羿（yì）：神话中的英雄，善射。彃（bì）：射。乌：金乌，传说是太阳里的三脚神鸟。解羽：羽毛脱落，指死。传说尧时，十日并出，草木焦枯。羿奉尧命，射落九日，日中金乌羽毛飘零，都被射死。这里也是太阳的代称。

【译文】

太阳光何处照不到？为何还要烛龙照耀？日神羲和还没扬鞭启程，若木之花为何会放光？什么地方冬天温暖？什么地方夏天严寒？哪里能有岩石成林？什么野兽能说人的语言？哪里会有虬龙，背着熊遨游？雄的虺蛇长了九个头颅，往来倏忽会在何处？什么地方的人长生不死？长寿的人在守候什么？蔓生浮萍生有九重枝，麻萍的花又长在哪儿？灵蛇能吞下大象，那灵蛇的身子又有多大？黑水、玄趾之地，还有三危等山川都在哪里？哪里的人长生不死，生命究竟有无期限？鲮鱼生于何方？魁雀长在哪里？后羿在哪里射下了太阳？日中金乌于何处坠羽丧生？

【原文】

禹之力献功①，降省下土四方②。焉得彼涂山女，而通之于台

桑③？闵妃匹合④，厥身是继⑤。胡维嗜不同味⑥，而快鼌饱⑦？启代益作后⑧，卒然离蠥⑨。何启惟忧⑩，而能拘是达⑪？皆归躲籋⑫，而无害厥躬⑬。何后益作革⑭，而禹播降⑮？启棘宾商⑯，《九辩》《九歌》⑰。何勤子屠母⑱，而死分竟地⑲？

【注释】

①之力："之"作"致"解，致力，用力，与"献功"对文。功：指治水。②降：从天降临。省（xǐng）：察看。③涂山：传说中的南方古国名。一说在安徽当涂，一说在浙江会稽。传说禹在治水途中，娶涂山氏之女为妻。台桑：旧说是地名。一说指桑间野地。桑间野地是古代男女私会的地点。④闵：同"悯"，爱怜。妃：配偶，是说禹的配偶涂山之女。⑤继：继嗣。⑥维：语气助词。嗜不同味：指志趣不同。⑦快：满足于。鼌：音义同"朝"。"饱"与"继"韵不协调，疑是"食"的误字。"朝食"是古代男女情事的隐语。⑧"启代"句：传说益是禹的助手，禹死后曾继承禹的王位，后被启取代。后：君主，国王。⑨卒（cù）：读作"猝"，出其不意。卒然：突然。离：借作"罹"，遭遇。蠥（niè）：忧患，灾祸。⑩惟：通"罹"，遭遇。惟忧：即罹忧，遭难。这里是指启当初被益所囚。⑪拘：拘禁，囚禁。达：逃脱。拘是达：即"达是拘"的倒装句，是说启逃脱益的拘禁。⑫归（kuì）：通"馈"，送来。躲：古"射"字，此指弓箭。籋：音义同"鞠"，一本即作"鞠"，是练武用的毯。⑬躬：身。⑭作：刘盼遂校作"祚"（zuò），王位。革：推翻。⑮播降：播下种子，比喻子嗣繁昌。⑯棘：读作"亟"，屡次。宾：宾礼，古代的一种礼制，是诸侯朝见天子。此作动词用，朝见。商：当为"帝"字之误。⑰《九辩》与《九歌》，系夏启所制的新乐曲。⑱勤：笃厚，厚待，这里是偏爱的意思。屠母，传说禹妻涂山氏孕启时，化为石头，禹高呼："归我子!"石即破裂，启从中出。启的名字就是由此而来。"屠母"指破石的传说。"勤子"与"屠母"互为对比，有厚此薄彼的意思。⑲死：古通"尸"。竟：满。启是个淫君，天帝却对他特别偏爱，为了使他出生，不惜屠母分尸；后来又与他往来密切，送给他天乐《九辩》《九歌》，更助长夏王朝的淫乐生活。屈原笔下的天帝，远不是道德的典范。

【译文】

大禹勤劳辛苦完成功业，尧让他去察视天下四方。在何处与涂山氏之女相遇，而与她在台桑结成夫妇？与涂山女结合，是忧虑没有继嗣。为什么禹喜好与众不同，不贪图男欢女爱的情欲？启代益而作国君，突然间遭到禁困。为什么启遭到拘囚，却又能逃脱？益的兵徒皆交兵器投降或逃跑，而启无丝毫损伤。为何后来伯益失败，而夏启的统治能够长久？启执戟而舞并以美女祭祀天帝，得到了《九辩》和《九歌》。为何爱子竟使母亡，而尸骨竟分散遍地？

【原文】

帝降夷羿①，革孽夏民②。胡躲夫河伯，而妻彼雒嫔③？冯珧利决④,封狶是射⑤。何献蒸肉之膏⑥,而后帝不若⑦?浞娶纯狐⑧,眩妻爰谋⑨。何羿之射革⑩,而交吞揆之⑪?

【注释】

①帝:天帝。夷羿:夏代大康时有穷国的君主。有穷氏是东夷族,故称"夷羿"。②革:革除。孽:灾祸。革孽夏民是"革夏民孽"的倒文。史传启之子太康沉溺于游猎,羿利用夏民的不满情绪夺了夏都。③妻:作动词用,娶妻。彼:指河伯。雒嫔:指洛水女神宓(fú)妃。据说宓妃是河伯之妻,后羿射瞎河伯左眼,夺宓妃为妻。④冯:大而满,指拉满弓。珧:蚌壳,此指蚌壳装饰的弓。决:射箭时钩弦的用具,套在右手指上,今称扳指。利决:灵活顺利地使用扳指。⑤封:大。狶(xī):野猪。⑥蒸:祭。膏:肥美的肉。⑦若:顺从。不若:不顺从,即不顺从羿的心愿,指羿不得善终。屈原认为行为不善,祭祀无用,下文"缘鹄饰玉,后帝是飨;何承谋夏桀,终以灭丧"也以祭礼的丰厚来挖苦、讽刺暴君的可悲下场。⑧浞(zhuó):即寒浞,后羿的国相。纯狐:纯狐氏之女,后羿之妻。后羿重蹈大康的覆辙,也沉溺于游猎,不理国政,寒浞与其妻私通,后合谋杀羿自立为君。⑨眩:惑乱,此作淫乱解。眩妻:犹淫妻,指羿妻纯狐。爰:乃,于是。谋:指纯狐与寒浞图谋杀羿。⑩射革:传说后羿能射穿七层皮革。⑪交吞:联合吞食。传说后羿打猎回来,被家众烹食。揆(kuí):揣度,思量,此作暗算解。

【译文】

天帝派遣夷羿降临,以消除忧患安抚夏民。为何却要射杀河伯,而娶雒嫔为妻?持着强弓戴上扳指,巨大的野猪都能射死。为何羿献上肥美的祭肉,天帝仍然不使他如意?寒浞要娶羿妻纯狐氏之女,惑于羿妻之言而谋杀羿。为什么羿能射穿皮革,而竟遭暗算被烹成肉汤?

【原文】

阻穷西征,岩何越焉①?化为黄熊②,巫何活焉?咸播秬黍,莆雚是营③。何由并投,而鲧疾修盈④?白蜺婴茀⑤,胡为此堂⑥?安得夫良药,不能固臧⑦?天式从横⑧,阳离爰死。大鸟何鸣⑨,夫焉丧厥体?

【注释】

①"阻穷"二句:是说鲧被困羽山,不得越羽山之岩的事。②黄熊:指鲧死后化

作黄熊之事,也有一说是化作黄能,即三足鳖,神异之物。③咸:都。秬(jú)黍:黑色黍子,是古代良种。蒲(pú):疑即"蒲"字,水生的草。藿:芦苇类植物。营:读作"耘",除草。"莆藿是营"即清除水草。鲧虽未根治洪水,却也有一定成绩。原来的一些草泽地区,清除了水草,种上了小米。④并:读作"屏"。投:弃。疾:恶,指恶名。在儒家经典里,鲧与共工、驩兜、三苗共称为"四凶""恶人"。修:长久。盈:满。修盈:指罪恶之多。⑤蜺(ní):同"霓",虹的一种,也称副虹,色较淡。白蜺:指嫦娥身着霓裳羽衣。婴:颈饰。莆(fú):妇女首饰。⑥堂:盛装的样子。⑦臧:读作"藏"。传说嫦娥吞了西王母的不死之药,飞进月宫。"不能固臧",是说嫦娥变成月影蟾蜍,仍显露于人间。⑧天式:自然的法则及规律。式:法式,法则。从横:即"纵横",喻矛盾交错。从:同"纵"。⑨大鸟:姜亮夫认为是指太阳里的金乌。

【译文】

鲧往穷石西行遇阻受困,山岩重重又怎能超越?鲧既然已经化为黄熊,巫师又如何使他复活?鲧教百姓播种黑黍,种植莆藿。为什么和四凶一样同被摒弃,而认为鲧恶贯满盈?嫦娥身着霓裳美服头戴首饰,为何打扮如此华丽堂皇?羿从哪儿得到了仙药,却又不能妥善收藏?天体形式有纵有横,阳气散失就会死亡。巨大的飞鸟为什么鸣叫,又为何会解体命丧?

【原文】

　　蓱号起雨①,何以兴之?撰体协胁②,鹿何膺之③?鳌戴山抃④,何以安之?释舟陵行,何以迁之?惟浇在户⑥,何求于嫂⑦?何少康逐犬⑧,而颠陨厥首?女岐缝裳⑨,而馆同爰止⑩。何颠易厥首⑪,而亲以逢殆⑫?

【注释】

　　①蓱:即蓱翳,或作屏翳,神话里的雨师。②按此二句依《楚辞校补》当作"撰体胁鹿,何以膺之"。撰:胁,借指身体。鹿:指风神飞廉(用蒋骥说)。传说飞廉鹿身鸟头。③膺:呼应,应承。以上两句通行本作"撰体协胁,鹿何膺之",疑"协"字因"胁"字而衍。④鳌(áo):神话中的大海龟。抃:拍手,此指抃舞,即鼓掌欢舞,传说渤海之东,有十五只巨鳌,用头顶着五座神山。⑤释:放弃。陵行:在陆地上行走。陵:陆地,楚方言。迁之:指神山迁移。传说龙伯国有一巨人,一次钓去六只巨鳌,它们所负载的岱舆、员峤两山,因而漂到北极,沉入大海。浇与鳌颇多类同之处。古代传说往往人兽不分,浇可能是鳌的化身,故《天问》将鳌负山与浇释舟合为一节。⑥惟:发语词。浇(ào):寒浞之子,又称过浇,富有武力,曾杀死夏国君相(大康之侄,仲康之子),后又被相之子少康所杀。户:门,此指浇嫂的家。⑦嫂:浇之嫂,据说是寡妇。⑧少康:夏代的中兴之主,在夷夏争霸的斗争中杀浇复国。⑨女岐:人名,浇之嫂。⑩馆:馆舍。"馆同"即"同馆"。止:宿。⑪颠易厥首:指少康派人夜袭,错杀了女

岐。易：以此代彼，指杀错。⑫亲：亲身，指浇自身。殆：危险，祸殃。这句是说浇后来遇难的事。

【译文】

　　雨师屏翳能呼云唤雨，他到底是如何使雨势兴起？风神长着鹿的身体，为何能接受长成这样的体形？大龟昂首背着五山击手而舞，这五座山又怎么能稳定不移？让舟船在陆地上行驶，怎么才能让它移动？来到女岐的门口，对他的嫂嫂有何相求？为什么少康驱赶猎犬袭击浇，却误杀了女岐砍下她的头？女岐替浇缝补衣裳，两人淫乱同宿共眠。为什么少康误取首级，女岐遭殃身亡？

【原文】

　　汤谋易旅，何以厚之①？覆舟斟寻②，何道取之？桀伐蒙山③，何所得焉？妹嬉何肆，汤何殛焉④？舜闵在家⑤，父何以鱞⑥？尧不姚告⑦，二女何亲？

【注释】

　　①汤：牟廷相、闻一多认为是"浇"的误字。谋：谋划，研究。易：治。旅：甲的别名。传说浇最早作甲。厚：指浇制的战甲坚厚。②斟寻：古国名。③桀：夏朝末代国君，是历史上著名的昏暴之君。蒙山：古国名。④殛：诛灭，指灭夏国。⑤闵：同"悯"，爱，此指孝。⑥鱞：字同"鳏"，无妻的男子。舜幼年丧母，父亲是个糊涂的盲人，偏爱继妻的儿子"象"。舜三十岁，还不曾娶妻，且受到全家人多方虐待。后来，尧访知舜是贤人，提拔他做继承人，并把自己的两个女儿娥皇和女英都嫁给他。⑦姚：舜属姚姓，此指舜父瞽叟。尧不姚告：尧不把配亲的事告诉姚家长辈。

【译文】

　　少康开始谋划灭浇时人甚少，为什么能迅猛壮大而取得胜利？浇有覆舟之力而灭斟寻，而少康又用什么方法取胜？夏桀出兵攻打蒙山，得到了什么战利品？妹嬉做了什么放肆的事，商汤竟把她诛杀？舜忧心还没有成家，父亲为什么不给他娶亲？如果尧不告诉舜父，娥皇、女英如何能与舜成亲？

【原文】

　　厥萌在初，何所亿焉①？璜台十成，谁所极焉②？登立为帝③，孰道尚之④？女娲有体⑤，孰制匠之？舜服厥弟，终然为害⑥。何肆犬体⑦，而厥身不危败？

【注释】

　　①萌：指贪欲初萌。亿：通"臆"，臆测，预料。这是说纣王制作象牙筷子时，

大师箕子曾叹道：有了象牙筷子，势必要配上玉的杯子；有了玉的杯子，势必要配上山珍海味。发展下去，终将劳民伤财，滥建宫室。②璜：美玉。十成：指十层。极：至，这里是最后完成的意思。③立：古通"位"。帝：登位为帝，是指舜继位为帝王。④道：通"导"，引导。尚：推崇，崇尚。⑤女娲：我国神话里一位造人、补天的女神。在先秦古籍中，其名仅见于《天问》，汉以后记载渐多。女娲又是女性的天帝。⑥服：顺从。弟：指舜同父异母的弟弟"象"。舜取帝尧二女，象很嫉妒。为了夺取嫂嫂，千方百计地陷害兄长，这就是"终然为害"的意思。⑦肆：放纵，肆无忌惮。犬体：泛指兽性。这里是说象肆无忌惮地犹如狗一样谋害舜。

【译文】

　　生民最初的生活劳动，谁能凭空猜测？纣王建造的璜台高达十层，谁能有这样的功劳？女娲登位称帝，是谁记载传播这件事？女娲创造了人类，又是谁制成了她的形体？舜帝顺从他的弟弟象，最终使其成为祸患。为何象放肆如同狗一般，而舜却能不为他所害？

【原文】

　　吴获迄古①，南岳是止②。孰期去斯③，得两男子④？缘鹄饰玉⑤，后帝是飨⑥。何承谋夏桀⑦，终以灭丧？帝乃降观⑧，下逢伊挚⑨。何条放致罚⑩，而黎服大说⑪？

【注释】

　　①吴：古国名，春秋时据有今江苏、浙江的一部分。获：得。迄古：久远。②南岳：泛指南方的山岳，此不必实指。止：止境。③期：料想。去：一本作"夫"，当据改。夫斯：这样，指上文"迄古"二句。④两男子：指太伯、仲雍两贤人。他们分别是古公亶父（周文王的祖父）的长子和次子，由于看出父亲要把君位传给幼子季历，就主动避开，逃到江南。吴地人拥太伯为国君，太伯死后，仲雍继位。⑤缘：衣服的边饰，引申为装饰。⑥后帝：天帝。飨：拿酒食招待。⑦承：传。贻：谋，通"规"，规谋，规划。⑧帝：商汤。降：下来，走出去。观：观察，视察民情。⑨伊挚：即伊尹，名挚。⑩条放：从鸣条放逐。条：鸣条，地名，在今河南开封北岸，或说在今山西安邑县北。夏桀败于鸣条，并从这里被流放到南巢（在今安徽巢县附近）。致罚：遭受惩罚。⑪黎服：黎民百姓。刘永济说"服"是"民"的误字。"服"古写作"𠈼"，与"民"字形近。说：通"悦"。

【译文】

　　吴国得到长久存在之地,于是留在南岳之地使民众栖止。谁能想到离开这个地方,竟然能得到太伯、仲雍两贤人?妹嬉的衣服上绣鸿鹄配饰玉佩,桀对她的恩宠如同帝王一样。为何她竟能接受伊尹的谋略,而最终使夏桀灭亡?商汤降临下土巡视四方,在民间遇到贤臣伊尹。为何夏桀自鸣条被放逐受罚,而黎民百姓十分高兴?

【原文】

　　简狄在台,喾何宜①?玄鸟致贻,女何喜②,该秉季德③,厥父是臧④。胡终弊于有扈⑤,牧夫牛羊?干协时舞,何以怀之⑥?平胁曼肤⑦,何以肥之?有扈牧竖⑧,云何而逢?击床先出⑨,其命何从?恒秉季德⑩,焉得夫朴牛⑪?何往营班禄⑫,不但还来⑬?昏微遵迹,有狄不宁⑭。何繁鸟萃棘,负子肆情⑮?

【注释】

　　①简狄:传说中有娀氏之女,嫁给高辛氏帝喾(kù),生子契,契是商族的始祖。台:玉石装饰的九层瑶台。宜:通"仪",此作动词用,求爱。②玄鸟:即燕子。传说简狄吞下玄鸟之卵而生商之始祖契。致:送去。贻(yí):赠,此作名词用,礼物,指送的蛋。③该:"亥"字之误。亥是殷人祖先,契的八世孙,传说他始"服牛",即用牛驾车的创始人。秉:保持。秉德是古代常用语。季:亥的父亲,叫作冥,传说他曾任夏朝水官。④厥:其。臧:善,此作榜样解。⑤弊:通"毙",死。扈:"易"之误。有易是夏代古国名。亥到有易放牧,被有易人杀死。⑥干:盾牌。协:配合。时:是,此。王亥执盾入舞。这是古代一种流行的武舞,称干舞,是万舞(包括文舞龠舞和武舞干舞)的一部分,有蛊惑淫事的作用,有时也径以万舞称干舞。诗的这两句可能是写王亥以干舞诱惑有易女人。怀:诱惑。⑦胁:腋下有肋骨的部位。平胁:体态丰腴的样子。曼肤:肤色润美。曼:美。⑧牧竖:牧童。竖:蔑称,童仆。⑨击床:指牧竖袭击王亥于床笫之间。⑩恒:王恒,王亥之弟。商族有兄终弟及的继承法。亥死于有易,弟恒继立。⑪朴:大。⑫班禄:颁赐爵禄。"班"通"颁"。"往营班禄",姜亮夫认为可能说王恒到有易去颁赐爵禄,希望以此换回所失之牛。⑬但:疑是"得"字因形残而误。⑭昏微:即上甲微,亥之子。遵迹:遵循祖宗的行迹,指继承王位。有狄:即有易。"狄""易"古音相近。传说上甲微借河伯的军队讨伐有易,杀其国君绵臣。⑮"繁鸟萃棘"是古代典故,比喻众目睽睽,丑行难饰。萃:集中。棘:荆棘。很多鸟集中在荆棘上。负:背弃。肆情:放纵情欲。

【译文】

　　简狄深居九层高台,帝喾为什么对她如此钟爱?玄鸟送来礼物,简狄为何那么欢喜?王亥秉承了父亲王季的德行操守,他的父亲于是大为褒奖。为什么最终遭到困顿,为有易氏放牧牛羊?王亥跳起武舞,竟使有易氏之女对他怀思。有易氏之女体态曼妙,王亥以什么赢得了她为妻?有易氏之女与王亥,是如何得以相遇相逢?击床之事件发生的时候王亥

已经逃出去了，否则如何能够保全性命？王恒依然秉承王季的德行，又为什么能够重得王亥所失的牛？为什么王恒能得到有易的赐禄，而且能够安然回返？上甲微追循祖迹而征伐有易，有易国因此不得安宁。为什么会荒废于击鸟射兽，而且会有荒淫秽乱的言行？

【原文】

眩弟并淫①，危害厥兄②。何变化以作诈③，后嗣而逢长④？成汤东巡，有莘爰极⑤。何乞彼小臣，而吉妃是得⑥？水滨之木，得彼小子⑦。夫何恶之，媵有莘之妇⑧？汤出重泉⑨，夫何罪尤⑩？不胜心伐帝⑪，夫谁使挑之？

【注释】

①眩：眼花，引申为糊涂，昏乱。弟：王逸说是舜弟象。②厥：其。③变化：传说象为了陷害舜，变换过三种奸诈的阴谋。④逢：大，昌盛。传说舜做天子后，不咎既往，封象于有庳，子孙都做了诸侯。⑤有莘（shēn）：古国名，在今河南陈留县。极：到。⑥小臣：官名，此指伊尹，本为有莘国的媵臣。吉：美好。⑦"水滨"二句：传说伊尹的母亲住在伊水边上，怀孕时伊水泛滥，母溺死，化为空心桑树。水退以后，人们听到婴儿哭声，就从空桑中抱出伊尹，献给国君。⑧媵（yìng）：陪嫁的人，此作动词用。⑨重泉：桀囚禁汤的地方。⑩尤：罪。⑪胜心：克制内心的欲望。伐：称功，夸耀。帝：指夏桀。这两句是说：商汤不能克制内心的欲望而去讨伐夏桀，这是受何人指使挑唆的？

【译文】

不成器的弟弟也是如此荒淫，并且因此杀害了他的兄长。为何王统善变狡诈多端，而他的后代竟也能长久绵延？成汤出巡东方，来到了有莘氏的国土。为什么本来是乞取小臣伊尹，竟娶得了贤淑的妃子？水边的那株空桑树下，拾获了那个小儿伊尹。为什么又生出恶感，把他送给有莘氏之女？汤从囚地重泉摆脱，究竟他犯了什么罪？汤能下定决心而伐桀，又是谁挑唆的？

【原文】

会鼌争盟①，何践吾期②？苍鸟群飞③，孰使萃之④？到击纣躬⑤，叔旦不嘉⑥。何亲揆发足，周之命以咨嗟⑦？授殷天下，其位安施？反成乃亡⑧，其罪伊何⑨？争遣伐器⑩，何以行之？并驱击翼，何以将之⑪？

【注释】

①鼌：同"朝"。会鼌：史称甲子之朝，指周武王姬发与各路诸侯于甲子日凌晨会师

在殷郊牧野（今河南汲县北）盟誓，当天攻下殷都。会：会合。争：一本作"请"，宣告。②吾：疑是"晤"字之残。晤期：会晤的日期。③苍鸟：鹰，喻各路诸侯。④萃：聚集。⑤据《周书·克殷篇》和《史记·周本纪》记载：周武王攻下殷都后，先乘车到达纣王自尽的地方，亲自向尸体射了三箭，然后下车用剑击之，最后用大斧砍下纣王的头，挂在大白旗上。到：通"倒"。躬：身体。⑥叔旦：即周公，武王之弟，故称叔旦；因封于周（岐山北），而称周公。嘉：称赞。⑦揆：测度。亲揆：贴心领会。发：武王名。足：应为"定"的误字。咨：叹息，此疑代指怀柔政策。这两句是说：周公不赞成残杀败军，而能领会武王的真正心意，用怀柔政策平定天下。"到击纣躬"，大概是武王的一时激愤，怀柔政策才是他一贯主张。⑧反：当从一本作"及"，等到。⑨伊：语气助词。⑩伐器：攻伐之器。伐：攻伐。此句是指周武王东征四国之事。⑪将：统率。

【译文】

　　武王伐纣，诸侯前来朝会请求一起征伐，为什么都能如期实践约定？苍鹰成群而飞，是谁把它们聚集在一起？分解砍断纣王的尸体，周公叔旦并不赞成。为什么武王亲自拨乱反正，确定周的天下，百姓赞叹不已？上天既然已将天下授予殷商，为什么又转移给了周？纣王的军队全部倒戈而使国亡，他又有哪些罪过？武王的军士踊跃拿起武器，是用的什么方法来动员他们？军队并驱齐进击敌，他又是怎么样来统率大军？

【原文】

　　昭后成游，南土爰底①。厥利惟何，逢彼白雉②？穆王巧梅，夫何为周流③？环理天下④，夫何索求？妖夫曳衒，何号于市⑤？周幽谁诛？焉得夫褒姒⑥？

【注释】

　　①昭后：西周第四代国王。成：规模盛大。南土：指楚国。爰：乃。底：至。昭王南游，据说淹死于汉江。②逢：迎取。雉（zhì）：野鸡。③穆王：西周第五代国王。巧梅：即"巧模"，穷巧模拟，指穆王穷巧模拟营造宫室器具。④理：借作"履"，行。环理天下：即指周穆王周行天下。⑤据《国语·郑语》《史记·周本纪》记载：周厉王（幽王祖父）时，有一个七岁的小宫女碰到龙的吐沫所化的玄鼋，等她长大就自然怀孕了，在宣王（幽王父）时生一女。因害怕处罚，把她扔掉，被一对叫卖木弓、箭袋的夫妇拾去收养，带到褒国（在今陕西襄城县东南），后来就是传说"千金一笑""致亡西周"的褒姒。妖夫：指收养褒姒的夫妇。曳：牵引，指夫妇相引而行。衒：炫耀，指行卖时夸说货美。号：指叫卖。⑥谁诛：诛谁。诛：讨伐。幽王若不讨伐褒国，就不会得到褒姒。这二句意同上文"桀伐蒙山，何所得焉？"伐人等于自伐，诛人等于自诛。

【译文】

　　昭王盛车出游，来到遥远的楚国。他想获取什么利益，难道只是想获取白色的野鸡？

穆王既然得到了良马，又为什么还要周游四方？既得天下就应当治理，又为何到处周游？妖异的夫妇在大街上一边走一边叫卖，究竟他们在叫卖什么？到底是谁杀了周幽王？又是如何得到的褒姒？

【原文】

天命反侧①，何罚何佑②？齐桓九会③，卒然身杀④。彼王纣之躬⑤，孰使乱惑？何恶辅弼⑥，谗谄是服⑦？比干何逆⑧，而抑沉之？雷开何顺⑨，而赐封之？何圣人之一德，卒其异方⑩？梅伯受醢⑪，箕子详狂⑫？

【注释】

①反侧：反复无常。②何罚何佑：当作"何佑何罚"。佑：通"祐"，神的福祐。③齐桓：齐桓公，是春秋五霸的第一个霸主。九会：多次会盟诸侯。实际上齐桓公与诸侯会盟不止九次。九表示多，不是实指。④卒：终。身杀：犹言身亡。这是说齐桓公晚年任用竖刁、易牙、堂巫、开方四个恶人，酿成内乱。桓公被禁于一室，病时竟得不到饮食，死后诸子争权，六十七天尚未入殓，以致尸体腐烂，虫都爬出门外。⑤之：这。之躬：这个人。⑥弼：义同"辅"。辅弼：能起辅佐作用的贤臣。⑦服：任用。⑧比干：纣的叔父。因多次谏言，纣王怒而杀之，剖其心。⑨雷开：也称"来革"，纣王的佞臣。⑩卒：结局。异方：不同的方式。⑪醢：是"菹（jū）醢"的省文。菹醢是古代的一种酷刑，把人剁成肉酱。诸侯梅伯因忠谏而受此酷刑。⑫箕子：纣王的叔父，封于箕，为殷太师，忠谏纣王不被接纳，而披发装疯。详：通"佯"，假装。

【译文】

天命真是反复无常，什么人会受惩治而什么人能得到福祐？齐桓公有九合诸侯的威力，最终也遭到杀身之祸。那殷商纣王以帝王之尊，又是谁使他狂暴昏乱？为什么会憎恶辅佐良臣，却听信小人的谗言谄媚？比干有什么悖逆的地方，而要加害于他？雷开善于阿谀奉承，却得赏赐封地？为什么圣人的德业相同，最终的结局却不相同？梅伯受刑被剁成肉酱，箕子披发装疯消极避世。

【原文】

稷维元子①，帝何竺之②？投之于冰上，鸟何燠之③？何冯弓挟矢④，殊能将之⑤？既惊帝切激⑥，何逢长之⑦？

【注释】

①稷：后稷，名弃。维：是。元：首。元子：长子。传说稷是帝喾的长子，是周族的始祖。喾正妃姜嫄因踩着上帝的脚印而怀孕生稷。②帝：帝喾的神化。竺：借作"毒"。

③投：投放，抛弃。稷诞生后，家里人先弃之于"隘巷"，再弃之于"平林"，都未弃成，最后弃之于"寒冰"，但又有"鸟覆翼之"。因多次被弃，故取名为"弃"。燠（yù）：温暖。后稷之所以被"竺"、被弃的原因，在于氏族社会末期，对偶婚未严，丈夫往往怀疑第一个孩子是妻子在母家怀胎的，故有"杀首子，以荡肠正世"的风俗。后稷遭弃正是这种远古风俗的史影。④冯：持。⑤殊：特异。能：才能。将：持。这两句说稷从小就有特殊的才能。⑥惊帝：惊动上帝，即《诗经·生民》所说的"上帝不宁"。切激：激烈，说上帝震惊激烈。⑦逢：大。逢长：长大成人。

【译文】

后稷是嫡出长子，帝喾为何会憎恶他？将他丢弃在寒冷的冰上，鸟儿为什么会用翅膀盖着他给他温暖？为什么稷能拿强弓持利箭，是因为有殊异的才能而得到天帝的帮助？帝喾既然惊异而弃稷，为什么天帝又护佑他长大成才？

【原文】

伯昌号衰①，秉鞭作牧②。何令彻彼岐社，命有殷国③？迁藏就岐，何能依④？殷有惑妇⑤，何所讥？受赐兹醢⑥，西伯上告。何亲就上帝罚⑦，殷之命以不救⑧？师望在肆，昌何识⑨？鼓刀扬声⑩，后何喜？武发杀殷，何所悒⑪？载尸集战⑫，何所急？伯林雉经⑬，维其何故⑭？何感天抑坠⑮，夫谁畏惧？皇天集命⑯，惟何戒之？受礼天下⑰，又使至代之⑱？

【注释】

①伯昌：即周文王，姬姓，被殷王朝封为雍州伯，也称西伯。号：号召。号衰：发号于衰微之世。②秉：持。秉鞭做牧，是说周文王作雍州牧伯一事。③令：使，指天命使然。彻：引申为发展、扩大。岐：地名，在今陕西岐山县东北，古公亶父开始迁居于此。社：祭祀土地神的庙，建于国都，象征政权。④依：归。⑤惑妇：指妲己。⑥受：纣王。兹：读如"孳"，即"子"的假借字。文王的长子伯邑考被纣王所杀，并将其肉烹制为羹赐给姬昌服食。⑦亲就：亲受，主动接受。纣王灭绝人性，亲受天罚。⑧以：同"用"，因而。⑨师：太师，军队的统帅。望：吕尚，号太公望，俗称姜太公，做周的太师。肆：店铺。昌何识，如何识得吕望的贤才。据说吕望在店铺里卖肉，文王去请教，他说："下屠屠牛，上屠屠国。"文王听后，"文王喜，载与俱归也"。⑩鼓刀：敲刀。鼓：鸣。⑪武发：周武王，名发。悒：忧郁，这里是愤恨的意思。⑫尸：木主，特指周文王姬昌的灵牌。集战：会战。⑬伯：当为"燔"之音讹，焚烧，指纣王自焚于火中。雉经：缢死。⑭维：语气助词。故：缘故。⑮感：通"憾"。抑：义同"按"，指各种地质灾害。⑯集命：集禄命而授之，即授予天下。⑰礼：借作"理"，治理。⑱至：通"周"，指西周王朝。

【译文】

伯昌在殷商衰退的时候,拿着鞭子来到九州做牧伯。为什么上天把大任降临到岐社,让他们来统治殷国?当年太王带着宝藏迁居岐山,现在岐地将以什么作为依持?殷有妲己迷惑纣王,对纣王又能怎样劝谏?文王被赐喝用他儿子的肉煮的肉汤,西伯姬昌向天告命。为什么要亲自把纣王的罪状上告于天帝,而不去拯救殷商衰退的国运?姜太公吕望隐居在屠市,伯昌为什么就能识知?吕望敲击刀子放声歌唱,文王听后为什么那么欢喜?武王姬发既然已经诛纣灭商,为何还有忧虑?载着文王灵位出战,为什么又这样心急?纣王自焚身亡,究竟是什么原因?为何他的死能感天动地,而生前又畏惧谁?天帝既然已降天命于殷,为什么祖伊还要劝诫?纣王既然已经统治天下,为什么又被异姓取代?

【原文】

　　初汤臣挚①,后兹承辅②。何卒官汤,尊食宗绪③?勋阖梦生④,少离散亡⑤。何壮武厉⑥,能流厥严⑦?彭铿斟雉,帝何飨⑧?受寿永多,夫何久长⑨?中央共牧,后何怒⑩?蜂蛾微命,力何固⑪?惊女采薇,鹿何祐⑫?北至回水,萃何喜⑬?兄有噬犬,弟何欲?易之以百两,卒无禄⑭?

【注释】

　　①汤:商汤。挚:伊尹。伊尹初为商汤的媵臣。②兹:读作"滋",益,进而。承:通"丞",辅。③卒:死。官:疑"追"字之讹。这两句是说:伊尹死后其牌位进入商的宗庙,跟成汤一起受到祭祀。"尊食宗绪"是享受王宗的庙食。④勋:功,此作"阖"的状语,言阖功勋显赫。阖(hé):吴王阖闾。梦:吴王寿梦。生:古"姓"字,指长孙。阖闾是寿梦的长孙。⑤少:少年。离:借作"罹",遭遇。散亡:指阖闾年少时曾离散亡放在外。⑥壮:长大。武厉:勇武猛厉。⑦流:流播。严:原来应当是"庄"字,与"亡"叶韵,汉代人为避明帝之讳而改。"庄"在这里指战功。⑧彭铿(kēng):即彭祖,传说中寿命长达八百岁的人。斟:此指烹调。传说彭铿善于烹调。飨:享食。⑨寿:久。传说彭铿是尧时人,活到周代。长:当作"怅",惆怅:烦恼不快。⑩中央:中央之州。共牧:可能中央之州有公共牧场,国人到那里"共牧"。后:指周厉王。厉王"好专利""不布利",遂引起国人起义。⑪蜂:古"蜂"字。蛾:古通"蚁"。蜂蚁:比喻周厉王时起义的国人。微命:指

国人赤手空拳，以命相拼。力何固：力量为什么那么顽强，是说国人的这种不达目的决不罢休的态度，实在是很强大。⑫殷亡后：原殷的属国孤竹国国君二子伯夷、叔齐隐居首阳山，采薇充饥，不吃周朝的粮食。有位妇女提醒他们说："这薇也是周的草木啊！"从此，他们连薇也不吃。传说有白鹿给他们哺乳。惊女："惊"是"警"之误，妇女警醒他们。薇：一种野菜，高二三尺，嫩时可食。祐：当从一本作"佑"，帮助。⑬北至：向北行至。伯夷、叔齐隐居前大概住在首阳山以南。回水：河水环绕处，即河曲。首阳山在今山西永济市南，其西、南是黄河，北是汾水，周围河网稠密，故称回水。萃：聚集。指兄弟相聚隐居。⑭噬（shì）：咬。春秋时秦国君主秦景公有恶狗，弟鍼想要，景公不肯。鍼以百辆车去换，景公怒而夺其爵禄。百两：百辆车。

【译文】

　　开始汤让伊尹当个小臣，后来竟然做了辅政宰相。为何伊尹一直追从商汤为官，子孙得享王宗庙食百世？寿梦的孙子阖闾功勋卓著，少年时遭受离乱之苦。为什么壮年后能如此勇武，而使其威严远布流传？彭祖善于烹调雉鸡之羹，为何帝尧要亲自品尝并大加赞美？彭祖得享高寿活了八百多岁，为什么竟然能活得这么长久？中土九州共同治民，黄帝为什么会发怒？蜂蚁生命原本微小，为什么它们的生命力如此顽强？伯夷、叔齐采薇当作食物，有村妇警戒讥讽，白鹿为什么会来庇佑夷齐？二人北行来到回水之地，见到了什么让他们突然惊喜？秦伯有善咬的猛犬，为何他弟弟竟萌生据为己有的念头？弟弟想要以一百辆车来交换，最终不成反而失去了俸禄。

【原文】

　　薄暮雷电，归何忧？厥严不奉①，帝何求？伏匿穴处，爰何云②？荆勋作师，夫何长③？悟过改更，我又何言④？吴光争国，久余是胜⑤。何环穿自闾社、丘陵⑥，爰出子文⑦？吾告堵敖，以不长⑧。何试上自予⑨，忠名弥彰？

【注释】

　　①奉：奉持，保持。②"伏匿"二句：是说自己遭到排斥，退居在野。爰何云：作"云何爰"。云：语气助词。爰：哀叹，楚方言。"爰"与"言"叶韵。③荆：楚国。勋：大。作师：兴兵。长：指国运久长。④当是作者对楚王讲的话。⑤吴光：吴公子光夺取吴国王位之后，连年作战，屡败楚师。楚怀王受张仪之骗后，曾心血来潮，轻举妄动，倾全国军队伐秦，结果兵败地削。这一节是提醒楚怀王要记取历史教训，不可轻易兴兵。⑥闾：里巷的大门。社：古代二十五家为一社，这里泛指村庄。⑦爰：乃。出：生出。子文：春秋前期楚成王的令尹（丞相）。其母处女时代与表兄斗伯比（楚宗室）私通而生子文，产后嫁给伯比。⑧吾：疑是"悟"字之误。悟告：犹今"乱"讲。堵敖：楚文王之子，即位不久被其弟弟成王所杀自立。⑨试：读作"弑"。予：作"与"，"予"与"与"古通。自与：给自己。在传统观念里，楚成王与子文是一对明君贤臣，素享美名，屈原却揭了他们的老底，

颇有非议。

【译文】

傍晚时分雷电交加，归去吧，还有什么忧愁？其威严已经不复存在，对天帝又有什么祈求？虽然藏身在荒山野林，幽愤填胸还能讲些什么？荆楚之师功勋显著，如何能够久长？既然能够悔悟过失改正错误，我又有何话可说？吴光与楚争国，我国为什么能被他战胜？为何来往穿越里社丘陵，通淫荡之事，而生出令尹子文？子文对堵敖讲若杀熊恽，则国将衰不能长久。为何子文侍奉杀君之主，而能显忠义之名？

思美人

【原文】

思美人兮，揽涕而竚眙①。媒绝路阻兮，言不可结而诒②。蹇蹇之烦冤兮③，陷滞而不发④。申旦以舒中情兮⑤，志沉菀而莫达⑥。愿寄言于浮云兮，遇丰隆而不将⑦。因归鸟而致辞兮⑧，羌迅高而难当⑨。

【注释】

①揽：收。竚：久站。眙（chì）：瞪着眼。②结而诒：犹今"封寄"。③蹇蹇：同"謇謇"，忠贞直言的样子。④陷滞：郁结。发：指发轫，开车前进。⑤申旦：申明。申：重复，一次次。申旦即再三表白。⑥菀（yù）：读作"郁"。沉菀：沉闷而郁结。⑦丰隆：云神名。将：送。⑧因：依，凭。归鸟：鸿雁。⑨当：值，遇。

【译文】

思念着我心爱的人，揩干眼泪久立凝望。没有媒人而道远路遥，心中的话不知怎样向你表达。我忠贞一片却屡遭蒙冤，阻塞陷滞我无处发泄。日日夜夜都想表达我的情怀，然而心志沉郁压抑而难以表达。想请浮云为我传话，然而云神丰隆却不肯帮我传达。想托鸿雁为我传信，但是它飞得太快太高而难相遇。

【原文】

高辛之灵盛兮，遭玄鸟而致诒①。欲变节以从俗兮，媿易初而屈志②。独历年而离愍兮，羌冯心犹未化③。宁隐闵而寿考兮④，何变易之可为！知前辙之不遂兮⑤，未改此度。车既覆而马颠兮，蹇独怀此异路⑥。勒骐骥而更驾兮，造父为我操之⑦。迁逡次而勿驱兮⑧，聊假日以须时⑨。指嶓冢之西隈兮⑩，与纁黄以为期⑪。

【注释】

①高辛：即帝喾（kù）。灵：美。玄鸟：燕子。诒（yí）：通"贻"，赠。此作名词用，聘物。②媿：同"愧"。易初：改变初衷。屈志：屈辱本志。③羌：发语词，楚方言。冯心：同"凭心"，愤懑的心情。化：消。④隐：忍。闵：忧。寿考：老死。⑤辙：车轮滚过的迹印。前辙：指前途。遂：顺利。⑥蹇：发语词。异路：另外的一条道路。强秦的崛起，对于当时的楚国而言，和既不可，战亦不能。所谓异路，就是下文说的发愤图强，待时而动。⑦造父：周穆王时的善御者。操之：指执辔。⑧迁逡次：缓行前进。迁：前进。逡次：逡巡，徘徊游移。⑨假：借。假日：借些日子，费些日子。须：等待。这是说要报仇雪耻必须做好充分准备，不能急于事功。⑩幡（bō）冢（zhǒng）：山名，又称兑山。在今甘肃省天水市和礼县之间，在汉水源头西北数百里，是漾水的发源地，古人误以为是汉水发源地。隈（wēi）：山边。⑪纁黄：即黄昏。纁：借作"曛"，一本正作"曛"，落日的余晖。幡冢在西北，是日落方向，这句以日落喻寿终。以上两句意谓终久必然达到这个目的。又因幡冢一带是秦的最初封地，也有人说这两句是"直捣黄龙"的意思。

【译文】

难比帝喾高辛神灵盛明，能遇到燕子而得到厚礼。想要改变气节而追从流俗，然而改变初衷有违志向又感觉耻辱。多年来孤独地遭受着祸患，可是我心中的愤懑却丝毫不减。我宁可隐忍含恨到老，也不改变我的信念！我明知以前的道路行不通，我依然不能改变志节。尽管车子倾覆马翻倒，我依然独自走这不同世俗的道路。我勒着骐骥更换车驾，请造父为我驾马。逡巡缓行不必驱驰，姑且假以时日等待另一个时机。我指着幡冢山的西边，约定在黄昏时分。

【原文】

开春发岁兮①，白日出之悠悠②。吾将荡志而愉乐兮，遵江夏以娱忧③。揽大薄之芳茝兮④，搴长洲之宿莽⑤。惜吾不及古之人兮，吾谁与玩此芳草。解蓇薄与杂菜兮⑥，备以为交佩⑦。佩缤纷以缭转兮⑧，遂萎绝而离异⑨。吾且儃佪以娱忧兮⑩，观南人之变态⑪。窃快在其中心兮⑫，扬厥凭而不竢⑬。芳与泽其杂糅兮⑭，羌芳华自中出⑮。纷郁郁其远烝兮，满内而外扬。情与质信可保兮⑯，羌居蔽而闻章⑰。

【注释】

①开：开始。发：发端。②悠悠：舒缓的样子。初春夜长，太阳迟出，故云。③江夏：长江、夏水。夏水，古河名，连接长江、汉水，今已改道。④揽：采摘。薄：草木

丛。芳茞：即白芷，香草名。⑤搴：拔取，楚方言。宿莽：即卷施草，楚方言。宿莽经冬不枯。⑥解：采。萹：萹蓄，一名萹竹，蓼科，不香，短茎白花。薄：读作"簿"，花朵。⑦备以：聊以，暂且。交佩：左右佩。⑧缤转：互相缠绕。⑨离异：言其不为人所佩用。⑩偅佪：徘徊。⑪南人：指郢都的党人，就是《涉江》所说的"南夷"。变态：一种出乎情理以外不正常的态度。⑫窃快：暗喜，隐藏而不敢公开的欢快。中心：心中。⑬扬：外露。凭：怒。竢（sì）：同"俟"，待。不竢，这里是无所顾虑的意思，即尽情逞怒。以上两句写"南人"的异状。⑭泽：芳之反，即臭，详见《离骚》"芳与泽其杂糅兮"注。⑮闻一多《楚辞校补》："案出字不入韵。疑此二句上或下脱二句。"⑯可保：可靠。⑰居蔽：指被逐在野。闻：名声。章：同"彰"，明。

【译文】

新春来到，新的一年开始了，太阳悠然从容地升起。我将放开胸怀纵情欢乐，沿着长江夏水排忧解烦。于草丛间摘一朵芳茞，在沙洲上采一把宿莽。可叹我没与古人生在同时，我与谁共赏如此芳草。拔下萹蓄与杂菜，做成佩饰左右佩戴。佩饰缤纷环绕左右，最终仍然枯萎而凋落。我暂且徘徊逍遥以解忧烦，观看南人特别的状态。心中暗暗地感到欣喜，发泄愤懑的时机已经到来。虽然芳香与污秽混合在一起，却总有芳华自内心而出。馥郁的芳香向远处传播，内部充实而洋溢在外。真诚的情感美好的本质忠实可信，虽处偏僻依然声名显著。

【原文】

　　令薜荔以为理兮①，惮举趾而缘木。因芙蓉以为媒兮②，惮褰裳而濡足③。登高吾不说兮④，入下吾不能。固朕形之不服兮⑤，然容与而狐疑⑥。广遂前画兮⑦，未改此度也。命则处幽吾将罢兮，愿及白日之未暮⑧。独茕茕而南行兮⑨，思彭咸之故也。

【注释】

　　①薜荔：香草名，蔓生灌木，也称木莲，缘木而生。理：使者，媒人。②芙蓉：荷花。③褰裳：把衣裳提起来。濡（rú）：沾湿。④说：通"悦"。⑤朕：我。形：指形于外的一个人的作风。朕形：犹今"我这个人"。服：习惯。⑥然：乃。容与：徘徊不进的样子。狐疑：犹豫。⑦广遂：多方求实。前画：从前的计划，指前面所说的任用贤才，发愤图强的策划。⑧"命则"二句：包含两层转折的意思。"愿及白日之未暮"是说自己愿意抓紧时间，"广遂前画"；而"命则处幽"则道出了客观现实的遭遇，"吾将罢兮"是说自己屡经打击，生命中已有没落的预感。命则处幽：生命已处在将暮阶段。则：语词。⑨茕茕（qióng）：孤单的样子。

【译文】

　　想请薜荔为媒与我说合，又不敢举足而爬树。想托芙蓉替我说媒，又怕卷起衣裳而弄湿了足踝。我不喜欢登高爬远，也不能往低处走。本来以我的个性对这些就不习惯，所以我犹豫徘徊心内不安。还是完全依照着以前的方法，始终不要改变这种态度。命该我受难而我也已经疲倦，但愿在日落之前，我孤独一人走向南边，只因我依然思念着彭咸。

惜往日

【原文】

　　惜往日之曾信兮，受命诏以昭诗①。奉先功以照下兮②，明法度之嫌疑。国富强而法立兮，属贞臣而日娭③。秘密事之载心兮④，虽过失犹弗治。心纯厖而不泄兮⑤，遭谗人而嫉之。君含怒而待臣兮，不清澄其然否⑥。

【注释】

　　①命诏：诏令，君王对臣民颁发的号令。诗：朱熹据别本改作"时"。②照：读作"昭"，昭示，教育。下：下民。③属（zhǔ）：托付。贞臣：忠贞之臣，作者自称。娭：同"嬉"，游玩，玩乐。④载心：放在我的心里。⑤厖：厚实。不泄：忠于职守，不泄露机密。⑥清澄：这里作动词用，指弄清一件事情的真相。然否：是这样或不是这样。

【译文】

　　惋惜往日也曾得到您的赏信，接受您的诏命想使时政光明。继承先人的功业来光照天下，阐明法度消除是非嫌疑。国家富强而法度建立，把大事托付给忠贞之臣而君王日享安逸。国家机密事都牢记在心，纵使有了过失君王也不会把我治罪。我的居心淳厚善良绝不泄露国家机密，竟然也遭到奸人妒忌。国君听信谗言而对我大发脾气，也不明辨是非审察清楚。

【原文】

　　蔽晦君之聪明兮①，虚惑误又以欺②。弗参验以考实兮③，远迁臣而弗思④。信谗谀之溷浊兮，盛气志而过之⑤。何贞臣之无罪兮，被离谤而见尤⑥。惭光景之诚信兮，身幽隐而备之⑦。临沅湘之玄渊兮，遂自忍而沈流。卒没身而绝名兮，惜壅君之不昭⑧。君无度而弗察兮，使芳草为薮幽⑨。焉舒情而抽信兮⑩，恬死亡而不聊⑪。独鄣壅而蔽隐兮⑫，使贞臣为无由⑬。

【注释】

　　①聪：指听觉好。明：指视觉好。聪明：比喻耳目好。②虚、惑、误：近义字叠用，

虚是捏造事实，惑是颠倒是非，误是陷害误人。③参：比较。验：验证。④迁：放逐。臣：作者自称。⑤盛气志：指大怒。过：罪过。此作动词用，责罚。⑥被离：两字同义，都是遭受的意思。⑦"惭光"二句：景，古同"影"。光景诚信，犹今"形影不离"。这两句是说：君臣关系本该像光影一样，但自己因受谗人离间，被楚王排斥放逐，因此，在光亮的地方看到光影诚信的景状，就要触景伤情，惭愧得无地容身，想隐退到幽暗的地方而避之。⑧雍君：受蒙蔽的君王，指楚怀王。屈原对楚王都用美称，如"灵修""哲王""荃""荪"等，唯这篇用鄙称，是可疑者一；其次，"遂自忍而沈流"的"遂"（就），"卒没身而绝名"的"卒"（终于），都是已完成的语气，既已沉流没身，又怎能写诗？这是更大的漏洞。但它却为屈原确曾沉江殉节提供一条证据。昭：明。⑨为：处于。薮：草泽。薮幽：大泽的幽暗处。⑩焉：何处。抽：抒。信：真实的心情。抽信：表示忠诚。⑪恬：安然。不聊：不苟活在世，意即安于死亡。⑫郭雍：与蔽隐同义，谓谗人在君王面前造成障碍，蔽隐贤才。⑬由：缘由，指报国的机会。

【译文】

小人们隐蔽事实晦塞君王的耳目，您受到谣言迷惑颠倒是非又被欺骗。您不去察验考证以查出事实，就将忠臣迁谪到僻远之地而从不思念。您听信谗佞小人的污言浊语，您盛气凌人地以那些莫须有的过错对我指责发怒。为何没有罪的忠贞之臣，竟然遭到离间诽谤而被贬斥？惭愧于日月光辉的诚信永恒，虽已身处幽暗隐蔽之地仍要小心防备。面对沅水湘水的深渊，我索性忍着痛苦而沉入深流。纵然我的身体死去名声消亡也不在乎，只可惜君王已被小人蒙蔽永远不会觉悟。君王没有分寸无法明察下情，竟然使芳草被埋没在幽暗的薮泽。怎样才能舒散心情表示我的忠诚？还是恬然死去不苟且偷生。您被障碍雍塞所阻隔，使忠臣无法向您亲近靠拢以尽忠。

【原文】

闻百里之为虏兮①，伊尹烹于庖厨②。吕望屠于朝歌兮③，宁戚歌而饭牛④。不逢汤武与桓缪兮⑤，世孰云而知之⑥。吴信谗而弗味兮，子胥死而后忧⑦。介子忠而立枯兮，文君寤而追求⑧。封介山而为之禁兮⑨，报大德之优游⑩。思久故之亲身兮⑪，因缟素而哭之⑫。或忠信而死节兮，或訑谩而不疑⑬。弗省察而按实兮，听谗人之虚辞。芳与泽其杂糅兮，孰申旦而别之⑭？

【注释】

①百里：即百里奚，原为春秋时虞国大夫。晋献公打败虞国，俘百里奚，当陪嫁女儿的奴隶送给秦穆公。百里奚中途逃走，被楚兵捉去。秦穆公得知他是贤才，用五张黑羊皮赎回，封为大夫，他助穆公成就霸业。②伊尹：商汤的辅佐大臣，出身奴隶，做过厨子。③吕望：即吕尚，俗称姜太公。本姓姜，因先代封在吕，故以吕为氏。未发迹时，曾在朝歌（故城在今河南省淇县北）卖肉，晚年垂钓渭滨，遇周文王而得重用，后来辅佐武王灭

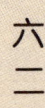

商。④宁戚：春秋时卫国人。喂牛时唱歌抒怀，被齐桓公听到，得以赏识重用。饭牛：喂牛。⑤汤：商汤。武：周武王，重用吕望而灭商。桓：齐桓公。缪：秦穆公。⑥云：语气助词。自"闻百里"至此，专写君臣遇合的好先例。⑦弗：不能。味：体味，辨别。子胥：姓伍，名员，字子胥，吴国大将，屡劝夫差灭越和暂缓伐齐，夫差听信太宰伯嚭的逸言，不辨究竟，赐剑命子胥自杀。结果，吴被越王勾践所灭。弗味，是说不能理解伍子胥的忠言。⑧介子：介子推。文君：晋文公，春秋时晋国君，献公之子，名重耳。被父妾骊姬谗毁，曾出奔流亡十九年，介子推等从行，备受危难苦辛。文公归国即位后，大家报功争赏，介子推不肯自荐，被文公遗忘。子推带母亲隐居縣山（今山西省介休市东南）。文公这才想起，遂在縣山三面放火，只留一面，想让子推出来。子推坚持不出，抱树烧死。立枯：指抱树站着被烧焦。⑨"封介"句：晋文公为了纪念子推，封赐舒，山为"介山"，禁止采樵。⑩优游：大德宽广的样子，形容介子推德行伟大。⑪久故：多年的故旧，老朋友。亲身：不离身，一说当作"割身"，指割股。流亡期间，介子推曾割股肉给重耳充饥。⑫缟素：白色的丧服。⑬诋：通"诞"。诋谩：欺诈。⑭申旦：再三表白。详见《思美人》"申旦以舒中情兮"注。

【译文】

听说百里奚曾做过俘虏，伊尹也曾是个善烹煮的厨子。姜子牙在朝歌是个屠夫，宁戚一边唱歌一边放牛。如果不是遇到商汤、武王、桓公、穆公这些明君，那么世上谁又会知道他们的贤能才华？吴王听信谗言而不能省察，当忠臣伍子胥被逼死后才觉悟忧戚。介子推忠贞而被焚骨枯，晋文公觉悟了才去求寻，把绵山改名为介山并封山禁止砍伐，以报答介子推割股的大恩大德与博大胸怀。思念起故交多年的随侍同伴，因而穿上丧服而痛哭失声。有人忠贞诚信而死于守节，有人欺诈而获信任。您不去省察而依照事实，却听信谗佞之人捏造的虚妄之词。芳香与汗臭混杂在一起，谁又能一夜之间将其辨别？

【原文】

何芳草之早夭兮，微霜降而下戒①。谅聪不明而蔽壅兮②，使谗谀而日得③。自前世之嫉贤兮，谓蕙若其不可佩。妒佳冶之芬芳兮，嫫母姣而自好④。虽有西施之美容兮，谗妒入以自代。愿陈情以白行兮⑤，得罪过之不意。情冤见之日明兮⑥，如列宿之错置⑦。乘骐骥而驰骋兮，无辔衔而自载⑧。乘氾泭以下流兮⑨，无舟楫而自备⑩。背法度而心治兮⑪，辟与此其无异⑫。宁溘死而流亡兮⑬，恐祸殃之有再。不毕辞以赴渊兮，惜壅君之不识。

【注释】

①下：是"不"的误字。戒：戒备。②谅：义同"诚"，诚然。聪不明：听觉不明。③日得：日益得逞。④嫫（mó）母：一作"嫫母"，传说是黄帝的次妃，貌极丑。姣：妖

自好：自以为美好。⑤白行：表白行为。⑥见：音义同"现"。⑦宿（xiù）：星宿。错：借作"措"，安置，安排，陈列。⑧辔：缰绳。衔：勒住马口的铁。自载：没有工具，依靠自己的身手驾驭。⑨氾：同"泛"，浮起。泭（fú）：同"桴"，木筏。氾泭：指浮在水面的木筏。⑩舟楫：划船的桨。楫：桨。自备：是说不用船桨而自恃人力。⑪心治：不要法度，随心所欲地治理国家。这句明确反映了屈原反对心治，主张法治的进步思想，正如秦的崛起离不开法治一样。⑫辟：读作"譬"。此，指乘马无辔，氾泭无楫。譬如治国无法，任凭"心治"。⑬溘（kè）：忽然。流亡：指尸体不得安葬，而随水漂泊。

【译文】

为什么芳草会如此早地凋谢，原来在微霜下降时就应该警戒。显然是您视听不明而被小人蒙蔽，所以才使谗谀的小人日益得意。自古贤能之人便遭嫉妒，他们说蕙草和杜若不能佩戴。嫉妒佳丽怡然的芬芳，丑陋的嫫母以为娇媚的打扮就是漂亮。纵然有西施般的绝顶美貌，谗妒之人也能入宠取代你。愿陈述真情以表白自己的行迹，想不到竟意外地获得罪过。我的真情和冤屈日益明白，如同罗列在天空中的星宿般错落清楚。驾着骐骥飞奔驰骋，没有辔衔而任其奔驰。乘着漂浮的木筏顺流而下，没有船桨而任其随波漂荡。违背法度而凭自己的心意治理国家，与上面的事例又有什么差别。我宁可死去而流亡，只因恐怕还会有祸殃降临。如果不等把话说完就跳渊自尽，又可惜糊涂的国君将永远不知道我的忠贞。

橘　颂

【原文】

　　后皇嘉树①，橘徕服兮②。受命不迁③，生南国兮。深固难徙，更壹志兮。绿叶素荣④，纷其可喜兮。曾枝剡棘⑤，圆果抟兮⑥。青黄杂糅，文章烂兮⑦。精色内白⑧，类任道兮⑨。纷缊宜修⑩，姱而不丑兮。

【注释】

　　①后：后土。皇：皇天。后皇：是对天地的尊称。先"后"后"皇"，是因为古代称人王为"皇后"，倒置为"后皇"，可以避免与人王的"皇后"相混。②徕：同"来"。服：习惯。③受命：受天地之命，即禀性，天性。④素荣：橘树初夏时开五瓣的白花。⑤曾：通"增"。曾枝：犹繁枝。剡：尖利。棘：指橘枝上的刺。⑥抟：同"团"，圆圆的。⑦文章：花纹色彩，指橘子的颜色。烂：光泽貌。⑧精色：鲜明的皮色。内白：内瓤清白净洁。⑨类：像。任：抱。⑩纷缊（yūn）：指橘的香味盛茂。宜修：美好。

【译文】

　　天地间孕育一种美好的橘树，生下来就习惯了我们的水土。你秉承天生的品质坚贞不移，生长在江南的国土。你生长得根深蒂固难以迁徙，更有着专一的志行。翠绿的叶片相衬着白色花朵，缤纷繁茂的样子让人欣喜。重叠浓密的枝条长满锐利的荆棘，圆圆的果实挂满枝条。青色黄色的果实交错混杂，色彩斑斓多么灿烂夺目。外表鲜明精美内心纯净洁白，多么像一个可担当重任的君子啊。繁茂的枝条恰到好处的修饰，优雅的美貌不同于流俗。

【原文】

嗟尔幼志①，有以异兮。独立不迁，岂不可喜兮。深固难徙，廓其无求兮②。苏世独立③，横而不流兮④。闭心自慎⑤，终不失过兮⑥。秉德无私⑦，参天地兮⑧。愿岁并谢⑨，与长友兮。淑离不淫⑩，梗其有理兮⑪。年岁虽少，可师长兮。行比伯夷⑫，置以为像兮⑬。

【注释】

①嗟：赞叹词。②廓：指胸怀旷达。③苏：苏醒。④横：横渡。流：水向下。这句以驾舟横渡不随流而下，比喻为人处世不因时俗的好尚而变更自己的意志。⑤闭心：凡事藏在心里。意同上文"无求"，下文"自慎"。⑥失过："过失"的倒文。⑦秉：持。私：偏阿，不公正。⑧参：合。作者说橘也公正"无私"，其德可比天地。⑨岁：年寿。并谢：同死，是指百草百卉同时凋谢的时候。⑩淑：善。离：借作"丽"。⑪梗：正直。理：纹理。此以橘之干直而有纹理，喻人之坚守直道、符合正理。⑫伯夷：殷末孤竹君的长子，周灭殷后，耻食周粟，饿死于首阳山。这是一个个性坚强、独行其志的典型，橘的特性与之相似，所以用来相比拟。⑬像：榜样。

【译文】

啊！你虽幼年却有如此志气，有着与大众不相苟同的地方。你坚守独立的品格永不改变，很令人欢喜。你品德深厚坚定不移，心胸开阔不追求私欲。你苏醒独立超越这污浊世俗的世界，敢于逆流横渡而不追随流俗。你清心寡欲谨慎自重，自始至终不会有罪行与过失。你秉持美德而无私欲，此情此德可与天地齐。愿与岁月一起流逝，而与你结成知己友谊天长地久。你善良美丽而无杂念，既坚贞又富有条理。你的年龄虽然还小，但你的品德却可为师表。你的品行可与伯夷相比，是我追随效仿的榜样。

卜　居

屈原既放，三年不得复见，竭知尽忠，而蔽障于谗，心烦虑乱，不知所从。往见太卜郑詹尹①，曰："余有所疑，愿因先生决之。"詹尹乃端策拂龟②，曰："君将何以教之？"

屈原曰："吾宁悃悃款款朴以忠乎？将送往劳来斯无穷乎③？宁

诛锄草茅，以力耕乎？将游大人以成名乎？宁正言不讳，以危身乎？将从俗富贵以媮生乎④？宁超然高举以保真乎？将哫訾栗斯，喔咿儒儿以事妇人乎⑤？宁廉洁正直以自清乎？将突梯滑稽，如脂如韦，以洁楹乎⑥？宁昂昂若千里之驹乎？将氾氾若水中之凫，与波上下，偷以全吾躯乎⑦？宁与骐骥亢轭乎？将随驽马之迹乎⑧？宁与黄鹄比翼乎？将与鸡鹜争食乎⑨？此孰吉孰凶？何去何从？世溷浊而不清！蝉翼为重，千钧为轻。黄钟毁弃，瓦釜雷鸣。谗人高张，贤士无名。吁嗟默默兮，谁知吾之廉贞？"

詹尹乃释策而谢。曰："夫尺有所短，寸有所长；物有所不足，智有所不明；数有所不逮⑩，神有所不通。用君之心，行君之意，龟策诚不能知此事。"

【注释】

①太卜：官名，掌管卜卦的事。②端：摆端正。策：蓍草。龟：指龟壳。"策"与"龟"都是占卦的工具。③悃悃（kǔn）款款：诚实而无保留的样子。劳：慰劳。送往劳来：送往迎来，指社会上的人事应酬。斯无穷：就这样没有穷尽。④媮：同"偷"。⑤哫（zú）訾（zī）：想前进又不敢前进的样子。栗：借作"慄"，古本亦作"慄"，谨畏貌，形容阿谀的丑态。喔咿儒儿：指勉强装笑，讨人欢心的样子。妇人：指楚怀王的宠姬郑袖。⑥突梯：圆滑的样子。滑稽：本是古代的流酒器，引申为人长于辞令，这里则指善于巧言谄媚。脂：油脂。韦：柔软的熟皮。如脂如韦：比喻人的圆滑。洁：用绳子计量圆形物体。楹：屋柱，圆形。洁楹：也比喻人的态度圆滑。⑦氾氾：浮游不定的样子。⑧亢：同"伉"，并。轭（è）：车辕前套牲口用的横木，此作动词用，指负轭前行。亢轭：并驾齐驱。驽：劣马。⑨黄鹄（hú）：善飞的大鸟。鹜（wù）：鸭。⑩数：卦数。逮：及。这里的"不及"，是预料不到的意思。

【译文】

屈原被放逐后，多年还不能被赦罪召回得见楚怀王。他对国家竭尽心智以尽忠，却被奸佞所掩蔽阻挠。他心情烦闷思绪混乱，真不知该如何是好。于是他去拜访太卜郑詹尹，说道："我心中有一些疑问，想请您帮我解答做个决定。"詹尹于是就摆正筮草，拂拭龟甲，问道："先生有何指教？"

屈原道："我是应该诚恳忠贞地尽忠呢？还是无休止地媚世逢迎随欲周旋呢？是应该去锄掉茅草而努力耕作呢？还是去逢迎有地位的人借以成名呢？是应该直言不讳以致危害到自身呢？还是随波逐流求取富贵欢愉偷生呢？是应该超然离世而隐居以保存自身的本性呢？还是巧言逢承，强颜欢笑，来侍奉女人呢？是应该廉洁正直以保持自身的纯洁呢？还是圆滑世故，如脂如草，来滋润楹柱呢？是应该高傲得像千里马那样昂然翘首呢？还是像野鸭一样在水中浮游，随波上下，苟且偷生以保全身躯呢？是应该与骐骥抗轭并驾呢？还是跟随劣马的足迹呢？是应该与黄鹄一道比翼齐飞呢？还是去和鸡鸭争食呢？以上所说这些，究竟什么是吉什么是凶呢？该舍弃什么？又该顺从什么？人世混浊而不清！人们认为蝉翼很重，却把千钧看得很轻。黄钟被人们毁坏抛弃不用，瓦釜却被敲得如雷鸣般响动。谗佞之人位高权重，十分显赫，贤良之士却屡遭遗弃，默默无闻。我悲叹这世间如此沉默，有谁能知道我的廉正忠贞？"

詹尹听后放下了筮草而辞谢说："唉！尺虽长也有嫌短的时候，寸虽短也有嫌长的时候；事物有不足之处，智慧也有不能洞察之处；卦数的推算也有预料不到之处，神灵也有不能通过的地方。顺应您的心意，去行使您的意愿。龟策实在不能算出这些事情。"

渔　父

屈原既放，游于江潭，行吟泽畔，颜色憔悴，形容枯槁。渔父见而问之。曰："子非三闾大夫与①？何故至于斯？"

屈原曰："举世皆浊我独清，众人皆醉我独醒，是以见放。"

渔父曰："圣人不凝滞于物②，而能与世推移。世人皆浊，何不淈其泥而扬其波③？众人皆醉，何不铺其糟而歠其醨④？何故深思高举，自令放为⑤？"

屈原曰："吾闻之，新沐者必弹冠，新浴者必振衣⑥。安能以身之察察⑦，受物之汶汶者乎⑧？宁赴湘流，葬于江鱼之腹中。安能以皓皓之白，而蒙世俗之尘埃乎？"

渔父莞尔而笑，鼓枻而去⑨。歌曰："沧浪之水清兮，可以濯吾缨，沧浪之水浊兮，可以濯吾足⑩。"遂去，不复与言。

【注释】

①三闾大夫：楚官职名，掌管与教养楚国屈、景、昭三姓宗族子弟。这是屈原最后所担任的官职。②凝滞：水流不通，这里是拘泥的意思。物：外物。凝滞于物：受外物所限，只能适应某种客观环境。③淈（gǔ）：搅浑。④铺：食。糟：酒糟。歠（chuò）：饮。醨（lí）：薄酒。⑤为：语气助词。⑥沐：洗头发。浴：洗身体。⑦察察：洁净的样子。⑧汶汶（wèn）：昏暗不明的样子。⑨莞尔：微笑的样子。鼓：击，拍

打。枻（yì）：短桨。⑩沧浪：水名，或说是汉水的支流，或说是汉水。清水洗缨，浊水洗足，因时而异，即上文"不凝滞于物，而能与世推移"的意思。

【译文】

屈原被放逐后，就徘徊游荡在沅湘之间深渊之旁。他在江畔边走边低声吟唱。脸色憔悴，神态枯槁。渔父遇见了他就问道："您不就是三闾大夫吗？为什么会沦落成这个模样？"

屈原回答说："整个世界到处都是污浊只有我是清白的，大家都酒醉沉迷只有我清醒，因此我被放逐了。"

渔父说："有德行的圣人不应该受事物所限制，而能随世俗而一起改变。既然世上的人都污浊一片，那您何不随着污秽之波而沉浮上下？大家都烂醉如泥，您为何不跟着一起吃酒糟喝其酒呢？为什么要忧思国民而与世俗相异悖离，以至于让自己落了个被放逐的下场？"

屈原说："我听说，刚洗过头的人一定要弹弹帽子再戴上，刚洗过澡的人一定要抖抖衣服再穿上。我怎能让清白干净的身体，沾染上污浊之物？我宁可跳到湘江之中随流而去，葬身江鱼之腹。我又怎能让纯洁的名声，蒙上世俗的污垢？"

渔父听了微微而笑，他摇起船桨顺水而去。唱道："沧浪之水清清，可以洗涤我的帽缨，沧浪之水浊浊，可以洗涤我的脚。"于是他便远去了，不再说话。

第三篇

汉魏南北朝诗选

乐 府

乐府，是汉代封建王朝建立的管理音乐的宫廷官署。乐府最初始于秦代，到汉时沿用了秦时的名称。汉武帝时期，正式设立乐府，其职能是掌管宫廷所用音乐、收集编纂各地民间音乐、整理改编与创作音乐、进行演唱及演奏等。魏晋以后，汉代乐府所搜集、演唱的歌诗被统称为"乐府"，于是乐府便由音乐机关的名称变为诗体名称。刘勰《文心雕龙·乐府篇》说："乐府者，声依永，律和声也。"标志着"乐府"这一名称含义的演变。

汉乐府诗许多是"感于哀乐，缘事而发"的民间歌谣，既反映了当时广阔的社会生活，又具有刚健清新的特色，它和《诗经》的"风"，共同奠定了我国诗歌的现实主义基础。汉代乐府诗的形式，有五言、七言和杂言，这是后世五、七言诗的先声。汉代乐府民歌是我国诗歌史上的珍宝。

陌上桑

日出东南隅①，照我秦氏楼。秦氏有好女②，自名为罗敷③。罗敷喜蚕桑④，采桑城南隅。青丝为笼系⑤，桂枝为笼钩⑥。头上倭堕髻⑦，耳中明月珠⑧，缃绮为下裙⑨，紫绮为上襦⑩。行者见罗敷，下担捋髭须⑪。少年见罗敷，脱帽著帩头⑫。耕者忘其犁，锄者忘其锄。来归相怨怒，但坐观罗敷⑬。（一解）

使君从南来⑭，五马立踟蹰⑮。使君遣吏往，问是谁家姝⑯。"秦氏有好女，自名为罗敷。""罗敷年几何？""二十尚不足，十五颇有余⑰。"使君谢罗敷⑱："宁可共载否⑲？"罗敷前置辞⑳："使君一何愚㉑！使君自有妇，罗敷自有夫。"（二解）

"东方千余骑，夫婿居上头㉒。何用识夫婿㉓？白马从骊驹㉔，青丝系马尾㉕，黄金络马头；腰中鹿卢剑㉖，可直千万余㉗。十五府小吏㉘，二十朝大夫㉙，三十侍中郎㉚，四十专城居㉛。为人洁白皙㉜，鬑鬑颇有须㉝。盈盈公府步㉞，冉冉府中趋㉟。坐中数千人，皆言夫婿殊㊱"。（三解）

【注释】

①日出东南隅：春天日出东南方。这句点出采桑养蚕的节令。②好女：美女。③自名：自道姓名。一说，"自名"犹言"本名"。④喜：一作"善"。⑤青丝：青色丝绳。笼：指采桑用的竹篮。⑥笼钩：竹篮上的提柄。⑦倭堕髻：即"堕马髻"，其髻偏在一边，呈欲堕之状，是东汉时一种时兴的发式。⑧明月珠：宝珠名。据《后汉书·西域传》说，大秦国（古指罗马帝国）产明月珠。⑨缃：浅黄色。⑩襦：短衣。⑪捋（lǔ）：用手顺着抚摩。髭（zī）：口上边的胡子。⑫著：显露。帩头：同"绡头"，古人束发用的纱巾。⑬坐：因。这二句是说耕者、锄者因观罗敷晚归，引起夫妻争吵。⑭使君：东汉人对太守、刺史的称呼。⑮五马：闻人倓《古诗笺》云：汉制"太守驷马而已，其有加秩中二千石，乃右骖（驷马的右边加一骖马），故以'五马'为太守美称"。⑯姝：美女。⑰颇：少，略微。⑱谢：问。⑲宁可：愿意。《说文》徐锴注云："今人言宁可如此，是愿如此也。"这二句是吏人转达太守对罗敷的问语，是说使君问你，愿否同他一道乘车而去。⑳置辞：同"致辞"，答话。㉑一何：犹"何其"，相当今口语"何等地""多么地"。一，语助词。㉒上头：行列的最前面。㉓何用：是"用何"的倒语，意即"根据什么……"。㉔骊驹：深黑色的小马。㉕系（jì）：绍结。㉖鹿卢：同"辘轳"，古时长剑之首用玉做鹿卢形。㉗直：通"值"。以上四句是罗敷夸耀其夫的高贵服饰，借以说明其夫的高贵身份。㉘府小吏：太守府的小吏。"十五"及下文的"二十""三十""四十"皆指年龄。㉙朝大夫：在朝廷任大夫的官职。㉚侍中郎：皇帝的侍从官。㉛专城居：为一城之主，如太守、刺史之类的大官。这四句是罗敷夸其丈夫官运亨通，步步高升。㉜洁白皙：面容白净。㉝鬑鬑：鬓发疏长之貌。这句是说略有一些疏而长的美须。㉞盈盈：行步轻盈之貌。"公府步""府中趋"，犹旧日所谓的"官步"。㉟冉冉：行步舒缓之貌。㊱殊：是人才出众的意思。

【诗解】

这首诗写的是聪慧的采桑女罗敷巧妙拒绝太守无理调戏的故事。本诗在揭露汉代高官大吏横暴荒淫的同时，成功塑造了罗敷这个美丽坚贞、有勇有谋的妇女形象。此外，该诗在艺术上别具一格。比如诗中写罗敷的美貌一节，除一句正面描写之外，其余全是侧面描写（就是从看见罗敷的人的失常神态、举止去写），由此可见罗敷之美。

本诗分三解。"解"相当于"章"，就是乐诗的段落。

古诗为焦仲卿妻作并序

汉末建安中①,庐江府小吏焦仲卿妻刘氏②,为仲卿母所遣,自誓不嫁。其家逼之,乃投水而死。仲卿闻之,亦自缢于庭树。时人伤之,而为此辞也。

孔雀东南飞,五里一徘徊。"十三能织素,十四学裁衣,十五弹箜篌,十六诵诗书。十七为君妇,心中常苦悲。君既为府吏,守节情不移,贱妾留空房,相见常日稀。鸡鸣入机织,夜夜不得息。三日断五匹③,大人故嫌迟④。非为织作迟,君家妇难为。妾不堪驱使,徒留无所施。便可白公姥⑤,及时相遣归⑥。"

府吏得闻之,堂上启阿母:"儿已薄禄相⑦,幸复得此妇。结发同枕席,黄泉共为友。共事二三年,始尔未为久。女行无偏斜,何意致不厚⑧?"阿母谓府吏:"何乃太区区⑨!此妇无礼节,举动自专由。吾意久怀忿,汝岂得自由?东家有贤女,自名秦罗敷。可怜体无比⑩,阿母为汝求。便可速遣之,遣去慎莫留!"府吏长跪告,伏惟启阿母:"今若遣此妇,终老不复取!"阿母得闻之,槌床便大怒:"小子无所畏,何敢助妇语!吾已失恩义⑪,会不相从许⑫!"

府吏默无声,再拜还入户。举言谓新妇,哽咽不能语⑬:"我自不驱卿⑭,逼迫有阿母。卿但暂还家,吾今且报府⑮,不久当归还,还必相迎取。以此下心意⑯,慎勿违吾语。"新妇谓府吏:"勿复重纷纭⑰!往昔初阳岁⑱,谢家来贵门⑲。奉事循公姥,进止敢自专⑳?昼夜勤作息,伶俜萦苦辛。谓言无罪过,供养卒大恩㉑。仍更被驱遣,何言复来还?妾有绣腰襦㉒,葳蕤自生光㉓。红罗复斗帐,四角垂香囊。箱帘六七十,绿碧青丝绳。物物各自异,种种在其中。人贱物亦鄙,不足迎后人㉔,留待作遗施㉕,于今无会因㉖。时时为安慰,久久莫相忘。"

鸡鸣外欲曙,新妇起严妆㉗。著我绣夹裙㉘,事事四五通:足下蹑丝履,头上玳瑁光。腰若流纨素,耳著明月珰㉙。指如削葱根,

口如含朱丹㉚。纤纤作细步㉛，精妙世无双。上堂拜阿母，母听去不止㉜。"昔作女儿时，生小出野里，本自无教训，兼愧贵家子。受母钱帛多㉝，不堪母驱使。今日还家去，念母劳家里。"却与小姑别，泪落连珠子："新妇初来时，小姑始扶床，今日被驱遣，小姑如我长㉞。勤心养公姥，好自相扶将。初七及下九㉟，嬉戏莫相忘"。出门登车去，涕落百余行。

府吏马在前，新妇车在后，隐隐何甸甸㊱，俱会大道口。下马入车中，低头共耳语："誓不相隔卿㊲，且暂还家去，吾今且赴府。不久当还归，誓天不相负。"新妇谓府吏："感君区区怀㊳。君既若见录㊴，不久望君来。君当作磐石㊵，妾当作蒲苇㊶。蒲苇纫如丝，磐石无转移。我有亲父兄，性行暴如雷，恐不任我意，逆以煎我怀。"举手长劳劳㊷，二情同依依。

入门上家堂，进退无颜仪㊸。阿母大拊掌㊹："不图子自归㊺！十三教汝织，十四能裁衣，十五弹箜篌，十六知礼仪，十七遣汝嫁，谓言无誓违㊻。汝今何罪过，不迎而自归？""兰芝惭阿母㊼，儿实无罪过。"阿母大悲摧。

还家十余日，县令遣媒来。云有第三郎，窈窕世无双，年始十八九，便言多令才㊽。阿母谓阿女："汝可去应之。"阿女衔泪答㊾："兰芝初还时，府吏见丁宁㊿，结誓不别离。今日违情义，恐此事非奇㉝。自可断来信，徐徐更谓之㉞。"阿母白媒人："贫贱有此女㉝，始适还家门㉞；不堪吏人妇，岂合令郎君㉝？幸可广问讯㉞，不得便相许。"

媒人去数日，寻遣丞请还，说有兰家女，承籍有宦官。云有第五郎，娇逸未有婚，遣丞为媒人，主簿通语言。直说太守家，有此令郎君，既欲结大义，故遣来贵门。阿母谢媒人："女子先有誓，老姥岂敢言？"阿兄得闻之，怅然心中烦㊼。举言谓阿妹："作计何不量㊽！先嫁得府吏，后嫁得郎君，否泰如天地㊾，足以荣汝身。不嫁义郎体，其往欲何云㊿？"兰芝仰头答："理实如兄言。谢家事夫婿，中道还兄门，处分适兄意㉛，那得自任专？虽与府吏要㉜，渠会永无缘㉝！登即相许和㉞，便可作婚姻。"

媒人下床去，诺诺复尔尔㉟。还部白府君㊱："下官奉使命，言谈大有缘。"府君得闻之，心中大欢喜。视历复开书㊲，便利此月内，六合正相应。"良吉三十日，今已二十七，卿可去成婚。"交语速装束，络绎如浮云。青雀白鹄舫，四角龙子幡㊳，婀娜随风转。金车玉作轮，踯躅青骢马㊴，流苏金镂鞍㊵。赍钱三百万，皆用青丝穿。杂彩三百匹，交、广市鲑珍㊶。从人四五百，郁郁登郡门㊷。

阿母谓阿女："适得府君书，明日来迎汝。何不作衣裳？莫令事不举㊸！"阿女默无声，手巾掩口啼，泪落便如泻。移我琉璃榻㊹，出置前窗下。左手持刀尺，右手执绫罗，朝成绣夹裙，晚成单罗衫。晻晻日欲暝㊺，愁思出门啼。

府吏闻此变，因求假暂归。未至二三里，摧藏马悲哀。新妇识马声，蹑履相逢迎，怅然遥相望，知是故人来。举手拍马鞍，嗟叹使心伤。"自君别我后，人事不可量，果不如先愿，又非君所详。我有亲父母，逼迫兼弟兄，以我应他人，君还何所望㊻！"府吏谓新妇："贺卿得高迁㊼！磐石方且厚，可以卒千年㊽；蒲苇一时纫，便作旦夕间㊾。卿当日胜贵，吾独向黄泉。"新妇谓府吏："何意出此言！同是被逼迫，君尔妾亦然。黄泉下相见，勿违今日言！"执手分道去，各各还家门。生人作死别，恨恨那可论！念与世间辞，千万不复全㊿。

府吏还家去，上堂拜阿母："今日大风寒，寒风摧树木，严霜结庭兰⑧¹。儿今日冥冥⑧²，令母在后单。故作不良计，勿复怨鬼神！命如南山石，四体康且直⑧³。"阿母得闻之，零泪应声落。"汝是大家子，仕宦于台阁⑧⁴。慎勿为妇死，贵贱情何薄⑧⁵？东家有贤女，窈窕艳城郭。阿母为汝求，便复在旦夕。"府吏再拜还，长叹空房中，作计乃尔立⑧⁶。转头向户里，渐见愁煎迫。

其日牛马嘶⑧⁷，新妇入青庐⑧⁸。奄奄黄昏后，寂寂人定初⑧⁹。"我命绝今日，魂去尸长留。"揽裙脱丝履，举身赴清池⑨⁰。府吏闻此事，心知长别离。徘徊庭树下，自挂东南枝。

两家求合葬，合葬华山傍。东西植松柏，左右种梧桐。枝枝相覆盖，叶叶相交通⑨¹。中有双飞鸟，自名为鸳鸯，仰头相向鸣⑨²，夜夜达五更。行人驻足听⑨³，寡妇起彷徨。多谢后世人，戒之慎勿忘⑨⁴。

【注释】

①建安：东汉献帝年号，公元196年至219年。建安中，即建安年间。②庐江府：汉代郡名，郡治起初在今安徽省庐江县西，汉末迁徙到今安徽省潜山县。府，指郡守的官府。③断：把织成的布截断，从织机上取下来。匹：同"疋"，据《汉书·食货志》记载，当时布帛幅宽二尺二寸、长四丈为一匹。④大人：对长辈的尊称，这里是兰芝称呼其婆母。故：故意。⑤白公姥（mǔ）：禀告婆母。公姥，公婆，从全诗看，仲卿父已不在，所以公姥在这里是偏义复词，指婆母。⑥及时：趁早，赶快。遣归：打发回去，休弃。⑦禄相：古人迷信认为一个人的富贵贫贱都是命中注定的，而且"骨法为禄相表"（王符《潜夫论·相列》），从骨相中就可以看出命运的好坏。这句是说：我的骨相已注定了我运乖命薄。⑧何意：想不到。不厚：不厚遇，不喜爱。⑨区区：指见识狭小、目光短浅。⑩可怜：可爱。这句是说秦罗敷模样可爱，没人比得上。⑪失恩义：恩断义绝。⑫会：将必定。从许：依从允许，答应。从这句以上是第一段，写兰芝嫁到焦家后，受婆母虐待和被驱遣的经过。⑬哽咽：因悲痛而声气阻塞。⑭自：本。卿：古时君呼臣，或平辈间互称，这里是对妻子的爱称。⑮报府：一作"赴府"，到郡府去。⑯下心意：安下心，沉住气。⑰重纷纭：再找麻烦。这句的意思是说：不要再多事接我回来了。⑱初阳岁：冬末春初的季节。⑲谢家：辞家。⑳进止：举止、行动。这句是说自己的举止行动哪里敢自作主张？㉑谓言：自以为。供养、侍奉。这二句是说：我本以为自己没有什么过错，只要好好侍奉婆母报答她的恩德就行了。㉒绣腰襦（rú）：一种绣花的短袄。㉓葳蕤（ruí）：草木茂盛的样子。这里是形容刺绣的花样，花繁叶茂，闪闪发光。㉔后人：后来者，指仲卿将来再娶的妻子。㉕作遗施：作为

赠送人用的东西。遗（wèi）：赠送。又作“遣”。㉖因：机会。无会因，没有见面的机会。㉗严妆：郑重地梳妆打扮。㉘绣裙：绣花的裙子。袂：同“袷”，今作“夹”。㉙这二句是说：兰芝要尽量打扮得齐整，穿好绣裙后，需要做的事还有四五件，指下文的穿鞋、插簪、戴耳珰。关于这二句还有以下几种说法：一是“极意装束”，尽量打扮得满意；二是“数数迟延，以捱晷刻”，因不忍离去而有意地拖延时间；三是“或是心烦意乱，一遍两遍不能妥帖。”可参考。㉚削葱根：削尖了的葱白。朱丹：一种红色的宝石。这二句是形容兰芝手指的白嫩尖细，和嘴唇的红艳。㉛纤纤：细小。这句是形容兰芝走路时迈着小碎步。㉜母听去不止：婆母听任她去，并不留阻。此句一本作“阿母怒不止”。㉝钱帛：指彩礼。这二句是说接受了您很多聘礼，却不能很好地受您使唤。㉞这四句是说：兰芝初来时，小姑刚刚能扶床站立，而现在已经长得和自己一般高了，所以可以很好地侍奉老人。按前面曾说“共事二三年”，兰芝嫁到焦家只有二三年，小姑不能这样快地长大。这四句诗均见于唐代顾况的《弃妇行》，所以前人每疑此四句非本篇原有，可能是后人所加。㉟初七及下九：七月初七是七夕，古时妇女在这天晚上供祭织女，乞巧。每月的十九日是“下九”，妇女们停止针黹集聚在一起游戏玩耍，叫阳会。㊱隐隐、甸甸都是车声。㊲隔：犹“绝”，断绝。㊳区区怀：自己的真诚心意。㊴见：被、蒙。录：记。见录：记着我。㊵磐石：大石。磐石沉重不能移动，以喻忠诚不变。㊶蒲苇：蒲草和苇子，皆水草，柔韧不可折断，以喻爱情的坚贞。㊷劳劳：忧伤。这句是说：二人挥手告别，悲伤不已。以上是第二段，写兰芝被迫离开焦家时与仲卿分手的情况。㊸进退：偏义复词，即进见。无颜仪：没脸，难为情。㊹拊掌：拍手，这里是一种表示惊讶的动作。㊺不图：没想到。㊻无誓违：誓，或是“諐”之误。“諐”，是“愆”的古字。无諐违，即无过失。另一说：誓违，即违誓。《说文》：“誓，约束也。”无违誓：即不违反婆家的约束（规矩）。二说皆可通。㊼惭阿母：感到没有脸面见母亲。㊽便言：善于辞令，有口才。便，同“辩”。令：美好。㊾衔泪：含泪。衔，一作“含”。㊿丁宁：嘱咐。今作“叮咛”。见叮咛：受到仲卿的叮嘱。(51)奇：佳、好。这句是说：恐怕这样做很不好。(52)来信：指县令派来的媒人。这二句是说：还是回绝了媒人，等以后慢慢地再说吧。(53)贫贱：我家门第低贱，这是刘母自谦之辞。(54)适：出嫁。这句是说：刚刚出嫁就被休弃回了娘家。(55)这二句是说：她连吏人妇都当不了，怎么能配得上贵公子呢？(56)问讯：打听消息。这句是说：希望你去多打听一些别人家的姑娘。(57)怅然：愤恨不满的样子。(58)作计：作决定，打主意。不量：欠思考，不好好衡量。(59)否：恶运。泰：好运气。这句是说二次结婚一好一坏，真有天渊之别。(60)其往：一作“其住”，可以。意思是说长久这样下去又将怎么办呢？(61)处分：决定，处理。(62)要（yuē）：同“约”，约定。(63)渠：他，指仲卿。渠会，即和他相会。无缘：没有缘分，没有机缘。(64)登即：立即，马上。(65)诺诺复尔尔：好了，好了，就这样办吧。(66)还部：回到府衙。白：回报。府君：指太守。(67)视历、开书：为互文，即为挑选吉日而查检历书。《隋书·经籍志》载有《六合婚嫁历》，大约就是古时结婚择吉所用的历书。开，一作“阅”。(68)青雀白鹄（hú）舫：青雀舫和白鹄舫，是贵人乘坐的画舫。龙子幡：可能是一种画有龙形的幡旗。舫的四角插着幡。(69)踯（zhí）躅（zhú）：缓步前进。青骢（cōng）马：青白杂毛的马。(70)流苏：用五彩羽毛做成的穗子。金镂鞍：即金雕鞍，用金属雕镂的马鞍。(71)交、广：交州和广州。交州，汉郡名，今广东、广西等地。广州，三国吴置，在今广东省。市：购买。鲑（xié）珍：珍贵的海味。这句是说：还有从交州、广州买来的珍贵海产。建安时还没有广州之称，所以此句可能是后人修改添加的。又，余冠英说：这句诗似可读成四句，"交"同"教"，"广市鲑珍"就是广泛购买鲑珍。⑦郁郁：盛多的样子。这里是形容人马物品之多。登郡门：登当作"发"，发郡门，即从郡邑出发。又，登郡门，是说齐集在府门前面，亦可通。从这句以上是第三段，写兰芝回到娘家后的痛苦处境，以及太守、阿兄逼嫁的经过。⑦莫令事不举：不要让事情办得不周全。⑦琉璃榻：琉璃，即玻璃。榻，一种矮而窄的小床。琉璃榻，即镶嵌着琉璃或玉石的榻。⑦晻晻（àn）：天色昏暗无光的样子。暝：天黑，日落。⑦以上八句是兰芝对仲卿说的话。⑦高迁：高升，这里指兰芝再嫁太守之子。⑦卒：终。这两句是以磐石自喻说：我像磐石一样方正、厚实，可以保持千年不变。⑦旦夕间：一朝一夕之间，极言其短暂。⑧这二句是说：决定与人世长辞，无论如何也不能再活下去了。⑧严霜结庭兰：寒霜冻坏了庭兰。这三句是仲卿用自然现象来比喻他和兰芝所受到的迫害。⑧日冥冥：黄昏日落。这是比喻自己生命即将结束。⑧南山石：比喻寿命如山之高，如石之固。四体：四肢，指身体。直：舒坦、顺适。⑧台阁：即尚书台。这两句是说：你是大户人家的子弟，先辈在台阁做过官。⑧贵贱情何薄：意思是说：你的身份比兰芝高贵，所以休弃了她并不算薄情。⑧作计乃尔立：自杀的主意就这样确定了。乃尔：如此，这样。⑧牛马嘶：牛马嘶叫，是说迎亲的牛车马骑之多。⑧青庐：一种用青布搭成的帐篷，是古时举行婚礼的地方。据段成式《酉阳杂俎》记载："北朝婚礼，青布幔为屋，在内门外，谓之青庐，于此交拜迎妇。"⑧人定初：人们刚刚安息的时候。或"人定钟"初鸣时，即亥时初刻，相当于今之晚九点钟。⑨举身：纵身。⑨交通：连接在一起。⑨相向鸣：相对而鸣。⑨驻足：停下脚步。⑨多谢：多多致意。戒之：记住，引以为戒。这是作者劝告世上做家长的话。以上是第四段，写兰芝和仲卿为反抗封建势力的迫害而相继自杀的结局。

【诗解】

  这首诗既是我国文学史上一首优秀的民间叙事诗，又是我国古代民间文学中的光辉诗篇之一。它与南北朝的《木兰诗》并称"乐府双璧"及"叙事诗双璧"。诗中的两个主人公以其对爱情的坚贞不渝而流传千古。

  该诗抒写的是汉代末年庐江郡小吏焦仲卿和妻子刘兰芝的婚姻悲剧。故事发生在东汉建安年间。当时人们出于同情，把他们的悲剧编成故事诗传诵。后来的文人不断加工修润，在将近三百年后才被写定。

  该诗的故事情节编排曲折，场面景物描写细致，人物行动具体、对话生动，人物形象比较鲜明，语言自然、活泼，具有很强的表现力。诗中浓厚的抒情意味，充满了作者的同情和期望。

  全诗的思想性和艺术性达到了完美统一，在我国文学史上占有重要的地位。

古　诗

  这里所说的古诗，是指东汉末年下层文人以乐府民歌为基础，创作的一批最早的五言诗。这些诗的作者都已不可考,所以只好统称这部分无名氏的作品为"古诗",包括有名的《古诗十九首》。

《古诗十九首》为东汉末年一些失意的下层文人所作,抒写的内容有游宦无成、游子思乡和闺妇怨别等,反映了乱世中社会生活的一个侧面。由于它们风格相近,后人便将其编为一组,题为《古诗十九首》。这些诗的艺术成就较高,钟嵘《诗品》说它"天衣无缝,一字千金";谢榛《四溟诗话》说它"格古调高,句平意远,不尚难字,而自然过人"。本书只选取了《古诗十九首》中的四首。

"古诗"的出现,标志着我国五言诗已经进入成熟阶段。

行行重行行

行行重行行①,与君生别离。相去万余里,各在天一涯②。道路阻且长③,会面安可知?胡马依北风④,越鸟巢南枝⑤,相去日已远⑥,衣带日已缓。浮云蔽白日,游子不顾反⑦。思君令人老,岁月忽已晚。弃捐勿复道⑧,努力加餐饭⑨!

【注释】

①重(chóng):又。这句是说行而不止。②涯:方。③阻:艰险。④胡马:北方所产的马。⑤越鸟:南方所产的鸟。"胡马依北风,越鸟巢南枝",是当时习用的比喻,借喻眷恋故乡的意思。⑥已:同"以"。远:久。⑦顾反:还返,回家。顾,返也。反,通"返"。⑧弃捐:抛弃。⑨这两句是说:这些都丢开不必再说了,只希望你在外保重。

【诗解】

本篇是《古诗十九首》的第一首,描写一个女子对其离家远行的爱人的思念之情。诗中巧妙运用比兴手法,以简洁语言表达无限深情。

西北有高楼

西北有高楼,上与浮云齐。交疏结绮窗①,阿阁三重阶②。上有弦歌声,音响一何悲!谁能为此曲?无乃杞梁妻。清商随风发,中曲正徘徊。一弹再三叹,慷慨有余哀。不惜歌者苦,但伤知音稀。愿为双鸿鹄③,奋翅起高飞④。

【注释】

①疏：镂刻。绮：有花纹的细绫。这句是说窗上透刻着像细绫花纹一样的格子。②阿（ē）阁：四面有曲檐的楼阁。这句是说阿阁建在有三层阶梯的高台上。③鸿鹄：据朱骏声《说文通训定声》说："凡鸿鹄连文者即鹄。"鹄：就是天鹅。一作"鸣鹤"。④高飞：远飞。这二句是说愿我们像一对鸿鹄，展翅高飞，自由翱翔。

【诗解】

本篇是《古诗十九首》的第五首，它以听歌起兴，感叹知己难逢。

迢迢牵牛星

迢迢牵牛星，皎皎河汉女。纤纤擢素手①，札札弄机杼②。终日不成章③，泣涕零如雨④。河汉清且浅，相去复几许⑤！盈盈一水间⑥，脉脉不得语⑦。

【注释】

①擢：拔、抽出。这句是说：织女摆动她的纤纤素手。②札札：机织声。③终日不成章：是用《诗经·大东》语意，说织女终日也织不成布。《诗经》原义是织女徒有虚名，不会织布，这里则是说织女因害相思，而无心织布。章：指布匹上的经纬纹理。④零：落。⑤几许：犹言"几何"。这两句是说：织女和牵牛二星彼此只隔着一条银河，相距才有多远！⑥盈盈：水清浅貌。间：隔。⑦脉脉："眽眽"的俗写，含情相视之貌。

【诗解】

本篇是《古诗十九首》的第十首，借天上织女思念牛郎的故事，写人间男女的相思之情。

明月何皎皎

明月何皎皎，照我罗床帏。忧愁不能寐，揽衣起徘徊①。客行虽云乐，不如早旋归。出户独彷徨，愁思当告谁？引领还入房②，泪下沾裳衣！

【注释】

①揽衣：犹言"披衣""穿衣"。揽：取。②引领：伸颈，意为抬头远望。

【诗解】

本篇是《古诗十九首》的最后一首,这是一首妻子思念丈夫的抒情诗。开头写月夜里,妻子思念丈夫以致难以入睡,使得接下来抒写迫切盼望丈夫归来的心情得以水到渠成,最后翻腾的愁情达到顶点,以至再也禁不住而"泪下沾裳衣"。全诗层次分明,感情流露清晰自然,成功地诠释了思妇复杂的心情。

曹 操

曹操(155~220),字孟德,沛国谯(今安徽亳州)人,是我国古代著名的政治家、军事家和文学家。作为政治家和军事家,曹操统一北方,形成与吴、蜀相峙的三国鼎立局面,并为日后晋朝进一步统一全国创造条件。此外,他所采取的一些措施对于中原地区的经济发展起到了极大的促进作用,诸如打击豪强、抑制兼并和广行屯田等。作为文学家,曹操的创作体现了乱世之中一统天下的雄心壮志,慷慨悲壮,思想积极。他的诗今存二十首,都是采用乐府古题,鲜明地表现了对汉代乐府的继承。他的文章以"清峻通脱"著称,显示出他崇尚刑名,反对儒学传统的突出特点。鲁迅先生曾称他为"改造文章的祖师"。曹操的著作今有辑本《曹操集》,诗歌注本以黄节的《魏武帝诗注》较为详备。

观沧海

东临碣石,以观沧海。水何澹澹①,山岛竦峙②。树木丛生,百草丰茂。秋风萧瑟,洪波涌起。日月之行,若出其中。星汉灿烂③,若出其里。幸甚至哉,歌以咏志。

【注释】

①何:多么。澹澹:浩荡平满的样子。②山岛:指碣石山,当时的碣石山在海边上。竦(sǒng)峙(zhì):高峻挺拔的样子。③星汉:天河。

【诗解】

《观沧海》是《步出夏门行》的第一首。曹操曾用这个旧题写过新辞,全诗共四首,前面有"艳"(序歌)。

《观沧海》通过描绘碣石山下深秋独有的海景,自然而巧妙地抒发了作者对于当时的种种忧虑,诸如动荡的社会、艰难的生计、不定的人心,并暗含着他要削平割据、稳定时局、建功立业、统一天下的壮志雄心。诗作所呈现的场景极其壮阔,而豪迈的情感又与壮阔的场景水乳交融地结合在一起。

龟虽寿

神龟虽寿,犹有竟时①。腾蛇乘雾,终为土灰。老骥伏枥②,志在千里。烈士暮年③,壮心不已。盈缩之期④,不但在天。养怡之福,可得永年⑤。幸甚至哉,歌以咏志。

【注释】

①竟:终极,终了。②骥:千里马。伏枥:卧在马棚里,形容马老病的样子。枥,马棚。③烈士:重义轻生、有志建功立业的人。④盈缩之期:指人的寿命长短。盈,满、长。缩:短。⑤永年:长寿。这二句是说:如果能使人的身体和精神经常保持安静愉快,就能健康长寿。

【诗解】

《龟虽寿》是《步出夏门行》的第四首。这首诗表达了作者自强不息、老当益壮、锐意进取的积极精神与豪迈气概。这是从哲学角度表现作者对人生的看法,既是他对方士们关于神仙种种妄谈的否定,也是对于当时社会上流行的消极颓废和及时行乐说法的否定。

短歌行

对酒当歌,人生几何?譬如朝露①,去日苦多。慨当以慷,幽思难忘②。何以解忧?唯有杜康③。青青子衿④,悠悠我心⑤。但为君故,沉吟至今⑥。呦呦鹿鸣,食野之苹⑦。我有嘉宾,鼓瑟吹笙。明明如月,何时可掇⑧?忧从中来,不可断绝。越陌度阡⑨,枉用相存⑩。契阔谈䜩⑪,心念旧恩。月明星稀,乌鹊南飞,绕树三匝,何枝可依?山不厌高,海不厌深。周公吐哺⑫,天下归心。

【注释】

①朝露:汉代人常以朝露比喻人的年命之短,可参看汉乐府《薤露》。②幽思:深藏着的心事,即"忧世不治"。③杜康:相传是我国最早发明酿酒的人,这里即用以代指酒。④青衿:周朝时学子的服装,用在诗里代指学子,这里是指有智谋、有才干的人。衿:衣领。⑤悠悠:形容思

念的深沉和久长。⑥沉吟：低声吟咏，指深切怀念和吟味的样子。⑦苹：艾蒿。⑧掇：同"辍"，停止，断绝。月光不可阻塞断绝，以比喻人的忧思不能抑制。掇，一作"拾取""捉取"。以月光不可捉取比喻忧思不可排除。⑨越陌度阡：古谚有所谓"越陌度阡，更为客主"，是说朋友之间互相过从的事。曹操这里用其成句以言贤士之远道来投。⑩枉用相存：如同说"贤士们屈尊来光顾我"。枉：枉驾，屈驾。存：存问。⑪契阔谈䜩：即䜩谈契阔，在欢乐的宴会上畅叙离别怀念之情。䜩：同"宴"。契阔：本义是两件东西放在一起的相合（契）与不相合（阔），后来用以代指人的会合与离别。这里用为单指离别。⑫吐哺：吐出口中正在咀嚼的食物，指中途停止吃饭。《韩诗外传》卷三记载周公曾说："吾，文王之子，武王之弟，成王之叔父也，又相天下，吾于天下亦不轻矣。然一沐三握发，一饭三吐哺，犹恐失天下之士。"《史记·鲁世家》中也有与此大致相同的文字。这里曹操显然是以周公自命的。

【诗解】

　　《短歌行》是曹操按旧题写作的新辞。原作共两首，这里选的是第一首。诗作反映了曹操为实现他一统天下的政治理想而广纳贤士的急切心情。

　　诗作的第一节调子低沉，这是汉末以来乱世之中社会上普遍流行的消极颓废人生观在作者思想上引起的涟漪。从第二节调子开始变化，作品出现了柳暗花明又一村的局面：崭新的境界中蕴藉着积极的思想。最后四句简洁有力，直抒胸臆，抑扬顿挫，慷慨激昂，成为流传至今的四言警句。

王　粲

　　王粲（177～217），字仲宣，山阳高平（今山东金乡县）人，是东汉灵帝时大官僚王畅的孙子。年少成名，初仕刘表，后归曹操。他是"建安七子"中文学成就最高的一个，被称为"七子之冠冕"。其作品悲凉哀婉，突出反映当时的社会动乱和人民疾苦。

　　作品有辑本《王侍中集》。

七　哀

其　一

　　西京乱无象①，豺虎方遘患②。复弃中国去③，委身适荆蛮④。亲戚对老悲，朋友相追攀⑤。出门无所见，白骨蔽平原。路有饥妇人，抱子弃草间。顾闻号泣声，挥泪独不还："未知身死处，何能两相完⑥?"驱马弃之去,不忍听此言。南登霸陵岸⑦,回首望长安。悟彼下泉人⑧,喟然伤心肝⑨。

【注释】

①西京:指长安,西汉时的国都。东汉建都在洛阳,洛阳称为东都。董卓之乱后,汉献帝又被董卓由洛阳迁到了长安。无象:无章法,无体统。②豺虎:指董卓的部将李傕、郭汜等。遘患:给人民造成灾难。③中国:中原地区。④委身:置身。荆蛮:即指荆州。⑤追攀:追逐拉扯,表示依依不舍的样子。⑥完:保全。⑦霸陵:汉文帝刘恒的陵墓,在今西安市长安区东。岸:高坡、高冈。⑧下泉:流入地下的泉水。⑨喟然:伤心的样子。

【诗解】

这首诗记录了作者在战乱流离中所听的凄凉声音和所见的悲惨景象。一方面,对混战的厌恶显露无遗;另一方面,对人民疾苦的同情深切之至。作品以典型的选材、悲恻的措辞和极强的感染力而著名。

曹 植

曹植(192~232),字子建,沛国谯(今安徽省亳州市)人,曹操的儿子,曹丕的弟弟,三国时魏国诗人、文学家,建安时期最有才华的诗人。

早期曹植很受父亲宠爱,几乎被立为太子,因而受到曹丕嫉恨。曹丕即位后,曹植遭受严重打击与迫害。曹丕死后,曹叡即位,曹植曾多次上书,希望报效国家,但都未如愿。最后在困顿苦闷中英年早逝。

以曹丕即位为界,曹植的生活和创作可分为前后两个时期。前期作品一部分反映了他在政治上的雄心壮志和对于建功立业的热烈向往;另一部分抒写了社会动荡和人民疾苦。后期作品则一方面表达自己备受压抑、壮志难酬的悲愤情绪;另一方面反映统治集团的内部矛盾和统治阶级的内在本质。

曹植在创作方面很有才华。首先,其诗歌艺术成就较高。他不仅注重声律,还对五言诗的发展有重要贡献。其次,他的章表辞赋也很著名,洋溢着非凡的才气。

作品有《曹子建集》。诗歌注本以黄节的《曹子建诗注》较为详备。

白马篇

白马饰金羁,连翩西北驰①。借问谁家子?幽并游侠儿②。少小去乡邑,扬声沙漠垂。宿昔秉良弓③,楛矢何参差④。控弦破左的⑤，右发摧月支。仰手接飞猱⑥，俯身散马蹄。狡捷过猴猿，勇剽若豹螭⑦。边城多警急，虏骑数迁移。羽檄从北来⑧，厉马登高堤⑨。长驱蹈匈奴⑩，左顾凌鲜卑⑪。弃身锋刃端，性命安可怀？父母且不顾，何言子与妻！名编壮士籍，不得中顾私⑫。捐躯赴国难，视死忽如归。

【注释】

①连翩：轻捷矫健的样子。②幽并：幽州、并州，古代二州名。游侠：汉代指那种崇武尚气、能急人之难的人。③宿昔：同"夙夕"，早晨、晚上，指每日皆如此。④楛（hù）矢：楛木做的箭。参差：本义是长短不齐的样子，这里实际是指多。以上二句是说：他们的良弓日夜不离手，身边还佩带着许多的箭。⑤控弦：开弓。的：箭靶。⑥仰手：指仰身而射。接：迎面而射。⑦剽：轻捷。螭（chī）：传说中的一种无角的龙。⑧羽檄：插有羽毛的军中征调文书。军书插羽，以示紧急。《说文》："檄，以木简为书，长尺二寸，用征召也。"⑨厉马：策马。堤：高坡。以上二句是说：边方的紧急征调文书下来了，勇士们闻命策马，登高堤以探视敌情。⑩蹈：践踏，此处即指冲击。⑪凌：冲击。⑫顾私：怀念个人或家庭的私事。

【诗解】

这首诗里塑造了一个爱国将士的形象，他武艺高强、渴望建功立业，甚至不惜壮烈牺牲。作者正是借着歌颂这样一个英勇的北方将士，来抒发自己愿意为解救国难而不惜抛弃一切，乃至生命的英勇豪迈精神。

七步诗

煮豆燃豆萁①，漉豉以为汁。萁在釜下燃②，豆在釜中泣。本是同根生，相煎何太急！

【注释】

①萁：豆梗。②漉（lù）：过滤。豉（chǐ）：豆鼓，一种豆制食品。有的本子没有"漉豉以为汁。萁在釜下燃"二句。

【诗解】

在这首诗里，作者以豆萁相煎为喻，形象地控诉了其兄曹丕对自己和其他众兄弟的残酷迫害，也隐含地揭示了曹魏王朝的内部矛盾。

阮 籍

阮籍(210~263),字嗣宗,陈留尉氏(今河南开封)人。其父阮瑀是"建安七子"之一。阮籍崇尚老庄哲学,在政治上既不满现实,又谨慎避祸。他与嵇康、刘伶等七人为友,常常聚集在竹林之下肆意畅饮,世称"竹林七贤"。因为阮籍曾任步兵校尉,所以人们也称他为阮步兵。阮籍是"正始之音"的代表,其中以《咏怀》八十二首最为著名。阮籍通过不同的写作技巧,如比兴、象征、寄托等,借古讽今,寄寓情怀,形成了一种"悲愤哀怨,隐晦曲折"的诗风。

除诗歌之外,阮籍还长于散文和辞赋。今存散文九篇,其中最长及最有代表性的是《大人先生传》《达庄论》等,表达一种消极的出世之情。另又存赋六篇,其中述志类有《清思赋》《首阳山赋》;咏物类有《鸠赋》《猕猴赋》。

作品有辑本《阮步兵集》。诗歌注本以黄节的《阮步兵咏怀诗注》较为详备。

夜中不能寐

夜中不能寐,起坐弹鸣琴。薄帷鉴明月①,清风吹我襟。孤鸿号外野,翔鸟鸣北林②。徘徊将何见,忧思独伤心。

【注释】

①这句是说:明月照着薄薄的帷帐。鉴:照。②北林:《诗经·晨风》:"鴥(yù,疾飞之貌)彼晨风(鸟名),郁彼北林。未见君子,忧心钦钦。"后世的文人在使用"北林"一语时,往往带有心神忧郁的意思。

【诗解】

这是阮籍《咏怀诗》的第一首,是八十二首咏怀诗的总开端。真实而概括地抒发了作者身处当时社会现实中的内心苦闷。阮籍是个在行动上佯狂放荡,在内心里痛苦至极的人。只有诗歌才能让他把那郁结在内心深处的、无由发泄的愁苦和愤懑隐约曲折地倾泻出来。

陆 机

陆机(261~303),字士衡,吴郡(今江苏苏州)人。他出身于东吴的大世族地主家庭，祖父陆逊是吴国的丞相，父陆抗是吴国大司马。吴亡之后，他与弟弟陆云到洛阳，文章为当时士大夫所推重。曾历任平原内史、祭酒、著作郎等职，世称"陆平原"。后死于"八王之乱"，被夷三族。他"少有奇才，文章冠世"（《晋书·陆机传》），与其弟陆云皆为我国西晋时期著名文学家。陆机还是一位杰出的书法家，他的《平复帖》是古代存世最早的名人书法真迹。

当时，陆机以抒写诗歌而著名。吴亡入洛之前，其诗作多抒发国破家亡之感。吴亡入洛之后，其诗作多叙述人生离合之情。不过，其诗作的总体倾向是内容空泛，感情贫乏，对于华丽辞藻和工整对偶的竭力追求使他成为形式主义诗风的代表人物。他的赋和文，内容不够深厚，但能表达自己的感触和体会。

陆机的诗作今存107首。此外，他著有《陆士衡集》。近人郝立权撰有《陆士衡诗注》。

赴洛道中作

远游越山川，山川修且广。振策陟崇丘①，案辔遵平莽②。夕息抱影寐③，朝徂衔思往④。顿辔倚嵩岩⑤，侧听悲风响。清露坠素辉，明月一何朗⑥。抚枕不能寐⑦，振衣独长想⑧。

【注释】

①策：古时的马鞭，头上有刺。振策：挥鞭。陟（zhì）：登高。崇丘：高山。这句是说：鞭马登上高山。②案：同"按"。案辔：手抚马缰，任马慢步行走。遵：循。平莽：草原。这句是说：按辔让马循平原慢行。③夕息：夜晚休息。抱影：形影相吊，说明孤独。④徂（cú）：往。朝徂：早晨出发。衔思：含悲，说明凄楚。⑤顿：舍、止。顿辔：停马。嵩：高。这句和下句是说驻马倚着高岩，听见悲风声从旁边传来。⑥素辉：洁白的光辉。一何朗：多么明朗。这两句是说：白光闪烁的清露往下滴，皓月极为明朗。⑦这句是说：面对此情此景抚枕不能入睡。⑧振衣：抖动衣服以去灰尘，这里指穿衣。这句是说：重新穿衣而起，独自长想。

【诗解】

《赴洛道中作》共二首，这是第二首。这首诗描绘了作者在旅途中所见的景物，抒发了自己哀伤的心情。精心雕琢，文字工丽，体现了他的诗歌的形式主义风格。

左 思

左思（250～约306），字太冲，齐国临淄（今山东淄博市临淄城北）人。西晋著名文学家。他幼年不够聪慧，学书学琴均不成。但他极其用功，长于撰写文章，

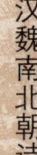

辞藻华丽。虽然他才华出众，但是其貌不扬，不好交游，在仕途方面不得志，只能以写作为事业。他曾以十年时间写成《三都赋》，轰动当时，"豪贵之家竞相传写，洛阳为之纸贵"。

由于左思出身寒微，而仕途的门径被那些士族把持，所以控诉门阀制度的腐朽，揭露寒门出身的知识分子和士族门阀之间的矛盾，抒写自己功业未遂的情怀和对士族权贵的蔑视，就构成了他诗作的主题。意气慷慨豪迈，语言简洁有力，绝少雕琢堆砌成为他诗作的主要特点。

左思的诗作，今存很少，只有《文选》和《玉台新咏》所收的部分诗赋，其中诗十四首，以《咏史》和《娇女》最有名。

咏 史

其 一

弱冠弄柔翰①，卓荦观群书②。著论准《过秦》，作赋拟《子虚》③。边城苦鸣镝④，羽檄飞京都⑤。虽非甲胄士⑥，畴昔览穰苴⑦。长啸激清风，志若无东吴⑧。铅刀贵一割⑨，梦想骋良图⑩。左眄澄江湘，右盼定羌胡⑪。功成不受爵，长揖归田庐⑫。

【注释】

①弱冠：古代的男子二十岁行冠礼，表示成人，但体犹未壮，所以叫"弱冠"。柔翰：毛笔。这句是说：二十岁就擅长写文章。②荦：同"跞"。卓跞：才能卓越。这句是说：博览群书，才能卓异。③《过秦》：即《过秦论》，汉贾谊所作。《子虚》：即《子虚赋》，汉司马相如所作。准、拟：以为法则。这两句是说：写论文以《过秦论》为准则，作赋以《子虚赋》为典范。④鸣镝（dí）：响箭，本是匈奴所制造，古时发射它作为战斗的信号。这句是说：边疆苦于敌人的侵犯。⑤檄（xí）：檄文，用来征召的文书，写在一尺二寸长的木简上，上插羽毛，以示紧急，所以叫"羽檄"。这句是说：告急的文书驰传到京师。⑥胄：头盔。甲胄士：战士。这句是说自己虽不是战士。⑦畴昔：往时。穰苴（jū）：春秋时齐国人，善治军。齐景公因为他抵抗燕、晋有功，尊为大司马，所以叫"司马穰苴"，曾著《兵法》若干卷。这句是说：从前也读过司马穰苴兵法。⑧这两句是说：

放声长啸，其声激扬着清风，心中没有把东吴放在眼里。⑨铅刀一割：用汉班超上疏中的成语。李善注引《东观汉记》："班超上疏曰：臣乘圣汉威神，冀俲铅刀一割之用。"铅质的刀迟钝，一割之后再难使用。用来比喻自己才能低劣。这句是说：自己的才能虽然如铅刀那样迟钝，但仍有一割之用。⑩骋：施。良图：好的计划。这句是说：还希望施展一下自己的抱负。⑪眄：看。澄：清。江湘：长江、湘水，是东吴所在，地处东南，所以说"左眄"。羌胡：即少数民族的羌族，在甘肃、青海一带，地在西北，所以说"右盻"。⑫爵：禄位。田庐：家园。这两句是说：要学习鲁仲连那样，为平原君却秦兵，功成身退。

【诗解】

　　左思的《咏史》共八首，它是借咏古人、古事以抒写自己的抱负，区别于一般专咏古人、古事的咏史诗。这一首应是晋武帝咸宁六年（280年）平吴以前所作，它是《咏史》的总序。一方面抒写了自己文学才能的卓尔不群；另一方面表明自己精通打仗用兵之道，有保卫边疆之志，并且愿意捐躯奉献，为国立功。

潘　岳

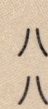

　　潘岳（247～300），字安仁，荥阳中牟（今河南省开封附近）人。他少时有奇童之称，二十岁时便才名卓著。他热心做官，但不得志；形象俊美，但品格卑污。赵王司马伦辅政时，他被赵王的亲信孙秀害死，成为西晋统治集团内部斗争的牺牲品。

　　潘岳和陆机齐名，既是当时士族门阀的代表作家，也是当时形式主义诗歌的代表人物。他以写哀悼内容的诗见长，代表作是《悼亡诗》三首。此外，他擅长写"哀诔之文"，都以善叙哀情著称，比如《怀旧赋》《寡妇赋》。今存《潘黄门集》一卷。

悼亡诗

　　荏苒冬春谢，寒暑忽流易①。之子归穷泉，重壤永幽隔。私怀谁克从②？淹留亦何益③。僶勉恭朝命，回心反初役④。望庐思其人，入室想所历。帏屏无髣髴⑤，翰墨有余迹。流芳未及歇⑥，遗挂犹在壁。怅恍如或存，回惶忡惊惕⑦。如彼翰林鸟，双栖一朝只。如彼游川鱼，比目中路析⑧。春风缘隙来，晨霤承檐滴⑨。寝息何时忘，沉忧日盈积。庶几有时衰，庄缶犹可击⑩。

【注释】

①荏（rěn）苒（rǎn）：逐渐。谢：去。流易：消逝、变换。冬春寒暑节序变易，说明时间已过去一年。古代礼制，妻子死了，丈夫服丧一年。这首诗应作于其妻死后一周年。②私怀：私心，指悼念亡妻的心情。克：能。从：随。谁克从：即"克从谁"，能跟谁说？③淹留：久留，指滞留在家不赴任。亦何益：又有什么好处。④黾（mǐn）勉：勉力。朝命：朝廷的命令。回心：转念。初役：原任官职。这两句是说：勉力恭从朝廷的命令，扭转心意返回原来任所。⑤帏屏：帐帏和屏风。髣髴：相似的形影。无髣髴：帏屏之间连亡妻的仿佛形影也见不到。⑥这句是说：衣服上至今还散发着余香。⑦回惶：惶恐。忡（chōng）：忧。惕：惧。这一句五个字，表现他怀念亡妻的四种情绪。⑧翰林：鸟栖之林，与下句"游川"相对。比目：鱼名，成双即行，单只不行。析：一本作"拆"，分开。这四句是说：妻子死后自己的处境就像双栖鸟成了单只，比目鱼被分离一样。⑨缘：循。隙：即"隙"，门窗的缝。霤（liù）：即溜，屋上流下来的水。承檐滴：顺着屋檐流。这两句是说：春风循着门缝吹来，屋檐上早晨就开始往下滴水了。⑩庶几：但愿，表示希望。衰：减。庄：指庄周。缶：瓦盆，古时一种打击乐器。《庄子·至乐》："庄子妻死，惠子吊之，庄子则方箕踞鼓盆而歌。"庄子认为死亡是自然变化，不必悲伤。这两句是说：但愿自己的哀伤有所减退，能像庄周那样达观才好。

【诗解】

《悼亡诗》是作者伤悼亡妻的，共三首，这是第一首。妻子死后葬毕，自己将要赴任，睹物思人，更加哀伤。全诗情感真切感人。对后世的悼亡诗有深远影响。

陶渊明

陶渊明（365～427），字元亮，号五柳先生，谥号靖节先生，入刘宋后改名潜，浔阳柴桑（今江西九江市西南）人，是中国文学史上的大诗人。他的曾祖陶侃做过大司马等官职，祖父、父亲做过太守、县令一类的官，外祖父做过征西大将军。不过到了他这一代，家境已衰落，因此他一生过着穷困潦倒的生活。

陶渊明身处在晋、刘宋易代的时期，黑暗的政治、尖锐的阶级斗争、激化的民族矛盾，均对他构成深刻影响。

陶渊明青年时期胸怀大志，但在黑暗现实中壮志难酬；中年时期为饥寒所迫，曾做过几任小官；晚年时期完全过着归隐和耕种的生活。

田园生活是陶渊明诗的主要题材，相关作品有《饮酒》《归园田居》《桃花源记》《五柳先生传》《归去来兮辞》等。这些诗歌反映了他的鄙夷功名、理想高远、志趣高洁和守志不阿，表达了他对污秽现实的强烈憎恶和对淳朴农村生活的向往与热爱。

陶渊明不仅能描绘恬淡安适的田园生活，他还能激情四溢慷慨激昂地歌咏和赞扬历史上以及神话传说中那些斗争失败却永不屈服的英雄。

诚然，消极的乐天知命和人生无常的思想在陶渊明的作品中也比较明显，甚至一些颓废没落的情绪也有流露。不过，陶渊明的诗以平淡自然的风格，简洁的语言，含蓄浑厚的意境，在我国古代诗歌史上独放异彩。

陶渊明作品的注本，今存较早的是宋刊巾箱本李公焕《笺注陶渊明集》。另外，有比较通行的是陶澍集注《靖节先生集》。

归园田居

其 一

少无适俗韵，性本爱丘山。误落尘网中①，一去三十年。羁鸟恋旧林，池鱼思故渊。开荒南野际，守拙归园田②。方宅十余亩，草屋八九间。榆柳荫后檐，桃李罗堂前。暧暧远人村③，依依墟里烟④。狗吠深巷中，鸡鸣桑树颠。户庭无尘杂，虚室有余闲⑤。久在樊笼里，复得返自然。

【注释】

①尘网：指尘世，官府生活污浊而又拘束，犹如罗网。这里指仕途。②守拙：守正不阿。潘岳《闲居赋序》有"巧官""拙官"二词，巧官即善于钻营，拙官即一些守正不阿的人。③暧暧：暗淡的样子。④依依：轻柔的样子。墟里：村落。⑤虚室：娴静的屋子。余闲：闲暇。

【诗解】

《归园田居》共五首。这五首所咏是归田之乐。根据诗文，榆柳成荫，桑麻已长，并不是冬天的景色，所以这应该是归田后第二年所作，即晋安帝义熙二年（公元406年），陶渊明四十二岁。

这首诗描绘了一派宁静和平的田园风光，但这并不是久经战乱的农村的写实景观，而是作者当时心境的形象化反映。这种形象化的心境，体现了他对污浊朝市、险恶环境的批判。所以，辞官归田是适合作者本性的理想选择，因为在这里他可以摆脱官场的羁绊，体会农村的淳朴生活。

饮 酒

其 一

结庐在人境①，而无车马喧。问君何能尔②？心远地自偏。采菊东篱下，悠然见南山③。山气日夕佳④，飞鸟相与还。此中有真意⑤，欲辨已忘言。

【注释】

①结庐：构筑屋子。人境：人间，人类居住的地方。②尔：如此、这样。③悠然：自得的样子。南山：指庐山。④日夕：傍晚。⑤此中：即此时此地的情和境，也即隐居生活。真意：人生的真正意义，即"迷途知返"。这句和下句是说：此中含有人生的真义，想辨别出来，却忘了如何用语言表达。意思是既领会到此中的真意，不屑于说，也不必说。

【诗解】

这首诗是《饮酒》的第五首，作者将那种安贫乐道、悠然自得的心境娓娓道来。其点睛之笔在于"心远"一词，意为思想已经远离了仕宦荣华的喧扰，其他方面也自然归于宁静。

移 居

其 二

春秋多佳日，登高赋新诗。过门更相呼，有酒斟酌之。农务各自归，闲暇辄相思。相思则披衣，言笑无厌时①。此理将不胜？无为忽去兹②。衣食当须纪③，力耕不吾欺。

【注释】

①披衣：披上衣服，指去找人谈心。②此理：指与邻里畅谈欢饮之乐。将：岂。将不胜：岂不美。兹：这些，指上句"此理"。这两句是说：这种邻里之间的交往之乐岂不比什么都美？不要忽然抛弃这种做法。③纪：经营。

【诗解】

这首诗抒写了作者移居农村以后的恬淡生活。农忙时辛勤耕耘、互不相扰，农闲时和其他农民相招饮酒、谈笑风生。对于这样的生活情趣，作者无限爱悦、满腔留恋。

谢灵运

谢灵运（385～433），陈郡阳夏（今河南省太康县）人，世居会稽（今浙江省绍兴县）。原为陈郡谢氏士族，东晋名将谢玄之孙，小名"客"，人称谢客。又以袭封康乐公，称谢康公、谢康乐。谢玄死后，十八岁的谢灵运就袭爵康乐公，因称谢康乐。420 年宋高祖刘裕代晋后，谢灵运降公爵为侯，先后出任永嘉太守及临川内史等职。他自视甚高，却没被重用，所以不满刘宋王朝。谢灵运寄情山水，不恤政事，为人奢豪放浪，喜欢娱乐聚会，夜夜狂欢。元嘉十年因谋反获罪被杀。

谢灵运是著名山水诗人，他擅长使用精雕细琢的语言来记叙游历见闻、描绘自然风光，他抒写的佳句以鲜明的形象、优美的意境而闻名。不过就从全诗来考量，经常是在结尾处落入玄言佛理的窠臼，情绪之消极颓废，社会内容之空洞匮乏，削弱了他作品的价值。甚至，有的时候他的语言过于精工富艳，所以往往比较晦涩难懂。但是，谢灵运大力创作山水诗，从题材上扭转了东晋以来的玄言诗风，使山水诗成中国文学史上的一大流派，对南朝和唐代诗歌的发展有一定的影响。可以说，谢灵运是中国文学史上山水诗派的开创者。谢灵运的作品有《谢康乐集》（明焦竑本）。

夜宿石门①

朝搴苑中兰，畏彼霜下歇②。暝还云际宿③，弄此石上月。鸟鸣识夜栖，木落知风发。异音同至听，殊响俱清越。妙物莫为赏，芳醑谁与伐④。美人竟不来，阳阿徒晞发⑤。

【注释】

①作者的别墅就在石门。石门，即石门山，在今浙江省嵊州市。这首诗又名《石门岩上宿》。②搴：拔取。歇：尽，凋谢。③暝（míng）：黄昏。④芳醑（xǔ）：美酒。伐：赞美。这句是说：谁同我一起品尝这好酒。⑤美人：指诗人思念的好友。阳阿：神话中所说的太阳升起的山丘。山南叫阳，曲隅为阿。晞（xī）：晒干。这两句意思是说：没有知心好友同游，只能在阳阿独自晒头发。

【诗解】

诗人夜宿于石门别墅的岩石上，听着鸟鸣风声，感受着秋夜的美景，不禁悲从中来，如此佳色绝景，却无具有高情逸趣的人相伴同游，一起欣赏，孤寂之感油然而生。

诗中通过耳闻声音的写法来描绘山中秋夜的独特风光，生动、别致，给读者提供了想象的空间。

东阳溪中赠答①

其 一

可怜谁家妇，缘流洗素足。明月在云间，迢迢不可得。

其 二

可怜谁家郎，缘流乘素舸。但问情若为②，月就云中堕③。

【注释】

①东阳溪：即东阳江（今金华江），流经今浙江东阳、金华一带。②若为：若何，如何。③就：从，自。

【诗解】

《东阳溪中赠答》共二首，都是以明月为喻，表达男女双方率真朴实的两情相悦。第一首是男子以歌唱方式表达对濯足姑娘的爱慕之情。第二首是女子对男子的应答，她满心欢喜地回应了乘船男子的爱慕。只要双方有真情实爱做基础，就可以相爱不渝。

这首诗是谢灵运学习民歌之作，一反那种精工华丽的风格，仿佛语言质朴的南朝乐府。

鲍 照

鲍照（约414～466），字明远，东海（今山东郯城西南，辖区包括今江苏北部）人。南朝宋文学家，被认为是南北朝时期文人中成就最高的，与颜延之、谢灵运合称"元嘉三大家"。

鲍照出身贫寒，但很有志气。他先被任为国侍郎，又当过中书舍人，还任前军参军，所以世称鲍参军。后临海王谋反，鲍照死于乱军之中。

鲍照生活在南北分裂、门阀士族当权的时代。虽一生关心国家命运，但因家世贫贱而仕途不畅、饱受压抑，这也就更激化了他对刘宋王朝政治的不满。

他的诗歌要从两个方面来看：一方面，他的诗歌具有明显的社会意义，反映了混战和赋税徭役之下平民百姓的悲苦生活，揭露了士族门阀的腐朽、黑暗，表达了作者强烈的保家卫国的愿望。另一方面，感伤情绪和消极思想在他的诗歌中有所流露。

鲍照的七言诗和杂言乐府继承和发展了汉魏乐府的传统，以慷慨奔放的感情，新奇丰盛的辞采，激昂顿挫的音节为特色。特别是他的七言诗，其独特的浪漫主义风格对于唐代诗人产生过重要影响。

今传《鲍参军集》十卷。诗集的注本有黄节《鲍参军诗注》较完善。

咏 史

五都矜财雄①，三川养声利②。百金不市死③，明经有高位。京城十二衢，飞甍各鳞次④。仕子彯华缨⑤，游客竦轻辔⑥。明星晨未睎，轩盖已云至⑦。宾御纷飒沓⑧，鞍马光照地。寒暑在一时⑨，繁华及春媚。君平独寂寞，身世两相弃⑩。

【注释】

①五都：西汉时以洛阳、邯郸、临淄、宛、成都为五都。矜：自夸。这句是说：五都的人以财产雄厚自尊自大。②三川：秦郡名，治荥阳（今河南省荥阳市西南），其地有河、洛、伊三水，所以称三川。养声利：追求名利。这句是说：三川的人好追逐名利。③不市死：不死于市中。这句是说：有钱即可以做到杀人而不伏法。④衢：大道。飞甍（méng）：高耸的屋脊。鳞次：像鱼鳞一样密布。这二句是说：京城里大路四通八达，高屋密布。⑤影：长带摆动的样子。⑥揵：执。辔：辔头，御马索。轻辔：是指善跑的马。这句是说：游者骑着快马而来。⑦轩盖：带篷盖的车，达官贵人所乘。云至：云涌而来，极言其多。⑧宾御：宾客和侍者。飒沓：众多的样子。⑨一时：一时间，刹时。这二句是说：寒暑的变化是很快的，所以如今的繁华兴盛、春光明媚也只是暂时的。⑩君平：汉代蜀人严遵，字君平。他在成都以卖卜为生，每日得百钱则闭门下帘读《老子》，一生不求仕进。这二句是说：只有严君平不慕荣利，甘于寂寞，世不用他，他也不去求仕进。

【诗解】

这首诗将精通经学、拥有钱财的当官者和安贫乐道的严君平相对比，讽刺了当官者追名逐利、腐化奢靡，赞扬了严君平甘为寂寞、不慕虚荣。从而表达诗人对于官僚贵族的强烈憎恶，以及自身对耿直高洁品格的坚守。

这首诗从开头到最后两句之前，极力铺陈和渲染京城的豪侈，只有最后两句才写到严君平的自甘寂寞，前后这两种处境构成鲜明对照。由此可见，这首诗题目为咏史，实则借古喻今、反映现实。

这首诗上承左思，下启陈子昂、李白，在文学史上具有承上启下的重要意义。

梅花落

中庭多杂树，偏为梅咨嗟①。"问君何独然？""念其霜中能作花，露中能作实。摇荡春风媚春日，念尔零落逐寒风，徒有霜华无霜质②！"

【注释】

①咨嗟：赞叹声。②尔：指杂树。霜华：霜中的花。华，同"花"。这三句是说：杂

树只能在春风中摇曳，在春日下盛开，有的虽然也能在霜中开花，却又随寒风零落而没有耐寒的品质。

【诗解】

这首诗用梅花象征节操高尚的士大夫，以庭中杂树象征没有节操的士大夫。赞美梅花的坚贞、不屈，讽刺杂树的软弱、动摇。两相对比，托讽寓于其间。

谢　朓

谢朓（464～499），字玄晖，陈郡阳夏（今河南太康县附近）人。南朝齐著名诗人，出身世家大族。年少出名，因曾出任宣城太守，所以又称他"谢宣城"。齐东昏侯永元元年（499年），在统治阶级内部斗争中，因为他不肯参与萧遥光谋反而被陷害，卒年三十五岁。

谢朓的诗作现存二百多首，其中山水诗的成就很高。他的山水诗一扫玄言余习，写景抒情清新自然，风格清俊秀丽，富有情致，且佳句颇多。如"余霞散成绮，澄江静如练"（《晚登三山还望京邑》）、"天际识归舟，云中辨江树"（《之宣城郡出新林浦向板桥》）、"鱼戏新荷动，鸟散余花落"（《游东田》）等，至今脍炙人口。

从谢朓现存的作品看，他的五言诗具有寄情山水、不杂玄言的崭新特色，号称"永明体"。虽然曾受谢灵运的影响，但其深刻的内容和清丽的文采都超过谢灵运。在今天看来，他的诗对唐代诗人有较大影响。此外，谢朓的赋也写得清丽脱俗，对后代也有深刻影响。

作品有《谢宣城集》。

晚登三山还望京邑

灞涘望长安①，河阳视京县②。白日丽飞甍，参差皆可见。余霞散成绮③，澄江静如练。喧鸟覆春洲，杂英满芳甸。去矣方滞淫④，怀哉罢欢宴。佳期怅何许⑤，泪下如流霰⑥。有情知望乡，谁能鬒不变⑦！

【注释】

①灞涘：灞水岸。王粲《七哀诗》："南登灞陵岸，回首望长安。"这句是借王粲望长安比喻自己望京邑。涘（sì），水边。②河阳：县名，故城在今河南孟州市西。京县：指洛阳。潘岳《河阳县诗》："引领望京室。"这句是借潘岳望洛阳比喻自己望京

邑。③绮：锦缎。④方：将。滞淫：久留。⑤佳期：指还乡邑之期。⑥霰：雪粒。⑦鬒（zhěn）：黑发。

【诗解】

　　三山，在今南京市西南长江南岸，上有三峰，南北相连。京邑，指建业（今南京市）。

　　这首诗大概是谢朓离开建业，出任宣城太守，路上经过三山，眺望远方时所作。诗歌抒发了作者登山眺望时诱发的思乡之情。

王孙游

绿草蔓如丝①，杂树红英发。无论君不归②，君归芳已歇③。

【注释】

　　①蔓：蔓延。②无论：莫说。③歇：尽。这两句是说：莫说你不回来，即使回来，春天也过去了。

【诗解】

　　这首诗描绘了在春光明媚的季节里，一个女子深深思念离家远行的丈夫，希望他早日归来，但实际上即使男人可能回来，女人也已成了萎谢之花。本诗最后一句"君归芳已歇"点破了"美人迟暮"的悲哀。

南朝乐府

　　南朝乐府主要是民歌，来自东晋、宋、齐时代。这些民歌不仅被搜集整理、配乐传习，甚至还配以舞蹈来演唱，从而得以传承。

　　郭茂倩的《乐府诗集》之《清商曲》中有三个部分：《神弦歌》《吴声歌曲》和《西曲歌》，里面收录的都是南朝民歌。《神弦歌》里收集的是数量极少的宗教祭歌。《吴声歌曲》里收集的民歌，它最初是"徒歌"，产生于建业（今南京市）附近，后来又配上了管弦伴奏。《西曲歌》里收录的民歌产生于湖北境内长江中游和汉水两岸的一些城市。《吴声歌曲》和《西曲歌》共约有四百余首。

　　汉乐府民歌反映了尖锐的社会矛盾，北朝民歌表现了广阔的社会生活，南朝乐府民歌则十之八九属于女子所唱的情歌。南朝民歌题材范围比较狭窄，思想格调也不够高，主要是为了服务于统治阶级奢侈享乐的生活。不过，南朝民歌五言四句的形式，双关隐语的使用，形象生动的比喻，精巧活泼的语言，清新秀丽的风格，对后世的作家作品来说都是有影响的。与前代、后代的作品相比较，南朝乐府民歌在思想和艺术上起着承上启下的作用。

子夜歌

其 一

始欲识郎时，两心望如一①。理丝入残机②，何悟不成匹③！

【注释】

①望如一：怀着相同的愿望。②丝：蚕丝，谐"思"。残机：残破的织布机。③何悟：哪料到。匹：布匹，暗言匹配。这两句是说：他们的恋爱就像在残破的织机上织布一样，哪料到不能织成布匹，也就是说他们不能成为配偶。

【诗解】

这里选了《子夜歌》其中的六首。这六首诗双关隐语巧妙有趣，比喻准确生动形象，情感表达真挚深沉，充分体现了南朝民歌的特殊风格。

第一首诗抒写了男女不能结成婚姻的苦楚。第二首诗抒写一个女子思慕她的情人。第三首诗依然是在抒写一个女子对她情人的思念与爱慕。第四首诗抒写一个女子对男子态度暧昧、摇摆表示不满。第五首诗抒发了男子另有所爱，女子失恋怨恨。第六首诗抒写了女子的叹息，因为她爱的男子感情不坚定。

其 二

谁能思不歌？谁能饥不食？日冥当户倚①，惆怅底不忆②？

【注释】

①日冥：黄昏时候。②底：怎能。这两句是说：在黄昏时倚着屋门，怎能不因思念爱人而忧伤呢？

其 三

怜欢好情怀，移居作乡里①。桐树生门前，出入见梧子②。

【注释】

①怜：爱。欢：指所爱的人。好情怀：指对方对自己的真诚情意。作乡里：当邻居。②梧子：梧桐树的籽实。这里是双关隐语，即吾子，指男子。

其 四

我念欢的的①，子行由豫情②。雾露隐芙蓉③，见莲不分明④。

【注释】

①的的：明显。②由豫：犹豫，动摇不定。这二句是说：我思恋你是真的，而你的行动和感情却总是犹豫不定。③芙蓉：水芙蓉，荷花。④莲：谐"怜"，怜爱。这是双关隐语，说你对我的爱情态度就像雾和露里面的荷花一样，使人看不分明。

其 五

常虑有贰意，欢今果不齐①。枯鱼就浊水，长与清流乖②。

【注释】

①不齐：不一，指爱情不能专一。②乖：背离。这二句中的枯鱼是比喻男子，浊水比喻其他女子，以清流比喻自己。意思是说对方另有所爱，所以就和自己永远断绝了。

其 六

侬作北辰星①，千年无转移。欢行白日心，朝东暮还西②。

【注释】

①侬：吴地方言称自己为侬。北辰星：北斗星。②还：同"旋"，转。这二句是说：对方的感情不坚定，就像太阳一样早晨在东边，黄昏时又转到了西边。

子夜四时歌

春歌其一

春林花多媚，春鸟意多哀①。春风复多情，吹我罗裳开。

【注释】

①春鸟意多哀：是说在春天鸟的啼声中多有一种哀婉的情调。

【诗解】

在《乐府诗集》里收《子夜四时歌》晋、宋、齐辞共七十五首，均为抒写妇女四季中的日常生活和思想感情。这里共选了八首，春歌、夏歌、秋歌和冬歌各两首。有的表现女子对爱人的思念，有的抒写青年男女的互相爱慕和忠贞不渝。这些诗中各种真实生活的展示和细腻情感的表达都能与不同季节和各种景物相结合，并且语言秀丽清新。

春歌其二

朝日照北林，初花锦绣色①。谁能不相思，独在机中织。

【注释】

①朝日照北林：《乐府诗集》作"明月照桂林"，今据《玉台新咏》改。初花：春花。

夏歌其一

田蚕事已毕，思妇犹苦身①。当暑理絺服，持寄与行人②。

【注释】

①思妇：出征人的妻子。犹苦身：即身犹苦，还很辛苦。②絺服：细葛布衣。理絺服，即缝制夏衣。这二句是说：思妇冒着酷暑裁制夏衣，托人带给征夫。

夏歌其二

青荷盖渌水①，芙蓉葩红鲜②。郎见欲采我，我心欲怀莲③。

【注释】

①渌（lù）：清澈的水。②葩（pā）：花未开足叫葩，这里用作动词。③采：谐"睬"。莲：谐"怜"。这二句是双关隐语，以采莲、爱莲表达男女双方的互相爱慕与追求。

秋歌其一

白露朝夕生，秋风凄长夜①。忆郎须寒服，乘月捣白素②。

【注释】

①凄长夜：即长夜凄凄，是说秋风吹来，夜显得特别漫长凄凉。②捣白素：将织成或洗净的白色衣料放在砧上，用杵槌平，准备裁制衣服。

秋歌其二

秋风入窗里①，罗帐起飘飏。仰头看明月，寄情千里光②。

【注释】

①风：《乐府诗集》作"夜"，今据《玉台新咏》改。②寄情千里光：是说希望月光把自己的相思之情传达给千里之外的出征人。

冬歌其一

渊冰厚三尺①，素雪覆千里②。我心如松柏，君情复何如？

【注释】

①渊冰：深水结的冰。②素雪：白雪。

冬歌其二

果欲结金兰①，但看松柏林。经霜不堕地，岁寒无异心②。

【注释】

①结金兰：即结同心之好。金和兰是比喻两情契合、坚定不移。本《易·系辞》："二人同心，其利断金，同心之言，其臭如兰。"②这二句是说：松柏经受冰霜叶子并不凋落，在严寒的冬天还是那样苍翠。用以比喻爱情的坚贞不渝。

大子夜歌

其 一

歌谣数百种，子夜最可怜①。慷慨吐清音，明转出天然②。

【注释】

①可怜：可爱。②慷慨：意气激昂、感情充沛。明转：指其曲调的明快婉转。

【诗解】

《大子夜歌》是在赞美《子夜歌》不仅清新自然、婉转动听，而且特别擅长表情达意。

其 二

丝竹发歌响①，假器扬清音②。不知歌谣妙，声势出口心③。

【注释】

①丝竹：琴弦和竹管，指弦乐器和管乐器。②假器：借着乐器。③声势：指声音和旋律。口：应作"由"。这二句是说：《子夜歌》的妙处是它能够直接表达内心情感。

读曲歌

其 一

折杨柳，百鸟园林啼，道欢不离口①。

【注释】

①道欢不离口：是说因一心思念情人，所以听到园林间鸟雀的啼声，也像是在不停地呼叫着情人的名字。

【诗解】

《读曲歌》属于《吴声歌曲》，流行于刘宋元嘉年间。《乐府诗集》共收八十九首。读曲，即低声吟唱。《读曲歌》内容比较单纯，都是表达恋爱相思的情歌，句子以五言四句为多。这里选取的五首构思巧妙新颖、活泼有趣。

其 二

逋发不可料①，颜颗为谁睹②？欲知相忆时，但看裙带缓几许③！

【注释】

①逋（bū）发：即蓬发。余冠英说："'逋'字和'蓬'字声音形状都相近，蓬发连文是常见的，从《诗经》'首如飞蓬'来。"不可料：不好理。②颜颗：即憔悴，脸色不好。为谁睹：有谁看见。③缓：松。几许：多少。

其 三

奈何许①？石阙生口中②，衔碑不得语③。

【注释】

①奈何许：怎么办。许：是语尾助词。②石阙：古人墓道外两旁所立的石头标志，

上面刻着死者的姓名和所历官职。③碑：指墓前的石碑。这里是把石阙和石碑等同起来了。碑和"悲"同音双关。这二句是说：自己就像嘴里长出一块石阙一样，因口里衔碑（悲），而不能说出话来。

其 四

打杀长鸣鸡，弹去乌臼鸟①。愿得连冥不复曙，一年都一晓②。

【注释】

①弹（tán）：用弹弓射击。乌臼（jiù）鸟：即鸦舅，俗称黎雀。②连冥：黑天连续下去。曙：天亮。晓：早晨。这二句是说：希望黑夜连续下去，天总也不亮，一年只有一个早晨。

其 五

种莲长江边，藕生黄檗浦①。必得莲子时，流离经辛苦②。

【注释】

①黄檗（bó）："檗"又作"蘗"，即黄柏，树名，一种属于芸香科的落叶乔木，树皮可做药，味甚苦。②莲子：谐"怜子"。得莲子：暗喻得以和对方相恋。流离：这里指路途艰难。这二句是说：要得到对方的爱情，就和去黄檗浦采莲一样，需要经历许多艰难辛苦。

采桑度

其 一

蚕生春三月，春桑正含绿。女儿采春桑，歌吹当初曲①。

【注释】

①歌吹：歌唱和吹奏。当初曲：可能是开始曲。初：一作"春"，当春曲，即春之歌，亦通。

【诗解】

《采桑度》属于《西曲歌》，按曲行歌叫度，产生于梁以前的一组舞曲歌词，共七首，这里选了三首。第一首写春天到，三月里，要养蚕，女孩儿攀枝上树采桑叶。第二首写女孩儿上树采桑叶，刮坏了自己的紫罗裙。第三首写女孩儿要通过自己养蚕来制作罗绣襦。这三首诗，积极向上，明朗健康。

其 二

采桑盛阳月①,绿叶何翩翩②!攀条上树表,牵坏紫罗裙③。

【注释】

①盛阳月:阳光灿烂的春季,指二、三月。②何:多么。翩翩:摇曳飘拂的样子。③树表:树上。牵坏:撕破。这二句是说:拽着树枝攀登上树,紫罗裙竟被树枝撕破了。

其 三

春月采桑时,林下与欢俱①。养蚕不满百,那得罗绣襦②?

【注释】

①俱:一同。这句是说:在桑林中和情人相遇而一同采桑。②罗绣襦(rú):古代妇女穿的一种罗质绣花短袄。

作蚕丝

春蚕不应老,昼夜常怀丝①。何惜微躯尽,缠绵自有时②。

【注释】

①丝:谐"思"。怀丝,是双关隐语,指对情人的思念。这二句是以春蚕本不应老,因不停吐丝而死去,说明自己由于思念情人而憔悴。②缠绵:环绕不断。这里是用蚕自喻,表明自己对爱情的执着。

【诗解】

《作蚕丝》共四首,这里选的是第二首。这首诗以春蚕为喻,突显对爱情的坚贞,表现了作者为了爱情可以放弃生命的热烈情感。

长干曲①

逆浪故相邀②,菱舟不怕摇③。妾家扬子住④,便弄广陵潮⑤。

【注释】

①《长干曲》属于《杂曲歌辞》,只有五言四句一首。长干,是古代金陵(今南京市)的里巷名。从诗中所涉及的地点看,《长干曲》应是江都附近长江上的渔家歌曲。②逆浪:迎面打来的浪头。邀:阻拦。这句话是说:逆水行舟时迎面打来的浪头好像是故意要挡住人的去路。③菱舟:小船。④妾:古时女子的自称。扬子:即扬子津,长江上的一个渡口,在

今江苏省扬州市南。⑤便：便习，习惯。广陵：古郡名，广陵郡治在今江苏省扬州市东北。广陵潮：指这一带扬子江中的潮水。弄潮，即驾舟在浪潮中行驶。

【诗解】

这首诗以豪迈泼辣的感情、生动形象的语言、和谐优美的音韵，反映了带有鲜明特点的水乡生活，成为南朝民歌中很出色的一篇作品。

西洲曲

忆梅下西洲，折梅寄江北①。单衫杏子红，双鬓鸦雏色②。西洲在何处？两桨桥头渡③。日暮伯劳飞，风吹乌臼树④。树下即门前，门中露翠钿⑤。开门郎不至，出门采红莲⑥。采莲南塘秋，莲花过人头。低头弄莲子，莲子青如水。置莲怀袖中，莲心彻底红。忆郎郎不至，仰头望飞鸿⑦。鸿飞满西洲，望郎上青楼⑧。楼高望不见，尽日栏杆头。栏杆十二曲，垂手明如玉⑨。卷帘天自高，海水摇空绿⑩。海水梦悠悠⑪，君愁我亦愁。南风知我意，吹梦到西洲⑫。

【注释】

①下：飘落。这二句是说：因回忆起梅花飘落的时候曾在西洲聚会，所以当梅花开时便又折梅寄给已去江北的爱人。②杏子红：一本作"杏子黄"，即杏黄色。鸦雏色：是说妇女的头发像小乌鸦羽毛那样又黑又亮。③两桨桥头渡：划动双桨即可到达桥头的渡口。指西洲的所在。④伯劳：一种鸣禽，亦名博劳，又名䴗（jué），本字作"鶪"。《诗经·七月》："七月鸣䴗"，伯劳仲夏始鸣。乌臼树：亦名乌桕（jiù）。一种高大的落叶乔木。⑤翠钿（diàn）：用翠玉制作或镶嵌的首饰。⑥莲：以下几句的"莲"字，都有双关的意思。⑦望飞鸿：古人有鸿雁传书的说法，所以"望飞鸿"即盼望书信。⑧青楼：涂饰青漆的楼房，古时谓妇女之所居。⑨垂手：是说女子垂下扶着栏杆的手。⑩海水：即江水。一说指秋夜的蓝天。⑪海水梦悠悠：是说思梦如海水悠悠不断。⑫这二句是说：希望南风能理解她对爱人的思念之情，把她送到在西洲团聚的美梦中去，即希望在梦中相会。

【诗解】

温庭筠写的《西洲曲》中有这样两句"西洲风色好，遥见武昌楼"，由此推断西洲大概在武昌附近，可能是武昌西南方长江中的鹦鹉洲。

《西洲曲》表现了居住在西洲附近的一个女子，因爱人去了江北而苦苦思念和痴痴等待爱人归来的思想感情。在写法上，把侧面描写与人物的自我抒情融为一体，以客观景物的变化来衬托人物的主观情感。在语言上，富有极强的音乐节奏感，呈现出婉约而细致的风格特点，恰好体现了南朝民歌的特色。

北朝乐府

　　北朝乐府民歌主要收录在《乐府诗集》的《梁鼓角横吹曲》中，其余属于《杂歌谣辞》和《杂曲歌辞》，总共约有七十余首。

　　《梁鼓角横吹曲》中收录的民歌，很多是用鲜卑等语言歌唱的。到北魏太武帝以后，北方各族与汉族文化大融合，于是这些民歌就经过翻译先后传入南朝的齐、梁，并由梁朝的乐府机关保存下来，所以称为《梁鼓角横吹曲》。《杂歌谣辞》和《杂曲歌辞》收录的则多是徒歌和谣谚。

　　相对南朝民歌的题材范围，北朝乐府更为广阔。诸如北方壮丽的山川景物、粗犷乐观的北方人民、北朝丰富的社会生活等，都反映在其中，甚至有些作品还带有很强的现实意义。

　　在艺术形式上，北朝乐府体裁不拘一格，语言质朴生动，文风豪迈刚劲，其思想性和艺术性的完美统一是南朝乐府民歌所不及的。

陇头歌

其　一

　　陇头流水①，流离山下②。念吾一身，飘然旷野。

【注释】

　　①陇头：陇山头。陇山，亦名陇坂、陇首，在陕西省陇县西北，绵亘于陕西省的陇县和甘肃的清水、静宁等县。据《三秦记》说："其坂（山坡）九回，上者七日乃越。上有清水四注下，所谓'陇头水'也。"②流离：山水下泻的样子。

【诗解】

　　《陇头歌》共三首，都反映了北方人民服兵役的艰苦生活，表达了他们怀恋故乡的思想感情，风格悲壮苍凉。

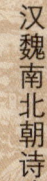

其　二

　　朝发欣城，暮宿陇头①。寒不能语，舌卷入喉②。

【注释】

①欣城：地名，具体地点不详，应距陇山不远，所以能朝发暮至。②这句是说：天气严寒，冻得舌头都蜷缩到喉咙里了。

其 三

陇头流水，鸣声呜咽①。遥望秦川②，心肝断绝。

【注释】

①呜咽（yè）：哽咽，悲哀得说不出话来。这是说流水的声音就像哭泣一般。②望：一作"看"。秦川：指今陕西关中地带，是服役者的故乡所在。

敕勒歌①

敕勒川，阴山下②。天似穹庐③，笼盖四野。天苍苍，野茫茫。风吹草低见牛羊。

【注释】

①敕勒：北朝时居住在今山西北部和内蒙古南部的游牧民族。《敕勒歌》就是流传于敕勒族中的民歌。②敕勒川：泛指敕勒族游牧的草原，或云今内蒙古土默特旗一带。阴山：在今内蒙古自治区。③穹（qióng）庐：毡帐，即蒙古包。

【诗解】

这首诗描绘了壮美的草原风光：阴山脚下，土地辽阔、牧草丰茂、牛羊肥壮。其风格奔放雄浑，是文学史上声誉极高的一首民歌。

折杨柳歌

遥看孟津河①，杨柳郁婆娑②。我是虏家儿，不解汉儿歌③。

【注释】

①孟津河：孟津，又曰富平津，旧址在今河南省孟州市南，今名河阳渡。孟津河，指孟津一带的黄河岸边。②郁：树木茂密。婆娑（suō）：本义是指舞蹈的姿态，这里是指柳枝的随风摇曳。③虏家儿：胡人。汉儿：汉人。从这二句可知，此诗是从当时的少数民族语言译成汉语的。

【诗解】

《折杨柳歌》共存五首。这里所选的是第四和第五首，反映了北方人民的游牧生活。

他们引吭高歌、纵马奔驰,粗犷与豪放的性格得以充分展现。

李波小妹歌①

李波小妹字雍容,褰裳逐马如卷蓬②。左射右射必叠双③。妇女尚如此,男子安可逢④。

【注释】

①据记载,广平(今河北省永年县)人李波,宗族强盛,无视封建社会秩序,大量收容为抗租拒税而逃亡的百姓,并用武力对抗官军的剿捕。②褰:通"攓"。褰裳:把衣服提起来。逐马:骑马奔驰。卷蓬:随风翻卷的蓬草。这二句是说:李波小妹撩起衣服骑上马,跑得非常轻快、迅速,就像被风吹卷起来的蓬草一样。③叠双:成双,指一箭射中两个猎物。④安可逢:怎能抵挡。

【诗解】

这首诗赞美了北魏地方豪强家族女子——李波小妹能骑善射的本领,进而颂扬了李波等人势力强大,人马精良。

木兰诗

唧唧复唧唧,木兰当户织。不闻机杼声,唯闻女叹息。问女何所思?问女何所忆?女亦无所思,女亦无所忆①。昨夜见军帖,可汗大点兵,军书十二卷,卷卷有爷名。阿爷无大儿,木兰无长兄,愿为市鞍马②,从此替爷征。

东市买骏马,西市买鞍鞯,南市买辔头,北市买长鞭。旦辞爷娘去,暮宿黄河边。不闻爷娘唤女声,但闻黄河流水鸣溅溅。旦辞黄河去,暮至黑山头,不闻爷娘唤女声,但闻燕山胡骑鸣啾啾。

万里赴戎机,关山度若飞③。朔气传金柝,寒光照铁衣④。将军百战死,壮士十年归。

归来见天子,天子坐明堂。策勋十二转,赏赐百千强。可汗问所欲,木兰不用尚书郎,愿驰千里足,送儿还故乡⑤。

爷娘闻女来,出郭相扶将⑥。阿姊闻妹来,当户理红妆⑦。小

弟闻姊来，磨刀霍霍向猪羊。开我东阁门，坐我西阁床。脱我战时袍，著我旧时裳。当窗理云鬓⑧，对镜帖花黄⑨。出门看火伴⑩，火伴皆惊忙⑪。同行十二年，不知木兰是女郎。

雄兔脚扑朔⑫，雌兔眼迷离⑬。双兔傍地走⑭，安能辨我是雄雌？

【注释】

①忆：思念。②市鞍马：购买马鞍和马匹。据《新唐书·兵志》记载：起自西魏的府兵制规定从军的人要自备武器、粮食和衣服。③戎机：军机，这里指战争。这二句是说：到万里之外从军作战，像飞一样迅速地度过了雄关大山。④朔气：北方的寒风冷气。朔，北方。金柝（tuò）：即刁斗，一种用铜做成的器皿，容量相当于一斗，形状似带柄的锅，是古时军中用具，白天当锅做饭，晚上当梆子打更。这二句是说：在夜里北风传送着刁斗声，寒冷的月光照射着铠甲战袍。⑤驰：一作"借"。这二句是说：希望骑上一匹骏马回到家乡去。⑥郭：外城。相扶将：互相搀扶着。是说父母互相搀扶着到城外来迎接木兰。⑦理红妆：梳妆打扮。⑧云鬓：指头发。⑨对镜：原作"挂镜"，据《诗纪》改。帖：同"贴"。花黄：古代妇女的面饰，黄色。王士禛《五代诗话》卷四引《西神脞说》："妇人匀面，古惟施朱傅粉而已。至六朝，乃兼尚黄。"⑩火：通"伙"。⑪忙：一作"惶"。⑫扑朔：形容兔前后脚扑打不齐。⑬迷离：形容眼神不定。⑭傍地：挨着。傍，依傍。走，跑。

【诗解】

《木兰诗》共二首。均讲述木兰女扮男装替父从军的故事。这里选取的是第一首。《木兰诗》体现了故事情节完整性与人物性格丰满性的完美统一。在这个起因、经过和结果三者兼具的故事里，一个淳朴善良、勇敢刚毅的女性形象浮现出来。她热爱家乡，鄙弃利禄，在战场上如同一个血性男儿，在家里是一个孝顺的女儿。在典型环境中塑造典型人物，使得《木兰诗》具有很强的现实主义色彩。此外，《木兰诗》还充满乐观主义精神和浪漫主义色彩。一个女子征战沙场并且胜利归来，没有强大的乐观主义主义精神何以成就？一个姑娘完全从女性身份中跳脱出来，如同男人那样出生入死，这是浪漫之所在。再有，《木兰诗》里，拥有严谨的结构安排、具体的场景描写和细致的心理刻画，语言更是形象鲜明、生动活泼。总之，这首诗从思想、题材到艺术技巧都对后世文学产生很大影响。

第四篇

唐诗

张九龄

张九龄（673～740），字子寿，一名博物，韶州曲江（今广东韶关）人。以进士为右拾遗，官至中书令。他是玄宗时期最后一位贤相，以正直著称，曾劾安禄山狼子野心，玄宗却说他"误害忠良"，后为"口蜜腹剑"的李林甫排挤出朝。他的诗情致深远，醇厚刚劲，尽洗六朝铅华，对王维、孟浩然的诗风很有影响。

感 遇

其 一

兰叶春葳蕤①，桂华秋皎洁。欣欣此生意，自尔为佳节②。谁知林栖者③，闻风坐相悦。草木有本心④，何求美人折？

【注释】

①葳（wēi）蕤（ruí）：枝叶茂盛披离的样子。②自尔：自然而然的。③林栖者：林中隐者。④本心：天性。

【诗解】

春天是兰草繁茂的季节，秋天是桂花芬芳的时候，兰桂都是这样欣欣向荣，自然是各自的生机勃勃和清新雅洁象征了春秋佳节。

何料林中隐者，闻到了兰桂的芬芳而生爱慕之情，殊不知兰桂的美好完全是源自它们的本心本性，哪里是在为求人折赏呢？

此诗是张九龄受谗遭贬后所作《感遇》组诗十二首的第一首，诗人自比兰桂，抒发了孤芳自赏、不求人知的情怀。

其 七

江南有丹橘，经冬犹绿林。岂伊地气暖①，自有岁寒心。可以荐嘉客，奈何阻重深。运命唯所遇，循环不可寻②。徒言树桃李，此木岂无阴③？

【注释】

①岂伊：难道是。②"运命"二句：意思是运命的好坏只在于遭遇的不同，周而复始、变化莫测的自然之理，让人无法探究。③阴：同"荫"。

【诗解】

江南生长着丹橘，它经历严冬却能葱翠依然，这并非是因为那里的气候温暖，而是橘树本身具有着耐寒的禀性。

丹橘佳美，可以用来招待嘉宾，无奈有重重阻隔，山高水深。在这个命运只在机遇、事理难以穷究的纷乱尘世里，世人只知道倾心于桃李的浮华艳媚，难道丹橘不是更有葱郁不凋的树荫吗？

诗人以丹橘自比，委婉含蓄地表达了对自己因为正直而遭贬逐的悲愤之情，期待朝廷重新起用的心意也是灼然可见。末尾"徒言树桃李，此木岂无阴"的反诘，深沉凝重，矛头直指唐玄宗后期信用奸人、排斥贤良的用人政策。

望月怀远

海上生明月，天涯共此时。情人怨遥夜①，竟夕起相思②。灭烛怜光满，披衣觉露滋③。不堪盈手赠④，还寝梦佳期⑤。

【注释】

①情人：有情之人。遥夜：长夜。②竟夕：整夜。③"灭烛"两句：意谓灭去蜡烛而见月光明亮；夜凉披衣，但觉夜露滋于衣上。④盈手赠：双手捧起来赠予你。⑤还寝：重新睡下。梦佳期：于梦中得到与你相会的佳期。

【诗解】

睹明月而思远人是古人常有的情结之一，何况见一轮明月生于海上，清光洒遍天涯海角。人常说"不眠知夜永"，有情人对月相思，苦不能寐，暗怨漫漫长夜。

熄灭烛火，月光皎洁，披衣出门，寒露沾湿了衣裳。徘徊之间，心情寂寞，相思更浓。诗中人想要捧一捧月光送给情人，但是奇想难以实现。没有办法，他只好回房就寝，期待着在梦乡里与情人相会了。

李 白

李白（701～762），字太白，号青莲居士。祖籍陇西成纪（今甘肃秦安县），出生于中亚碎叶城（今吉尔吉斯坦境内，唐属安西都护府）。约五岁时随父迁居绵州昌隆（今四川江油）青莲乡。家境富有，少年学习范围广泛，才能和情趣丰富多样。二十五岁离蜀漫游各地。天宝初供奉翰林，不久即遭谗去职。安史之乱时，入肃宗弟永王李璘幕。李璘与肃宗争权事败被杀，李白受牵连而入狱，后被流放夜郎（今贵州桐梓县），在途中遇赦东还。晚年投奔其族叔当涂令李阳冰，最后病死在当涂（今属安徽）。有《李太白文集》三十卷行世。

月下独酌

花间一壶酒，独酌无相亲。举杯邀明月，对影成三人。月既不解饮，影徒随我身。暂伴月将影①，行乐须及春②。我歌月徘徊，我舞影零乱。醒时同交欢，醉后各分散。永结无情游③，相期邈云汉④。

【注释】

①将：和。②及：趁着。③无情：忘情。④云汉：天河、银河。

【诗解】

花间置酒，春意甚浓；月下独自饮酒，寂寞可知。诗人邀天上明月与地上身影一同行乐歌舞，虽月不能解醉中之乐，身影也只能随身而动，然而当此良辰美景，有月与影相陪伴，也可以一抒心中幽情，不辜负这大好的春光。待到诗人酩酊大醉，将与月、影相别之际，他与它们深情相约："但愿永作此忘情交游，约定相会于邈远的天河。"全诗笔致豪放，情思潇洒，但终是掩不住诗人内心的孤独与苦闷。

春　思

燕草如碧丝①，秦桑低绿枝②。当君怀归日③，是妾断肠时④。春风不相识，何事入罗帏？

【注释】

①燕：指今冀北辽西一带，唐时是边防重地。②秦：今陕西。燕地寒冷，秦地较暖，故燕地的草木要迟生于秦地草木。③怀归日：生归家之情的时候。④断肠：肝肠寸断。形容思念之久之苦。

【诗解】

李白描摹思妇心绪的诗多有佳作，而以此诗为最。燕、秦两地相隔遥远，北国的燕草返青的时候秦桑已然繁茂得压低了树枝。燕草返青，丈夫怀归心切；秦桑垂绿，妻子相思正浓。情之深、思之苦跃然纸上。尾句申斥春风："春风不相识，何事吹我罗帏？"这一反问将少妇对于感情的忠贞不渝写得光彩照人。爱到深处情自贞，三十字写尽爱情之美。

关山月

明月出天山①,苍茫云海间。长风几万里,吹度玉门关②。汉下白登道③,胡窥青海湾④。由来征战地⑤,不见有人还。戍客望边邑⑥,思归多苦颜⑦。高楼当此夜,叹息未应闲。

【注释】

①天山:今甘肃祁连山,古时匈奴称天为祁连,故名天山。②玉门关:在今甘肃敦煌西,相传和田美玉经此传入中原,因此得名,古时为中原通西域的门户。③"汉下"句:指汉高祖刘邦亲率军与匈奴交战,被困白登山七日一事。④胡:指吐蕃。窥:窥伺。青海湾:即青海湖。唐军多与吐蕃交战于此。⑤由来:从来。⑥戍客:戍边的官兵。⑦苦颜:愁容。

【诗解】

一轮明月升起在峻伟的天山,出没于苍茫云海之间。浩荡长风掠过几万里,吹度千古玉门雄关。历史上汉高祖用兵白登山征战匈奴,吐蕃觊觎青海河山,这里从古到今都是征战厮杀的地方,几乎看不到有人活着归还。戍边将士眼望着边地的城塞,思念起故乡,愁眉不展。他们家中的妻子在这个夜晚,也一定在闺楼上凭栏远眺,哀叹连连。

子夜吴歌

长安一片月,万户捣衣声①。秋风吹不尽,总是玉关情。何日平胡虏②,良人罢远征③。

【注释】

①捣衣:将缝洗已毕的衣服置于砧板之上,用木棒捶打使之平服。②胡虏:指屡犯西北边境的游牧民族。③良人:指丈夫。

【诗解】

每当秋风吹起,秋月朗照的时候,长安城里就会响起此起彼伏的砧杵之声,那是众多的妻子在为她们远在边关的丈夫准备征衣。那飒飒的秋风,能将树叶吹落,能将云儿吹散,然而它却不能吹断妻子对玉关征人的万里情牵。想必在这样的秋夜里,妻子们一下一下地捶捣着棉衣的时候,都在默思着同一个问题,那就是何日才能荡平胡虏,让丈夫不必再离家远征。

长干行

妾发初覆额①，折花门前剧②。郎骑竹马来，绕床弄青梅③。同居长干里，两小无嫌猜。十四为君妇，羞颜未尝开。低头向暗壁，千唤不一回。十五始展眉④，愿同尘与灰。常存抱柱信⑤，岂上望夫台⑥。十六君远行，瞿塘滟滪堆⑦。五月不可触，猿声天上哀。门前迟行迹⑧，一一生绿苔。苔深不能扫，落叶秋风早。八月蝴蝶黄，双飞西园草。感此伤妾心，坐愁红颜老。早晚下三巴⑨，预将书报家。相迎不道远⑩，直至长风沙⑪。

【注释】

①初覆额：头发刚刚盖住额头。②剧：游戏。③弄青梅：指绕床追逐，投掷青梅嬉戏。④始展眉：意谓情感开始于眉宇间展露出来。⑤抱柱：《庄子·盗跖》载：尾生曾与一女子约会于桥下，女子不来，潮水至而尾生却不离开，抱梁柱溺死。此处喻坚贞。⑥岂上望夫台：意谓何曾想到要上望夫台去期盼丈夫的归来。⑦瞿塘：即瞿塘峡，长江三峡之一，位于四川奉节县东。滟滪（yù）堆：瞿塘峡入口处的大礁石。每逢水涨，滟滪堆便为水所淹没，常有船只触礁而沉。⑧迟行迹：指丈夫离家时在门口留下的足迹。⑨早晚：何时。三巴：指巴郡、巴东、巴西，均在今四川东部。⑩不道远：不说远，不辞劳苦。⑪长风沙：地名，距金陵七百里。

【诗解】

从青梅竹马到如愿以偿地嫁给他，从初为君妇的羞涩到愿与他风雨相伴的执着，然后是因他外出经商而两地分离，之后是无限惦念、翘首苦盼，还有深情寄语：你什么时候回来，即使到七百里以外的长风沙迎接，我也不嫌远！

庐山谣寄卢侍御虚舟

我本楚狂人①，凤歌笑孔丘②。手持绿玉杖，朝别黄鹤楼。五岳寻仙不辞远，一生好入名山游。庐山秀出南斗傍③，屏风九叠云锦张，影落明湖青黛光。金阙前开二峰长④，银河倒挂三石梁。香炉瀑布遥相望，回崖沓嶂凌苍苍⑤。翠影红霞映朝日，鸟飞不到吴天长⑥。登高壮观天地间，大江茫茫去不还。黄云万里动风色，白波九道流雪山⑦。好为庐山谣，兴因庐山发。闲窥石镜清我心⑧，谢公行处青苔没⑨。早服还丹无世情⑩，琴心三叠道初成⑪。遥见仙人彩云里，手把芙蓉朝玉京⑫。先期汗漫九垓上⑬，愿接卢敖游太清⑭。

【注释】

①楚狂人：陆通，字接舆，因楚昭王时政治混乱，故佯狂不仕。②凤歌：相传接舆经过孔子旁，歌曰："凤兮凤兮，何德之衰。"劝孔子，世道衰败，不要做官。③"庐山"句：古以星宿指配地上州域，庐山一带正是南斗分野。④金阙：即金阙岩，在香炉峰西南。二峰：指香炉峰、双剑峰。⑤苍苍：天空。⑥吴天：庐山三国时属吴地。⑦九道：古说长江流到浔阳境而分九派。雪山：形容长江卷起的白浪。⑧石镜：庐山东有圆石，明净如镜。⑨谢公：指南朝的谢灵运，他曾于庐山作诗以记其游历。⑩还丹：道家仙丹。⑪琴心三叠：道家修炼仙丹术语。⑫玉京：道家谓元始天尊之居处。⑬先期：预先约定。汗漫：广远、漫无边际。九垓：九天。⑭卢敖：秦始皇时的博士（古代官职名），秦始皇曾派他寻仙。太清：天空最高处。

【诗解】

诗人以兀傲癫狂、不齿入仕的楚人接舆自比，嘲笑孔子那样志在事君的人。他手持绿玉杖，早晨离开黄鹤楼，不辞遥远地走遍五岳访求神仙，顺由自己的爱好前去名山遨游。

庐山突出在南斗星旁，像屏风一样重叠的山峦隐映在彩云之间，山映水影呈现着青黑色的光。金阙岩前二峰雄立，三石梁瀑布有如银河倒挂，香炉峰瀑布遥遥相对，那里的重崖叠嶂上凌苍天。待到旭日初生，满天红霞与苍翠山色相辉映，山势高峻，鸟飞不到，更显得吴天宽广。长江浩荡东流，一去不返；万里黄云飘浮，天色瞬息变幻；茫茫九派，白浪滔滔如同层层雪山。

诗人爱作庐山歌谣，诗兴因庐山而激发，他从容自得地照照石镜，在长满青苔的山路上怀想谢公。他希望能够早些服食仙丹忘掉世情，并自认为学道已经初步成功。他仿佛看见手持芙蓉的仙人驾彩云飞向玉京，他愿意带着志同道合的朋友去畅游太空。

梦游天姥吟留别①

海客谈瀛洲②，烟涛微茫信难求。越人语天姥③，云霞明灭或可睹。天姥连天向天横，势拔五岳掩赤城④。天台四万八千丈，对此欲倒东南倾⑤。我欲因之梦吴越⑥，一夜飞度镜湖月⑦。湖月照我影，送我至剡溪⑧。谢公宿处今尚在⑨，渌水荡漾清猿啼⑩。脚著谢公屐⑪，身登青云梯。半壁见海日⑫，空中闻天鸡⑬。千岩万转路不定，迷花倚石忽已暝⑭。熊咆龙吟殷岩泉⑮，栗深林兮惊层巅。云青青兮欲雨，水澹澹兮生烟⑯。列缺霹雳，丘峦崩摧。洞天石扉，訇

然中开⑰。青冥浩荡不见底，日月照耀金银台⑱。霓为衣兮风为马，云之君兮纷纷而来下⑲。虎鼓瑟兮鸾回车⑳，仙之人兮列如麻㉑。忽魂悸以魄动，恍惊起而长嗟。惟觉时之枕席，失向来之烟霞。世间行乐亦如此，古来万事东流水。别君去兮何时还㉒，且放白鹿青崖间㉓，须行即骑访名山。安能摧眉折腰事权贵，使我不得开心颜！

【注释】

①天姥（mǔ）：山名，在今浙江新昌县东。②海客：来往海上的人。瀛洲：古以蓬莱、方丈、瀛洲为三座仙山。③越：指今浙江一带。天姥山唐时属越州。④拔：超越。掩、盖过。赤城：山名，在今浙江天台县北。⑤"天台"两句：意谓天台虽高，但比起天姥，却像是低倾向东南。⑥"我欲"句：意谓日思游天姥，入夜则开始了梦游吴越。⑦镜湖：在今浙江绍兴。⑧剡溪：在浙江省曹娥江上游。⑨谢公宿处：南朝谢灵运游天姥，曾在剡溪投宿。⑩渌（lù）水：清澈的水流。⑪谢公屐（jī）：谢灵运为登山所特制的木屐。⑫半壁：半山腰。⑬天鸡：传说桃都山中有大树名桃都，上有天鸡，日出照此木，天鸡则鸣，天下之鸡皆随之鸣。⑭暝：黑暗。⑮殷：形容水盛之貌。⑯澹澹：水波荡漾闪动的样子。⑰"列缺"四句：意谓忽然间电闪雷鸣，山峰为之坍塌。仙洞石门，轰然大开。訇（hōng）然：即轰然。⑱金银台：神仙所居的金阙银台。⑲云之君：指神仙。⑳虎鼓瑟：老虎鼓瑟。鸾回车：鸾鸟拉车。㉑列如麻：言其众多。㉒"别君"句：李白作此诗时准备由东鲁下吴越，君指东鲁的友人。㉓白鹿：传说仙人常乘白鹿。

【诗解】

这是一首记梦诗，是李白的代表作之一。诗以写作者寻求仙境而不能得起兴，继而写因听说吴越之地有天姥山，山高势险，云霞明灭，或可与仙境媲美，因而于梦中寻去，并由此揭开了梦游天姥的序幕。诗人将神话传说与对山水的真实体验融为一体，尽脱现实时间、空间的拘羁，任由想象驰骋，为我们展开了一幅幅瑰丽奇幻、异彩纷呈的画面；虽是描写梦境，却真切自然、毫不做作，在渲染离奇诡谲的气氛上尤其出色。诗的末尾部分抒发了作者梦醒后的感想，既有对"世间行乐亦如此，古来万事东流水"的慨叹，又有对"且放白鹿青崖间，须行即骑访名山"的向往。然而情感最强烈的当属那"安能摧眉折腰事权贵"的反诘，其中寄托了他对现实的强烈不满和反抗，抒发了他对自由生活的热爱之情。

宣州谢朓楼饯别校书叔云①

弃我去者，昨日之日不可留。乱我心者，今日之日多烦忧。长风万里送秋雁，对此可以酣高楼。蓬莱文章建安骨②，中间小谢又清发③。俱怀逸兴壮思飞，欲上青天览明月④。抽刀断水水更流，举杯销愁愁更愁。人生在世不称意，明朝散发弄扁舟。

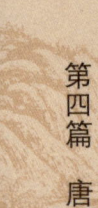

【注释】

①宣州：今安徽宣城市。谢朓楼：是南齐谢朓任宣城太守时所建。叔云：李白的叔叔李云。②蓬莱文章：此指李云供职的秘书省，李云在秘书省任校书郎一职。建安骨：曹操父子和建安七子作品风格苍健遒劲，被后人称为建安风骨。③小谢：这里指谢朓。他以山水风景诗见长，后人常将他和谢灵运并举，因他的时代在后，故称为"小谢"。清发：清新秀发。④览：通"揽"。

【诗解】

李白的族叔李云将要离开宣州，李白在谢公楼为他置酒饯行。

酒酣之际，诗人思潮如涌，不禁引吭高歌。他慨叹逝者如斯，无法挽留，慨叹眼下心情多烦多忧，他仰望万里长风吹送秋雁，胸怀因而舒展，认为此时此刻正合沉醉高楼。他因为豪俊之士能以诗文留名千古而意兴遄飞、壮思不已，忽又联系眼下境遇，不由得黯然神伤。他欲斩断愁丝却发现愁丝如流水，他想要以酒浇愁却发现醉后愁更浓。浪漫而又理想的诗人生活在这现实而又污浊的世界里无法快乐，他于是打算有朝一日摆脱束缚、泛舟江河。

蜀道难

噫吁嚱，危乎高哉，蜀道之难难于上青天。蚕丛及鱼凫①，开国何茫然。尔来四万八千岁，不与秦塞通人烟②。西当太白有鸟道③，可以横绝峨眉巅。地崩山摧壮士死④，然后天梯石栈相钩连⑤。上有六龙回日之高标⑥，下有冲波逆折之回川⑦。黄鹤之飞尚不得过，猿猱欲度愁攀援⑧。青泥何盘盘⑨，百步九折萦岩峦⑩。扪参历井仰胁息⑪，以手抚膺坐长叹。问君西游何时还，畏途巉岩不可攀⑫。但见悲鸟号古木，雄飞雌从绕林间。又闻子规啼夜月⑬，愁空山。蜀道之难难于上青天，使人听此凋朱颜。连峰去天不盈尺，枯松倒挂倚绝壁。飞湍瀑流争喧豗⑭，砯崖转石万壑雷⑮。其险也若此，嗟尔远道

之人胡为乎来哉。剑阁峥嵘而崔嵬,一夫当关,万夫莫开。所守或匪亲,化为狼与豺⑯。朝避猛虎,夕避长蛇。磨牙吮血,杀人如麻。锦城虽云乐⑰,不如早还家。蜀道之难难于上青天,侧身西望长咨嗟⑱。

【注释】

①蚕丛、鱼凫:均为传说中的古蜀国国王。②秦塞:秦地。古蜀国本与中原不通,至秦惠王灭蜀,始与中原相通。③太白:秦岭峰名。鸟道:仅能容鸟飞过的道路,形容山路狭窄。④"地崩"句:相传秦惠王曾嫁五美女于蜀,蜀遣五壮士迎之,返回途中遇大蛇入洞穴中,五人牵住蛇尾而用力外拉,结果山崩,壮士和美女都被压死,山也分成五岭。⑤石栈:于岩壁上凿石架木而成的通道。⑥"上有"句:谓有能挡住太阳神六龙车的高峰。六龙:相传太阳神所乘之车有六条龙来拉。高标:最高的山峰。⑦回川:萦回的川流。⑧猱:猕猴。⑨青泥:山名,在今陕西略阳县。盘盘:盘旋曲折。⑩萦岩峦:指峰岭迂回环抱。⑪参、井:均为星宿名。扪参历井是说蜀道之上伸手便可触及星辰。胁息:屏住呼吸。⑫巉岩:险峭的山岩。⑬子规:杜鹃。⑭喧豗(huī):喧闹碰撞的声音。⑮砯(pīng):水击岩石的声音。⑯"所守"两句:谓镇守这里的人若不可靠,一旦叛乱就会变成凶狠的豺狼。⑰锦城:即成都。⑱咨嗟:叹息。

【诗解】

诗文融神话、现实、想象为一体,将艰险瑰奇的蜀道景观带给行路人心灵上的强烈冲击摹写得淋漓尽致,字里行间无不蕴含着作者超尘脱俗的浪漫主义情怀。后人对此诗的创作意图多有争论,有人说蜀道艰险即是仕途艰险,有人说本篇反映的是动荡的社会局面,各执一词,迄无定论。

行路难

金樽清酒斗十千①,玉盘珍馐值万钱②。停杯投箸不能食③,拔剑四顾心茫然。欲渡黄河冰塞川,将登太行雪满山④。闲来垂钓坐溪上⑤,忽复乘舟梦日边⑥。行路难,行路难,多歧路,今安在。长风破浪会有时,直挂云帆济沧海⑦。

【注释】

①斗十千:一斗酒值十千钱。②珍馐(xiū):名贵的菜肴。③箸:筷子。④太行:太行山。⑤"闲来"句:相传姜子牙未遇周文王前曾在溪边垂钓。⑥"忽复"句:相传伊尹受商汤聘用之前,曾梦乘舟过日月之边。⑦"长风"句:南朝宋宗悫曾言志说:"愿乘长风破万里浪。"

【诗解】

　　有金樽盛着的清冽佳酿，有玉盘盛着的珍贵菜肴，然而诗人举杯又住，欲食又停，摆下筷子，起身拔剑四顾，心绪茫然。世路艰难，诗人来到长安施展抱负，无奈欲渡黄河却有河冰相阻，欲登太行却看到白雪满山，起初的踌躇满志变成了如今的惆怅失意。他也曾神游在远古时代吕尚和伊尹被发掘重用的经历中，想要以前人事迹作为慰藉和自勉，但神游归来，现实却使他转而大声疾呼："行路难！歧路多！今后的道路又在哪里？"

　　愤懑则愤懑矣，诗人并没有失去信心，因为他坚信总有一天会乘风破浪、纵横江海。

将进酒

　　君不见黄河之水天上来，奔流到海不复回。君不见高堂明镜悲白发，朝如青丝暮成雪。人生得意须尽欢，莫使金樽空对月。天生我材必有用，千金散尽还复来。烹羊宰牛且为乐，会须一饮三百杯①。岑夫子，丹丘生②，将进酒，杯莫停。与君歌一曲，请君为我倾耳听。钟鼓馔玉不足贵③，但愿长醉不复醒。古来圣贤皆寂寞，唯有饮者留其名。陈王昔时宴平乐④，斗酒十千恣欢谑⑤。主人何为言少钱，径须沽取对君酌⑥。五花马⑦，千金裘⑧，呼儿将出换美酒，与尔同销万古愁。

【注释】

　　①会须：正应当。②岑夫子，丹丘生：指岑勋和元丹丘。二人都是李白的朋友。③钟鼓馔玉：泛指豪门的奢华生活。钟鼓：指富贵人家宴会时使用的乐器。馔玉：精美的饭食。④陈王：指曹操之子曹植，曹植曾被封为陈王。⑤恣（zì）：尽情。⑥径须：只需。⑦五花马：毛色呈五种花纹的良马。⑧千金裘：价值千金的皮衣。

【诗解】

　　全诗融入了李白自长安放还以来胸中的诸多感慨，真实反映了他当时复杂而矛盾的思想感情。其中不但有对于时光易逝、人生苦短的慨叹，有对于人生应当及时行乐、放情言欢的强调，也有"天生我材必有用"的自我肯定，以及对于"古来圣贤皆寂寞"的悲愤。这种种情感与愁绪的宣泄都是围绕"酒"字展开，诗人在酒中找到了解脱苦闷的方法，满腔的激愤也终于在此畅饮时刻得以喷薄而出。从他这种无所节制、恣意纵情的豪饮当中，我们能够深深感受到他内心难以言状的无奈和痛苦，并且为他哀而不伤、悲而能壮的洒脱情怀所打动。

赠孟浩然

吾爱孟夫子①，风流天下闻②。红颜弃轩冕，白首卧松云③。
醉月频中圣④，迷花不事君。高山安可仰⑤，徒此揖清芬⑥。

【注释】

①夫子：对孟浩然的尊称。②风流：风雅潇洒。③"红颜"两句：言孟浩然少壮时便放弃仕途，老来更是隐居山林。红颜：年轻少壮。轩冕：古代官吏出行时的车轿伞盖。④频中圣：频频酒醉。⑤"高山"句：引诗经中的"高山仰止，景行行止"，表达对孟浩然的崇敬之情。⑥徒此：唯有在此。揖清芬：向孟浩然的高风雅致深施一礼。

【诗解】

首联热情抒发诗人对于孟浩然的爱慕之情，称赞孟浩然的风流气度天下闻名。中间两联着力描写孟浩然置簪缨于不顾，远走山林，寄情诗酒的高洁形象。尾联赞孟氏品格有如高山之峻峭孤拔，使人无法望其项背，并借此表达自己的深深敬意。

渡荆门送别①

渡远荆门外，来从楚国游②。山随平野尽，江入大荒流③。
月下飞天镜，云生结海楼④。仍怜故乡水，万里送行舟。

【注释】

①荆门：荆门山，在今湖北宜都西北，古时为楚蜀交界。②从：向。③大荒：广阔的田野。④海楼：海市蜃楼。

【诗解】

首联交代诗人已然渡过荆门，来到楚国一带遨游。中间两联写舟行所见：山峦随着开阔平原的出现而逐渐消失，江水浩浩荡荡，流入辽阔无际的远方荒原。晚上，平静江面上的月影宛如天上飞来的明镜；日间，蓬勃涌起、变幻无穷的云彩结成壮观的海市蜃楼。年轻的诗人意气风发，但初别故乡，心中满含眷恋。在他的眼中，故乡的水依旧跟随，不辞万里地伴送着他远行的小舟。

送友人

青山横北郭①，白水绕东城。此地一为别，孤蓬万里征②。

浮云游子意，落日故人情。挥手自兹去③，萧萧班马鸣④。

【注释】

①郭：外城。②蓬：蓬草枯后断根，随风飞扬。孤蓬，这里喻指即将孤身远行的朋友。③兹：此。④班马：离群之马。

【诗解】

诗由景写起，"青山横北郭，白水绕东城"从回望视角来写，除烘托出一派安静祥和的氛围外，也可见作者送友人出城已是很有一段距离了。中间四句写对即将只身远行天涯的友人的深深关切之意，巧用"浮云""落日"作比，"浮云"比友人的漂泊不定、任意东西，"落日"比自己像落日不肯离开大地一样对朋友依依惜别的心情。尾联两句不再正面描写朋友间的离情，而是写分别时马儿的情状：它们似乎也深谙别离滋味，彼此恋恋不舍，悲鸣致意。全诗就在这样几声萧萧马鸣中结束，意致缠绵悱恻而不过分伤感。

听蜀僧濬弹琴①

蜀僧抱绿绮，西下峨嵋峰。为我一挥手，如听万壑松。
客心洗流水②，余响入霜钟。不觉碧山暮③，秋云暗几重。

【注释】

①濬（jùn）：通"浚"。②客心洗流水：意谓听蜀僧琴声，心如为流水所涤，清新畅快。③不觉：不知不觉中。

【诗解】

此诗叙写作者听蜀地一位法名为濬的僧人弹琴一事。僧是蜀僧，琴又以昔日蜀人司马相如的绿绮著名，所以开头两句，意贯古今，使人未闻琴声便就已经知道琴声不同凡响。中间两联写听琴的感受：僧人信手一挥，顿有万壑松涛之声随弦而出，感觉像万浪千波涤荡心灵，胸中清新澄净。至一曲奏罢，余音袅袅，不绝如缕，与山寺暮钟声融在一处，令人心神荡漾。末联以写醉心听琴而不知天色已晚，进一步衬托蜀僧琴艺的高妙，既强调了听琴的主观感受，又为全篇安排了一个清淡自然的结尾，使行云流水之势得以贯穿始终。

登金陵凤凰台①

凤凰台上凤凰游，凤去台空江自流。吴宫花草埋幽径②，晋代衣冠成古丘③。三山半落青天外④，二水中分白鹭洲⑤。总为浮云能蔽日，长安不见使人愁。

【注释】

①金陵：今江苏南京。凤凰台：在金陵凤凰山上，相传南朝刘宋年间有凤凰集于此山，乃筑台，山和台也由此而得名。②吴宫：三国时吴国王宫。③衣冠：指名门世族。古丘：指坟墓。④三山：山名，在南京西南长江边上。⑤二水：秦淮河经南京后入长江，被横于其间的白鹭洲分为二支。

【诗解】

凤凰台上曾有凤凰来游，然而凤去台空，如今只有台下长江水仍然不停东流。诗人即此感叹盛衰转换、历史变迁：吴国壮丽繁华的宫廷已经荒芜，东晋的风流人物们也早就进了坟丘。他展望江山，见三山半隐半现于青天之外，江水被白鹭洲分为两支。但是壮美景色并不能让他忘掉重重的心事：浮云（奸佞小人）总是能够遮蔽太阳，看不到朝廷所在的长安，又怎能不使人发愁。

夜 思

床前明月光，疑是地上霜。
举头望明月，低头思故乡。

【诗解】

月光洒在床前，诗人开始还以为是地上结了白霜。抬起头来观看，原来是高挂夜空的明月。他低头徘徊，想起了那遥远的故乡……

下江陵①

朝辞白帝彩云间②，千里江陵一日还。
两岸猿声啼不住，轻舟已过万重山。

【注释】

①江陵：今湖北江陵县。②白帝：白帝城，在今重庆奉节。

【诗解】

诗中突出"轻""快"二字，不但是船轻而快，能一日千里，瞬息便过万重山，诗人的心情更是轻快。枷锁一去，真如脱笼飞鸟，自由自在，无所束缚。于是，以凄厉哀苦而著称的三峡之猿啼在诗人听来变得激越嘈杂，自在欢腾，蜀中浓滞的烟雾也好像有意散去，在这天清晨换成了彩云片片。全诗于一气奔放中蕴含回旋跌宕之美，轻舟快意，令人神远，被评者誉为唐绝压卷。

黄鹤楼送孟浩然之广陵

故人西辞黄鹤楼,烟花三月下扬州。
孤帆远影碧空尽,惟见长江天际流。

【诗解】

诗的前两句点明了送别的时间、地点,还有孟浩然要去的地方。后两句写诗人目送友人的孤帆消失在碧空的尽头,视野中只剩下浩瀚的长江流向天际。

清平调

其 一

云想衣裳花想容,春风拂槛露华浓①。
若非群玉山头见,会向瑶台月下逢②。

【注释】

①槛:栏杆。②会:应是。瑶台:与前面的群玉山都是传说中西王母的居处。

其 二

一枝红艳露凝香,云雨巫山枉断肠①。
借问汉宫谁得似,可怜飞燕倚新妆②。

【注释】

①云雨巫山:用巫山神女会楚王典故。此处是指有杨贵妃在侧,即便是巫山神女也无法吸引君王的视线。②倚:倚仗。

其 三

名花倾国两相欢,常得君王带笑看。
解释春风无限恨①,沉香亭北倚阑干。

【注释】

①解释:消释。

【诗解】

　　这三首诗无不是将花与人结合起来写,而其旨还在赞颂杨贵妃超凡绝俗的容貌仪态。从第一首感叹如贵妃一般的人儿只有仙境才能遇到,到第二首以牡丹含露模拟她的娇艳之态,安排巫山神女空自惆怅,汉宫飞燕甘拜下风的情节,到第三首捕捉名花佳人相互映照的情景,君王面对贵妃时眼角嘴边掩饰不住的笑意,使得杨贵妃的美丽酝酿在仙境,在人间,在花里,在夫妻恩爱中,在造物对此绝作的自叹里,那样的卓然出群,那样的沁人心脾。

杜　甫

　　杜甫(712～770),字子美,自称少陵野老。原籍襄阳,迁居河南巩县。杜审言之孙。年轻时应进士举,不第,漫游各地,后客居长安十年。安史之乱中投奔唐肃宗,授左拾遗。收复长安后出为华州司功参军,不久弃官入蜀,定居成都浣花溪草堂。一度在剑南节度使严武幕中任参谋,表为检校工部员外郎,故世称"杜工部"。严武死后携家出蜀,漂泊江南,病死在江湘途中。杜甫的诗以古体、律诗见长,风格多样,情感沉郁,展现了唐代由盛转衰的历史过程,被称为"诗史"。杜甫是我国最伟大的诗人之一,与李白齐名,并称"李杜"。有《杜工部集》。

望　岳

　　岱宗夫如何①,齐鲁青未了。造化钟神秀②,阴阳割昏晓。荡胸生曾云,决眦入归鸟③。会当凌绝顶④,一览众山小。

【注释】

　　①岱宗:对泰山的尊称。②钟:赋予,集中。③决眦入归鸟:意指山高鸟小,远望飞鸟,几乎要睁裂眼眶。决:裂开。眦(zì):眼眶。④会当:终当。

【诗解】

　　全诗写"望"。远望齐鲁一带,绵延苍翠数千里,大自然把一切神奇秀丽都集中到这里,巍峨的泰山南北明暗判若晨昏。云雾翻腾涤荡心胸,远望归林飞鸟,诗人眼随神远。结句尤其精彩,志在登临,雄视一切,真是咏泰山诗的绝唱!

佳　人

　　绝代有佳人,幽居在空谷。自云良家子①,零落依草木。关中昔丧乱②，兄弟遭杀戮。官高何足论③，不得收骨肉。世情恶衰歇④，万事随转烛⑤。夫婿轻薄儿，新人美如玉。合昏尚知时⑥，鸳鸯不独宿。但见新人笑，那闻旧人哭。在山泉水清，出山泉水浊⑦。侍婢卖珠回⑧，牵萝补茅屋。摘花不插发⑨，采柏动盈掬⑩。天寒翠袖薄，日暮倚修竹。

【注释】

①良家子：好人家的女儿。②丧乱：指安禄山攻陷长安之事。③官高何足论：意谓官高显赫又有什么用呢。④世情恶衰歇：意谓世人总是厌恶衰落破败。歇：衰退。⑤万事随转烛：意谓世上的事情好像随风抖动的蜡烛，变化无常。⑥合昏：夜合花，叶子朝舒夜合。人们常以此比喻夫妻恩爱。⑦"在山"两句：喻自己隐于山中贞节自守，不愿因进入世俗而污浊了自己。⑧卖珠：指因为生活贫困而变卖珠宝。⑨摘花不插发：意谓无心修饰打扮。⑩动：动辄。盈掬：一满把。

【诗解】

一代佳人遭逢战乱，兄弟惨死，家境骤衰，被夫遗弃。人情凉薄，世态无常，令人慨叹。尤其是"但见新人笑，那闻旧人哭"伤情名句，悲彻千载犹闻其声。但佳人坚贞如竹柏，洁丽似清泉，风神绝美，永为人们咏叹。

梦李白

其 一

死别已吞声①，生别常恻恻②。江南瘴疠地③，逐客无消息④。故人入我梦，明我长相忆⑤。恐非平生魂，路远不可测⑥。魂来枫林青，魂返关塞黑⑦。君今在罗网，何以有羽翼。落月满屋梁，犹疑照颜色⑧。水深波浪阔，无使蛟龙得。

【注释】

①吞声：泣不成声。②恻恻（cè）：悲伤。③瘴疠（lì）：瘴气瘟疫。④逐客：被流放之人。⑤明：表明。⑥"恐非"二句：其时多有关于李白的不祥传闻，杜甫因而怀疑李白已死。平生：生前。⑦"魂来"二句：意指李白魂魄来的时候要穿越南方千里枫林，返回时又须过阴沉灰暗的秦关。⑧颜色：梦中李白的容貌。

【诗解】

本诗以写生离死别的苦痛起首，继而对梦到李白这件事提出了种种猜想和疑问。

作者设身处地地为友人着想，就连李白梦魂来去路上的艰辛也让他揪心不已。诗的末尾记述梦醒后因看到惨淡月色而回忆起梦中李白憔悴的面容，道出了他对李白的殷殷叮咛："梦魂归去的路上要经过条条江河，你可要当心凶浪蛟龙（喻指阴险小人），切勿被它们捕获了去！"

其 二

浮云终日行，游子久不至①。三夜频梦君，情亲见君意。告归常局促，苦道来不易。江湖多风波，舟楫恐失坠②。出门搔白首，若负平生志。冠盖满京华③，斯人独憔悴④。孰云网恢恢⑤，将老身反累⑥。千秋万岁名，寂寞身后事。

【注释】

①"浮云"两句：意谓浮云终日于空中飘走，而游子却久久不曾到来。游子：指李白。②恐失坠：恐怕船只翻覆。③冠盖：冠冕和车盖，此指达官贵人。④斯人：这个人，指李白。⑤恢恢：《老子》中有"天网恢恢，疏而不漏"句。这里是说：谁说天理公平？⑥反累：反而无辜受到牵累。

【诗解】

继写完前首记梦诗之后，诗人又一连三夜梦到李白，梦中的李白越过千山万水前来与他相见，见面后诉说着此行不易。在每次短暂相聚后，李白便仓促告辞。望着他出门时苦闷地搔弄白首、郁郁不得志的样子，诗人的内心受到了极大的触动，他不禁愤愤不平道："为什么许多碌碌无能之辈都是高冠华盖，显赫一时，而像李白这样一位才华横溢的人却坎坷憔悴？谁说天道公正，像李白这样临到老年而被囚禁放逐的遭遇又该怎么解释呢？"愤到极时，诗人终于只能慨然作叹："李白的诗定然会光照千古，只是这身后的名声对那时已寂寞无知的他来讲又有何用处呢！"这深沉一叹，不但蕴含着杜甫对李白的高度评价和深切同情，也联系他自己的无限心事。

观公孙大娘弟子舞剑器行并序①

大历二年十月十九日，夔府别驾元持宅，见临颍李十二娘舞剑器，壮其蔚跂，问其所师，曰："余公孙大娘弟子也。"开元三载，余尚童稚，记于郾城观公孙氏舞剑器浑脱，浏漓顿挫，独出冠时，自高头宜春、梨园二伎坊内人洎外供奉，晓是舞者，圣文神武皇帝初，公孙一人而已。玉貌锦衣，况余白首，今兹弟子，亦非盛颜。既辨其由来，知波澜莫二，抚事慷慨，聊为《剑器行》。昔者吴人张旭，善草书书帖，数常于邺县见公孙大娘舞西河剑器，自此草书长进，豪荡感激，即公孙可知矣。

昔有佳人公孙氏，一舞剑器动四方。观者如山色沮丧②，天地为之久低昂。霍如羿射九日落③，矫如群帝骖龙翔④。来如雷霆收震怒，罢如江海凝清光。绛唇珠袖两寂寞⑤，晚有弟子传芬芳⑥。临颍美人在白帝⑦，妙舞此曲神扬扬。与余问答既有以⑧，感时抚事增惋伤。先帝侍女八千人⑨，公孙剑器初第一。五十年间似反掌，风尘澒洞昏王室⑩。梨园子弟散如烟，女乐余姿映寒日⑪。金粟堆前木已拱⑫，瞿唐石城草萧瑟⑬。玳弦急管曲复终⑭，乐极哀来月东出。老夫不知其所往，足茧荒山转愁疾。

【注释】

①公孙大娘：唐玄宗开元间著名的女舞蹈家。②色沮丧：惊讶失色的样子。③霍（huò）：闪光貌。羿：后羿。④矫：矫捷。群帝：群仙。骖：驾驭。⑤绛唇：指歌。珠袖：指舞。⑥芬芳：公孙大娘舞蹈的精华。⑦临颍美人：指李十二娘。⑧既有以：即序中"既辨其由来"之义。⑨先帝：指唐玄宗。⑩澒（hòng）洞：弥漫无际的样子。⑪女乐余姿：指李十二娘的舞蹈犹存着开元盛世的风貌。⑫金粟堆：位于金粟山的玄宗陵。木已拱：意谓墓前的树木已长得双手可以合抱了。⑬瞿唐石城：指白帝城。⑭玳弦：玳瑁饰制的弦乐器。急管：节奏急促的管乐。

【诗解】

杜甫在夔州看到李十二娘舞剑，问其师从何人，得知她是公孙大娘的弟子。公孙大娘是开元年间著名的舞蹈家，尤善舞剑，每当剑舞一起，观者如山，天地嗟叹。那闪烁的剑光，好似后羿射下的太阳划过天际，她矫健的身姿，有如仙子乘龙凌空飞翔，至于气势，发如雷霆震怒，收若江海凝光。在玄宗能歌善舞的八千侍女当中，公孙大娘的剑舞首屈一指。

与已不年轻的李十二娘谈及往事，作者与她都不胜伤感，倏忽而过的五十年间，盛衰巨变，玄宗墓前的树木已然可以合抱，公孙大娘也已寂寞无闻，而她的高徒则流落至此偏远山城。

最后一支乐舞结束的时候，月亮升起于东天，作者沉浸在更为深切的悲慨之中，心绪烦乱。他不顾脚茧碍步，却漫无目的地疾走在荒山野地之间。

兵车行

车辚辚①，马萧萧②，行人弓箭各在腰。爷娘妻子走相送③，尘埃不见咸阳桥。牵衣顿足拦道哭，哭声直上干云霄④。道旁过者问行人，行人但云点行频⑤。或从十五北防河⑥，便至四十西营田⑦。去时里正与裹头⑧，归来头白还戍边。边庭流血成海水，武皇开边意未已⑨。君不闻汉家山东二百州，千村万落生荆杞⑩。纵有健妇把锄犁，禾生陇亩无东西⑪。况复秦兵耐苦战⑫，被驱不异犬与鸡。长者虽有问，役夫敢申恨⑬？且如今年冬，未休关西卒⑭。县官急索租，租税从何出？信知生男恶⑮，反是生女好。生女犹得嫁比邻，生男埋没随百草。君不见青海头⑯，古来白骨无人收。新鬼烦冤旧鬼哭，天阴雨湿声啾啾。

【注释】

①辚辚（lín）：车行时发出的咯咯的声音。②萧萧：形容马的嘶鸣声。③妻子：妻子和儿女。④干：犯，冲。⑤点行：按丁口册强制点征入伍。⑥北防河：黄河以北设防。⑦营田：即屯田，士兵们不作战时垦荒种田。⑧里正：即里长，管理户口、赋役等事。与裹头：替被征者裹头巾。因应征者年龄尚小，所以由里正替他裹头。⑨武皇：汉武帝，他在历史上以开疆扩土著称。此处喻唐玄宗。⑩荆杞：即荆棘。⑪无东西：指庄稼长得不成行列。⑫秦兵：来自秦地的兵士。⑬役夫：被征集的士兵。⑭"未休"句：指因连年交战，关西的士兵不能回家。⑮信知：真的明白。⑯青海：青海湖，唐和吐蕃多交战于此。

【诗解】

诗从父母妻子送征人上路的一幕写起，极言送别场面的凄惨悲怆。就是因为诸多的壮年男子被强征入伍，千家万户因此而失去了家中的顶梁柱，农村中形成了"千村万落生荆杞"的局面，何况官府税赋日重。既然男儿的结局总是战死沙场、埋尸荒野，所以百姓甚至倾向"反是生女好"。作者以对青海古战场凄惨景象的描写完结全篇，沉痛抒发了对朝廷穷兵黩武行为的愤慨，以及对广大人民所遭受苦难的同情。

丽人行

三月三日天气新①，长安水边多丽人。态浓意远淑且真②，肌理细腻骨肉匀③。绣罗衣裳照暮春，蹙金孔雀银麒麟④。头上何所有，翠微㜗叶垂鬓唇⑤。背后何所见，珠压腰衱稳称身⑥。就中云幕椒房亲⑦，赐名大国虢与秦⑧。紫驼之峰出翠釜⑨，水精之盘行素鳞⑩。

犀箸厌饫久未下⑪，鸾刀缕切空纷纶⑫。黄门飞鞚不动尘⑬，御厨络绎送八珍⑭。箫鼓哀吟感鬼神，宾从杂遝实要津⑮。后来鞍马何逡巡⑯，当轩下马入锦茵⑰。杨花雪落覆白蘋，青鸟飞去衔红巾⑱。炙手可热势绝伦，慎莫近前丞相嗔⑲。

【注释】

①三月三日：上巳节。古人常于这一天来到水边祭祀以求祛除不祥，后来逐渐变成春游欢宴的节日。②淑且真：优雅而自然。③骨肉匀：指体态匀称。④蹙（cù）：此指刺绣。⑤翠微：薄薄的翡翠片。匌（è）叶：妇女的发饰。⑥腰衱（jié）：裙带。⑦云幕：画着云彩的帐幕。椒房亲：指杨贵妃的家族。⑧虢（guó）与秦：杨贵妃的两个姐姐被封为虢国夫人和秦国夫人。⑨紫驼之峰：驼峰上的肉。釜：锅。⑩水精之盘：水晶盘。素鳞：洁白的鱼。⑪犀箸：犀牛角做的筷子。厌饫（yù）：因饱而厌食。⑫鸾刀：带有铃铛的刀。缕切：切丝。空纷纶：指厨人们空忙了一番。⑬黄门：宦官的通称。鞚（kòng）：马笼头。不动尘：喻马跑得轻快。⑭八珍：泛指各种珍贵菜肴。⑮杂遝：纷杂。要津：要职。⑯后来鞍马：指杨国忠。逡巡：形容左顾右盼，甚是得意的样子。⑰锦茵：锦绣地毯。⑱青鸟：传说中的神鸟，为西王母的使者。红巾：红帕。以上两句实是暗指虢国夫人与杨国忠之间的暧昧关系。⑲丞相：指杨国忠。嗔：发怒，生气。

【诗解】

《丽人行》约作于天宝十二载（753年），诗的主旨是对杨贵妃兄弟姐妹们嚣张气焰的指斥和鞭笞。

诗开头从一般丽人写起，描写上巳日曲江水边踏青的丽人如云，体态娴雅、姿色优美、服饰华美，即是陪衬，又十分含蓄。继而笔锋一转，点出虢国夫人与秦国夫人，盛言其排场的盛大、宴游的豪奢及趋炎附势者之众，见出杨氏兄妹的娇宠之态。最后写杨国忠威势煊赫、意气骄恣，并暗示了其淫乱行为。结尾两句将主题点出，但依然不着议论，而是让读者自去批评。

全诗语极铺排，富丽华美中蕴含清刚之气。虽然不见讽刺的语言，但在惟妙惟肖的描摹中，隐含犀利匕首，讥讽入木三分。

春　望

国破山河在①，城春草木深②。感时花溅泪，恨别鸟惊心。
烽火连三月③，家书抵万金④。白头搔更短⑤，浑欲不胜簪⑥。

【注释】

①在：依旧。②草木深：指草木丛生。③烽火：战火。连三月：三月不断，指整个春天。④抵：值，相当。⑤白头：白发。⑥浑：简直。不胜簪：插不上发簪。

【诗解】

　　大乱之年，山河依然如故，国家却已是残破不堪，春来，被叛军焚掠过后的长安城杂草丛生、乱树幽深，一派凄凉景象。虽然也能见到春花，听到鸟鸣，但这一点美好的东西更是让作者感慨今昔巨变，他因而见春花而泪洒花上，闻鸟鸣而动魄惊心了。

　　连月不灭的烽火，让家庭支离破碎，让人们颠沛流离，家书一封是万金难换的，作者已然因国事而忧恨重重，又因惦念家人安危而寝食难安，陷入了无尽的愁烦与焦急当中。焦愁的他不停地搔弄着自己的白发，以至于白发短而又短，近来，连发簪也难以插牢。

月　夜

今夜鄜州月①，闺中只独看②。遥怜小儿女③，未解忆长安④。
香雾云鬟湿⑤，清辉玉臂寒。何时倚虚幌⑥，双照泪痕干⑦。

【注释】

　　①鄜（fū）州：今陕西富县。②闺中：指妻子。③小儿女：尚不懂事的子女。④解：懂得。忆长安：思念身在长安的父亲。肃宗至德元年（756年），叛军攻陷潼关，杜甫携家眷逃至鄜州，闻肃宗在灵武即位，于是前往效力，途中为叛军所俘，被解回长安。⑤香雾：月夜的雾气。⑥虚幌：薄纱帐。⑦双照：指月光同时照着身处异地的夫妻二人。

【诗解】

　　全诗别出心裁，言在彼而意在此，不说自己在对月思念妻子，却哀悯在远方的妻子独看明月；不说自己想念年幼的子女，却说他们尚不懂得记挂远方的父亲。"香雾"一联揣想妻子于月下思念自己的情景，尾联接续此情寄出自己对于战乱平息、合家团圆的热切期盼，思致奇特而缜密，情意缠绵而真切。

春宿左省

花隐掖垣暮①，啾啾栖鸟过②。星临万户动，月傍九霄多③。
不寝听金钥④，因风想玉珂⑤。明朝有封事⑥，数问夜如何。

【注释】

　　①掖垣：唐时门下省与中书省分立宣政殿两侧，如人之两腋（"掖"通"腋"），故名。②啾啾（jiū）：鸟鸣之声。③九霄：此代皇宫。④金钥：指钥匙开启宫门的声音。⑤玉珂（kē）：马铃。⑥封事：奏章。

【诗解】

　　诗从傍晚写起：心情不错的诗人欣赏着左省内的花木，直到它们因为暮色浓重而渐渐隐去，他还聆听鸟儿啾啾鸣叫着从空中飞过，直到满天星月。星光闪烁，宫禁中的千门万户也随之一同明月相映，明月高悬，它毫不吝啬地将清光多多洒向高耸入云的殿阁。就是在这样一个美好的月夜里，诗人却不能安睡一刻，因为他宿在左省，因为他明日早朝还有奏章要上陈。他睁着眼睛卧在榻上，听到风动铃铎的声音也怀疑是百官上朝的马铃响，并且多次起来询问：夜已几何？

月夜忆舍弟

戍鼓断人行①，边秋一雁声②。露从今夜白，月是故乡明。
有弟皆分散，无家问死生。寄书长不达③，况乃未休兵④。

【注释】

①戍鼓：戍楼上的更鼓。断人行：指更鼓响后人们便不能再随意行走。②边秋：边地之秋。③长：老是，一直。④况乃：何况是。

【诗解】

秋天的傍晚，戍楼的更鼓警示着交通即将被阻断，寂寥的边地上，回荡着悠远的雁鸣。从今天这一夜开始，秋天将进入到白露时节，当秋月朗朗挂在长空，作者却觉得，它并不如家乡看到的明亮。作者惦念兄弟，悲伤战乱带来分离，在这个月夜里，他暗自叹息："平日里给兄弟们寄去书信还常常不能到达，何况战事频仍，生死茫茫更难预料！"

别房太尉墓

他乡复行役①，驻马别孤坟。近泪无干土②，低空有断云。
对棋陪谢傅③，把剑觅徐君④。唯见林花落，莺啼送客闻。

【注释】

①复行役：指再次因公事奔走于他乡。②"近泪"句：意谓眼泪把脚下的泥土都打湿了。③对棋：对弈。谢傅：指晋朝名将谢安，官至太傅，他喜欢下围棋，此处喻房琯。④"把剑"句：春秋时吴国季札出使晋国时路过徐国，他知道徐君喜欢自己的宝剑，本打算返回时相赠，但回来时徐君已去世，他于是解下宝剑挂在徐君墓前的树上而离去。

【诗解】

诗中以谢安比房琯，是在追忆房琯生前的镇定自若、风流儒雅；运用延陵解剑的故事，则表达了诗人对房琯的厚意深情。其中也融入了作者自己政治失意的辛酸。诗人最终在花落鸟啼声中黯然离去，留下了这篇诗文，诉说着胸中那延绵不尽的悲伤。

旅夜书怀

细草微风岸，危樯独夜舟①。星垂平野阔，月涌大江流。
名岂文章著，官应老病休②。飘飘何所似，天地一沙鸥。

【注释】

①危樯（qiáng）：高耸的船桅。独夜舟：夜晚独自行舟。②老病休：因年老多病而离职。

【诗解】

微风吹拂着江岸细草，诗人的孤舟停泊在岸边。星光闪烁，天幕低垂向平野尽头；江水粼粼，拥着月光流向远方。诗人眼观壮阔景象，俯思人生得失，以往坎坷的遭遇，眼下凄凉的境况，让他时而发出"名声岂止是因为我文章作得好"的悲问，时而又转向"年老多病也就应该辞官退休"的沉吟。平静下来，他知道明天依然是孤独漂泊，不禁自问自答地叹道："我这样飘然一身像个什么？不过像广阔天地间的一只沙鸥罢了。"诗文蕴含着杜甫才不见用、志不得展的孤愤，还有他老病无靠、转徙漂泊的悲凉。

登岳阳楼

昔闻洞庭水，今上岳阳楼。吴楚东南坼①，乾坤日夜浮。
亲朋无一字，老病有孤舟。戎马关山北②，凭轩涕泗流③。

【注释】

①坼（chè）：分裂。②戎马：指战事。关山北：指北方边境。③凭轩：倚着窗户。涕泗：眼泪鼻涕。

【诗解】

从前只听说过洞庭湖水气象非凡，如今登上了岳阳楼观看，杜甫不由得被深深地震撼了。他为我们这样形容所看到的景象：浩瀚的洞庭湖水，在东南方分开了吴地与楚地的疆界，它洋洋于天地间，吞吐日月，整个宇宙好像日夜飘浮。

洞庭湖的宏伟奇丽，并不能舒展杜甫"亲朋无一字，老病有孤舟"的悲怀，但那一日，让他真正为之凭窗而流泪的，是那北方关塞仍然不休的战事，以及风雨飘摇的山河。

蜀　相①

丞相祠堂何处寻，锦官城外柏森森②。映阶碧草自春色，隔叶黄鹂空好音。三顾频烦天下计③，两朝开济老臣心④。出师未捷身先死⑤，长使英雄泪满襟。

【注释】

①蜀相：指三国时蜀国丞相诸葛亮。②锦官城：指成都。③三顾：指刘备三顾茅庐一事。频烦：同"频繁"。④两朝：指先主刘备、后主刘禅两朝。开济：开创基业，匡危济难。⑤"出师"句：蜀建兴十二年（234年），诸葛亮出师伐魏，因积劳成疾病逝于五丈原。

【诗解】

这首诗是礼赞诸葛丞相的名篇，诗中深情写道：问起在哪里才能找到诸葛丞相的祠堂，它就坐落在锦官城外古柏森森的地方。那映衬着台阶的小草每到春天空自呈现着碧绿春色，那婉转的黄鹂隔着枝叶徒然唱出好听的歌声。诸葛丞相因为感激刘皇叔的三顾相请而出山谋划天下大计，开创基业，扶危济难，先后辅佐了刘家父子两朝。只是他出师未捷就因积劳成疾而病死，千古以来，天下的仁人志士，无不为此泪洒衣裳。

客 至

舍南舍北皆春水①，但见群鸥日日来。花径不曾缘客扫②，蓬门今始为君开。盘飧市远无兼味③，樽酒家贫只旧醅④。肯与邻翁相对饮⑤，隔篱呼取尽余杯⑥。

【注释】

①舍：居舍。②缘客扫：因为有客要来而打扫。③盘飧（sūn）：饭食。兼味：两种以上的味道。④醅（pēi）：没有过滤过的米酒。⑤肯：能否。⑥余杯：余下来的酒。

【诗解】

此诗写于成都草堂落成之后。新居落成，虽有绿水环绕、群鸥相伴，心中仍不免感到寂寞。那一天友人来访，诗人不禁唱出了"花间小径还不曾因为客来而扫，长闭的柴门今天要为你而大开"的诗句。因为家境清贫，住的地方又离市集很远，所以招待朋友的饭食非常简单，酒也是旧日所酿。但这些都不影响主客二人把酒言欢，诗人还高声招呼着邻翁共饮作陪，可见主客之间是何等的兴高采烈，他们的情谊又是多么的质朴纯真。

野 望

西山白雪三城戍①，南浦清江万里桥②。海内风尘诸弟隔③，天涯涕泪一身遥。惟将迟暮供多病④,未有涓埃答圣朝⑤。跨马出郊时极目⑥,不堪人事日萧条。

【注释】

①西山:在成都西,主峰终年积雪。三城:指松、维、保三州。②清江:指锦江。万里桥:在成都城南。③风尘:比喻战乱。④迟暮:指年老。⑤涓埃:细流与微尘,比喻微小。⑥极目:极目远望。

【诗解】

白雪覆盖的西山护卫着三城,万里桥横跨成都南面清澈的锦江。海内处处都有战争的烟尘,兄弟被分隔在遥远的异乡。诗人孤身一人漂泊在天涯,因为思念亲人而泪洒衣裳,他无可奈何这迟暮的年纪和缠身的疾病,惭愧自己不能为朝廷贡献哪怕是微小的力量。骑马来到郊外极目远望,诗人看到世事日益萧条,他的心中感到无比的忧伤。

闻官军收河南河北

剑外忽传收蓟北①,初闻涕泪满衣裳。却看妻子愁何在,漫卷诗书喜欲狂②。白日放歌须纵酒③,青春作伴好还乡④。即从巴峡穿巫峡,便下襄阳向洛阳。

【注释】

①剑外:剑门关外。此指蜀地。蓟北:指今河北北部地区,是安史叛军的根据地。②漫卷:胡乱卷起。③放歌:放声歌唱。④青春:指春光正好。

【诗解】

全诗洋溢着一种杜诗中极为少见的激动愉悦之情,反映着诗人当时如同拨云见日般畅快的心情。无论是初闻消息时的泪满衣裳,还是随后漫卷诗书的癫狂,无不是因喜极而泣。那放歌纵酒的豪情,急归故乡的渴望,都因诗人认为国事与命运从此俱会峰回路转而生。杜甫于是催促妻子赶快整理行装,在他的想象中,明日自己便可以登上回乡的轻舟,穿峡过江,从此翻开人生新的一章了。

登 高

风急天高猿啸哀,渚清沙白鸟飞回①。无边落木萧萧下,不尽长江滚滚来。万里悲秋常作客,百年多病独登台②。艰难苦恨繁霜鬓③,潦倒新停浊酒杯④。

【注释】

①渚：水中的小洲。回：回旋。②百年：一生。③繁霜鬓：两鬓白发日增。④"潦倒"句：这时杜甫正因病戒酒。

【诗解】

天空寥廓，秋风甚急。急风中夹着一声声凄厉的猿啼，寒冷的沙洲上空，飞鸟盘旋不下。向远方眺望，无边无际的落叶萧萧落下，奔流不息的长江汹涌而来。

悲秋万里本已引人忧愁，而况诗人常年漂泊为客，如今拖着年老多病的身躯，独自登眺在无人的高台，景况真可谓凄苦已极。然而人生的种种艰难苦恨正在让他的白发日益增多，近来，因为潦倒困顿，却又逼得他不能以酒遣怀。

登 楼

花近高楼伤客心，万方多难此登临。锦江春色来天地①，玉垒浮云变古今②。北极朝廷终不改，西山寇盗莫相侵③。可怜后主还祠庙④，日暮聊为梁甫吟⑤。

【注释】

①锦江：在今四川成都市南。②玉垒：山名，在今四川灌县西。③西山寇盗：指吐蕃。④"可怜"句：意谓后主刘禅庸碌，但依靠诸葛亮的辅佐，故至今还有祠庙。⑤梁甫吟：乐府篇名，相传诸葛亮南阳隐居时好为此歌。

【诗解】

登上高楼，楼下繁花似锦，但诗人看到却感到哀伤，因为流落他乡时间已久，全国各地仍旧祸难重重。凭楼四望，锦江春色漫天彻地地汹涌而来；玉垒山间的浮云飘忽起灭，好似古往今来的风云变幻。

坚信大唐的气运会像北极星一样万古不衰，诗人奉劝西山的盗寇不要再徒劳地前来侵扰。想起庸碌的刘禅依靠诸葛亮的辅佐，至今还有祠庙，诗人在苍茫的暮色中，情不自禁地轻吟起诸葛丞相生前喜爱的诗歌。

宿 府

清秋幕府井梧寒①，独宿江城蜡炬残。永夜角声悲自语②，中庭月色好谁看。风尘荏苒音书断③，关塞萧条行路难。已忍伶俜十年事④，强移栖息一枝安⑤。

【注释】

①幕府：将军的府署。井梧：井边的梧桐树。②永夜：长夜。角声：军中号角声。③风尘荏苒：指于漂泊中度过时光。④伶俜（pīng）：孤单。⑤一枝安：指求得暂时的安定。

【诗解】

清秋时节，诗人独宿幕府，蜡烛已经烧残了，井边的梧桐透出丝丝寒意；长夜里，时而传来凄凉的号角声，仿佛是在自悲自语。庭中月色清美，但满腹心事的诗人却无心欣赏。

连年的战乱阻隔了故乡亲人的音信，关塞萧条不通，将诗人困在了这个地方。今夜的他，伤叹十年飘零已经忍过，而今却为了安身，又勉强自己去过寄人篱下的幕僚生活。

阁 夜

岁暮阴阳催短景①，天涯霜雪霁寒宵。五更鼓角声悲壮，三峡星河影动摇②。野哭几家闻战伐③，夷歌数处起渔樵④。卧龙跃马终黄土⑤，人事音书漫寂寥。

【注释】

①阴阳：指日月。短景：短暂的白天。②三峡：指瞿塘峡、巫峡、西陵峡。③野哭：指山野乡村中传来的哭声。④夷歌：指当地少数民族的歌谣。⑤卧龙：指诸葛亮。跃马：指西汉末曾乘乱据蜀的公孙述。

【诗解】

临近年关，越来越短的是白昼，越来越多的是霜雪。在一个刚下过雪的寒夜，作者忧愁满怀，在阁楼窗前沉吟良久。

不眠直到拂晓，远处的军营响起的鼓角，三峡湍流中摇荡的星影，战乱中死者家人的恸哭，渔父樵夫出工的歌哨，他看在眼里，听在耳中，心情更加烦乱沉重。总需要一些开解吧，那跃马称帝的公孙述，经天纬地的诸葛孔明，贤贤愚愚，但最终都免不了归于黄土。那么，自己眼下的漂泊和寂寥，又算得了什么？

咏怀古迹

其 一

支离东北风尘际①，飘泊西南天地间。三峡楼台淹日月②，五溪衣服共云山③。羯胡事主终无赖④，词客哀时且未还⑤。庾信平生最萧瑟⑥，暮年诗赋动江关。

【注释】

①支离：流离。东北：从蜀地讲，关中是东北。风尘际：战尘四起的年代。②淹：滞留。日月：岁月。③五溪衣服：泛指夔州地区少数民族的服装。共云山：是说自己与当地夷人一同居住。④羯胡：指安禄山。⑤词客：南北朝时羁滞于北国而不得南归的诗人庾信，作者用来比喻自己。⑥萧瑟：庾信平生常作凄凉悲楚的诗，故云。

【诗解】

杜甫非常推崇庾信的诗文，一方面是出于艺术上的欣赏，一方面是身世相近——晚年都因国难而漂泊异乡。诗文中说，因为关中的战乱而流落西南蜀地，在三峡夷人居住的地方，已经滞留很长时间了。由于羯胡安禄山的狡猾反复，使得自己遭受了和庾信一样的羁滞命运。

末二句赞扬庾信生平虽然坎坷悲凉，然而文风却因此而大变，暮年诗赋震动江关。这实际上又写入了作者自己的影子。

其 二

摇落深知宋玉悲①，风流儒雅亦吾师。怅望千秋一洒泪，萧条异代不同时。江山故宅空文藻②，云雨荒台岂梦思③？最是楚宫俱泯灭，舟人指点到今疑。

【注释】

①"摇落"句：宋玉《九辩》有："悲哉秋之为气也，萧瑟兮草木摇落而变衰。"②空文藻：空留下来文采。③"云雨"句：宋玉曾作《高唐赋》，述楚王游高唐时曾于梦中见一妇人，自称是巫山之女，楚王因而幸之。神女离去时而告辞说："妾在巫山之阳，高丘之岨，旦为行云，暮为行雨，朝朝暮暮，阳台之下。"

【诗解】

诗人看到秋天里草木摇落衰败，想起宋玉当日面对相同情景写下的悲歌，他感叹宋玉风流儒雅堪为人师，并由其一生遭遇联系到自己的身世，发出了时代不同但萧条失意并无差别的慨叹。宋玉在《高唐赋》中叙写了巫山神女与楚王梦中相会的故事讥刺君王淫惑，然而他的华丽的文章却被后人看成描写荒淫梦境的代表，人们至今还在楚宫遗址猜测着故事发生的地点。杜甫因此而深为宋玉不平，故而发出了"云雨荒台岂梦思"的反问。

其 三

群山万壑赴荆门①，生长明妃尚有村②。一去紫台连朔漠③，独

留青冢向黄昏④。画图省识春风面⑤，环佩空归月夜魂⑥。千载琵琶作胡语，分明怨恨曲中论。

【注释】

①荆门：荆门山，在湖北宜都市西北。②明妃：即王昭君。昭君村在归州东北。尚有村：尚有她生长的村庄。③紫台：指皇宫。朔漠：指匈奴所居之地。④青冢：即昭君墓。传说每到深秋时节，北方草木皆枯，唯独昭君墓上小草青青依旧。⑤"画图"句：意谓汉元帝对着图画岂能得知昭君美丽的容颜。画图：指画工毛延寿因昭君不肯行贿于他而故意丑化她的事。省（xǐng）识：认识。⑥环佩：指代昭君。月夜魂：指昭君生不得归汉，只有死后的灵魂从月夜归来。

【诗解】

谁说昭君生长的地方不需用如此雄奇的笔力来描绘？这位去国和亲的一代名妃身上，不正凝聚着天地山川的灵慧秀美？然而昭君的美丽却只因一张故意作难的画像就被弃置一旁，致使她一朝远嫁匈奴，身后唯留下青草覆盖的坟冢面向着大漠黄昏，生她养她的故乡也只空等来女儿返归的游魂。悠悠千载，世间依旧流传着昭君因为思念故乡而时时弹起的琵琶曲，而琵琶声声里，分明寄寓着她生前无限的忧思怨恨。

其 四

蜀主窥吴幸三峡①，崩年亦在永安宫②。翠华想象空山里③，玉殿虚无野寺中。古庙杉松巢水鹤，岁时伏腊走村翁④。武侯祠屋常邻近⑤，一体君臣祭祀同。

【注释】

①蜀主：指刘备。②崩：皇帝死曰崩。永安宫：即白帝城。③翠华：皇帝仪仗中用翠鸟羽毛作装饰的旗帜。④伏腊：伏天腊月。此指每逢节气常有村民前往祭奠。⑤武侯：诸葛亮曾封武乡侯。

【诗解】

杜甫对三国时刘备与诸葛亮的君臣遇合十分赞赏，这次来到蜀先主庙，自然是颇为感慨的。

当年刘备由此地出峡攻吴，兵败后病死在此，时光荏苒，昔日蜀主的仪仗行宫全化作了如今的空山野寺。蜀主庙周围遍植杉松，悠闲的水鹤在树林里安巢。过年过节，附近村庄的老翁就前来祭祀。而有先主庙的地方常有武侯祠邻近坐落，他们君臣二人即便死后也如同一体，享受着相同的祭祀。诗文寄托着作者向往的君臣关系，饱含对二位先贤的深深缅怀之情。

其 五

诸葛大名垂宇宙，宗臣遗像肃清高①。三分割据纡筹策②，万古云霄一羽毛③。伯仲之间见伊吕④，指挥若定失萧曹⑤。运移汉祚终难复⑥，志决身歼军务劳⑦。

【注释】

①宗臣：世所崇仰的重臣。肃清高：因其人品纯洁高尚而肃然起敬。②纡（yū）：指曲折周密地安排部署。③羽毛：指鸾凤。④伊吕：指商朝伊尹和周朝吕尚，二人都是辅佐贤主开国的名相。⑤失萧曹：使高祖刘邦的谋臣萧何、曹参也为之逊色。⑥运移汉祚（zuò）：意谓气运要倾覆汉朝。祚：帝位。⑦身歼：身死。

【诗解】

对诸葛亮推崇备至的杜甫来到武侯祠，看到这位千古流芳的贤臣的遗像，心中充满了无比的敬慕之情。诗人赞颂诸葛丞相运筹帷幄、三分天下的雄才大略，将他比作经历万古仍振翅云霄的鸾凤。视他为与伊尹、吕尚不分上下的贤相，称他是使萧何、曹参也黯然失色的战略家。末尾两句说汉朝气数已尽，难以恢复，丞相矢志恢复汉室，但终于因为军务繁忙，积劳成疾而死在征途。这既是对诸葛亮"鞠躬尽瘁，死而后已"的坚贞品质的赞颂，也是对英雄未遂平生之志的深切叹惋。

江南逢李龟年

岐王宅里寻常见①，崔九堂前几度闻②。
正是江南好风景，落花时节又逢君。

【注释】

①岐王：睿宗第四子李范，封岐王。②崔九：殿中监崔涤，玄宗宠臣。

【诗解】

曾经常常在岐王府第见到你，曾经好几次在崔九堂前聆听你的歌声，而今正是江南景色美好的时候，纷纷落花中我又遇到了你。诗文"刚开头却又煞了尾"，连一句也不愿多说，字里行间却蕴含着治乱盛衰的无限感慨，还有故人在漂泊中重逢，黯然相对的不尽凄凉。

王 维

王维（701～761），字摩诘，太原祁州人（今山西祁县）人。玄宗开元九年（公元721年）进士，累官至给事中。安史乱起，曾被迫任伪职。乱平后，获罪贬职，后官至尚书右丞，世称"王右丞"。自中年开始优游于蓝田辋川别业，过着亦官亦隐的生活，并潜心参禅学佛。王维工书画，通音律，诗文尤其以山水田园诗见长。他的诗明净清新，常常融汇着画理、佛理、禅理，苏轼曾称其"诗中有画，画中有诗"。著作有《王右丞集》。

送綦毋潜落第还乡

圣代无隐者，英灵尽来归。遂令东山客①，不得顾采薇②。既至金门远③，孰云吾道非。江淮度寒食，京洛缝春衣④。置酒长安道，同心与我违⑤。行当浮桂棹⑥，未几拂荆扉⑦。远树带行客，孤城当落晖。吾谋适不用⑧，勿谓知音稀。

【注释】

①东山客：东晋谢安曾隐居于会稽东山，此指隐居者。②采薇：商末伯夷、叔齐不食周粟，在首阳山采薇代食。这里指隐居。③金门：金马门，汉代对优异贤良之士皆令至金马门待诏。④"江淮"二句：意谓赴京赶考，渡江淮时正值寒食节，后落第滞留京洛，又自缝春衣。⑤同心：知心朋友。违：分离。⑥行当：将要。桂棹：船的美称。⑦未几：不久。荆扉：指故园的柴门。⑧"吾谋"句：意指文章未为考官所赏识。

【诗解】

圣明的朝代没有隐居的人，英才都到朝廷应试，东山的隐士也不再去采薇了。綦毋潜是王维的朋友，到长安参加科举考试落榜了，安慰起来不容易。作者写此诗，说綦毋潜此次应试往还的春秋朝夕并没有虚度，一次考试失利也不能说明才能高下，知音并不稀少。"远树带行客，孤城当落晖"，自然而然写出送别情景，读之历历在目，真是千古名句。

送　别

下马饮君酒①，问君何所之②。君言不得意，归卧南山陲③。但去莫复问，白云无尽时。

【注释】

①饮君酒：请君饮酒。②何所之：去向何方？③南山：终南山，今陕西西安市南。陲（chuí）：边。

【诗解】

下马为朋友备酒送行，殷切一问，已含知己一片深情。朋友自言"不得意"而归隐南山，诗句中蕴含了作者对尘世不公、功名利禄无常的无穷感慨。末句说：你只管去吧，我不再问，只有山中白云自在悠悠，与你常伴。全诗语淡味浓，情深意远，余韵不尽。

青 溪

言入黄花川①，每逐青溪水②。随山将万转，趣途无百里③。声喧乱石中，色静深松里④。漾漾泛菱荇⑤，澄澄映葭苇⑥。我心素已闲，清川澹如此⑦。请留盘石上⑧，垂钓将已矣⑨。

【注释】

①言：发语词，无意。黄花川：今陕西凤县东北黄花镇附近。②逐：沿着。青溪：今陕西勉县东。③"随山"两句：意思是青溪与黄花川相隔不过百里，溪水却依山势千回万转。趣：同"趋"。④色：山色。⑤漾漾：形容水波荡漾摇曳的样子。泛：浮漂。菱荇：菱叶荇菜等水生植物。⑥澄澄：形容溪水清澈透明。葭（jiā）苇：芦苇。⑦澹（dàn）：安静。⑧盘石：大石。⑨将已矣：将留此终身。

【诗解】

青溪萦回，山静水清，溪水流经乱石而喧闹，山色笼罩松林而宁静，青荇葱翠浮于水上，芦苇娴静映于水中，动静之间一片盎然生机。

青溪的清澈淡泊正如诗人的心境，诗人继而情不自禁地萌生出隐居垂钓、终老斯地的潇洒出尘之想。

渭川田家

斜阳照墟落①，穷巷牛羊归②。野老念牧童，倚杖候荆扉。雉雊麦苗秀③，蚕眠桑叶稀④。田夫荷锄至⑤，相见语依依。即此羡闲逸⑥，怅然吟式微⑦。

【注释】

①墟落：村落。②穷巷：深巷。③雊（gòu）：野鸡叫。④蚕眠：蚕吐丝作茧后在内蜕皮化蛹，其间不食不动，称"眠"。⑤荷（hè）：扛着。⑥"即此"句：意谓就是这样的情景也让人羡慕其安然闲逸了。⑦式微：《诗经·邶风·式微》中有："式微，式微，胡不归？"（胡不归：为何还不归去？）

【诗解】

当夕阳静照了村庄，幽深的小巷里便出现了成群放牧归来的牛羊，一位老者拄着拐杖站立在柴门旁边，耐心地等待着牧童。田埂上，三三两两的农夫正扛着锄头向家中走去，他们相见后亲切絮语；田野间，麦苗正在开花吐穗，麦地深处传来野鸡咕咕的鸣叫。桑林眼下变得稀稀疏疏，饱餐过后的蚕儿已经进入冬眠。

黄昏时节，万物思归，而独诗人宦海彷徨，不知何往。他只能徒然羡慕农家生活的自在单纯，怅然吟起《诗经》中的《式微》之诗。

西施咏

艳色天下重①，西施宁久微②？朝为越溪女，暮作吴宫妃。贱日岂殊众③，贵来方悟稀④。邀人傅脂粉⑤，不自著罗衣⑥。君宠益娇态⑦，君怜无是非⑧。当时浣纱伴，莫得同车归。持谢邻家子⑨，效颦安可希⑩？

【注释】

①"艳色"句：意谓艳丽的姿色为天下所看重。②"西施"句：意谓西施又怎能久居微贱？宁：岂。③"贱日"句：意谓微贱的时候难道有什么与众不同？④贵来：显贵的时候。方悟稀：方才感到稀罕。⑤傅：涂抹。⑥自：亲自。著：穿。⑦益：愈加。⑧"君怜"句：意谓君王怜爱而从不计较她的是非。⑨持谢：奉告。邻家子：指西施的邻居丑女东施。⑩"效颦"句：意谓光学西施皱眉又怎能得到别人的赏识。颦（pín）：皱眉。

【诗解】

本诗咏西施之绝世容貌、楚楚风神，感叹其判若霄壤的身世变化，不加褒贬而写尽世态炎凉，娓娓叙述中完现枯荣转换。诗末以反诘奉劝世人莫学东施效颦，此率意一问，寓意深刻，使人联想古今，颇具点化人生之功。

桃源行

渔舟逐水爱山春①，两岸桃花夹古津②。坐看红树不知远，行尽青溪忽值人。山口潜行始隈隩③，山开旷望旋平陆。遥看一处攒云树④，近入千家散花竹。樵客初传汉姓名,居人未改秦衣服。居人共住武陵源,还从物外起田园⑤。月明松下房栊静⑥,日出云中鸡犬喧。惊闻俗客争来集⑦,竟引还家问都邑⑧。平明闾巷扫花开⑨,薄暮渔樵乘水入。初因避地去人间,更问神仙遂不还⑩。峡里谁知有人事,世中遥望空云山⑪。不疑灵境难闻见⑫,尘心未尽思乡县。出洞无论隔山水,辞家终拟长游衍⑬。自谓经过旧不迷⑭,安知峰壑今来变。当时只记入山深,青溪几度到云林。春来遍是桃花水,不辨仙源何处寻。

【注释】

①逐水:沿着溪水。②古津:古渡口。③隈(wēi)隩(yù):曲窄幽深。④攒:聚集。⑤物外:世外。⑥房栊(lóng):房舍。栊:窗户。⑦俗客:指误入桃花源的渔人。⑧竟:竞相。引:引领。⑨闾巷:里巷。⑩"初因"两句:意谓桃源之人最初是为了逃避战乱而来此地的,后来过惯了神仙般的生活就不再想回故乡了。⑪"峡里"两句:意谓桃花源中的人已不知俗世之事,而俗世中人也只能空自遥望云山而已。⑫灵境:仙境。⑬"出洞"两句:意谓渔人出洞后又觉得桃源值得逗留,不管山高水远,还是想辞家来此长住。游衍:流连不去。⑭自谓:自以为。

【诗解】

当《桃花源记》中的情节被王维以诗的方式重新写来,更是别具一番风情。

武陵渔人因为喜爱春天的山水,所以任小舟沿着两岸开满桃花的清溪一路漂流,在不知不觉中到达了清溪尽头的桃源洞口。他小心谨慎地穿过山洞,一片平旷的原野豁然眼前,他好奇于原野中一处云树朦胧的地方,走到近前才发现那里坐落着千家万户,掩映着茂盛的花竹。

樵夫报来的还是汉朝的姓名,居民们穿的依旧是秦时的衣裳,与之交谈,方才明了他们于世外建起美丽田园的因由。在这里居住,渔人真正感受到了月夜的恬静,日出的蓬勃,他喜欢看人们于清晨扫开满地的落花,看黄昏时分渔夫樵父乘舟归来。当然,他也十分繁忙,因为人们竞相将他请到家中问起俗世的短长。村人因避世乱而至此成仙,从此隔绝尘世,渔人虽然知道仙境难得,但却因为思念家乡而离去,然而他终于不能忘记桃源,于是又在一个春天殷勤寻来。这一次,自认为过路不忘的他迷茫在了山水之间,因为"春来遍是桃花水,不辨仙源何处寻"。

辋川闲居赠裴秀才迪①

寒山转苍翠,秋水日潺湲②。倚杖柴门外,临风听暮蝉。
渡头余落日,墟里上孤烟③。复值接舆醉④,狂歌五柳前⑤。

【注释】

①辋川：在今陕西蓝田县终南山下，王维晚年与秀才裴迪同隐于此。②日潺湲（yuán）：谓水流日日徐缓流淌。③墟里：村落。 烟：指炊烟。④复值：又逢。接舆：春秋时楚国隐者，此指裴迪。⑤五柳：晋陶渊明号"五柳先生"，此处是作者喻自己。

【诗解】

秋天来了，山林的绿色被寒气浸染得更加深暗，溪流的声响也比夏日柔缓了许多。傍晚，作者倚杖柴门静候朋友裴秀才的到来，他临风听蝉，看渡头落日、墟里孤烟。裴秀才又一次乘醉而来，在作者面前纵情长歌。作者在诗文中将裴秀才比作放达不羁的楚国狂士接舆，把自己比作忘怀得失的晋代隐士五柳先生，将二人超然物外的情怀、朋友之间的默契和志趣相投表现得温雅醇厚、意趣盎然。

山居秋暝①

空山新雨后，天气晚来秋。明月松间照，清泉石上流。

竹喧归浣女，莲动下渔舟。随意春芳歇②，王孙自可留③。

【注释】

①秋暝：秋天的傍晚。②随意春芳歇：意谓春花要凋谢就凋谢吧。③王孙自可留：王孙可以在此居住。《楚辞·招隐士》有"王孙游兮不归，春草生兮萋萋"和"王孙兮归来，山中兮不可久留"句，意思是说：既然春天已过，王孙就请归来吧，山中冷清，不可长久居住。本诗反用其意，抒发的是作者愿居山林而不愿返回喧嚣市朝的情怀。

【诗解】

空山新雨过后，秋凉渐渐透出，山林中一派爽洁之气。如水的月光倾泻松间，清清的泉流淌于石上。竹林间响起阵阵喧闹声，那是年轻的女子们浣纱归来；池塘中荷叶摇动，那是渔舟在顺水行走。这有如世外桃源一样的地方必要到尘世之外才能得到，《楚辞·招隐士》中说："王孙兮归来，山中兮不可久留。"隐居山中的诗人却说："这里即使不是春天也非常的美丽，王孙们可以留下吧。"

归嵩山作

清川带长薄①，车马去闲闲②。流水如有意，暮禽相与还③。

荒城临古渡，落日满秋山。迢递嵩高下④，归来且闭关⑤。

【注释】

①薄：草木茂密的地方。②闲闲：从容的样子。③暮禽：日暮的归鸟。相与还：结伴而还。④迢递：遥远的样子。⑤闭关：闭门谢客。关：门。

【诗解】

乘着车马，悠闲地走在归隐的路上，欣赏着清清河川，青青岸草延伸远方，感受着好像懂人心意的河水和傍晚归飞的鸟儿的一路相伴。作者归隐嵩山，走过了荒城古渡，看过了落日秋山，远远地离开了尘世，从此闭门谢客，习静修身。

送梓州李使君

万壑树参天，千山响杜鹃。山中一夜雨，树杪百重泉①。

汉女输橦布②，巴人讼芋田③。文翁翻教授④，不敢倚先贤⑤。

【注释】

①杪：树梢。②汉女：指蜀中女子。输橦（tóng）布：指以布匹纳税。橦布：橦木花织成的布匹。③巴人：指蜀人。讼芋田：为农田之事讼争。④文翁：汉景帝时为蜀郡太守，他施政宽宏，兴学育人，使巴蜀得以开化。此处指李使君。翻：翻新。教授：教化。⑤倚先贤：倚仗先人遗留下来的成果而无所创造。

【诗解】

友人李使君要去蜀中做官，作者写了这首诗送给他。诗的上半部分拟想蜀中奇景：万壑千山，到处是参天的大树，到处是杜鹃的啼声。每当一夜透雨过后，山中处处有泉水飞流而下，遥遥看去，好似悬挂在树梢上一般。下半部分转入对蜀中民情的描写，劝勉李使君上任后要勤政爱民、劝作息讼，以先贤为榜样，而不可徒守先人治绩，无所作为。全诗语言委婉得体，寄意深长，是送别诗中风格独具的佳作。

汉江临眺①

楚塞三湘接②，荆门九派通③。江流天地外，山色有无中。

郡邑浮前浦④，波澜动远空。襄阳好风日⑤，留醉与山翁⑥。

【注释】

①临眺：登高望远。②楚塞：指古楚国边界。三湘：漓湘、潇湘、蒸湘称三湘。③荆门：即荆门山。九派：长江的许多支流。九是多的意思。④郡邑：此指襄阳城。浦：江面。⑤风日：风光。⑥山翁：指晋人山简，竹林七贤山涛之子。他曾任征南将军，镇守襄阳，好饮酒，每饮必醉。

【诗解】

此诗写作者泛览汉江时所见。首联写汉江形势，眼界开阔，下笔宽广。颔、颈两联具体描绘临眺所见：江水浩瀚，宛若流向天地以外；山色空蒙，全在似有似无之间。远方的城市仿佛漂浮在水面之上，那里的天空也好像随着江水的波澜一起动摇。末联抒发情怀，表达了作者对于襄阳风物的热爱之情，他因而要留下来，与山翁畅饮，陶然一醉在这美景良辰之间。

积雨辋川庄作

积雨空林烟火迟①，蒸藜炊黍饷东菑②。漠漠水田飞白鹭，阴阴夏木啭黄鹂。山中习静观朝槿③，松下清斋折露葵④。野老与人争席罢⑤，海鸥何事更相疑⑥。

【注释】

①空林：萧疏的树林。②藜（lí）：指蔬菜。黍（shǔ）：此指饭食。饷：送饭。菑（zī）：初耕的田地。③朝槿（jǐn）：木槿，其花朝开暮落。④清斋：指吃素。葵：葵菜。⑤野老：作者自指。⑥海鸥：用鸥鹭忘机典。

【诗解】

连日的雨水过后，炊烟的升腾仿佛慢了许多。家家户户的农妇们正在忙碌于备办饭食，好给还在田里耕作的男人们送去。广漠的水田上白鹭在悠然自得地飞翔，繁茂的树冠中传来黄莺婉转的歌唱，一切都显得那样的安闲自在、恬静祥和。

脱离了喧嚣的俗世，诗人来到山中习静，他曾在观看朝开暮落的槿花时感悟人生，曾于松下清斋前折下带露的绿葵。如今的他，不再会与人争夺些什么，他要告诉盘旋的海鸥：我已毫无机心，你们也再不必有所疑惧，就请放心地前来与我做伴吧。

赠郭给事

洞门高阁霭余晖①，桃李阴阴柳絮飞。禁里疏钟官舍晚②，省中啼鸟吏人稀③。晨摇玉佩趋金殿④，夕奉天书拜琐闱⑤。强欲从君无那老⑥，将因卧病解朝衣。

【注释】

①洞门：重重相通的宫门。霭：凝聚。②禁里：指宫中。③省：指门下省。④趋：小步而行。⑤天书：皇帝的诏书。琐闱：有雕饰的门，此指官门。琐：门窗上的连环形花纹。⑥强：勉强。君：指郭给事。无那：无奈。

【诗解】

日暮的宫禁，重重洞门、巍巍楼阁无不静沐在夕阳的余晖里，簇簇桃李枝叶幽暗，丝丝柳絮随风轻扬，门下省中吏人稀少，只有稀疏的晚钟和不时响起的鸟鸣打破了静穆祥和的氛围。郭给事晨趋金殿，夕颁诏令，为官恭谨却能于闲静从容中将国家治理得政治清明、太平无事，无怪乎天子倚重、门生满朝。作者向郭给事表达心意，说自己虽然想要追随左右却终因老病而不能如愿，所以只好辞去官职，解下朝衣。

鹿　柴①

空山不见人，但闻人语响。
返景入深林②，复照青苔上。

【注释】

①鹿柴：是辋川的地名。②返景：日光反照。景：同"影"。

【诗解】

本篇的意境在于突出"空""静"二字。空山人语，愈觉山空；一点儿折射过来的阳光落在青苔上，给幽暗的静物增添了一丝暖意。诗文空灵有声，静中有动，颇具禅意。

竹里馆①

独坐幽篁里②，弹琴复长啸。
深林人不知，明月来相照。

【注释】

①竹里馆：辋川别墅胜景之一。②幽篁：幽深的竹林。

【诗解】

独坐在幽静的竹林里，一边弹奏古琴，一边高声吟唱。在这不为人知的深林里，唯有一轮明月前来相照。小诗平淡几语，意境清幽绝俗，体现着作者恬静闲适的心情和自得其乐的情趣。

送 别

山中相送罢，日暮掩柴扉。
春草年年绿，王孙归不归①？

【注释】

①"春草"两句：《楚辞·招隐士》："王孙游兮不归，春草生兮萋萋。"王孙：指游子。

【诗解】

在山中和朋友送别以后，独自回到家里，已经是日暮时分了。掩上柴门，对于友人的眷恋非但没有减退，反而越加浓重起来。刚刚离别，即盼友人明春再来；才说再见，就开始怀念。诗中所表达出的这种心意，说明两位朋友间友谊的深挚，字里行间透露出诗人对于朋友再会的无限期待。

相 思

红豆生南国，春来发几枝？
愿君多采撷①，此物最相思。

【注释】

①撷（xié）：摘。

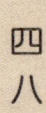

【诗解】

红豆，又名"相思子"，常被人们用来寄托相思之情，作者想借咏红豆而寄出的，是对流落江南的友人李龟年的一片思念之情。诗中有婉问，婉问红豆春来发几枝，意在盼望友人能见物思人，让真挚的友谊能如相思树般年年发出新芽；诗中有叮咛，叮咛友人多多采下相思子，因为那色泽如火的小红豆，每一颗都代表着自己对友人的一份厚意深情。

九月九日忆山东兄弟

独在异乡为异客，每逢佳节倍思亲。
遥知兄弟登高处，遍插茱萸少一人①。

【注释】

①茱萸（yú）：落叶小乔木，开小黄花，有浓香，古人每逢重阳佩戴以避邪。

【诗解】

　　此诗是王维十七岁时在长安所写。诗文首句中的一个"独"字和两个"异"字,突出了作客他乡之人的孤独感受和对于环境的陌生与不适应;而紧随其后的"每逢佳节倍思亲",不但在衔接上自然,而且将客中人在佳节的思乡情怀概括得极为真切和凝练。后二句独辟蹊径,不直接写思念兄弟,而是遥想兄弟登高、遍插茱萸而独缺自己的情景,表达出不能与亲人团聚的伤感凄凉。

秋夜曲

桂魄初生秋露微①,轻罗已薄未更衣。
银筝夜久殷勤弄,心怯空房不忍归。

【注释】

①桂魄:月亮的别称,相传月中有桂树,故名。

【诗解】

　　明月初上,秋露滋生,女子身上的罗衫已显单薄,但她却不去更衣,犹自在庭院中殷勤地弹奏着银筝,直到深夜。尾句道出女子的心事:她久久不愿回屋,是因为惧怕空屋独眠的冰冷寂寞。诗文前三句都是从侧面入手,渲染环境的清寂,描写女子的外在情态,而其内心世界一经尾句点破,全诗随之血脉贯通,人物情思因此而被表现得丰满传神。

渭城曲

渭城朝雨浥轻尘①,客舍青青柳色新。
劝君更尽一杯酒,西出阳关无故人。

【注释】

①浥:润湿。

【诗解】

　　朋友即将离去的那个清晨,似乎是得到了上天的眷顾,一场淅淅沥沥的小雨过后,驿道上的尘土不再飞扬,客舍旁的柳色为之一新。饯行酒已饮过很多,作者终于不能将友人挽留,于是最后一次劝酒:"请你再饮一杯吧,西出阳关后,恐怕就难遇到故人了。"此诗辞浅情深,宜歌宜画,当时即被谱为《阳关三叠》歌曲,流传至今。

孟浩然

孟浩然（689～740），襄州襄阳（今湖北襄樊）人。早年隐居家乡鹿门山，以诗自娱。四十岁入长安求仕，无成，失意而归。开元二十五年（737年），张九龄镇荆州，辟为从事。开元二十八年（740年），王昌龄游襄阳，二人相得甚欢。孟浩然因饮食不当引发旧疾而卒。孟浩然是唐代第一个大量写山水田园诗的诗人，尤工五律，诗风恬淡，意境清远，世人将他与王维并提，称"王孟"。有《孟浩然集》。

秋登兰山寄张五

北山白云里①，隐者自怡悦②。相望试登高，心随雁飞灭。愁因薄暮起，兴是清秋发。时见归村人，沙行渡头歇。天边树若荠③，江畔洲如月。何当载酒来，共醉重阳节。

【注释】

①北山：指兰山。②隐者：作者自指。晋陶弘景有诗云："山中何所有，岭上多白云。只可自怡悦，不堪持赠君。"③荠（ji）：荠菜。

【诗解】

在白云漂浮的北山中，孟浩然自得其乐地过着清淡的隐居生活。一个秋天的傍晚，他因为思念居住在白鹤山中的朋友张五而登上兰山相望，思念的心随着大雁一起飞向了朋友的方向。薄暮里相望不见让他感到惆怅，但心情又因为秋色的清爽优美而意兴盎然。远树像排列在天边的细小荠菜，江畔的沙洲被潮水冲刷得如洒满月光一样洁白，劳累了一天的村民三三两两地坐在沙滩上，尽情地享受着暮色带来的恬适和安闲。诗人在此寄语朋友："什么时候你携酒前来吧，我们一同酣醉在即将到来的重阳佳节。"

夜归鹿门山歌

山寺钟鸣昼已昏，鱼梁渡头争渡喧①。人随沙岸向江村，余亦乘舟归鹿门。鹿门月照开烟树，忽到庞公栖隐处。岩扉松径长寂寥，唯有幽人自来去②。

【注释】

①鱼梁：《水经注·沔水注》："沔水中有鱼梁洲，庞德公所居。"在襄阳，离鹿门很近。②幽人：隐居之人，此指作者自己。

【诗解】

山寺传来黄昏报时的钟响，渔梁渡头上，一派人们争渡回家的喧闹景象。船儿向前行走，看着村民们顺着沙岸回归江村，诗人却是离家去鹿门，两样心情，两种归途。

走在鹿门山路上，笼着烟雾的山树在月光的映照下朦胧而美妙，诗人在陶醉中漫步，忽而发觉不经意间已然来到了庞德公的旧居，但见山门寂寥，松径犹存。他不禁怀古思今，在清静中走来走去，体味到真实的自我。

望洞庭湖赠张丞相

八月湖水平①，涵虚混太清②。气蒸云梦泽③，波撼岳阳城。
欲济无舟楫④，端居耻圣明⑤。坐观垂钓者，徒有羡鱼情⑥。

【注释】

①湖水平：湖水涨得饱满。②涵虚：水气浩渺的样子。太清：天空。③云梦泽：古大泽名，包括今湖南湖北两省的部分。④济：渡。舟楫：船只。⑤端居：闲居。耻圣明：有愧于此圣朝明世。⑥"坐观"两句：这两句是作者将"临渊慕鱼，不如退而结网"的古语另翻新意。

【诗解】

前两联写秋天的洞庭湖：八月的洞庭湖水涨得与岸齐平，它烟波浩渺，远远望去，水光天色难以分清。它的水气蒸腾，滋养哺育了广大的云梦泽，波浪澎湃鼓荡，撼动了坐落在湖边的岳阳城。

后两联向张丞相委婉抒发胸臆：我想渡过湖去，却苦于找不到舟楫；空守安闲，又感到有愧于圣明的朝代。我坐在一边观看专心致志的渔翁，心中徒然有跟随他临水垂钓的心情。

与诸子登岘山①

人事有代谢②，往来成古今。江山留胜迹③，我辈复登临。
水落鱼梁浅④，天寒梦泽深⑤。羊公碑尚在，读罢泪沾襟。

【注释】

①岘山：又名岘首山，在今湖北襄城区南。②代谢：交替，变换。③胜迹：名胜古迹。④鱼梁：鱼梁洲，位于襄阳。⑤梦泽：即云梦泽。

【诗解】

人事不停交替更迭，时光流逝构成了古今，孟浩然与诸友登上岘山，来到胜迹前面凭吊先贤。初冬水落，远处的鱼梁洲更多地显露出水面，天气寒冷，广阔的云梦泽显得更加深远苍茫。面对羊公碑依然清晰的字迹，满怀"后之视今，亦犹今之视昔"的悲慨，作者不能自持，潸然而泣，泪水打湿了衣衫。

宴梅道士山房①

林卧愁春尽②，搴帷览物华③。忽逢青鸟使④，邀入赤松家⑤。金灶初开火⑥，仙桃正发花。童颜若可驻⑦，何惜醉流霞⑧。

【注释】

①山房：指道士的房舍。②林卧：林中闲卧。③搴（qiān）帷：撩起帐帷。物华：美好的景物。④青鸟使：传说中的神鸟，西王母的使者。此处喻道士遣人前来。⑤赤松家：指梅道士之家。赤松：赤松子，传说中的仙人。⑥金灶：道家的炼丹炉。⑦驻：驻留。⑧流霞：传说中的仙酒。

【诗解】

诗人正愁春去，忽逢梅道士派使童邀他前去做客，于是转忧为喜，心中畅快了许多。及至道家，但见金灶初开炉火，仙桃正在发花，真是别有天地，无半分尘俗气息，不禁为之心驰神醉。既然道士之仙术能使春天驻留，是否也可以让人永葆童颜呢？想到此处，作者襟怀尽展，不辞一醉，愿与道人共赴陶然忘忧之乡。

岁暮归南山

北阙休上书①，南山归敝庐②。不才明主弃，多病故人疏③。白发催年老，青阳逼岁除④。永怀愁不寐⑤，松月夜窗虚。

【注释】

①北阙：指朝廷奏事处。②敝庐：破旧的居所。③故人疏：老朋友因之而疏远。④青阳：春天。⑤永怀：郁于胸怀而不去。

【诗解】

仕途失意以后，孟浩然只好重新归隐南山。他在诗文中心情沉重地说："我的才学不够，所以受到圣明君主的弃置；因为身体多有疾病，亲朋好友也都渐渐地和我疏远了。"头上有了白发，就更觉得年老的速度在加快；春天回归人间的时候，就意味着这一年即将走到终点。老大无成的诗人用"催"和"逼"形容时光的流逝，足见他心中的不甘和无

奈。愁绪满怀，诗人夜不能寐，窗间松影月光虚迷一片，衬托着他惆怅落寞的心情。

过故人庄

故人具鸡黍①，邀我至田家。绿树村边合②，青山郭外斜。
开轩面场圃③，把酒话桑麻。待到重阳日④，还来就菊花⑤。

【注释】

①具：准备。鸡黍：农家丰盛的饭菜。黍（shǔ）：黄米饭。②合：环绕。③轩：窗户。场圃：打谷场和菜圃。④重阳日：阴历九月初九重阳节，古人有登高饮菊花酒的习俗。⑤就：赴。

【诗解】

老友备下农家菜肴，邀请浩然前去一聚，浩然欣然而往。到得乡间，但见绿树环抱着村庄，青山在远处映衬；宾主落座后打开窗户，窗外正对谷场菜园，他们于是把酒闲话农事。

惬意的拜访，友人的深厚情谊，作者岂能不生再次前来之意？他在告辞时留言说："等到重阳佳节时，我还要前来做客，与你共赏美丽的菊花。"

留别王维

寂寂竟何待，朝朝空自归。欲寻芳草去①，惜与故人违②。
当路谁相假③，知音世所稀。只应守寂寞，还掩故园扉④。

【注释】

①寻芳草：指寻找隐居的去处。②违：分离。③当路：当权者。假：提携，帮助。④扉：门。

【诗解】

求仕不得，孟浩然也不愿再在京城长安滞留，他满怀失意地悄然离去，并将这首诗留给挚友王维，作为此行的一个说明。诗中说：寂静落寞中，我也不知道自己究竟在等待什么，但是每一天都拖着失望的步子独自而回。我想要追寻芳草的清香远远离开，但又对你这位老朋友依依不舍。当权者没人对我伸出援手，世上的知音本来就少之又少啊。我想我只应当甘守寂寞，就此归去，重新掩起故园的柴门。

诗文言浅意深，满含辛酸，颇能引起求仕失意者的共鸣。

早寒有怀

木落雁南渡①，北风江上寒。我家襄水曲②，遥隔楚云端。

乡泪客中尽，孤帆天际看。迷津欲有问③，平海夕漫漫④。

【注释】

①木落：树叶飘落。②襄水曲：襄水弯曲的地方。③迷津：找不到渡口。④平海：平阔的江面。

【诗解】

长安求仕不成，作者漫游长江中下游一带，此时他的心里，还在用世与归隐之间矛盾着。

时值晚秋，江岸上落木萧萧，天空中雁阵南飞，他在瑟瑟江风中遥望楚地的方向，心中思念着那襄水迂曲处的故乡。思乡的泪水在无休无止的客旅中快要流尽，作者看着一片孤帆飘向天边，自叹不能随之而去。彷徨在人生路口的他想要请人指点迷津，眼前却是暮色下无边的江水，苍茫浩瀚。

宿建德江

移舟泊烟渚，日暮客愁新。
野旷天低树，江清月近人。

【诗解】

日暮时分，诗人移船至烟雾蒙蒙的小洲边停泊下来，苍茫的暮色，让作客异乡的他心头又增添了些许新愁。向江边望去，原野平旷，天幕从远方树木的梢顶低斜下去；不知不觉中，新月升起，清清的江面上倒映的月影，显得和人是那样的近……

全诗寓情于景，泊舟所见反映出的是愁客独特的内心感受。

春　晓

春眠不觉晓，处处闻啼鸟。
夜来风雨声，花落知多少。

【诗解】

世间最美莫过于春天的梦，睡意酣香而天已破晓，此时鸟儿的叫声从各处美景胜境中传来，诗人爱春之意自生。忽然想到一夜春风春雨，应是落英缤纷，不知昨夜繁花又飘落多少，进而惜春之情转深。诗中蕴含着珍惜人生春晓，不愿让美好事物过早逝去的感想，永远引起人们心底的共鸣。

王昌龄

王昌龄（690～756），字少伯，京兆长安（今陕西西安）人。开元进士，授秘书省校书郎。曾被贬江宁（今江苏南京）丞、龙标（今湖南黔阳）尉，后人因称"王江宁""王龙标"。安史之乱起，避乱江淮一带，触忤刺史闾丘晓，为晓所杀。尤善七绝，多写边塞哀愁和闺中幽怨，被称为"七绝圣手"。明王世贞论盛唐七绝，认为只有王昌龄可以与李白争胜，列为"神品"。《全唐诗》存诗四卷。有《王昌龄集》。

同从弟南斋玩月忆山阴崔少府①

高卧南斋时②，开帷月初吐③。清辉澹水木，演漾在窗户。苒苒几盈虚④，澄澄变今古。美人清江畔⑤，是夜越吟苦⑥。千里共如何，微风吹兰杜⑦。

【注释】

①从弟：堂弟。②南斋：面南的书房。③开帷：拉开帘帐。帷：帘帐。④苒苒：时光于不知不觉中渐渐过去。盈虚：月缺月圆。⑤美人：可亲可爱的人，指崔少府。⑥是夜：此夜。越吟苦：意思是想必在越中苦吟诗篇。⑦兰杜：兰花与杜若，均为香草。

【诗解】

高枕闲卧于南面的书房，又拉开窗帘，看到新月初上，清辉遍洒，水光树影荡漾窗前。月圆月缺经历了多少岁月，古今变迁她还这样光明！诗人想象异地江畔，友人于同一轮月下苦吟的情形，寄出"虽千里共此月夜，但你的美名亦如兰杜之香随风而来"的思慕之语。

塞上曲

蝉鸣空桑林①，八月萧关道②。出塞入塞寒，处处黄芦草。从来幽并客③，皆共尘沙老。莫学游侠儿④，矜夸紫骝好⑤。

【注释】

①空桑林：叶子已然枯落的桑树林。②萧关：古时关中与塞北的交通要冲，在今宁夏固原东南。③幽并：幽州和并州，唐时皆属于边防之地。④游侠儿：指恃勇逞强、意气用事、常常惹是生非的人。⑤矜夸：骄傲自夸。紫骝（liú）：泛指骏马。

【诗解】

阴历八月的边塞，桑林凋落，秋风鸣蝉；萧关道上征人远戍，大漠荒寒，处处枯草。来自幽州和并州的边关将士都在边塞沙场上度过一生，诗人劝告青年人，莫学那些整日矜夸紫骝宝马如何名贵的游侠儿，空自夸耀却不能为国出力御敌。全诗现出了一种积极的人生观和价值观。

塞下曲

饮马渡秋水①，水寒风似刀。平沙日未没，黯黯见临洮②。昔日长城战，咸言意气高③。黄尘足今古，白骨乱蓬蒿④。

【注释】

①饮（yìn）马：给马喝水。②临洮：今甘肃岷县一带，是长城的起点。③咸：都。④蓬蒿：泛指野草。

【诗解】

饮过了马儿，然后横渡秋水，但觉河水冰冷，秋风如刀。放眼远望，无垠瀚漠中隐约能看到落日余光下昏暗的边城临洮。临洮自古便是胡汉交战之地，距此不远的开元二年（714年），唐军还在这里打败了吐蕃军队。提起那一仗，人们总是说唐军的士气是如何如何之高，但从古至今，这里都是黄沙弥漫，白骨散乱在野草丛中。

芙蓉楼送辛渐①

寒雨连江夜入吴，平明送客楚山孤②。
洛阳亲友如相问，一片冰心在玉壶。

【注释】

①芙蓉楼：旧址在今江苏镇江市。辛渐：王昌龄的朋友。②平明：清晨。

【诗解】

漫江夜雨过后，诗人于清晨在芙蓉楼与朋友话别，望楚山孤寂，家乡万里，他心中怎能不感慨万千？然而他终于还是没有说出更多的话语，只是托友人给自己远在洛阳的故旧亲朋捎去一句"一片冰心在玉壶"的口信。的确，只这一句就足够了，它寄寓着诗人从不曾改变的情怀与心志，正如那玉壶中的冰凌，形时晶莹，融时清澈，净洁之质，始终如一。

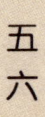

闺 怨

闺中少妇不知愁,春日凝妆上翠楼①。

忽见陌头杨柳色②,悔教夫婿觅封侯。

【注释】

①凝妆:盛装。②陌头:道边。

【诗解】

家境富裕、不知忧愁的少妇在一个春日里盛妆登上阁楼去观赏春景,不经意间看到了路边的青青柳色,于是心生悔恨,悔恨当初劝导丈夫从军远征,以求建功封侯。春光正好,无奈只能独自欣赏,精心地打扮却没有展示美丽的对象,青春在空闺独守中白白流逝,这催夫封侯的代价,怎能不引起少妇的幽怨和悔恨?

春宫怨

昨夜风开露井桃,未央前殿月轮高。

平阳歌舞新承宠,帘外春寒赐锦袍。

【诗解】

失宠者在春夜暖风中独自徘徊,悲凉无限;得宠者在料峭春晨收得锦袍之赐,感受主上无限关怀。二者的境遇都以气候衬出,以暖衬冷,以冷衬暖,诗人借此强烈对比,来替历代失宠者抒发心中怨意。

长信怨

奉帚平明金殿开①,暂将团扇共徘徊。

玉颜不及寒鸦色,犹带昭阳日影来②。

【注释】

①奉帚:手持扫帚。②昭阳:赵合德所居之昭阳宫。

【诗解】

本诗中写女主人公手把团扇徘徊,暗示主人公的命运好像团扇一样。末联尤为绝妙,道寒鸦尚能晒到昭阳殿的太阳,而女主人公却不能得到些微恩爱关怀。怨意一出,让人感到悲凉无限。

出 塞

秦时明月汉时关,万里长征人未还。
但使龙城飞将在①,不教胡马度阴山。

【注释】

①但使:只要。龙城:在今河北省喜峰口一带,为汉代右北平郡所在地。汉武帝曾用李广为右北平太守。匈奴闻之,数年不敢来犯。龙城飞将:指西汉名将李广,匈奴称之为"汉之飞将军"。

【诗解】

自秦、汉以来的悠远时间,万里塞外的广阔空间,世世代代不断修筑的关城,前仆后继、去而不返的征人,这一切都令诗人不仅是发思古之幽情,更是道出由衷的心愿:热切盼望朝廷能招贤使能,使像飞将军李广一样的良将镇守边关,让胡人退避三舍,不再肆虐猖獗。此诗历来受到诗评家们的高度推崇,被称为唐人七绝的压卷之作。

常 建

常建(生卒年不详),玄宗开元十五年(727年)进士,仕途不如意,浪迹山水,琴酒自娱,最后移家隐居鄂渚。诗多写山水田园,意境深远,盛唐人对其诗评价甚高。《全唐诗》存诗一卷。

题破山寺后禅院

清晨入古寺,初日照高林。曲径通幽处,禅房花木深。
山光悦鸟性①,潭影空人心。万籁此俱寂②,但余钟磬音。

【注释】

①悦:使之愉悦。②万籁:自然界的各种声响。

【诗解】

本诗写的是常建于清晨入古寺的所见、所闻、所感。诗人清晨入寺,但见旭日照耀着高高的山林。寺里有迂曲小径通向清幽之处,循径而行,到得层层花木掩映下的禅房。寺后青山沐浴着阳光,鸟儿自由自在地飞翔欢唱;在清潭中照见自己的影子,顿觉心中一片空明澄澈。

全诗着力烘托古寺内环境的清幽，旨在抒写作者所领悟的禅意。末联对于万籁俱寂，唯闻钟磬之音的描写，实应理解为一种定态，并非自然中真是寂静无声，而是耳中只闻佛音罢了。

岑 参

岑参（715～769），江陵（今湖北江陵）人。少孤寒，初隐襄阳，二十岁献书阙下。天宝进士。天宝八载（749年）入安西四镇节度使高仙芝幕掌书记，天宝十三年充安西（今新疆库车）、北庭（今新疆吉木萨尔）节度判官。肃宗时历任右补阙、起居舍人、虢州长史等职。后罢官客死成都旅舍。岑参久佐戎幕，以边塞诗名世，是盛唐边塞诗派代表之一，与高适并称"高岑"。其诗气势豪迈，情辞慷慨，文采瑰丽，体现了"盛唐气象"。《全唐诗》存诗四卷。有《岑嘉州集》。

与高适薛据登慈恩寺浮图①

塔势如涌出，孤高耸天宫。登临出世界②，蹬道盘虚空③。突兀压神州④，峥嵘如鬼工⑤。四角碍白日⑥，七层摩苍穹⑦。下窥指高鸟，俯听闻惊风。连山若波涛，奔凑似朝东。青槐夹驰道⑧，宫馆何玲珑⑨。秋色从西来，苍然满关中。五陵北原上⑩，万古青蒙蒙。净理了可悟，胜因夙所宗⑪。誓将挂冠去⑫，觉道资无穷⑬。

【注释】

①慈恩寺：唐高宗为太子时为纪念其母文德皇后而建。②出世界：高出于人世之外。③蹬道：塔的石阶。④突兀：高耸。⑤"峥嵘"句：意谓塔之高峻突兀有如鬼斧神工。⑥四角：塔的四角。⑦摩苍穹（qióng）：与青天相摩擦。⑧驰道：旧时皇帝车驾通行的道路。⑨宫馆：指远处的宫阙。⑩五陵：指汉高祖长陵、惠帝安陵、景帝阳陵、武帝茂陵、昭帝平陵。⑪胜因：善缘。夙：素来。⑫挂冠：辞官。⑬觉道：即佛道。资无穷：受用不尽。

【诗解】

平地望塔，塔势喷涌而出，直耸云霄；拾级而上，好似盘旋在空中。登塔俯瞰，飞鸟在下，风声在耳，群山如涛，宫观玲珑，汉代五陵只有青蒙蒙一片。感古伤今，作者在诗文末尾讲到自己向来追求佛理善因，希望有一天能辞官而去，专心参禅悟道。此中有其个人政治上失意的情绪。

走马川行奉送封大夫出师西征①

君不见走马川行雪海边，平沙莽莽黄入天。轮台九月风夜吼②，一川碎石大如斗，随风满地石乱走。匈奴草黄马正肥，金山西见烟尘飞③。汉家大将西出师。将军金甲夜不脱，半夜军行戈相拨④，风头如刀面如割。马毛带雪汗气蒸，五花连钱旋作冰⑤，幕中草檄砚水凝⑥。虏骑闻之应胆慑⑦，料知短兵不敢接，军师西门伫献捷⑧。

【注释】

①封大夫：即唐朝名将封常清。②轮台：在今新疆米东区境。③金山：即新疆境内的阿尔泰山。烟尘飞：指敌人进犯。④拨：碰撞。⑤五花连钱：毛色斑驳的良马。旋作冰：指马出的汗立刻凝结成冰。⑥草檄：起草讨敌文书。⑦虏骑：敌骑。⑧军师：应为车师，唐北庭都护府所在。

【诗解】

走马川在遥远的西域，那里的黄沙浩浩茫茫，川中碎石大如斗；那里阴历九月就会狂风怒吼，吹得黄沙漫天，碎石乱走。阴历九月是草枯的季节，匈奴的兵马在这个时候最为强壮，他们前来劫掠骚扰，汉家大将于是挥师西进，迎击敌虏。

将军夜不解甲，大军日夜兼程，马身上蒸腾的汗气结成了冰碴儿附挂在皮毛之上，军幕中起草檄文时发现砚和水冻在了一起，但将士们不畏寒冷艰险，他们傲风斗雪，继续前行。

如此坚毅之师，敌虏焉能不闻风丧胆，那么大军的凯旋归来也自在意料之中。

轮台歌奉送封大夫出师西征

轮台城头夜吹角①，轮台城北旄头落②。羽书昨夜过渠黎③，单于已在金山西。戍楼西望烟尘黑④，汉兵屯在轮台北。上将拥旄西出征⑤，平明吹笛大军行。四边伐鼓雪海涌，三军大呼阴山动。虏塞兵气连云屯⑥，战场白骨缠草根。剑河风急雪片阔，沙口石冻马蹄脱⑦。亚相勤王甘苦辛⑧，誓将报主静边尘。古来青史谁不见，今见功名胜古人⑨。

【注释】

①角：军中号角。②轮台：今新疆米东区境。旄头落：指胡人败亡之兆。旄头：星宿

名,旧时以为胡星。③羽书:紧急文书。渠黎:西域国名。④烟尘黑:指敌军迫近。⑤旄:旗杆上的饰物,指军旗。⑥虏塞:敌方要塞。屯:聚集。⑦剑河、沙口:均在今新疆境内。⑧亚相:封常清官御使大夫,位次于宰相。勤王:操劳王事。⑨"今见"句:意在赞美封常清功业胜过古人。

【诗解】

此诗与前篇《走马川行奉送封大夫出师西征》同为一事、一人而作,但叙事的侧重有所不同。前篇着力于描写边塞环境的恶劣和大军夜间艰苦行进的情景,本诗则侧重于描写唐军军威的雄壮和大将出征的气势,从而表达出作者对于封大夫誓定边尘的报国功业的敬慕之情。全诗充满了浪漫主义的激情和边塞生活的气息,这是盛唐边塞诗独具的积极向上的风格。

白雪歌送武判官归京

北风卷地白草折,胡天八月即飞雪。忽如一夜春风来,千树万树梨花开。散入珠帘湿罗幕,狐裘不暖锦衾薄①。将军角弓不得控,都护铁衣冷难著②。瀚海阑干百丈冰③,愁云惨淡万里凝。中军置酒饮归客④,胡琴琵琶与羌笛。纷纷暮雪下辕门,风掣红旗冻不翻⑤。轮台东门送君去,去时雪满天山路⑥。山回路转不见君,雪上空留马行处。

【注释】

①衾(qīn):被子。②著(zhuó):穿。③瀚海:大沙漠。阑干:纵横之貌。④中军:此指中军帐内。⑤"风掣(chè)"句:意谓红旗已然冰冻,风吹时也不再飘动。⑥天山:在今新疆境内。

【诗解】

西北边地,八月飞雪,雪降有如一夜春风忽起,吹得万树枝头梨花绽放。

边地的雪纷纷扬扬,雪花飘入珠帘,浸湿了罗幕,那份冰冻寒冷,让狐裘不暖,锦被嫌薄,将军拉不开擅长的强弓,都护难以穿上护身的铁铠。无垠瀚漠,纵横的是百丈坚冰,天色惨淡,凝结着万里愁云。

就是在这样的一天,作者的朋友武判官将要返京,大家为他在中军帐置酒饯行。在胡琴、琵琶与羌笛的合奏声中,他们依依惜别,难分难舍,直至傍晚雪势又盛。

作者于轮台东门送别武判官,他看到皑皑白雪早把山路覆盖,心中不禁为友人的行程担忧。当友人的身影终于消失在这雪幕的山回路转之中,他空望着雪地上友人远走的行迹,久久不肯离去……

寄左省杜拾遗①

联步趋丹陛②,分曹限紫微③。晓随天仗入,暮惹御香归。
白发悲花落,青云羡鸟飞④。圣朝无阙事⑤,自觉谏书稀。

【注释】

①左省:唐代的门下省,因位于皇宫之左,故称"左省"。其时杜甫任"左拾遗",属门下省。②趋:小步而行。丹陛:宫殿前的红色台阶。③曹:官署。紫微:古人以紫微星位喻皇帝居处,此处指朝会时皇帝所在的宣政殿。中书省位于殿西,门下省位于殿东,故有"分曹"之语。④"白发"两句:实际上是写身在朝中虚度光阴而无所作为,繁文缛节的朝官生活让作者对自由飞翔于天际的鸟儿心生羡慕。⑤阙:同"缺"。

【诗解】

杜、岑二人每日随着天子的仪仗,谨小慎微地联步入朝,然后各自在所属官署度过一天,等到日暮散朝归来,就只是空惹了一身皇家的熏香。作者厌倦了僵化无聊的生活,慨叹年华老去却不能为国建功立勋,心中满是悲伤与无奈。补阙、拾遗都是谏官,作者在诗尾叹息说:"圣明的朝廷没有什么过失,我觉得规劝皇上的奏章也日渐稀少了。"联系肃宗朝满目疮痍、一片混乱的局面,这叹息看似是歌功颂德实则暗含讥讽蕴含着诗人对于闭目塞听文过饰非的统治者的失望之情。

逢入京使

故园东望路漫漫,双袖龙钟泪不干①。
马上相逢无纸笔,凭君传语报平安。

【注释】

①龙钟:湿漉漉的样子。

【诗解】

前往之地是荒僻寥廓的绝域,一路的奔波劳苦令诗人身心疲惫,回望故乡但见长路漫漫、风烟渺茫,他终于耐不住心中的相思和眷恋,潸然泪下了。马上相逢进京的使者,无法取纸笔详写家书,万般无奈之下,诗人只好委托使者传口信向家中报平安。这"平安"二字,可以让家人感到欣慰,却蕴含着作者的无限辛酸。

元 结

元结(715~772)字次山,号漫郎、聱叟,曾经避难入猗玗洞,因号猗玗子,河南信阳（今河南鲁山）人。早年"耕艺山田""与丐者为友"，天宝十三载（公元754年）登进士第，复举制科。乾元二年（759年），安史之乱起，充山南东道节度参谋，有战功。后历任道州、容州刺史，政绩斐然，官终州容道经略使。元结诗文兼擅，是中唐古文运动和新乐府运动的先导者。诗风如其人，刚直简古，质朴诚挚，多反映政治现实和人民疾苦。《全唐诗》存诗二卷。

石鱼湖上醉歌并序

　　漫叟以公田米酿酒，因休暇则载酒于湖上，时取一醉。欢醉中，据湖岸引臂向鱼取酒，使舫载之，遍饮坐者。意疑倚巴丘酌于君山之上，诸子环洞庭而坐，酒舫泛泛然触波涛而往来者，乃作歌以长之。

　　石鱼湖，似洞庭，夏水欲满君山青①。山为樽，水为沼②，酒徒历历坐洲岛③。长风连日作大浪，不能废人运酒舫④。我持长瓢坐巴丘，酌饮四座以散愁。

【注释】

　　①君山：又名洞庭山，在洞庭湖中。②沼：池。③历历：一个个的。④废：阻止。

【诗解】

　　作者在本诗中将水潭比作洞庭湖，将石鱼比作君山，将坐在潭边的众人说成是坐在洞庭湖岸洲岛之上一群酒徒，奇情逸趣、巧思妙想，让人叹喟。如今连日起风，却阻挡不了他与友朋来此欢饮的兴致，当那些小木船又开始在波浪起伏的湖上漂走，作者手持长瓢坐在石鱼旁边，不断取酒斟满小木船，遍饮宾朋，以此散愁。

韦应物

　　韦应物（737～792？）京兆长安（今陕西西安）人。出身关中望族，少任侠，以门资恩荫入宫为三卫郎。后折节读书，曾任左司郎中、江州刺史、苏州刺史，人称"韦江州""韦苏州"。韦应物秉性高洁，诗以写山水田园著名，淡远清瑟，人比之陶潜。白居易曾赞"高雅闲澹，自成一家之体"。《全唐诗》存诗十卷，有《韦苏州集》。

寄全椒山中道士

今朝郡斋冷①，忽念山中客。涧底束荆薪②，归来煮白石③。欲持一瓢酒，远慰风雨夕。落叶满空山，何处寻行迹④。

【注释】

①郡斋：指作者任滁州刺史时官署中的斋舍。②荆薪：柴草。③白石：葛洪《神仙传》中载有白石先生，说其"常煮白石为粮，因就白石山居，时人故号曰白石先生。"④行迹：指道士的踪迹。

【诗解】

作者因为官署斋舍内的寒冷而念及自己的好友——一位在山中修行的道士。在这个风雨欲来的黄昏，他遥想起道士涧底束薪、山中煮石那超脱却不免清苦的生活，心中生出了携酒前去慰其寂寞的想法。然而远望着空山落叶，终觉仙踪缥缈，难以寻觅，故而唯有惆怅而已。全诗一片空明，中涵万象，无一字不佳，贵在自然超妙。

夕次盱眙县①

落帆逗淮镇②，停舫临孤驿③。浩浩风起波，冥冥日沉夕。人归山郭暗④，雁下芦洲白⑤。独夜忆秦关⑥，听钟未眠客。

【注释】

①次：停泊。盱（xū）眙（yí）：在今江苏，临淮水。②落帆：将帆落下。逗淮镇：停靠在淮水边的盱眙镇。③驿：古时供邮传人员休息、住宿的地方。④人归山郭暗：意谓日落城暗，人们均已回家休息。⑤芦洲白：长满芦苇的沙洲上，白色的芦花正在盛开。⑥独夜：孤独之夜。忆秦关：诗人的故乡在长安，此处谓思念故乡。

【诗解】

此诗是韦应物于德宗建中四年（783年）夏离开长安舟行到滁州时夜泊淮镇，抒写乡愁。

全诗以景写情，借咏淮上萧疏暮色和人归雁落的情景，烘染行人于旅途之中的凄凉心境和对故乡的思念之情。落帆、孤驿、日沉、风起、人归、雁下，用白描手法，写出浓情秋色。

送杨氏女

永日方戚戚①，出行复悠悠②。女子今有行，大江溯轻舟③。

尔辈苦无恃，抚念益慈柔④。幼为长所育，两别泣不休。对此结中肠⑤，义往难复留⑥。自小阙内训⑦，事姑贻我忧⑧。赖兹托令门⑨，任恤庶无尤⑩。贫俭诚所尚⑪，资从岂待周⑫。孝恭遵妇道⑬，容止顺其猷⑭。别离在今晨，见尔当何秋⑮？居闲始自遣，临感忽难收⑯。归来视幼女，零泪缘缨流⑰。

【注释】

①永日：漫长的一天。方：正。恓恓：悲伤。②出行：指远嫁。悠悠：遥远。③溯（sù）：逆流而上。④"尔辈"两句：是说你们从小丧母，孤苦无依，所以我对你们的抚育就更加的慈爱温柔。⑤结中肠：哀伤之情郁结于心。⑥义往：指女儿已到出嫁年龄，理当嫁人。⑦阙（quē）：同"缺"。内训：闺门之教。⑧事姑：侍奉婆婆。贻（yí）我忧：让我忧虑。⑨赖：全赖。托令门：托付于好人家。⑩任恤（xù）：信任体恤。庶无尤：指不苛求，差不多没有过失就可以了。⑪诚所尚：诚然是所崇尚的。⑫资从：嫁妆。岂待周：何必完备齐全？⑬孝恭：孝顺恭敬。⑭容止：仪容举止。猷（yóu）：规矩。⑮当何秋：要到何年？⑯"居闲"两句：意谓平日里就开始自我排遣，谁知临别又伤感得难以控制。⑰零泪：流泪。缘：沿着。缨：系在下巴下的帽带。

【诗解】

韦应物的妻子早亡，给他留下了两个女儿。父女三人相依为命，先是自己既当爹又当娘，后是长女抚育幼女，直到长女即将远嫁。作者虽然知道"女大当嫁"是人之常情，然而骨肉分离的痛苦实在让他难以承受，他望着妹妹抱着姐姐哭得如同泪人儿的样子，心情悲切到了极点。女儿临行之际，他一再地叮嘱她，到了婆家要恪守妇道，遵守家规，要精心侍奉婆婆；同时寄语女儿的婆家，自己一贯崇尚简朴，所以女儿的嫁妆不算十分的丰厚，此次把女儿托付给他们，希望他们能够多多怜惜。诗人送长女归来后看幼女孤零零的一个人，自己更是泪流不止。全诗用朴实无华的语言写出了真实感人的慈父形象。

赋得暮雨送李曹

楚江微雨里①，建业暮钟时②。漠漠帆来重③，冥冥鸟去迟④。海门深不见⑤，浦树远含滋⑥。相送情无限，沾襟比散丝⑦。

【注释】

①楚江：长江。②建业：今江苏省南京市，古称建业。③漠漠：水汽迷茫的样子。④冥冥：形容天色昏暗，细雨蒙蒙。⑤海门：长江入海处。⑥浦树：江边的树。⑦沾襟：指泪水沾襟。散丝：指细雨。

【诗解】

此诗是作者为友人送别之作。全诗紧抓"暮雨"二字，渲染送别时周围景象的凄清孤冷：迷蒙的微雨，沉响的暮钟，被水汽浸染得湿重的船帆，因羽翼尽沾雨水而不能疾飞的归鸟。如此景象，纵然不是送别之际也能让人心神不舒，何况作者是看着友人的客船驶向江海深处，消失在茫茫烟雨当中。全诗前三联都是写景，只有最后一联抒情，说自己与友人离情无限，绵绵情意正如密密斜织的雨丝。

寄李儋元锡

去年花里逢君别，今日花开又一年。世事茫茫难自料，春愁黯黯独成眠。身多疾病思田里①，邑有流亡愧俸钱②。闻道欲来相问讯，西楼望月几回圆。

【注释】

①思田里：指想要归隐田园。②邑：指自己管辖的县邑。

【诗解】

诗是写给友人的。诗中写道：去年的这个时候将你送别，今日花开，转眼已一年了。世事茫茫不清我不能预料，近来，带着淡淡春愁，我心情落寞地独自入眠。因为身体多有疾病，我常常想要回归田园，但管辖的地方还有流亡的百姓，这又让我觉得未尽职守，有愧于国家发放的俸钱。听你说要来我这里探问，我常站在西楼盼望，月儿已经圆了几回。

秋夜寄邱员外①

怀君属秋夜②，散步咏凉天。
空山松子落，幽人应未眠。

【注释】

①邱员外：名丹，曾任尚书郎，后隐于平山。②属：正值。

【诗解】

这是作者写来寄给好朋友邱员外的一首诗。作者在诗中写道：怀念你的时候，是一个秋天的夜晚，那一晚我独自散步，吟咏这凉爽的秋天。我想，在那空寂的山林里，也许可以听到松子落下的声音；此时此刻，幽居山中的你，应该还没有入眠……

诗写得清新淡雅，淡淡的言语中，蕴含的是作者对友人的惦念深情。

滁州西涧①

独怜幽草涧边生，上有黄鹂深树鸣。
春潮带雨晚来急，野渡无人舟自横。

【注释】

①滁州：今安徽滁县。西涧：西面的山间溪流。

【诗解】

怜爱的是涧边幽草，自枯自荣；听的是浓荫中黄鹂的独鸣，清越婉转；有感于眼前的野渡孤舟，春潮急雨袭来时无从用力，只是顺势纵横。诗文描写是滁州西边山间溪流的景色，不但结合着诗人当时幽寂的心境，"春潮"二句中所蕴含的感受，更是与他困厄却又无奈的处境息息相通。

李　端

李端（约743～782？），字正已，赵州（今河北赵县）人。少居庐山，以诗僧皎然为师。大历五年进士，是大历十才子之一。曾任秘书省校书郎、杭州司马。晚年辞官隐居湖南衡山，自号衡岳幽人。今存《李端诗集》三卷。

听　筝

鸣筝金粟柱①，素手玉房前。
欲得周郎顾，时时误拂弦②。

【注释】

①金粟柱：指筝的弦轴细而精美。柱：枕弦定音之物。②"欲得"两句：东吴名将周瑜精通音律，每逢他人奏曲有误，他必能辨知，并且一定要回头看一看，故吴中有歌谣云："曲有误，周郎顾。"

【诗解】

一位美丽的女子在弹奏古筝，洁白的玉手上下拨弄着筝弦，这是一幅多么让人心醉的画面！可仔细一听，奏曲常常有误，难道是她技艺不精吗？原来她遇到了令她爱慕的男子，她时时地误拂琴弦，正是想要收到"曲有误，周郎顾"的效果，让心上人与自己能有更多接触的机会。

柳宗元

柳宗元（773～819），字子厚，河东解（今山西运城市解州镇）人，世称柳河东。贞元九年（793年）中进士，贞元十四年考取博学宏词科，先后任集贤殿正字、蓝田县尉和监察御史里行（见习御史）。因参加主张革新政治的王叔文集团而被贬为永州司马。后迁柳州（今属广西）刺史，故又称柳柳州。其诗风格清峭。有《河东先生集》。

晨诣超师院读禅经

汲井漱寒齿①，清心拂尘服②。闲持贝叶书③，步出东斋读。真源了无取，妄迹世所逐。遗言冀可冥④，缮性何由熟⑤。道人庭宇静⑥，苔色连深竹。日出雾露余，青松如膏沐。澹然离言说⑦，悟悦心自足⑧。

【注释】

①汲（jí）井：从井中打水。②清心：清理心境。③贝叶书：佛经。古印度人用贝多罗树之叶写佛经，所以佛经亦称"贝叶经"。④遗言：佛家的遗言。冀：希望。冥：暗合。⑤"缮性"句：意谓但我本性如此，又怎能修炼到精通呢？⑥道人：指超师。⑦澹然：恬静安定的心境。离言说：难以言明。⑧悟悦：参悟的喜悦。

【诗解】

诗人被贬永州后，希望能从参禅悟道中得到安慰和解脱，这天早晨，他又像往常一样地以冰冷的井水漱了口，掸扫了衣上的灰尘，然后拿了本佛经，缓步走出东斋来读。

诗人时而在读经之余暗自疑惑，他不明白为什么世人不去追求佛理的真谛，却总是热衷于追逐世上愚妄的形迹，他想自己合于佛理，但正直的个性已经形成，又怎么能够精通出世的佛经呢？

看看清晨的禅院是那样的静谧，丛丛的翠竹接连着苔色，初日照在朝露晨雾上，青松好像润泽了油脂一样光亮。诗人心中生发出一种难以用语言形容的恬淡与安然，别有一种悟道的喜悦和满足。

溪 居

久为簪组束①，幸此南夷谪②。闲依农圃邻③，偶似山林客④。晓耕翻露草，夜榜响溪石⑤。来往不逢人，长歌楚天碧⑥。

【注释】

①簪组：古时官吏的冠饰，此指做官。束：束缚。②南夷：指当时南方少数民族地区。谪（zhé）：贬官。③农圃（pǔ）：农园菜圃。④"偶似"句：意思是有时自己就仿佛是个山林隐逸之士。⑤榜：划船。⑥楚天：永州古属楚地。

【诗解】

　　写此诗时作者谪居永州已五载有余，是年迁居愚溪，闲依农圃，浪迹山林。早晨，他在原野里耕作，翻起连缀着露水的小草；晚上，他在溪石间泛舟，倾听那泠泠的水声。被贬到这偏远的永州，他可以庆幸就此摆脱了官场的束缚，然而被贬到这偏远的永州，也让他远离了家乡，远离了亲朋，每每一个人独自漫步，凄凉长歌。全诗看似写闲适之兴，实则隐含幽怨，将迁愁谪恨表现得深沉而不露痕迹。

渔　翁

　　渔翁夜傍西岩宿①，晓汲清湘燃楚竹②。烟销日出不见人，欸乃一声山水绿③。回看天际下中流，岩上无心云相逐。

【注释】

①西岩：在湖南零陵县西湘江外。②燃楚竹：指烧竹煮水。③欸（ǎi）乃：行船时的摇橹声。

【诗解】

　　渔翁夜晚泊舟在西山脚下，早上汲清湘之水，燃楚竹为薪。当雾散日出时，他的小舟便已不见踪影，但青山绿水间却时而传来那清寥悠长的摇橹之声。此诗作于柳宗元被贬永州期间，写渔翁而意在自况，传寄出诗人萧然世外、悠游自适的洒脱情怀。结尾两句从渔翁角度写出：他驾小舟顺流而下，回望来处，只见西岩上白云浮动，好像在互相追逐。恬然意境，令人神远。

登柳州城楼寄漳汀封连四州刺史

　　城上高楼接大荒①，海天愁思正茫茫。惊风乱飐芙蓉水②，密雨斜侵薜荔墙③。岭树重遮千里目，江流曲似九回肠。共来百越文身地④，犹自音书滞一乡。

【注释】

①大荒：边远荒凉的地方。②飐：吹动。芙蓉：荷花。③薜（bì）荔：一种常绿蔓生植物。④百越：即百粤，指当时五岭以南的各少数民族地区。文身：古代南方少数民族有在身上刺花纹的风俗。

【诗解】

诗写风雨中登楼的所见所感，其第二联向来被人认为有所寄意。芙蓉、薜荔自屈原而下便常被视为清高和芳洁的象征，诗人写它们为惊风密雨所侵扰，即使是没有实际指向，至少也寄寓了他的身世之感。值得一提的还有末联，说朋友五人虽然都被贬往南方，但是彼此之间却不通音信，这其中除却山水阻隔的原因外，更多的是忧谗畏讥的顾虑。

江 雪

千山鸟飞绝，万径人踪灭。
孤舟蓑笠翁①，独钓寒江雪。

【注释】

①蓑笠翁：披蓑衣、戴斗笠的渔翁。

【诗解】

如果把本诗当成一首歌来听，那么旋律中只有簌簌雪落之声，而在这雪落声中，蕴含辽阔天地、茫茫宇宙的无限玄音；如果把本诗当成一幅画来看，那么画面上满是寒冷肃杀的冰雪，只有载着渔翁的小舟，在苍茫无际的冰雪上，为天头地角间添上一丝生机；如果把本诗当成一种境界来读，它便显现在独钓寒江的渔翁身上，孤独寂寞中，透着伟岸与清高的气度。此诗是柳宗元被贬永州时所作，诗中的渔翁，正是他自身的写照。

陈子昂

陈子昂（661～702），字伯玉，梓州射洪（今属四川）人。曾任右拾遗，后人因称"陈拾遗"。陈子昂出身豪族，少任侠，成年后始发愤攻读。武后光宅元年（684年）登进士第，因上《大周受命颂》而受武后赏识。初任麟台正字，后迁右拾遗。万岁通天元年（698年），从武攸宜东征契丹，要求分兵万人为前驱，为武攸宜所恶，受到降职处分。后辞官回乡。武三思指示县令段简陷害他，下狱，忧愤而死。陈子昂主张改革六朝以来纤弱靡丽的诗风，提倡"汉魏风骨"，是唐代诗文革新运动的先驱。《全唐诗》收诗二卷。有《陈伯玉集》。

登幽州台歌①

前不见古人，后不见来者。
念天地之悠悠，独怆然而涕下。

【注释】

①幽州台：战国时燕昭王为招纳天下贤才而筑的高台。

【诗解】

礼贤下士的古人已经远去，从善如流、能够继承前人美德的贤者却还茫然不见。诗人仰观无垠宇宙，俯思悠悠人生，倍感孤独落寞，不由得怆然涕下。

李 颀

李颀（690？～754），赵郡（今河北赵县）人。开元进士，曾官新乡尉，因久不得调，愤而归隐，直至去世。李颀是盛唐著名诗人，其边塞诗、人物素描诗、音乐诗、咏史怀古诗均有佳作，七言歌行尤具特色。《全唐诗》存诗三卷。有《李颀诗集》。

古 意

男儿事长征①，少小幽燕客②。赌胜马蹄下，由来轻七尺③。杀人莫敢前④，须如猬毛磔⑤。黄云陇底白云飞⑥，未得报恩不得归。辽东小妇年十五，惯弹琵琶解歌舞。今为羌笛出塞声，使我三军泪如雨。

【注释】

①事长征：从军远行。②幽燕：幽州和燕地，指代边塞。③轻七尺：轻性命。④杀人莫敢前：意谓厮杀时勇猛无敌，无人敢上前。⑤猬：刺猬。磔（zhé）：张立。⑥陇：山地。

【诗解】

题为《古意》，标明是一首拟古诗。诗写戍边将士儿郎的铁骨柔肠。这些健儿都是少小离家从军，守卫在若非黄沙散漫即是白云纷飞的边地，拼杀在刀光剑影、血雨腥风的战场，以决断胜负为人生乐事，都立下誓言要报效君恩，轻忽生死，重于大义。然而一精于歌舞的辽东少妇用羌笛演奏了《出塞》一曲，就让三军将士泪如雨下，原来铮铮硬汉心中也深藏乡愁，只是平日里未被触动罢了。全诗语言顿挫有致，抒情跌宕起伏，可谓情韵并茂。

送陈章甫

四月南风大麦黄，枣花未落桐叶长。青山朝别暮还见，嘶马出门思旧乡。陈侯立身何坦荡，虬须虎眉仍大颡①。腹中贮书一万卷，不肯低头在草莽。东门酤酒饮我曹②，心轻万事如鸿毛。醉卧不知白日暮，有时空望孤云高。长河浪头连天黑，津吏停舟渡不得。郑国游人未及家③，洛阳行子空叹息④。闻道故林相识多，罢官昨日今如何？

【注释】

①大颡：宽大的额头。②我曹：我辈。③郑国游人：指陈章甫，陈章甫曾隐于嵩山，古为郑地。④洛阳行子：作者自指。

【诗解】

江陵人陈章甫罢官还乡，诗人作诗送别。时值仲春四月，枣花尚未凋落，桐叶正在生长，和煦的南风吹起阵阵金黄的麦浪。陈章甫引马出门，准备归隐故园。诗人感念陈章甫的坦荡为人、堂堂仪表，叹其空有才学，不甘于沦落草野却仕途坎坷、无所遇合，惋惜同情之意透出字里行间。结尾处以试探口吻发问："听说你在家乡故旧相识很多，只是不知道昨天罢了官，如今回去又是怎样的情形？"关切之情颇为诚挚。本诗虽是送别诗，却不作愁词苦语，读来轻松活泼，别具一格。

琴　歌

主人有酒欢今夕，请奏鸣琴广陵客①。月照城头乌半飞②，霜凄万木风入衣。铜炉华烛烛增辉③，初弹渌水后楚妃④。一声已动物皆静，四座无言星欲稀。清淮奉使千余里⑤，敢告云山从此始⑥。

【注释】

①广陵客：魏之嵇康曾作《广陵散》，此代琴艺高超的人。②乌半飞：乌鸦四散飞走。半：散。③华烛：雕有花纹的蜡烛。④渌（lù）水、楚妃：皆为琴曲名。⑤清淮：淮河，李颀曾任新乡县尉，地近淮水。奉使：奉命前往为官。⑥敢告：斗胆敬告。云山：这

里是归隐的意思。

【诗解】

室外是月朗乌飞、霜侵万木的清冷秋夜，室内是铜炉燃香、华烛高照的文士雅集，主人不但准备了美酒，而且邀来了善奏之士抚琴助兴。琴弦一拨，万籁皆静，四座无言，大家沉浸在优美的琴声当中，天上的星光也变得渐微渐隐，仿佛一同陶醉。清音入耳，作者因琴移情，他不愿再继续千里奔波的宦游生活，心中萌生出辞官而去，从此归隐云山的想法……

韩　愈

韩愈（768～824），字退之，河内河阳（今河南孟州市）人。其郡望在昌黎，世称"韩昌黎"。德宗贞元八年（792年）登进士第，其后任节度推官、监察御史等职。贞元十九年，因言关中旱灾，触怒权臣，贬阳山令。宪宗元和元年（806年）召拜国子博士。元和十二年从裴度讨淮西吴元济有功，升任刑部侍郎。元和十四年，上表谏迎佛骨，贬潮州刺史，后历任国子祭酒、吏部侍郎、京兆尹等职。倡导古文运动，其散文被列为"唐宋八大家"之首，与柳宗元并称"韩柳"。其诗法以"以文为诗"著称于世，力求新奇，且多议论。《全唐诗》存诗十卷，有诗文合编《昌黎先生文集》。

山　石

山石荦确行径微①，黄昏到寺蝙蝠飞。升堂坐阶新雨足，芭蕉叶大支子肥②。僧言古壁佛画好，以火来照所见稀。铺床拂席置羹饭，疏粝亦足饱我饥③。夜深静卧百虫绝④，清月出岭光入扉。天明独去无道路⑤，出入高下穷烟霏⑥。山红涧碧纷烂漫，时见松枥皆十围⑦。当流赤足踏涧石，水声激激风生衣。人生如此自可乐，岂必局促为人鞿⑧。嗟哉吾党二三子⑨，安得至老不更归。

【注释】

①荦（luò）确（què）：形容山路的险峻不平。②支子：即栀子，常绿灌木，夏季开白花，有浓香。③疏粝（lì）：粗糙的饭食。粝：粗米。④百虫绝：指虫声已静。⑤无道路：指信步走在清晨的山谷中。⑥穷烟霏：走到烟雾深处。⑦枥：同"栎"。⑧局促：拘束。鞿（jī）：马的缰绳，这里指受牵制、束缚。⑨吾党二三子：与作者志趣相投的几个人。

【诗解】

　　作者沿着崎岖不平的山间小路行走，黄昏时到达了惠林寺。新雨过后，他坐在寺堂前台阶上闲看风景，看到大叶的芭蕉，肥硕的栀子。热情的寺僧向作者推荐寺中的壁画，让他大饱眼福，又为他整理床铺、端来斋饭，虽然简陋，但作者非常满意。

　　山中的夜安静极了，甚至没有虫鸣，作者静卧在床上，看明月转出山岭，看门前一地的月光。第二天清晨，他又独自前往山间，饱览了火红山花、碧绿涧水的烂漫相映，领略了松树、栎树的高大挺拔，还光着脚过溪踏石，任清风穿过衣裳。

　　人生如此便可以快乐，作者于是不愿再去过仰人鼻息的幕僚生活，他宁愿在此，一直到老。

八月十五夜赠张功曹①

　　纤云四卷天无河，清风吹空月舒波。沙平水息声影绝，一杯相属君当歌②。君歌声酸辞正苦，不能听终泪如雨。洞庭连天九疑高③，蛟龙出没猩鼯号④。十生九死到官所，幽居默默如藏逃⑤。下床畏蛇食畏药，海气湿蛰熏腥臊⑥。昨者州前捶大鼓⑦，嗣皇继圣登夔皋⑧。赦书一日行千里，罪从大辟皆除死⑨。迁者追回流者还，涤瑕荡垢清朝班。州家申名使家抑⑩，坎轲祗得移荆蛮⑪。判司卑官不堪说⑫，未免捶楚尘埃间⑬。同时流辈多上道⑭，天路幽险难追攀⑮。君歌且休听我歌，我歌今与君殊科⑯：一年明月今宵多，人生由命非由他，有酒不饮奈明何。

【注释】

　　①张功曹：张署，河间人。②属（zhǔ）：劝酒。③九疑：即苍梧山，在今湖南宁远县境。从此句起至"天路幽险"句，皆是张功曹歌。④猩：猩猩。鼯（wú）：大飞鼠。⑤"幽居"句：意谓谪居荒僻之地，默默受苦有如罪犯藏逃。⑥"下床"两句：意谓下床常常怕蛇咬，吃饭时时怕中毒，近海地湿蛰伏着蛇虫，到处散发着腥臊之气。⑦州：指郴州衙署。⑧嗣皇：指唐宪宗。登夔皋：喻任用贤良。夔、皋是舜帝时的贤臣。⑨大辟：死刑。除死：免死。⑩"州家"句：意谓刺史已为我申报赦免，却被观察使所阻拦。⑪坎轲：坎坷。移荆蛮：指调往江陵任职。⑫判司：对诸曹参军的统称。⑬捶楚：鞭打。⑭上道：去往京城长安。⑮天路：指进身朝廷之路。⑯殊科：不为同类。

【诗解】

　　诗从中秋月色写起，继而援引张署悲歌，述说了贬谪之地自然环境的险恶，谪居生活的凄苦，谈到了此次大赦二人遇到的不公待遇，表达了对于黯淡前路的畏怯之情。

诗人既已借友人之口一吐心中郁忿，便只再自作三句歌词完结全篇，一句赞今宵月光最好最多，一句说人生由命，难以自己掌握，一句道有酒且醉，不管明朝如何，看似旷达，实则寄慨遥深。

谒衡岳庙遂宿岳寺题门楼

五岳祭秩皆三公①，四方环镇嵩当中②。火维地荒足妖怪③，天假神柄专其雄④。喷云泄雾藏半腹⑤，虽有绝顶谁能穷⑥？我来正逢秋雨节，阴气晦昧无清风。潜心默祷若有应，岂非正直能感通⑦？须臾静扫众峰出，仰见突兀撑青空。紫盖连延接天柱⑧，石廪腾掷堆祝融⑨。森然魄动下马拜，松柏一径趋灵宫⑩。粉墙丹柱动光彩，鬼物图画填青红。升阶伛偻荐脯酒⑪，欲以菲薄明其衷⑫。庙令老人识神意⑬，睢盱侦伺能鞠躬⑭。手持杯珓导我掷⑮，云此最吉馀难同⑯。窜逐蛮荒幸不死⑰，衣食才足甘长终⑱。侯王将相望久绝，神纵欲福难为功⑲。夜投佛寺上高阁，星月掩映云曈昽⑳。猿鸣钟动不知曙，杲杲寒日生于东㉑。

【注释】

①祭秩皆三公：祭祀都是按照祭奠三公的等级进行的。三公：泛指人臣的最高爵位。②嵩当中：泰山、衡山、华山、恒山各镇东、南、西、北四方，嵩山位于中心，故云。③"火维"句：衡山处于炎热荒僻的南方，古人以为其地多妖怪。维：隅落。④假：授予。柄：权力。⑤半腹：山腰。⑥穷：登顶。⑦正直：指岳神。⑧紫盖、天柱与下面的石廪、祝融都是山峰名。⑨腾掷：形容山势跌宕逶迤的样子。⑩一径：一路。趋：朝向。灵宫：指衡岳庙。⑪伛（yǔ）偻（lǚ）：曲身示敬。荐脯酒：进献肉和酒。荐：进献。⑫菲薄：指菲薄的祭品。明其衷：表明自己的敬意。⑬庙令：掌管寺庙的人。⑭睢（suī）盱（xū）：此处是凝视的意思。侦伺：窥察。能鞠躬：惯于鞠躬。⑮杯珓：占卜用具。导我掷：交给我投掷的方法。⑯"云此"句：意谓老人说此卦象最吉，其他卦象难以与之相比。⑰窜逐蛮荒：指远谪阳山事。⑱"衣食"句：意谓衣食刚足温饱，但甘愿长此而终。⑲"侯王"两句：意谓侯王将相之望早已断绝，纵使神明想要赐福于我，也难奏效。⑳曈（tóng）昽：朦胧的样子。㉑杲杲：形容日色明亮。

【诗解】

由郴州前往江陵赴任途中，作者有幸来到云雾缭绕、巍峨险峻的南岳脚下，他不禁联想起历代对于五岳的隆重祀典，想到关于衡山的悠久传说，越发感到它神秘莫测、令人景仰。

适逢秋雨季节，本没有希望看到壮丽的景色，然而经过作者一番"潜心默祷"，须臾之间云开雾散，奇峰秀峦突兀而出，这虽说是巧合，但作者却认为是神灵有知。

为了向神灵表达敬意，他沿山而上，来到衡岳庙贡献祭品。庙令老人提出为他占卜，得"最吉"一卦。作者心想：前些时候被贬蛮荒之地未死已是幸运，而今只求衣食无忧，早已断绝侯王将相之望，纵然神明想要赐福恐怕也只会徒劳无功。

作者夜宿佛寺，心怀坦荡地酣睡过去，连第二天清晨的寺钟猿鸣也不能将他吵醒，直至明亮的太阳从东方升起。

李商隐

李商隐（约813～约858），字义山，号玉溪生，怀州河内（今河南沁阳）人。开成二年（837年）进士，曾任县尉、秘书郎和东川节度使判官等职。因受牛李党争影响，累受排挤，潦倒终身，终年仅四十六岁。所作咏史诗多借古讽今，立意精警，所特创的无题诗精工典丽、深情绵邈。有《李义山集》。

蝉

本以高难饱①，徒劳恨费声。五更疏欲断，一树碧无情。

薄宦梗犹泛②，故园芜已平③。烦君最相警④，我亦举家清。

【注释】

①"本以"两句：古人认为蝉是餐风饮露的，故此处说它栖于高树而难得一饱，纵然作怨恨之声也是枉然。②薄宦：官卑职微。梗（gěng）犹泛：形容自己漂泊不定的生活就好像树梗浮于水面。③芜：荒草。④君：指蝉。

【诗解】

它居住在高高的树上，本就难得腹中充实，却还整天费尽气力地长鸣不停。长长的夏日里，它一直要鸣叫到五更时分，直到声嘶力竭。然而日夜哀鸣并不曾改变什么，连栖身的大树也依然是青翠如故，丝毫不为所动。作者笔下的蝉实际上是他自身的写照，蝉的哀鸣正如他在困境中的痛苦呻吟，而那毫不动情的树木则代表着冷漠世情。诗的尾联是作者对蝉的寄语：真是烦劳你常常用鸣声来提醒我，其实我和你一样，也是洁身自好，举家清贫。

落 花

高阁客竟去，小园花乱飞。参差连曲陌①，迢递送斜晖②。
肠断未忍扫，眼穿仍欲归。芳心向春尽，所得是沾衣。

【注释】

①参差：指落花堆叠不平的样子。曲陌：曲折的小路。②迢递：远远地。

【诗解】

客散楼寂，看小园中残花飘落，花瓣纷扬。这些已离枝头的落花，无根无基，随风飞走，近者落于曲径之上，远者似在伴送夕阳，其依依不愿就此沉沦之情，怎不令人心生悲感？望眼欲穿盼来的春天转眼之间就要归去，花儿献给春天的一片芳心也会就此结，最终只落得落红沾衣、零落成泥而已。诗是在咏叹落花，而其中寄寓了作者对于用世无门、处境惨淡的深深悲哀之情。那落花的身世，不正与作者的身世有着共通之处？

凉 思

客去波平槛，蝉休露满枝①。永怀当此节②，倚立自移时。
北斗兼春远，南陵寓使迟③。天涯占梦数④，疑误有新知。

【注释】

①蝉休：蝉声消歇。②永怀：长思。③南陵：县名，今安徽东南。寓使：托付传信的人。寓：托付。④占梦数：占卜梦境。

【诗解】

诗中诉说道："当初你离去的时候正逢春江水涨，现在已然到了蝉休露重的秋天。我当此清寒之节凭栏思念你，曾不知日已归山，星月已上。随着北斗位置的推移，我知道春天已经越去越远，在漫长的时空间隔中，我不曾得到你的一点音信。我因此而向梦境占卜命数，常常疑惑你是因为有了新知而将我忘记。"诗中恐为人所弃的心情是明显的。

锦 瑟

锦瑟无端五十弦①，一弦一柱思华年。庄生晓梦迷蝴蝶②，望帝春心托杜鹃③。沧海月明珠有泪④，蓝田日暖玉生烟⑤。此情可待成追忆，只是当时已惘然。

【注释】

①锦瑟：装饰华美的瑟。②"庄生"句：庄子曾经梦见自己化成蝴蝶翩翩起舞。③"望帝"句：相传蜀望帝杜宇死后其魂化为子规，即杜鹃鸟，鸣声凄厉哀怨，啼血方止。④"沧海"句：传说南海外鲛人，泣泪而成珠。⑤蓝田：山名，在今陕西，产美玉。

【诗解】

锦瑟平白无故地采用五十根弦，撩拨起它，一柱一弦地回忆着自己那逝去的华年。你也可以期待如庄子化蝶般在梦境中迷失自己，你也可以幻想化为杜鹃，哀泣夭折的志愿。沧海月明时，鲛人会落下晶莹光润的珠泪，蓝田日照中，美玉幻化出可望而不可即的玉烟。这伤逝的情感总也会成为记忆中的点滴，只是当时当日，却已叫人无限惘然。

无 题

昨夜星辰昨夜风，画楼西畔桂堂东。身无彩凤双飞翼，心有灵犀一点通①。隔座送钩春酒暖②，分曹射覆蜡灯红③。嗟余听鼓应官去④，走马兰台类转蓬⑤。

【注释】

①灵犀：旧说犀牛角中有白纹如线，直通两端。②送钩：古时的一种游戏，将钩暗中传递，藏于一人手中，未猜中者罚酒。③分曹：分组。射覆：将东西放在器物下面让人猜。④鼓：更鼓。应官：办理官差。⑤兰台：即秘书省。

【诗解】

关于昨夜的记忆，最亲切的感触是闪烁的星光，温馨的和风，而在画楼西、桂堂东，作者又遭遇了最动人的邂逅。那份两情相悦的默契，让你相信即便没有彩凤的双翼，心灵间的灵犀也能冲破重重阻隔，清楚而完满地传递各自的心意。

昨天晚上的欢宴，隔座送钩，分组射覆，因为有了她的存在而更觉春意融融，酒格外暖心，灯红得迷人。

在清寥的今夜回忆醉人的昨夜，作者想到她是否正身处新一轮的笑语欢歌。在不知不觉中，上差的鼓声已经敲响，他又不得不走马兰台，孤单渺小得就好像是随风飘转的飞蓬。

隋 宫

紫泉宫殿锁烟霞①，欲取芜城作帝家②。玉玺不缘归日角③，锦帆应是到天涯。于今腐草无萤火④，终古垂杨有暮鸦⑤。地下若逢陈后主⑥，岂宜重问后庭花⑦。

【注释】

①紫泉：即紫泉宫，此指长安隋宫。②芜城：即扬州。③日角：旧说额头中央部分隆起如日，为帝王之相。④"于今"句：隋炀帝曾于长安、洛阳等地征集萤火虫，夜游时放出观赏。腐草：古人认为萤火虫是腐草变的。⑤垂杨：隋炀帝开凿运河，沿堤植柳两千里，后称"隋柳"。⑥陈后主：南朝陈的第五个皇帝，荒淫误国，后陈为隋所灭，故世常以陈后主代亡国之君。⑦后庭花：《玉树后庭花》，为陈后主所作，后被视为亡国之音。

【诗解】

作者在诗中以不无调侃的语气历数了隋炀帝的斑斑劣迹：他放着长安富丽堂皇的皇宫不住，在扬州再建更豪华的宫殿作为新都；如果不是唐高祖李渊夺取了天下，他那极尽华丽的游船恐怕还要远行到天涯；他尽捕萤火虫以为夜晚寻欢取娱之用，致使草木中至今难见萤火；他开凿了千里隋堤，堤上遍植杨柳，现在成了乌鸦栖息的场所。尾联是作者的假想之问："要是隋炀帝在阴间遇到了陈后主，他还会邀其再来一曲《玉树后庭花》吗？"辛辣讽刺，余味无穷。

无 题

其 一

来是空言去绝踪，月斜楼上五更钟。梦为远别啼难唤，书被催成墨未浓。蜡照半笼金翡翠①，麝熏微度绣芙蓉②。刘郎已恨蓬山远③，更隔蓬山一万重。

【注释】

①笼：笼罩。金翡翠：用金线绣成翡翠鸟图案的被子。②麝熏：用麝香熏染。③"刘郎"句：相传东汉刘晨、阮肇入山采药，路遇两位美丽的仙女，邀他们结为眷属。半年后，刘、阮想要回家中探望，二女并没有阻拦，他们到家时才发现人间已经过了七代。等到他们再回去找两位仙女，却再也寻不到了。蓬山：指仙境。

【诗解】

说好了不久就会回去，但走后便无觅影踪。月儿低斜的五更时分，小楼上，睡梦中，他看到她因别离而悲泣，呼唤她却不答应。恍然惊起后，他急忙下榻写了书信给她。在灯下想象她于烛光半笼的锦被旁静坐的样子，想象她在麝香初沁的芙蓉帐思念自己的情形，心中不禁生出无限愧疚怜惜之情，他因而悔恨当初的离开，无奈于相聚的重重阻隔；正如诗中所说："刘郎已恨蓬山远，更隔蓬山一万重。"

其 二

飒飒东风细雨来，芙蓉塘外有轻雷。金蟾啮锁烧香入①，玉虎牵丝汲井回②。贾氏窥帘韩掾少③，宓妃留枕魏王才④。春心莫共花争发，一寸相思一寸灰。

【注释】

①金蟾：古人认为蟾蜍善闭气，故用以饰锁。②玉虎：井上的辘轳。丝：井绳。③"贾氏"句：晋韩寿英俊，司空贾充招他为僚属时，其女于窗中窥见韩寿，于是喜欢上了他。④宓妃：指洛神。留枕：相传曹植将过洛水时，忽见一美丽女子飘然而来，颇似自己故去的嫂嫂甄氏。甄氏赠以在家时所用玉枕以慰思念，曹植因之而作《洛神赋》。

【诗解】

诗写一位女子追求爱情失败后的痛苦。东风细雨，塘外轻雷，这般景象正如女主人公此时的心境，抑郁沉闷，怛恻不安。世间的事情，不论如何困难，都有办法可以达成心愿，比如香炉紧锁但香烟可以进入，比如井水虽深但长绳可以汲之；唯独爱情常常难以左右，它有时是贾女与韩寿水到渠成的缘分，有时是曹植爱慕甄氏一样的徒增遗憾。女子的爱情让她苦受煎熬，所以她自诫道："爱人的心还是不要和春花争荣竞艳了吧，寸寸相思到头来都是化为灰烬。"

其 三

相见时难别亦难，东风无力百花残。春蚕到死丝方尽，蜡炬成灰泪始干。晓镜但愁云鬓改①，夜吟应觉月光寒。蓬山此去无多路②，青鸟殷勤为探看③。

【注释】

①云鬓：形容女子如云朵一样的头发。②蓬山：蓬莱。③青鸟：传说中的神鸟，是西王母的使者。

【诗解】

因为相见本就不易，所以分别就更让人感到依依不舍、苦在心头，那份缠绵悱恻，有如身处暮春无力的东风中、面对着凋残的百花。而当情思如春蚕之丝到死方尽，别泪如蜡炬之泪成灰方干，那么有情人在早晨愁看镜中渐染霜色的鬓发时，在清寒的月光下

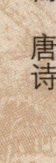

独吟诗篇时，那落寞的心境与浓重的思念又是何其难捱！诗的尾联作宽慰之语，意谓幸好你我相隔不算遥远，希望今后能时常探望对方；以美好的期盼和愿望来解释现实中不能长相厮守的遗憾。

春　雨

怅卧新春白袷衣①，白门寥落意多违②。红楼隔雨相望冷，珠箔飘灯独自归③。远路应悲春晼晚④，残宵犹得梦依稀。玉珰缄札何由达⑤，万里云罗一雁飞。

【注释】

①袷（jiá）衣：即夹衣。②白门：指江苏南京。意多违：许多事都与愿望相违。③珠箔：珠帘。④晼（wǎn）：太阳落山的样子。⑤玉珰（dāng）：玉耳饰。缄札：指密封的书信。

【诗解】

诗是情诗，抒发的是作者因春雨而引起的感想和情愫。诗中写作者眼下的窘困境遇，写对于情人的追怀，写情人远去后只能依稀与之在梦中相见的惆怅，写与她音信难通，自己孤单漂泊的悲凉。而这万般情思结合飘洒迷蒙的春雨来写，更显得悱恻缠绵、不绝如缕。诗以"红楼"一联著名，描述诗人雨中怅望情人曾经居住的红楼，而后从这满是华灯珠帘的街巷黯然离去的情景，设色尤好，可以入画。

登乐游原

向晚意不适①，驱车登古原②。
夕阳无限好，只是近黄昏。

【注释】

①意不适：心情不舒畅。②古原：即乐游原，是长安附近的名胜，登原后能眺望整个长安城。

【诗解】

因为心情不甚畅快而驱车前往古原，因为登上古原而看到了美丽的夕阳，因为深爱着美丽的夕阳而叹惋它已近黄昏。诗人对于夕阳虽好却不能久留的慨叹，后世常用来形容人的身世和国家的时局。

夜雨寄北

君问归期未有期，巴山夜雨涨秋池①。
何当共剪西窗烛，却话巴山夜雨时。

【注释】

①巴山：巴蜀东部的山。

【诗解】

　　这首诗是李商隐滞留蜀中时写给远方妻子的。妻子来信问询归期，诗人写下此诗以为答复。诗中深情写道：你问我何时能回去，我却说不好回家的日期。今夜巴山秋雨甚急，池塘水涨。面对孤灯，我一次次地自问何时能回到你的身边，与你同坐西窗之下，共剪烛花，亲切絮语，向你讲述我曾于此巴山雨夜对你的无尽思念。

寄令狐郎中

嵩云秦树久离居，双鲤迢迢一纸书①。
休问梁园旧宾客，茂陵秋雨病相如。

【注释】

①双鲤：指书信。

【诗解】

　　李商隐晚年病卧洛阳时，已官至高位并且排挤了他多年的令狐绚因感念旧事，写信问候他，李商隐于是写了这首诗作答。诗文前二句交代了自己与令狐郎中两地分离已经很久了，表达了对令狐郎中远远寄来一纸书信的感激之情。后二句转写自己如今凄凉多病的境况，"休问"一语，大有苦不堪言的感慨蕴含其中。

隋　宫①

乘兴南游不戒严，九重谁省谏书函②。
春风举国裁宫锦，半作障泥半作帆③。

【注释】

①隋宫：指隋炀帝在江都（今江苏扬州市）所建的行宫。②九重：指宫廷。省（xǐng）：识得。③障泥：垂于马背两侧以遮障泥土的马具。

【诗解】

　　这是一首咏史诗,对象是以荒淫无道著称的隋炀帝。诗的前两句先作概述,说隋炀帝兴致一来便携带宫眷僚属水陆齐发下江南,心思只在玩乐之上,全然不顾什么天子威仪、出行礼数;而因为他的暴戾恣睢,朝中更无人敢对他的行为有所异议。后两句撷取他下江南时征集锦缎制障泥、做船帆的片断,以小见大,矛头直指隋炀帝当国时的穷奢极欲、靡费腐化。诗中蕴含着成败兴亡的深刻道理,联想晚唐江河日下、败象纷呈的现实,李商隐作此诗的用意似乎也不难想见。

贾　生

宣室求贤访逐臣①,贾生才调更无伦。
可怜夜半虚前席,不问苍生问鬼神②。

【注释】

　　①宣室:汉未央宫正殿,此指代汉文帝。逐臣:贬谪之臣。②苍生:百姓。

【诗解】

　　贾谊被贬长沙之事,历来是怀才不遇之人借以抒写心中悲愤的熟滥题材。而在本篇中,诗人独辟蹊径,特意选取贾谊自长沙召回,征见于宣室的一段情节,以反跌法写出对汉文帝"虚前席只为问鬼神之事"的感慨,寓意深刻,发人深思。汉文帝毕竟是一代有道明君,他亲自下地耕作,皇后亲手养蚕种桑的故事在世间广受称颂,然而这样的帝王尚有埋没贤良之嫌,而况古来百千凡主乎?

孟　郊

　　孟郊(751～814)字东野,湖州武康(今浙江德清)人。少隐嵩山,德宗贞元十二年(796年)登进士第(当时已四十六岁)。五十岁出任溧阳县尉。孟郊秉性孤直,终生贫困潦倒,死后竟无钱下葬。诗与韩愈齐名,为韩孟诗派的开派人物。其诗主张"下笔证兴亡,陈词备风骨",同时追求"入深得奇趣"。大部分诗则抒写个人的穷苦情怀,与贾岛有相似处,故有"郊寒岛瘦"的说法。《全唐诗》收诗五卷。有《孟东野诗集》。

列女操

梧桐相待老①,鸳鸯会双死。贞妇贵徇夫,舍生亦如此。波澜誓不起②,妾心古井水。

【注释】

①梧桐:梧为雄树,桐为雌树。②波澜誓不起:意谓心中不会再起波澜。

【诗解】

梧桐相伴到老,鸳鸯不肯独活,夫君一亡,贞烈女子便会以身殉夫,即使存活于世,也是心如古井之水,不会再起波澜。礼法令人殉则可怜,深情使人贞则可敬。本诗比喻贴切,清明如话,颇有民歌风味,让人过目不忘。

游子吟

慈母手中线,游子身上衣。临行密密缝,意恐迟迟归。谁言寸草心①,报得三春晖②?

【注释】

①寸草心:小草的嫩心,比喻天下儿女之心。②三春晖:春日温暖的阳光,比喻母爱的温暖。

【诗解】

母亲的细针密线缝就了游子身上的衣服,游子将要离家的时候,母亲会将衣服缝补得更加结实,以确保它们能帮游子抵挡风寒;她其实更希望游子能早早归来,那样她才能真正地放下心来。游子就像春天里的小草,母亲就像那无微不至的春晖,诗人说:"短短的小草,如何能报答得了春晖带给它的温暖和恩情?"全诗短短数语,但从古至今感动了千万读者,是描写亲情难得的佳作。

白居易

白居易(772~846),字乐天,晚年号香山居士。贞元十六年(800年)进士,授秘书省校书郎。元和年间任左拾遗及左赞善大夫。后因上表请求严缉刺死宰相武元衡的凶手,得罪权贵,贬为江州司马。长庆初年任杭州刺史,宝历初年任苏州刺史,后官至刑部尚书。在文学上,白居易主张"文章合为时而著,歌诗合为事而作",是新乐府运动的倡导者。其诗通俗易懂,相传诗作要老妪听懂为止。同元稹并称"元白"。有《白香山集》。

长恨歌

汉皇重色思倾国①，御宇多年求不得②。杨家有女初长成，养在深闺人未识。天生丽质难自弃，一朝选在君王侧。回眸一笑百媚生，六宫粉黛无颜色。春寒赐浴华清池，温泉水滑洗凝脂。侍儿扶起娇无力，始是新承恩泽时。云鬓花颜金步摇，芙蓉帐暖度春宵。春宵苦短日高起，从此君王不早朝。承欢侍宴无闲暇，春从春游夜专夜。后宫佳丽三千人，三千宠爱在一身。金屋妆成娇侍夜，玉楼宴罢醉和春③。姊妹弟兄皆列土④，可怜光彩生门户。遂令天下父母心，不重生男重生女。骊宫高处入青云，仙乐风飘处处闻。缓歌慢舞凝丝竹⑤，尽日君王看不足。渔阳鼙鼓动地来⑥，惊破霓裳羽衣曲。九重城阙烟尘生，千乘万骑西南行。翠华摇摇行复止⑦，西出都门百余里。六军不发无奈何，宛转蛾眉马前死。花钿委地无人收⑧，翠翘金雀玉搔头⑨。君王掩面救不得，回看血泪相和流。黄埃散漫风萧索，云栈萦纡登剑阁⑩。峨嵋山下少人行，旌旗无光日色薄。蜀江水碧蜀山青，圣主朝朝暮暮情。行宫见月伤心色，夜雨闻铃肠断声。天旋地转回龙驭⑪，到此踌躇不能去。马嵬坡下泥土中，不见玉颜空死处。君臣相顾尽沾衣，东望都门信马归⑫。归来池苑皆依旧，太液芙蓉未央柳⑬。芙蓉如面柳如眉，对此如何不泪垂？春风桃李花开日，秋雨梧桐叶落时。西宫南内多秋草，落叶满阶红不扫。梨园弟子白发新，椒房阿监青娥老⑭。夕殿萤飞思悄然，孤灯挑尽未成眠。迟迟钟鼓初长夜，耿耿星河欲曙天。鸳鸯瓦冷霜华重，翡翠衾寒谁与共。悠悠生死别经年，魂魄不曾来入梦。临邛道士鸿都客⑮，能以精诚致魂魄⑯。为感君王辗转思，遂教方士殷勤觅⑰。排空驭气奔如电，升天入地求之遍。上穷碧落下黄泉，两处茫茫皆不见。忽闻海上有仙山，山在虚无缥缈间。楼阁玲珑五云起，其中绰约多仙子。中有一人字太真⑱，雪肤花貌参差是。金阙西厢叩玉扃⑲，转教小玉报双成⑳。闻道汉家天子使，九华帐里梦魂惊。揽衣推枕起徘徊，珠箔银屏迤逦开㉑。云鬓半偏新睡觉㉒，花冠不整下堂来。风吹仙袂飘飘举㉓，犹似霓裳羽衣舞。玉容寂寞泪阑干㉔，梨花一枝春带雨。含情凝睇谢君王㉕，一别音容两渺茫。昭阳殿里恩爱绝，蓬莱宫中日月长。回头下望人寰处，不见长安见尘雾。惟将旧物表深情，钿合金钗寄将去。钗留一股合一扇，钗擘黄金合分钿㉖。但教心似金钿坚，天上人间会相见。临别殷勤重寄词，词中有誓两心知。七月七日长生殿，夜半无人私语时。在天愿作比翼鸟，在地愿为连理枝。天长地久有时尽，此恨绵绵无绝期。

【注释】

①汉皇：指唐玄宗。②御宇：统御天下。③醉和春：醉意伴随着春意。④列土：分封领地。⑤凝丝竹：喻歌舞紧扣音乐声。⑥"渔阳"句：指安禄山在渔阳起兵叛乱。鼙（pí）鼓：军队中用的小鼓。⑦翠华：皇帝仪仗中用翠鸟羽毛作装饰的旗帜。⑧花钿：花朵形首饰。⑨翠翘、金雀、玉搔头：均是杨贵妃所佩带的钗簪。⑩云栈：高入云霄的栈道。剑阁：在今四川剑阁县东北大剑山、小剑山之间，为由陕入川的必经之路。⑪"天旋"句：指局势转变，玄宗还京。⑫龙驭（yù）：皇帝的车驾。⑫信马归：任马驰骋而归。⑬太液:太液池。未央：未央宫。⑭椒房：后妃们住的地方。阿监：指宫中女官。⑮"临邛（qióng）"句：意谓来自蜀中，作客长安的道士。临邛：今四川邛崃市。鸿都：汉宫门名，此指长安。⑯致魂魄：将灵魂召来。⑰方士：有道术的人。⑱太真：杨贵妃为女道士时号太真。⑲扃（jiōng）：门户。⑳转教：指请侍女通报。小玉、双成：指太真侍女。㉑珠箔：珠帘。迤逦开：谓层层敞开。㉒新睡觉：刚睡醒。㉓袂（mèi）：衣袖。㉔阑干：形容泪水横流的样子。㉕凝睇（dì）：凝视。㉖擘：分开。

【诗解】

白居易的《长恨歌》是古典诗歌中的不朽之作，在从它问世到现在十二个世纪的漫长岁月里，始终是传唱不衰，保持着极强的生命力。作者作此歌的初衷本是"惩尤物，窒乱阶，垂于将来"（《长恨歌传》），可以说是将《长恨歌》的主题定为了"耽色误国"，然而却在写作的过程当中为李、杨二人凄美的爱情故事所裹挟，不由自主地写出了这首千古绝唱。全诗将叙事、写景、抒情三者完美地结合在一起，将一幅幅浸透人间悲喜、饱含荣枯变化的画面展现在人们面前，动情讲述了一个朝代由盛而衰的历史，一位帝王由喜而悲的爱情，旷世的爱情与流传千古的佳句同样具有无穷魅力，超越了时空的阻隔和生命的极限，最终达到一种永恒的境界。

琵琶行并序

元和十年，余左迁九江郡司马。明年秋，送客湓浦口，闻舟中夜弹琵琶者。听其音，铮铮然有京都声。问其人，本长安倡女，尝学琵琶于曹、穆二善才，年长色衰，委身为贾人妇。遂命酒，使快弹数曲。曲罢悯然，自叙少小时欢乐事，今漂沦憔悴，转徙于江湖间。余出官二年，恬然自安，感斯人言，是夕始觉有迁谪意。因为长句，歌以赠之，凡六百一十六言，命曰《琵琶行》。

浔阳江头夜送客，枫叶荻花秋瑟瑟。主人下马客在船，举酒欲饮无管弦。醉不成欢惨将别，别时茫茫江浸月。忽闻水上琵琶声，主人忘归客不发。寻声暗问弹者谁，琵琶声停欲语迟①。移船相近邀相见，添酒回灯重开宴。千呼万唤始出来，犹抱琵琶半遮面。转轴拨弦三两声②，未成曲调先有情。弦弦掩抑声声思，似诉生平不得志。低眉信手续续弹，说尽心中无限事。轻拢慢捻抹复挑，初为霓裳后六幺③。大弦嘈嘈如急雨，小弦切切如私语④。嘈嘈切切错杂弹，大珠小珠落玉盘。间关莺语花底滑⑤，幽咽泉流水下难。冰泉冷涩弦凝绝，凝绝不通声暂歇⑥。别有幽愁暗恨生，此时无声胜有声。银瓶乍破水浆迸，铁骑突出刀枪鸣⑦。曲终收拨当心画⑧，四弦一声如裂帛。东船西舫悄无言，唯见江心秋月白。沉吟放拨插弦中，整顿衣裳起敛容。自言本是京城女，家在虾蟆陵下住。十三学得琵琶成，名属教坊第一部。曲罢曾教善才服⑨，妆成每被秋娘妒⑩。五陵年少争缠头⑪，一曲红绡不知数。钿头银篦击节碎⑫，血色罗裙翻酒污。今年欢笑复明年，秋月春风等闲度。弟走从军阿姨死，暮去朝来颜色故⑬。门前冷落鞍马稀，老大嫁作商人妇。商人重利轻别离，前月浮梁买茶去⑭。去来江口守空船，绕船月明江水寒。夜深忽梦少年事，梦啼妆泪红阑干⑮。我闻琵琶已叹息，又闻此语重唧唧。同是天涯沦落人，相逢何必曾相识。我从去年辞帝京，谪居卧病浔阳城。浔阳地僻无音乐，终岁不闻丝竹声。住近湓江地低湿⑯，黄芦苦竹绕宅生。其间旦暮闻何物，杜鹃啼血猿哀鸣。春江花朝秋月夜，往往取酒还独倾⑰。岂无山歌与村笛，呕哑嘲哳难为听⑱。今夜闻君琵琶语，如听仙乐耳暂明。莫辞更坐弹一曲，为君翻作琵琶行。感我此言良久立，却坐促弦弦转急⑲。凄凄不似向前声，满座重闻皆掩泣。座中泣下谁最多，江州司马青衫湿⑳。

【注释】

①欲语迟：欲说还休。②转轴：转动琵琶上琴柱调音色。③霓裳：《霓裳羽衣曲》。六幺：曲名。④大弦、小弦：分别指琵琶上最粗的弦和最细的弦。⑤间关：象声词，形容婉转的鸟鸣声。⑥"冰泉冷涩"两句：意谓琵琶声好像冰泉冷涩一样渐缓渐停，直至中断。⑦"银瓶"两句：形容琵琶声忽而铿然响起，如同银瓶迸裂水浆四溅，又如铁骑突出刀枪齐鸣。⑧拨：拨弦的用具。当心画：用拨当着琵琶的中心用力一划。⑨善才：善弹者。⑩秋娘：泛指歌伎。⑪缠头：唐时艺伎表演完毕，观者多以绫帛为赠，称为缠头。⑫"钿头"句：意谓欢乐时便以首饰击节打拍，以至于首饰常常断裂破碎。钿头银篦：两端镶有金玉花形的银篦子。⑬颜色故：姿容衰老。⑭浮梁：今江西景德镇。⑮阑干：指泪水横流的样子。⑯溢（pén）江：在今江西瑞昌，临九江。⑰独倾：独酌。⑱呕哑嘲哳：形容声音杂乱刺耳。⑲促弦：拧紧琴弦。⑳青衫：唐官员品级最低的服色为青色。

【诗解】

　　《琵琶行》是继《长恨歌》之后的又一部极为优秀的长篇叙事诗，是白居易谪居浔阳时所作。那一年的秋天，诗人于浔阳江头送别友人，主客正因宴席上缺少管弦相伴而无法畅饮，忽然被一阵从江上传来的琵琶声感动，于是逐音寻去，见到了本诗的女主人公——一位技艺精湛却已年长色衰的琵琶女。

　　在作者的笔下，她的情态声貌、举止动容无不透露着伤心人的矜持，她那时而幽婉、时而铿锵、高回低转的琵琶声中寄寓着无限心事，她关于自己身世的叙述，是对辉煌过去的追忆，是浮华过后的凄凉。而当这一切听在作者耳中，看在作者眼里，他终于不胜伤感，潸然泪下，发出了"同是天涯沦落人，相逢何必曾相识"的深沉叹息。

　　全诗结构缜密，譬喻精妙，感情深挚，情节波澜起伏，时有绝处逢生之妙，而且诗中流传的千古佳句颇多，真是不朽名篇。

赋得古原草送别

　　离离原上草①，一岁一枯荣。野火烧不尽，春风吹又生。
　　远芳侵古道，晴翠接荒城②。又送王孙去③，萋萋满别情④。

【注释】

　　①离离：形容草长得茂盛。②晴翠：指阳光下草色翠绿鲜亮。③王孙：游子。《楚辞·招隐士》有："王孙游兮不归，春草生兮萋萋。"④萋萋：茂盛的样子。

【诗解】

　　繁荣茂盛的原上小草，披头散叶，蓬勃生长。它们年年都要经历一枯一荣，纵使被野火烧成一片灰烬，春风再来的时候，依然会长出芽叶，绿满大地。芳草蔓延向远方，侵入古老的道路，晴天的时候，翠绿闪光的草色连接着荒凉的城墙。那一天，诗人踏着草原又

送走了一位朋友，望着萋萋芳草，胸中充满了离情别绪。

望月有感

时难年荒世业空①，弟兄羁旅各西东。田园寥落干戈后②，骨肉流离道路中。吊影分为千里雁，辞根散作九秋蓬③。共看明月应垂泪，一夜乡心五处同。

【注释】

①世业：祖上的产业。②干戈：指战乱。③蓬：飞蓬，喻漂泊不定。

【诗解】

家产在兵灾和荒年中荡然一空，兄弟们羁泊他乡，各分西东。家乡的田园经过战乱已然荒芜，骨肉同胞流转离散，颠沛顿踣于道路之中。分离的情形好比纷飞千里、形单影只的孤雁，各自无依无靠，又好比辞根飘走的九月飞蓬。面对着天空中的一轮明月，诗人想到兄弟们也应在异乡同时怅望，他想这一夜的乡思乡愁，五个地方都会相同。

问刘十九

绿蚁新醅酒①，红泥小火炉。
晚来天欲雪，能饮一杯无。

【注释】

①绿蚁：指浮在新酿的没有过滤的米酒上的绿色泡沫。醅（pēi）：没有过滤的酒。

【诗解】

有泛着绿色酒沫的新酿米酒，有烧着融融炭火的红泥小炉，而室外的天气，因为黄昏将要到来的一场飘雪而显得格外的阴沉、寒冷。作者邀请友人前来小饮，一片真挚的情谊正像酒一般醇厚，像炭火一样温暖。相信刘十九接到此诗定会欣然赴约，与作者共同度过这寒冷阴沉的冬日傍晚。

宫 词

泪尽罗巾梦不成，夜深前殿按歌声①。
红颜未老恩先断，斜倚熏笼坐到明②。

【注释】

①按歌声：打着拍子歌唱。②熏笼：香炉上的罩笼。

【诗解】

夜深了，然而前面的宫殿中依然笙歌阵阵，歌声传入她的耳中，让她无法入眠。她独自在居处偷偷哭泣，因为自己悲凉的处境，因为红颜未老但皇上的恩宠已经断绝。这一夜，她彻夜不寐，斜倚熏笼，坐到天明……

高 适

高适(702？～765)，字达夫，郡望渤海蓨（今河北景县）人。玄宗天宝八载（749年）有道科及第，授封丘尉。后客游河西，为哥舒翰掌书记。安史之乱起，历官谏议大夫、淮南节度使、彭州刺史、蜀州刺史、西川节度使等职。终左散骑常侍，进封渤海县侯。高适擅写边塞军旅生活，边塞诗与岑参齐名，世称"高岑"。其诗雄健苍凉，气骨凛然。《全唐诗》收诗四卷，有《高常侍集》。

燕歌行并序

开元二十六年，客有从元戎出塞而还者，作《燕歌行》以示适。感征戍之事，因而和焉。

汉家烟尘在东北，汉将辞家破残贼①。男儿本自重横行，天子非常赐颜色。摐金伐鼓下榆关②，旌旆逶迤碣石间③。校尉羽书飞瀚海④，单于猎火照狼山。山川萧条极边土，胡骑凭陵杂风雨⑤。战士军前半死生，美人帐下犹歌舞。大漠穷秋塞草腓，孤城落日斗兵稀。身当恩遇常轻敌，力尽关山未解围。铁衣远戍辛勤久，玉箸应啼别离后⑥。少妇城南欲断肠，征人蓟北空回首。边风飘飘那可度，绝域苍茫更何有？杀气三时作阵云，寒声一夜传刁斗⑦。相看白刃血纷纷，死节从来岂顾勋？君不见沙场征战苦，至今犹忆李将军。

【注释】

①残：凶残。②榆关：即今山海关。③碣石：古山名，在今河北省昌黎县西北。④羽

书：紧急军书。瀚海：大沙漠。⑤凭陵：侵扰。⑥玉箸：形容眼泪像玉制的筷子。⑦刁斗：古代军中白天用来烧饭、晚上用来敲击巡更的铜器。

【诗解】

烽火起于东北边境，汉家大将于是告别家乡去征讨敌寇。男儿生当纵横驰骋，再加上天子特别的激励和奖赏，所以汉将率领着大军，一路上金鼓雷鸣，旌旗招展，气势非常。

前方校尉快马传书，说匈奴单于正在狼山扬威耀武，战争因此而正式揭幕。在那偏远荒凉的边境上，战士们每每与狂风暴雨般袭来的匈奴铁骑拼死相搏，而汉将却并不爱惜将士，他沉迷在美人歌舞中。寒冷的边塞之秋来临了，能够作战的士兵越来越少，然而身受皇恩、大意轻敌的汉将却始终没能让敌人退去。可怜那些跟随他远征至此的战士，他们受尽艰苦，乡思无限，可怜战士们的妻子，她们望眼欲穿，肝肠寸断。

边关寒冷，杀气腾腾，最常见的景象是短兵相接、血肉横飞，舍命拼杀的战士，他们难道是为了功勋吗？让人伤感的是像飞将军李广一样的统帅已难寻觅，他爱护士卒，赫赫威名便足以退敌。

王 勃

王勃（650～676）字子安，绛州龙门（今山西河津县）人。出身望族，祖父王通为隋末大儒。王勃早慧，高宗麟德三年（666年）应举及第，曾任虢州参军，后往海南探父，溺水受惊而死。王勃与杨炯、卢照邻、骆宾王并称"初唐四杰"，其诗多抒发个人情志，又有少量抒发政治感慨、抨击时弊之作。擅长五言律诗、五言绝句，诗风清新秀丽。《全唐诗》存诗二卷。

送杜少府之任蜀州①

城阙辅三秦②，风烟望五津③。与君离别意，同是宦游人④。
海内存知己，天涯若比邻。无为在歧路⑤，儿女共沾巾。

【注释】

①少府：县尉。之任：赴任。②辅：环抱。三秦：项羽灭秦后，分秦之旧地为雍、塞、翟三国，统称"三秦"。③五津：指岷江的五大渡口，即白华津、万里

津、江首津、涉头津、江南津,皆在蜀中。④宦游人:出外做官之人。⑤无为:不要。歧路:分岔路口,古人送行常至路的岔口而分手。

【诗解】

此诗是王勃送友人去四川时所写。起首两句渲染出一派壮阔景象,将相隔千里的秦、蜀两地写于一张画面之上,突出了"展望"之意。"与君"二句承首联写惜别,尽显惺惺相惜之情。"海内存知己,天涯若比邻"十字慷慨发挥,谓知己之心不会受到距离的影响,虽然海角天涯,却因为心的紧紧相连而如同比邻。结语处殷勤劝慰即将远行的朋友不要像小儿女一般饮泣落泪,表现了作者豁达的胸襟和奋发向上的精神风貌。

骆宾王

骆宾王(622～684),婺州义乌(今属浙江)人。幼年即聪明过人,七岁能作诗。高宗朝初为道王府属,后历任奉礼郎、武功主簿、长安主簿、侍御史。因数度上疏言事,获罪下狱,贬临海(今属浙江)丞。后随徐敬业起兵讨武后,作檄斥其罪。敬业兵败,骆宾王被杀(一说逃亡不知所之)。骆宾王是"初唐四杰"之一,尤擅七言歌行,其诗笔调宏肆,风格雄放。《全唐诗》收诗三卷。

在狱咏蝉

西陆蝉声唱①,南冠客思深②。不堪玄鬓影③,来对白头吟④。
露重飞难进,风多响易沉。无人信高洁,谁为表予心⑤?

【注释】

①西陆:秋天。②南冠:此为囚徒之义。《左传·成公九年》:"晋侯观于军府,见钟仪,问之曰:'南冠而絷者谁也?'有司对曰:'郑人所献楚囚也。'"③玄鬓:指黑色的蝉翼。④白头吟:汉司马相如发迹后对卓文君爱情不专,文君作《白头吟》给相如,中有"愿得一心人,白头不相离"句,作者此处引来喻自己对国家的一片赤诚被辜负。⑤予:我。

【诗解】

距离诗人囚禁之所不远的地方有数株古槐,夕阳西下时,苍郁的树冠中总能传来悲切的蝉鸣,一声声,一阵阵,冲击着诗人的心灵。蝉首色黑,对比着愁苦沉吟的作者鬓发的霜色,人们认为蝉餐风饮露、清洁自守,诗人用它来比喻自己品质操行。诗人借叹蝉在秋风重露中艰难飞行、徒然鸣叫而寄托自己受难却无处申诉之悲,诗人反问世人:没有人相信我的高洁品性,谁愿代我表白一片冰心。

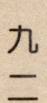

杜审言

杜审言（645？～708），字必简。祖籍襄阳（今属湖北），迁居河南巩县，杜甫祖父。高宗咸亨元年（670年）登进士第，武后时官著作佐郎，迁膳部员外郎。神龙元年（705年），因受张易之兄弟牵连，流放峰州（今越南河西省）。不久召还，授国子监主簿、修文馆直学士。景龙二年（708年）卒。工诗，尤擅五律，少时与李峤、崔融、苏味道齐名，称"文章四友"，晚年与沈佺期、宋之问唱和。《全唐诗》存诗一卷。有《杜审言集》。

和晋陵陆丞早春游望①

独有宦游人②，偏惊物候新③。云霞出海曙④，梅柳渡江春⑤。
淑气催黄鸟⑥，晴光转绿蘋。忽闻歌古调⑦，归思欲沾巾⑧。

【注释】

①和（hè）：以诗相和。晋陵：今江苏常州市。陆丞：陆姓县丞。②宦游人：在外做官的人。这里既指陆丞，又指自己。③物候：景物变化的征状。④曙：晓色。⑤梅柳渡江春：意谓春色由江南到了江北。⑥淑气：和暖的气候。催黄鸟：催着黄莺啼叫。⑦古调：指陆丞的《早春游望》。⑧沾巾：流泪。

【诗解】

和陆姓友人于早春时节一同赏览江南风光，作者发出了只有在外地做官的游子才会对物候翻新感到触目惊心的感慨。江南的早春很是迷人，朝日在漫天云霞的衬托下从海上生起，梅柳枝头的春色渡过江水向北延伸，和暖的春气催起了黄鹂的鸣唱，明媚的阳光照绿了水中的浮萍。但是作者并不能尽情陶醉在这异乡美景当中，他听到朋友偶然哼起抒发乡情的古老歌曲，归思的涟漪在心中荡漾，想家的泪水打湿了衣襟。

沈佺期

沈佺期（656～715）字云卿，相州内黄（今属河南）人。官终太子少詹事，世称"沈詹事"。高宗上元二年（675年）进士及第。武后时为通事舍人，迁考功员外郎，次年，复迁给事中。曾因贪污入狱，获释后又因曾谄附张易之被流放欢州。遇赦北返后任起居郎兼修文馆直学士，历中书舍人，终太子少詹事。沈佺期与宋之问齐名，并称"沈宋"，对律诗体制的定型颇有影响，律体谨严精密，多应制之作。《全唐诗》

收诗三卷。有《沈佺期集》。

杂 诗

闻道黄龙戍①，频年不解兵②。可怜闺里月，长在汉家营。少妇今春意，良人昨夜情③。谁能将旗鼓④，一为取龙城⑤。

【注释】

①闻道：听说。黄龙戍：即黄龙冈，今辽宁开原市北，唐时边防要地。②不解兵：战事不断。③良人：丈夫。④将：持。⑤一为：一举。龙城：今蒙古人民共和国境内，匈奴祭天处。此处泛指侵略者的大本营。

【诗解】

本篇为沈佺期的代表作之一，写因边事常年不息而导致的夫妇离别的相思之苦。丈夫戍守边关，妻子独守空闺，这是唐诗描写的夫妻生活常见的一幕，诗中说"频年不解兵"，更可以想见他们分离时间之长和相见之日的遥遥无期。于是每逢月明之时，便有万千征人与妻子对月伤怀，因为只有这悬挂于中天的月儿，见证了夫妻往昔生活的和谐美满，见证着望月之人的苦苦相思。

少妇又是一春的刻苦思念，犹如丈夫夜夜不断的无限深情，而情到浓时，则化为一句由衷的祝愿：愿朝廷早日派遣良将荡平胡虏，使我大唐能得长治久安，使我夫妇终能团圆。全诗借写思妇的内心感受而道出了战争给人们带来的巨大痛苦，寄托了人们对于战争早日结束的深切期望，以小而言大，可谓别具新意。

第四篇 唐诗

王之涣

王之涣（688～742），字季凌，并州（今山西太原）人。他常与高适、王昌龄等相唱和，以善于描写边塞风光著称。其诗多被当时乐工制曲歌唱，名动一时。代表作有《登鹳雀楼》《凉州词》等。

登鹳雀楼①

白日依山尽，黄河入海流。
欲穷千里目，更上一层楼。

【注释】

①鹳雀楼：在现山西永济。楼有三层，面对中条山，下临黄河。常有鹳雀停留其上，因称鹳雀楼。

【诗解】

首联写登鹳雀楼所见景色：苍茫白日依山而尽，滚滚黄河奔流入海。这北国河山的磅礴气势和壮丽景象使作者胸襟大开，他继而联想到，如果要望到更远的地方，就更上一层楼。此诗虽然写的是登临所感，却蕴含着对于人生哲理的感悟，体现着积极向上的进取精神。

出　塞

黄河远上白云间，一片孤城万仞山。
羌笛何须怨杨柳①，春风不度玉门关。

【注释】

①杨柳：指乐府横吹曲《折杨柳》。

【诗解】

前二句尺幅万里，极写塞外山河气势，将群山之苍茫迥拔，黄河之绵长逶迤，由东至西，由低至高，逆笔绘出，其间更加孤城一座，俯视四野，雄浑苍凉之气浮于纸面。后二句借埋怨呜咽羌笛无须再奏凄怆的《折杨柳》，陈述千载难解玉关之情，尽寓世代征人悲苦，胡汉恩怨，读罢让人悱恻伤怀。

杜秋娘

杜秋娘，生卒年不详，唐代金陵（今江苏南京市）女子，能歌善舞，又会写诗填词作曲，杜牧有《杜秋娘诗》述其事。作有《金缕衣》传世，其中的"花开堪折直须折，莫待无花空折枝"脍炙人口，是历来传诵的名句。

金缕衣

劝君莫惜金缕衣，劝君惜取少年时。
花开堪折直须折①，莫待无花空折枝。

【注释】

①直须：就须。

【诗解】

作这首诗的人的初衷，恐怕意在劝游于青楼妓馆的人莫惜金钱，风流潇洒要趁少年之时，妩媚伊人莫要错过。然而一首诗之所以能够产生深远的影响，往往在于它所表达出的并不只限于作者创作它的那一刻所要表达的东西，而是一些普遍的、具有共同性的道理和情感。就像这首诗，可以说它是在劝人们要珍惜青春，也可以说它是在劝人们要珍惜机缘。它蕴含着深刻哲理却又明白如话的诗句让人读过一次便能铭记心中，时刻警醒着人们。

刘长卿

刘长卿（714～790？），字文房，河间（今属河北）人。曾任随州（今属湖北）刺史，世称"刘随州"。肃宗时曾任长州（今江苏苏州）尉，因事贬南巴（今广东电白）尉。代宗时任鄂岳转运留后，遭诬贬睦州司马。德宗时任随州刺史。晚岁入淮南节度使幕。刘长卿性情刚直，多忤权贵，虽两度被贬，但终不改其节。诗多写政治失意感，也有反映离乱之作。长于五言，称"五言长城"。与钱起并称"钱刘"。《全唐诗》存诗五卷。有《刘随州集》。

秋日登吴公台上寺远眺

古台摇落后①，秋入望乡心。野寺来人少，云峰隔水深。夕阳依旧垒②，寒磬满空林。惆怅南朝事③，长江独至今。

【注释】

①摇落：零落。②旧垒：指吴公台。③南朝：指在金陵（今江苏南京）建都的宋、齐、梁、陈四朝。

【诗解】

于流落他乡之际登临高台，思乡是免不了的，而况所见是凄清秋色，所闻是寺中寒磬声声，心中乡愁因而更为浓重。放眼望去，隔岸云白峰青，层层掩映；环顾四周，夕阳残照，铺落于古台之上。

当年吴公兵败被俘后抑郁而终，令人叹惋，而今国家危如累卵，又怎不让人惆怅？荣枯更替中，唯有茫茫长江日复一日，东流至今，见证着人世的沧桑变化……

卢 纶

卢纶（748？～799？），字允言，河中蒲（今山西永济）人。安史之乱起，避难江西鄱阳，代宗大历初，屡举进士不第。后补阌乡尉，迁监察御史，终检校户部郎中。卢纶是"大历十才子"之一，其诗多送别赠答之作，边塞诗慷慨雄浑。《全唐诗》收诗五卷。有《卢户部诗集》。

送李端

故关衰草遍①，离别正堪悲。路出寒云外，人归暮雪时。
少孤为客早②，多难识君迟。掩泣空相向，风尘何所期③。

【注释】

①故关：旧关。②少孤：指自己从小丧父。为客早：意谓从很早的时候便开始了漂泊的生活。③风尘：纷乱的世道。何所期：不知后会何期。

【诗解】

作者在一个冬天的傍晚送友人远行，路过旧时的城关，只见衰草连城，景象十分凄凉。因为离别在即，两个人的心情都很不好，朋友最终沿着那条高入寒云的道路渐渐远离，旷野里只剩下作者自己；他转身踏上归途时，天又下起了纷纷暮雪。作者因为少年便漂泊为客，所以对于这位相见恨晚的患难之交依依不舍。他不禁回过头来，望着朋友远去的方向掩面而泣，心中满是后会难期的无奈与悲凉。

塞下曲

其 一

鹫翎金仆姑①，燕尾绣蝥弧②。
独立扬新令③，千营共一呼。

【注释】

①鹫（jiù）翎：指用雕的羽毛做的箭羽。②蝥弧：旗名。③扬新令：挥旗下达新的

命令。

【诗解】

卢纶《塞下曲》共六首,描写军旅生活,这是其中一首。这一篇写将帅号令三军的情景。前两句写箭写旗,意在展现唐军军容的雄武和装备的精良;后两句写将军独立高台,摇动令旗发出新的指令,三军于是齐声呼喊、一致响应,意在展现唐军将士严明的纪律和昂扬士气。

其 二

林暗草惊风,将军夜引弓。
平明寻白羽,没在石棱中。

【诗解】

俗话说,云从龙,风从虎,诗中"林暗草惊风"暗示有老虎出没,将军于是在黑夜之中开弓放箭。清晨去找箭,发现箭已"没在石棱中",可见将军的箭法是何等的神奇。诗的语言平白而生动,大胆且夸张,有如评书一般扣人心弦,让人拍案叫绝。

李 益

李益(748~829)字君虞,陇西姑臧(今甘肃武威)人。代宗大历四年(769年)登进士第,授华州郑县尉。大历九年入渭北节度使臧希让幕,随军北征备边。德宗建中二年(781年)转入朔方节度使李怀光幕。后入朝官都官郎中、中书舍人、秘书少监,以礼部尚书衔致仕。兼善各体,尤长七绝,诗风凝练含蓄,韵味深长,甚得后人推崇,胡应麟以为"七言绝,开元之下,便当以李益为第一"。《全唐诗》存诗二卷。有《李君虞集》。

江南曲

嫁得瞿塘贾,朝朝误妾期。
早知潮有信,嫁与弄潮儿。

【诗解】

诗写一位独居家中久盼丈夫不归的女子的怨语。女子的丈夫是商人,长年奔波在外,本来约好的归家日期被他一误再误。女子站在江畔看潮水涌起,盼丈夫归来的时候,心中忽然突发奇想。她想，要是早知道潮涨潮落自有定时，当初真不如嫁与那潮涨而去潮落而归的弄潮儿。生出这样的想法是因为女子怨到深处，而怨到深处又是因为情到深处。

刘禹锡

刘禹锡（772～842），字梦得，洛阳人。德宗贞元九年（793年）登进士第，又登宏词科。顺宗时任屯田员外郎，参与"永贞革新"，革新失败，贬为朗州司马，迁连州刺史。后以裴度力荐，任太子宾客。武宗初，加检校礼部尚书衔。世称"刘宾客"、"刘尚书"。刘禹锡以诗文称，早年与柳宗元并称"刘柳"，晚年与白居易并称"刘白"，其诗通俗清新，别具一格。《全唐诗》收其诗十二卷。有《刘宾客文集》。

蜀先主庙

天地英雄气，千秋尚凛然。势分三足鼎，业复五铢钱①。
得相能开国，生儿不象贤②。凄凉蜀故伎，来舞魏宫前③。

【注释】

①"业复"句：王莽篡汉后曾废汉币五铢钱，至光武帝时得以恢复。这里指匡复汉室。②儿：指刘禅。③"凄凉"两句：蜀汉降魏后，刘禅迁至洛阳，被封为安乐公。一天，魏太尉司马昭宴请他，让蜀国女乐在他面前歌舞，以看他的反应，当时蜀国旧臣都感伤不已，只有刘禅嬉笑自若。

【诗解】

诗人来到先主庙凭吊，不由得追怀起刘备一生的卓著功业和英雄气概，称赞他英气长存，一度鼎足而分天下，匡复了衰微的汉室。只是刘备虽然在贤相诸葛亮的帮助下得以开国，无奈儿子刘禅却不能继承发扬事业，最终落得国灭身俘。从前蜀国的歌女舞伎，也被迁往魏宫，满怀凄凉地表演歌舞。这一段故事，临先主像想起，更让人感慨万千。诗人写下此诗垂戒世人，其中也包含着对盛世不常、英雄难觅的深深叹惋。

乌衣巷

朱雀桥边野草花，乌衣巷口夕阳斜①。
旧时王谢堂前燕，飞入寻常百姓家。

【注释】

①斜：发"霞"音。

【诗解】

诗的首联以"野草花""夕阳斜"衬托旧时的朱门富户如今的落寞与平凡,不悲不慨,不黏不脱,语虽平淡,然而意味深长。尾联抓住燕子栖息旧巢的特点,写燕子仍入此堂,但王谢零落,已化作寻常百姓之家,以小燕子表现出大主题,写尽人世沧桑、荣枯变换。

春 词

新妆宜面下朱楼①,深锁春光一院愁。
行到中庭数花朵,蜻蜓飞上玉搔头②。

【注释】

①宜面:指妆与面色搭配得恰到好处。②玉搔头:玉簪。

【诗解】

精心打扮,直到自己满意后款款走下朱楼。只可惜庭院深寂,大好春光被白白辜负,因而眼中景物无不带着哀愁。走到庭院中间痴痴地数起花朵,一只蜻蜓悄悄落上了她的玉搔头。新妆如花,却只引来蜻蜓欣赏,寂寞可知,境遇堪怜。

杜 牧

杜牧(803~852),字牧之,京兆长安(今陕西西安)人,祖居长安下杜樊乡(今西安市长安区东南),世称"杜樊川"。世人为区别于杜甫,称之为"小杜"。文宗大和二年(828年)登进士第,登贤良方正能直言极谏科,授弘文馆校书郎。曾为江西观察使、宣歙观察使沈传师和淮南节度使牛僧孺地幕僚。历任监察御史、黄、池、睦诸州刺史。后入为司勋员外郎、官终中书舍人。杜牧是晚唐杰出的诗人与散文家,与李商隐齐名,时号"小李杜"。《全唐诗》存诗八卷。有《樊川文集》。

赤 壁

折戟沉沙铁未销,自将磨洗认前朝。
东风不与周郎便,铜雀春深锁二乔①。

【注释】

①铜雀:曹操在邺城所筑高台,其姬妾尽在台中。二乔:大乔、小乔,以美貌著称于世。大乔嫁给了孙策,小乔嫁给了周瑜。

【诗解】

　　作者游于赤壁矶下,江潮涌落中他看见了一支折断但还没完全烂掉的铁戟半掩沙中,他于是将它拾起,磨去锈蚀,洗去污渍,这才辨认出它属于六百余年前的朝代。作者不禁联想到那时于此发生的赤壁之战,有悖常情地强调如果那天东南风不起,火攻不能成功,那么东吴国灭、二乔被虏便将成为历史。杜牧通晓军事,他之所以讥周瑜侥幸取胜,意在标榜自己知兵习战。联系他此时不受重用的境遇,不难感受到他这是借论古事而抒发胸中抑郁不平之气。

泊秦淮

烟笼寒水月笼沙,夜泊秦淮近酒家。
商女不知亡国恨,隔江犹唱后庭花。

【诗解】

　　作者于大唐国势日渐衰微之际来到秦淮河,泊舟于临近酒家的地方。在江烟水月交相冲融掩映的秦淮之夜,河两边的青楼妓馆是一如既往的酒绿灯红,在临河的酒家里,不识亡国之恨的歌女还在一遍遍地唱着《玉树后庭花》。这靡靡之音传到作者耳中,让他感慨不已,他于是写下了这篇作品,警世戒饬之意不言自明。

寄扬州韩绰判官

青山隐隐水迢迢,秋尽江南草未凋。
二十四桥明月夜①,玉人何处教吹箫?

【注释】

　　①二十四桥:相传有二十四美人夜吹洞箫于扬州西城外小桥,此处泛指扬州的桥梁。

【诗解】

　　青山隐隐,绿水迢迢,诗人思念着远隔山水的朋友韩绰,而时令正值秋去冬来之际,他也不免怀念韩绰所在的温暖秀丽、秋来草未凋的江南了。诗人在诗中以委婉而谐谑的口吻问候对方:"二十四桥月明,你又在何处潇洒风流?"一片真情尽融字里行间,同时也寄寓着诗人对同友闲游之快乐往昔的不尽追忆。

遣　怀

落魄江湖载酒行,楚腰纤细掌中轻①。
十年一觉扬州梦,赢得青楼薄幸名。

【注释】

①楚腰：用楚灵王好细腰之典故。掌中轻：用汉赵飞燕体轻能在掌上起舞之典故。

【诗解】

诗文前二句写自己因为失意而载酒漫游江湖，一度沉湎于偎红倚翠、声色歌舞。后二句感叹十年扬州生活恍如一梦，梦醒时才发现自己只落得个薄情之人的声名，懊悔辛酸尽在其中。

秋 夕

银烛秋光冷画屏，轻罗小扇扑流萤①。
天阶夜色凉如水②，坐看牵牛织女星。

【注释】

①轻罗小扇：轻巧的丝质小团扇。②天阶：皇宫里的石阶。

【诗解】

这是一首宫怨诗。首联通过对宫闱中凄清孤冷的环境的描绘，对宫女手把轻罗小扇扑打流萤这一动作细节的描写，暗示出宫女生活的寂寞和空虚。尾联写夜色虽凉而宫女却浑然不觉，出神凝望着空中闪烁的牛郎织女星，传递出她内心对于爱情生活的渴望。牛郎织女一年方得团聚一回，而宫女对他们这样的爱情生活仍羡慕不已，可见她心中情感的土壤是何等干涸。

赠 别

其 一

娉娉袅袅十三余①，豆蔻梢头二月初。
春风十里扬州路，卷上珠帘总不如。

【注释】

①娉娉（pīng）袅袅：柔美的样子。

【诗解】

首联写人，"娉娉袅袅"写其娇柔旖旎的形貌，"十三余"写其妙龄，"豆蔻梢头二月初"写其清纯喜人、含苞欲放的风姿。尾联寄情，写春风吹过扬州那繁华艳丽的十里烟花路，珠帘一一被吹起，才发现"万紫千红"终不能与伊人相比。《诗经·绿衣》中"有女如云，非我思存"可为诗意的概括。

温庭筠

温庭筠（约812～866），本名歧，字飞卿，山西太原人。少负才华，长于诗赋，生性傲岸，好讥讽权贵，因此累举不第，仅任方城尉、国子监助教等微职。温庭筠是晚唐著名词人，也有诗名，与李商隐号为"温李"。温诗风格温婉浓艳，怀古之作多含讽喻意义。《全唐诗》存诗九卷。有《温飞卿集》。

送人东游

荒戍落黄叶①，浩然离故关②。高风汉阳渡③，初日郢门山④。
江上几人在，天涯孤棹还⑤。何当重相见⑥，樽酒慰离颜。

【注释】

①荒戍：荒废的防地营垒。②故关：旧时的关塞。③汉阳渡：在今湖北武汉。④郢门山：在今湖北宜都。⑤棹：舟楫。⑥何当：何时。

【诗解】

虽然送别的地点是黄叶飘零的荒凉营垒，但是将要远游的朋友却浩然而有远志，意气风发地准备踏上征程。诗人设想朋友将在瑟瑟秋风中经过汉阳渡，不多日，便可以看到巍巍郢门山的日出了。此行固然应当壮之，但茫茫江程，所识有几？而真正到了目的地漫游完毕，又将面对独自返回的寂寞旅途。诗人于是向朋友表示他日归来一定备酒迎接，以慰藉别离后的相思寂寞。

韦　庄

韦庄（836？～910），字端己，京兆杜陵（今西安市长安区东北）人。昭宗乾宁元年（894年）登进士第，为校书郎。天祐三年（906年）任西蜀安抚副使，劝王建称帝，以功拜相。韦庄是晚唐西蜀重要词人与诗人。其词与温庭筠齐名，世称"温韦"，是花间派代表词人。其诗多以伤时、怀古、离情、感旧为主题。诗风清丽飘逸。《全唐诗》收诗六卷。

章台夜思①

清瑟怨遥夜，绕弦风雨哀。孤灯闻楚角②，残月下章台。
芳草已云暮，故人殊未来③。乡书不可寄④，秋雁又南回。

【注释】

①章台：章华台，在今湖北监利西北。②楚角：楚地的号角声。③殊：绝。④乡书：指家书。

【诗解】

长夜弥漫着清瑟幽怨的声音，风雨交加更增添了弹弦的悲哀。摇曳的孤灯下，作者静听楚地角声；一弯残月，缓慢地沉落章台。《楚辞·招隐士》中说："王孙游兮不归，春草生兮萋萋。"但眼下已经到了芳草枯萎的时候，而故人的到来却还遥遥无期。战乱的年代，无法向家乡递送音书，依旧漂泊的作者望着又一次南归的雁群，心中满是忧伤与惆怅。

崔　颢

崔颢（714～754），汴州（今河南开封）人，开元十一年（723年）进士及第。性格放荡不羁。曾为太仆寺丞，天宝中为司勋员外郎。早期诗多写闺情，后历边塞，诗风变为苍凉奔放。《全唐诗》存诗一卷。

黄鹤楼

昔人已乘黄鹤去①，此地空余黄鹤楼。黄鹤一去不复返，白云千载空悠悠。晴川历历汉阳树②，芳草萋萋鹦鹉洲③。日暮乡关何处是④，烟波江上使人愁。

【注释】

①昔人：指传说中的仙人。②历历：景物清晰分明的样子。汉阳：在武昌（黄鹤楼所在地）西。③鹦鹉洲：在今武汉市西南长江中，相传因东汉祢衡在此作《鹦鹉赋》而得名。④乡关：家乡。

【诗解】

黄鹤楼因传说中有仙人驾鹤经过而得名，作者登上高楼，感念那古老的传说，感慨仙去楼空，只留下千载白云。

于此巍巍高楼临江眺望，千里晴川映入眼帘，还有清清楚楚的汉阳树，芳草萋萋的鹦鹉洲，只是作者一直望到日暮时分，却不曾找到家乡的所在。暮雾下的大江，烟波迷茫，独立高楼的作者，满怀乡愁。

长干行

其 一

君家何处住，妾住在横塘。
停船暂借问，或恐是同乡。

其 二

家临九江水，来去九江侧。
同是长干人，生小不相识。

【诗解】

这里虽然选入的是两首诗，实际上是一问一答，前一首是女子在向男子发问："我住在横塘，你住在什么地方啊？我停下船来作此一问，是因为想到或许我们是同乡。"后一首是男子作答："我的家临着九江水，常常来往于九江两侧。我们都住在长干里，但是从小并不相识啊……"诗以白描手法，朴素自然的语言，描写了这对同是长干人却并不相识的青年男女萍水相逢时的情景，二人相见恨晚之意了然其中，对白坦诚大方，毫无忸怩做作之态。

元 稹

元稹（779～831），字微之，河南河内（今河南洛阳附近）人。贞元九年（793年）明经及第。贞元十九年，登书判拔萃科，元和元年（806年），登才识兼茂明于体用科。因得罪宦官及守旧官僚，遭到贬斥。后转而依附宦官，官至同中书门下平章事。元稹是著名诗人，与白居易齐名，称"元白"。因诗风格相近，合称"元白体"。曾撰传奇《莺莺传》，对后世影响极大。《全唐诗》存诗二十八卷。有《元氏长庆集》。

遣悲怀

其 二

昔日戏言身后意①，今朝都到眼前来。衣裳已施行看尽②，针线犹存未忍开。尚想旧情怜婢仆，也曾因梦送钱财。诚知此恨人人有，贫贱夫妻百事哀。

【注释】

①身后意：死后的打算。②行：行将。

【诗解】

韦氏从前曾经与作者戏言死后的事情，谁知玩笑话却变成了眼前的现实。作者因为不愿睹物思人，所以把妻子穿过的衣服施舍出去，将妻子做的针线活原封不动地保存了起来，不忍打开。他因为感念家中婢仆与妻子的旧日情份而对他们格外哀怜，因为梦到妻子仍然贫寒而烧送冥钱。他知道夫妻之间终不免有一天阴阳两隔，只是想起妻子，想起她与自己共守贫贱、苦乐相伴的日子，每一点每一滴无不让他感到格外的悲伤。

行 宫

寥落古行宫，宫花寂寞红。
白头宫女在，闲坐说玄宗。

【诗解】

从安史之乱结束到元稹写这首诗，时间已经过去了四十多年，国家的主人已然换了几任，前朝遗留下来的东西，除了江河日下的国势以外，还有已经无人问津的行宫，以及其中被遗忘了的宫女。行宫中的花儿寂寞地开着，曾经青春靓丽的宫女们已是白发苍苍。她们坐着、谈着，记忆好像只停在了开元、天宝年间，谈话的内容也只限于有关玄宗的陈年旧事。小诗短小精湛，意味隽永，倾诉了宫女无穷的哀怨之情，寄托着作者心中深沉的盛衰之感。

贾 岛

贾岛（779～843），字阆仙，一作浪仙，范阳（今河北涿州市）人。初落拓为僧，名无本，后还俗，屡举进士不第。曾任长江主簿，人称贾长江。贾岛诗以苦吟著名，"推敲"的故事便由他而来。其诗喜写荒凉孤僻之境，多苦寒之词，开晚唐尖新狭僻一派诗风。《全唐诗》存诗四卷。

寻隐者不遇

松下问童子，言师采药去。
只在此山中，云深不知处。

【诗解】

　　松树下问小童子"师傅去哪了"，他说师傅去采药了，就在这座山中，但云深雾浓，无法知道究竟在哪一处。小诗简单好懂，然而与童子一问一答间，传递出清幽高远的意境，蕴含着无穷无尽的理趣，还有诗人访友不遇、空望云山的惆怅。

贺知章

　　贺知章（659～744），字季真，自号四明狂客，越州永兴（今浙江萧山）人。武后证圣元年（695年）登进士第，由张说奏荐入丽正殿修书，后迁礼部侍郎、太子宾客，官至秘书监，故称贺监。为人旷达不羁，好饮酒，善谈笑，与张旭、包融、张若虚号为"吴中四士"，最后还隐镜湖。能诗善书，诗风清新明快。其诗大多散失，今存二十首。

回乡偶书

少小离家老大回，乡音无改鬓毛衰①。
儿童相见不相识，笑问客从何处来？

【注释】

　　①衰（cuī）：稀少。

【诗解】

　　诗的前两句叙述自己从小离家年老方归的身世，写出如今乡音未改而鬓发已白的情状，蕴含着深深的伤老情绪。后二句展现了一幕富于戏剧性的儿童笑问的场面，寄寓着作者对久别故乡后反主为客的无限感慨。此诗贵在亲切质朴的语言和浓浓的人情味。

张　继

张继(生卒年不详),字懿孙,南阳(今属河南)人,一说襄州(今湖北襄阳)人。天宝进士,至德年间曾为御史,大历末年任检校祠部员外郎,分掌财赋于洪州。张继为官清廉,关心人民疾苦。其诗多登临记行之作,诗风清远,不务雕琢。《全唐诗》收诗一卷。有《张祠部诗集》。

枫桥夜泊

月落乌啼霜满天,江枫渔火对愁眠。

姑苏城外寒山寺①,夜半钟声到客船。

【注释】

①姑苏:苏州。寒山寺:传高僧寒山居此而得名。

【诗解】

枫叶如火的季节里,诗人离家又是一年了。夜泊于苏州城外的枫桥,面对着满天霜华、星星渔火、瑟瑟江枫,还有那即将落下的秋月,他乡愁难解,怀思难眠。辗转反侧之际,几声栖而复惊的鸦啼提醒他:夜已深沉。这时候,城外寒山寺的钟声悠然响起,一声声、一下下传到客舟之上,传入不眠之人耳中,契合着思乡的心律,扣打着游子的心扉。

唐宋词

李 白

菩萨蛮

平林漠漠烟如织①,寒山一带伤心碧。暝色入高楼②,有人楼上愁。

玉阶空伫立③,宿鸟归飞急。何处是归程?长亭更短亭④。

【注释】

①平林:林树远望齐平之貌。②暝(míng)色:暮色。③伫(zhù)立:长时间地站着。④更:连续,连接。

【词解】

词写思归之情。黄昏时分,作者伫立于高楼之上,眼前是一片苍茫暮色。平林、寒山、烟霭交织在一起,构成了一幅清冷凄迷的画面。见鸟儿归飞甚急,他心头泛起天涯游子的悲凉:鸟儿尚能归巢,而我的客居生活却不知何日结束。通往家乡的道路,长亭连接着短亭,漫长得望也望不到尽头!

张志和

张志和,原名龟龄,字子同,婺州金华(今属浙江)人。肃宗时明经及第,待诏翰林,授左金吾卫录事参军。后因事贬官,赦归,遂浪迹江湖,徜徉山水,自号"烟波钓徒"。今存《渔歌子》词五首。

渔歌子

西塞山前白鹭飞①,桃花流水鳜鱼肥②。青箬笠,绿蓑衣,斜风细雨不须归。

【注释】

①西塞山:即道士矶,在湖北大冶县长江边。②鳜(guì)鱼:俗名花鲫鱼,亦称"桂鱼"。

【词解】

　　西塞山前悠闲地飞翔着几只白鹭,西塞山下桃花含笑,春江水涨,鳜鱼正肥。如果是晴天前往自可感受春之明丽,如果赶上丝丝细雨,便可戴起青箬笠,披上绿蓑衣,在斜风细雨中闲支钓竿,感受春的温柔。这首小令是渔歌,写的是渔隐之乐,轻轻数语,不但写尽春意美景,更写出作者恬和淡雅的情怀。

戴叔伦

　　戴叔伦(732~789),唐代诗人,字幼公,润州金坛(今属江苏)人。曾任新城令、东阴令、抚州刺史、客管经略使。晚年上表自请为道士。今存《调笑令》词一首,开宋代边塞词先声。有《戴叔伦》集。

调笑令

　　边草,边草,边草尽来兵老。山南山北雪晴,千里万里月明。明月,明月,胡笳一声愁绝①。

【注释】

　　①胡笳:古代北方民族的一种吹奏乐器,似笛。

【词解】

　　词写一位戍边老兵思乡的悲苦:边塞的野草啊,边塞的野草!当你葱郁的生命即将枯萎时,我这久戍的士兵也熬老了。这里山南山北都被茫茫白雪覆盖,凄清,洁净;每当千里万里同看一轮明月升起,我便对着它思念我的故乡。明月啊,明月!悲凉的胡笳声响起,我就会十分忧伤,愁绪满怀。

王　建

调笑令

　　团扇①,团扇,美人病来遮面。玉颜憔悴三年,谁复商量管弦?弦管,弦管,春草昭阳路断②。

【注释】

①团扇：圆形的扇子。②昭阳：昭阳殿。汉成帝与宠妃赵合德歌舞行乐的地方。

【词解】

词中美人因病憔悴三年，再也唤不回陪伴君王调弦弄管、商量歌舞的日子，因而叹息春天虽来，然而承恩受宠的"昭阳路"已断，剩下的只有凄恻忧伤。

刘禹锡

竹枝词

山桃红花满上头，蜀江春水拍山流。
花红易衰似郎意，水流无限似侬愁①。

【注释】

①侬（nóng）：我。

【词解】

满山遍野火红的山桃花，拍山而流的蜀江春水。女子用山桃开放得热烈但却不能长久比喻情郎对自己的情意，用无休无止的水流比喻自己深深的哀愁。小令充满了民歌情调，真挚朴素，十分感人。

潇湘神

斑竹枝，斑竹枝，泪痕点点寄相思。
楚客欲听瑶瑟怨，潇湘深夜月明时。

【词解】

湘妃竹上的点点与斑斑，是传说中娥皇、女英在舜帝去世后因为思念而留下的泪痕。作者贬谪楚地，对竹凭吊，心中满是哀怨。他说在楚地为客的人如果想要听到湘灵弹奏的《瑶瑟怨》，就须要等到潇湘深夜，月明时分。

白居易

忆江南

江南好，风景旧曾谙①。日出江花红胜火，春来江水绿如蓝②，能不忆江南？

【注释】

①谙：熟悉。②蓝：蓝草，其叶可制青绿染料。

【词解】

这一首以色彩取胜，作者不遗余力，以浓墨重彩渲染江南风景。然而这色彩与画布上所能呈现的又有不同，因为花红胜火、水绿如蓝的描绘不仅有色，更带出了春天热烈奔放、蓬勃兴旺的生机。这种高度的艺术提炼，千百年来让人们永忆这胜似画图的江南春。

忆江南

江南忆，最忆是杭州。山寺月中寻桂子，郡亭枕上看潮头①，何日更重游？

【注释】

①郡亭：官署中的亭子。潮头：指中秋前后的钱塘潮。

【词解】

回忆江南，最让作者魂牵梦系的是杭州。在这首词中，作者用"山寺月中寻桂子，郡亭枕上看潮头"两个生活剪影，生动地道出了居住在杭州时生活的惬意与安闲，并在结尾处表达出对重游之日的热切盼望，对杭州的一片由衷喜爱之情跃然纸上。

长相思

汴水流①，泗水流②，流到瓜洲古渡头③。吴山点点愁。
思悠悠，恨悠悠，恨到归时方始休。月明人倚楼。

【注释】

①汴水：源于河南，与泗水合流后入淮河。②泗水：源于山东曲阜，至徐州与汴水合流入淮河。③瓜洲：在今江苏省扬州市南面，因形状似瓜而得名。

【词解】

此词写一位女子对于远行的爱人的思念。汴水汇入泗水后经瓜洲渡而入淮河，这大概也就是女子的丈夫出行时所走的路线。行人至今未归，女子望穿秋水，心中千般惦念万般相思结成了忧丝愁网，纠缠难解，无怪乎在她眼中那点点吴山似也知情识意地黯淡了颜色，同她一起忧愁。

她想啊，盼啊，由爱而生恨，恨丈夫的久出不归。然而这恨却是有期限的，那就是丈夫归来之时。

月明星稀的夜晚，她又如往常一样地倚楼独坐，默默地在思索着什么……

花非花

花非花，雾非雾。夜半来，天明去。来如春梦不多时，去似朝云无觅处。

【词解】

这是一首描写歌伎的词。作者形容歌伎似花而不是花，似雾而不是雾，不但写出了她们的美丽、轻盈和绰约的风姿，同时表现出她们神秘飘忽、难以捉摸的特征。她们夜半前来侑酒侍宴，天明之时便各自离去，来如美好短暂的春天梦境，去似朝云流散，无觅踪影。

浪淘沙①

借问江潮与海水，何似君心与妾心？
相恨不如潮有信，相思始觉海非深。

【注释】

①浪淘沙：本是白居易的自度曲，形式与七言绝句相同，到宋代渐发展为长短句。

【词解】

　　盼人不归的女子借问江潮与海水：何似君情，何似妾心？她恨情人不能像潮水一样来去有定时，想他的时候她深深地体会到，海深不如思念之深。

皇甫松

　　皇甫松，生卒年不详，字子奇，自号檀栾子，睦州新安（今浙江淳安）人。中唐古文作家皇甫湜之子，宰相牛僧孺之外甥，未入仕。《新唐书·艺文志》著录皇甫松《醉乡日月》三卷，其词今存二十余首。今有王国维辑《檀栾子词》一卷。

采莲子

菡萏香连十顷陂①，小姑贪戏采莲迟。
晚来弄水船头湿，更脱红裙裹鸭儿。

【注释】

　　①菡萏：荷花。陂（bēi）：池塘。

【词解】

　　此词刻画了一位天真活泼的少女形象。十里荷塘，处处洋溢着荷花的清香，这位小姑娘玩耍其中，几乎忘记了还有莲蓬要采。天色渐晚，可她却不着急不着慌，坐在船头赤脚打着水，将船头溅得湿淋淋的。眼见她站起身来，还道她是要撑船回家了，哪料到她脱下了自己的红裙，轻轻地将鸭儿裹抱。

温庭筠

望江南

梳洗罢，独倚望江楼。过尽千帆皆不是，斜晖脉脉水悠悠。肠断白蘋洲。

【词解】

　　这是一首很有名的小令，写的是闺怨。女子自清晨梳洗完毕便倚楼眺望直到夕阳西下，看千帆过尽,独不见游子的归船,心中满是伤感与失望。"斜晖脉脉水悠悠"不但写景,同时也是写倚楼人的情脉脉、思悠悠,而"肠断白蘋洲"的突然收尾,语简、情深,余意不尽。

菩萨蛮

　　小山重叠金明灭①,鬓云欲度香腮雪②。懒起画蛾眉,弄妆梳洗迟③。

　　照花前后镜,花面交相映。新帖绣罗襦④,双双金鹧鸪⑤。

【注释】

　　①小山:指屏风上所画的小山。②鬓云:似云般的鬓发。③弄妆:梳妆打扮。④罗襦(rú):丝绸短袄。⑤金鹧(zhè)鸪(gū):指用金线绣成的鹧鸪鸟。

【词解】

　　画屏上重叠的小山伴随着阳光的移动忽明忽暗,暗示出时间已经不早了。美人缓缓起得床来,光滑的秀发半垂香腮,宛如乌云度雪。她懒洋洋地起身画蛾眉,恹恹无聊地梳洗上妆。梳妆完毕后用前后两面镜子察看面容发髻是否都已满意,双镜辉映着她如花般的容貌。词文最后写美人新制罗袄上金线绣成的一对鹧鸪,以它们的华丽但却没有生气衬托美人的生活,以它们的成对成双对比美人的孤单寂寞。深含"岂无膏沐,谁适为容"的幽怨。

韦　庄

菩萨蛮

　　红楼别夜堪惆怅①,香灯半卷流苏帐②。残月出门时,美人和泪辞。

　　琵琶金翠羽③,弦上黄莺语④。劝我早归家,绿窗人似花。

【注释】

　　①红楼:歌馆妓院。②流苏:绒线制成的穗子。③金翠羽:指琵琶上用黄金和翠色羽毛装点的饰物。④黄莺语:形容弦音婉转清越。

【词解】

　　作者于画楼之上与心上人共守这别离前的最后一夜,香灯下,罗帐半卷,二人无语相对。别离时分，夜色阑珊，残月将落，美人噙着泪水向作者道别。她拿出金翠羽装饰的琵琶，拨出作者熟悉的婉转琴音，轻轻唱起"早些回来，绿窗人似花"的曲子，要让作者记得，绿窗前的人儿像花儿一样的美丽，也像花儿一样的容易凋零。

女冠子

昨夜夜半，枕上分明梦见，语多时。依旧桃花面，频低柳叶眉。半羞还半喜，欲去又依依①。觉来知是梦，不胜悲。

【注释】

①依依：恋恋不舍的样子。

【词解】

作者于梦中见到了朝思暮想的她，并向她倾诉了多时。她依旧是那样美丽可人，面似桃花，频频低下柳叶一样的眉毛；半带娇羞，半带喜色，欲走还留，依依不舍。

一觉醒来，知道一切都是梦境，作者不胜悲怀。

思帝乡

春日游，杏花吹满头。陌上谁家年少，足风流①。妾拟将身嫁与，一生休②。纵被无情弃，不能羞。

【注释】

①陌：田间小道。②拟：打算。

【词解】

春游中的少女在田间小路上偶遇少年，少年的风流潇洒深深地打动了女子，让她顿生爱慕之情。冲动之下，女子暗自在心中做出了要将终身托付给少年的决定，并且愿意为这样的决定承担风险，所谓"纵被无情弃，不能羞"——就算是有一天被无情地抛弃，我也是无怨无悔。

牛希济

牛希济（生卒年不详），牛峤之侄，陇西（今甘肃陇西县）人。前蜀王衍时任起居郎、翰林学士。后唐同光三年（925年），灭蜀，遂降，入洛阳，拜雍州节度副使。才思敏捷，工诗词，词风与牛峤相近，温婉真切，清新自然。

生查子

新月曲如眉,未有团圞意。红豆不堪看①,满眼相思泪。
终日劈桃穰②,人在心儿里③。两朵隔墙花,早晚成连理④。

【注释】

①红豆:又名相思子。王维《相思》有:"红豆生南国,春来发几枝。劝君多采撷,此物最相思。"②桃穰:桃核。③人:与"仁"同音。④连理:指不同根却生长在一起的草木。

【词解】

词写少女苦恋之情。上片写女子眼含相思热泪,不忍看窗外红豆累累;见新月如眉,更觉团圆的遥遥无期。将相思之苦刻画得入木三分。下片用"终日劈桃穰,人在心儿里"比喻恋人深藏在自己心里,含蓄道出此生不渝的深深情意。结尾句更以"两朵隔墙花,早晚成连理"寄托出有情人终成眷属的执着信念。

李 珣

李珣(约855~930),字德润。先祖为波斯人,后移家梓州(今四川三台县),时有"李波斯"之称。前蜀秀才,事蜀主王衍,国亡不复仕。词风清新俊雅,朴素中见明丽,是花间派重要词人之一。今存词五十余首。

南乡子

乘彩舫,过莲塘,棹歌惊起睡鸳鸯①。游女带香偎伴笑,争窈窕,竞折团荷遮晚照②。

【注释】

①棹歌:船歌。②竞:竞相。

【词解】

　　词写一群姑娘在夏日莲塘中泛舟游乐嬉戏的情景。她们乘着画船，笑着，闹着，相互依偎着，唱起清悠婉转的船歌，欢声笑语充斥在莲塘的上空，沉睡的鸳鸯也为之惊醒。当太阳走到了天的西边，她们又竞相折下荷叶，用它来遮挡晚照。其实遮挡晚照是假，看谁在柔美霞光的衬托下最为美丽才是真。

顾　夐

　　顾夐（xiòng）（生卒年、字号不详），后蜀词人，前蜀王建时给事内廷，迁茂州刺史。后蜀孟知祥时，累官至太尉。尤工小词，作品多写艳情，香软颓靡，艺术技巧较高。今存词五十五首。

诉衷情

　　永夜抛人何处去①？绝来音。香阁掩，眉敛，月将沉。争忍不相寻②？怨孤衾③。换我心，为你心，始知相忆深。

【注释】

　　①永夜：长夜。②争忍：怎忍。③衾：被子。

【词解】

　　长夜漫漫，心上人丢下自己，音信全无，不知所踪。女子虚掩房门，半皱柳眉，静坐良久，直到月儿将沉。不眠是因为相思，她又因相思而生怨，怨枕只衾单，怨自己无法不想他。她说：将我的心换成了你的心，你就会知道我对你的依恋是多么深挚了！

孙光宪

　　孙光宪（900？～968），字孟文，陵州贵平（今四川仁寿东北）人。唐末为陵州判官。后唐天成初避难江陵，为南平王高从诲赏识，官检校秘书少监等职，历事三世。后劝高继冲归宋，宋太祖闻之甚悦，授黄州刺史。孙光宪博通经史，好著述，有笔记《北梦琐言》。词风清丽疏淡，善写水乡风光。今存词八十余首。

浣溪沙

蓼岸风多橘柚香,江边一望楚天长。片帆烟际闪孤光。目送征鸿飞杳杳①,思随流水去茫茫。兰红波碧忆潇湘。

【注释】

①征鸿:远飞的大雁。

【词解】

词写送别。凉秋季节,作者于长满蓼花的江岸目送友人的小船渐行渐远,心中有说不出的伤感和眷恋。那片孤帆在日光下闪闪烁烁,若隐若现,最后消失在楚天辽远的天际。此时伴随在作者身边的,只剩下阵阵冷风,还有弥散在风中的橘柚的清香。

朋友之去,宛如征鸿远走,而作者的思绪也随着载送朋友行舟的流水茫茫远去。他希望友人能记住这里盛开的红兰、澄碧的江水,记住美丽的潇湘,记住生活在潇湘的自己。

冯延巳

冯延巳(903～960),一名延嗣,字正中,广陵(今江苏扬州)人。南唐烈祖时以秘书郎与李璟游处,保大四年(946年),自中书侍郎拜平章事,出镇抚州,后又入朝为相,后罢相为太子少傅。冯延巳无治国之才,内政不修,但文辞颖发,工诗,尤长乐府词。词风清丽,委婉深情。今存词一百二十首。有《阳春集》。

谒金门

风乍起①,吹皱一池春水。闲引鸳鸯香径里,手挼红杏蕊②。

斗鸭阑干独倚,碧玉搔头斜坠③。终日望君君不至,举头闻鹊喜④。

【注释】

①乍:忽然。②挼(ruó):揉搓。③碧玉搔头:即碧玉发簪。④闻鹊喜:古人认为闻鹊声意味着有喜事来临。

【词解】

忽然到来的一阵和风,不但吹得一池春水波光粼粼,更让一位思妇的心中荡起了波澜。春光正好,她时而于花径之上闲引鸳鸯,时而百无聊赖地揉捻红杏花蕊,时而闲倚着栏杆看鸭儿争斗,出神得连碧玉搔头斜坠到鬓边也没有意识到。是鸭儿争斗使女子聚精会神地观赏而忘了自己吗?——是孤独的愁思让她走了神,她正为"终日望君君不至"而愁苦和怅怅着。

深锁的庭院,隔绝了尘世,却将思念之情浓缩。当几声喜鹊的喧闹传入女子耳中,她抬起头来,满脸是对郎君归来的喜讯的渴盼。

鹊踏枝

谁道闲情抛掷久?每到春来,惆怅还依旧。日日花前常病酒①,不辞镜里朱颜瘦。

河畔青芜堤上柳②,为问新愁,何事年年有?独立小桥风满袖,平林新月人归后。

【注释】

①病酒:因常醉酒而病。②芜(wú):小草。

【词解】

谁说闲情抛弃了很久,作者说,每到春来,他还是惆怅依旧。作者的闲情缘于惜春,他面对鲜花而心忧明媚春光转瞬即逝,所以日日病酒遣怀,不辞镜里容颜日渐消瘦。

漫步在堤岸,看到河畔草青青,堤上柳依依,作者问起为何新愁如青草、绿柳一样春来即长,年年不尽。他独立小桥,任凉风鼓荡衣袖,直到新月从平齐的树林间升起,直到行人尽归,月明林静。

李 璟

李璟(916~961),初名景通,字伯玉。唐宗室后裔,南唐烈祖长子。性宽仁,少有文名,保大元年嗣位称帝,为南唐中主。在位十九年,庙号元宗。初有经营四方之志,后为邪臣所蔽,国事日非,被迫向周称臣,抑郁而死。多才多艺,诗书俱佳。今存词四首。

浣溪沙

手卷珠帘上玉钩,依前春恨锁重楼。风里落花谁是主?思悠悠。

青鸟不传云外信①,丁香空结雨中愁。回首绿波春色暮,接天流。

【注释】

①青鸟:相传是西王母的使者。

【词解】

轻卷珠帘,闲挂玉钩,年年依旧的春恨笼罩着重重阁楼;风起花落,落花有谁为之做主,词人思绪悠悠,总盼青鸟能带来云外的慰抚,但唯有雨中的结子丁香,伴他一同凝愁。情深无奈,词人怅然回望,充然在目的是将尽的春色,还有一波绿水流向暮色苍茫的天边,便似他弥漫于无际的脉脉忧愁。

浣溪沙

菡萏香销翠叶残①,西风愁起绿波间。还与韶光共憔悴②,不堪看。细雨梦回鸡塞远③,小楼吹彻玉笙寒。多少泪珠无限恨,倚阑干。

【注释】

①菡萏:荷花。②韶光:美好的时光。③鸡塞:此处泛指边塞。

【词解】

飒飒西风吹皱一池绿波,满池荷花香消翠减。见韶光衰落、物华将休,人儿也随之愁苦憔悴,不忍再看。

午夜梦回,窗外细雨纷纷,她幽叹边关遥远,心为离情别恨所苦,因而再难入眠,独自登上小楼,吹遍玉笙凄凉之曲。

曲终,但无法抒尽胸中无限怨恨,伊人不禁潸然落泪,愁倚栏杆。

李 煜

李煜(937~978),字重光,号钟隐,初名从嘉,南唐中主李璟第六子,文献太子卒,以尚书令知政事立为太子。中主南巡,太子留守金陵监国。宋太祖建隆二年(961年)即位,宋开宝八年(975年)宋军南征,宋将曹彬攻破金陵,李煜出降,被俘至京师,封违命侯。太平兴国三年(978年),被宋太宗赐服牵机药而死。

李煜治国庸懦,但多才多艺。他通晓音律,工书画,创"金错刀"体。善诗文曲词,词的成就尤高。他开拓了词的境界,被俘后,尤多慷慨悲凉之音,所作诗词,今有辑本。

虞美人

春花秋月何时了,往事知多少?小楼昨夜又东风,故国不堪回首月明中。

雕栏玉砌应犹在①,只是朱颜改。问君能有几多愁?恰似一江春水向东流。

【注释】

①砌:台阶。

【词解】

春花秋月本是世间美好的景物,然而李后主却发出了"何时了"的感慨,因为春花秋月会引他想起那风流旖旎的过往。只是时移世变,如今身为臣虏,过往因而变得不堪回首。

欲思不忍,不思却不能,后主想到了故国的宫殿,想着那雕花的栏杆,白玉的台阶应还在,不禁叹息红润的容颜却已更改。他自问心中到底有多少忧愁,怅然自答:"那便似一江春水向东流。"

相见欢

无言独上西楼,月如钩。寂寞梧桐深院锁清秋。
剪不断,理还乱,是离愁。别是一般滋味在心头。

【词解】

全词明白如话,却蕴含着无限的愁苦情绪,字里行间都能感受到作者深深的落寞与惆怅。他清楚地知道,所有这些的痛苦,都起因于他心中缱绻不去的阵阵"离愁"。这离愁,是告别故国时说不尽的悲痛与悔恨;这离愁,是面对宫人相送时满面的泪水和愧疚;这离愁,是沦为臣虏后对往事的欲思不忍、罢思不能;这离愁,像千万条没有头没有尾的丝织成的网笼罩在心头,剪不断,理还乱,正所谓"别是一般滋味",让作者无从解脱,苦不堪言。

相见欢

林花谢了春红,太匆匆。无奈朝来寒雨,晚来风。
胭脂泪,留人醉,几时重?自是人生长恨水长东。

【词解】

看着众多的花儿脱去了春天里的红衣,作者伤感地叹息它们凋谢得太匆匆。花期既短,却又横遭朝来寒雨晚来风,但目之者又能何如?

挥不散的记忆是粉面娇颜上流下的盈盈泪水,每每想起便令人心醉神迷,但几时才可以与她重逢?作者叹道:人生总有恨,亦如水流长向东。

浪淘沙

帘外雨潺潺①,春意阑珊②,罗衾不耐五更寒。梦里不知身是客,一晌贪欢③。

独自莫凭栏,无限江山,别时容易见时难。流水落花春去也,天上人间。

【注释】

①潺潺:雨水声。②阑珊:残,将尽。③一晌:片刻,一会儿。

【词解】

帘外雨声潺潺,听雨声便可晓得,春天将过。

五更梦断,是因为罗被难以抵挡破晓前的寒气,作者因寒冷而醒,醒来回想梦境,深叹梦中可以忘掉现实的残酷,享受须臾的欢乐。

他继而警醒自己:独自不要凭栏怀远吧,那南国的无限江山是别时容易见时难。悠悠过往真如水流花落春去,离开故土以后,人生从此由天上而人间。

清平乐

别来春半,触目愁肠断。砌下落梅如雪乱,拂了一身还满。

雁来音信无凭,路遥归梦难成。离恨恰如春草,更行更远还生。

【词解】

从弟弟入宋到现在,春已过半,看到春光仍在一点一滴地流逝着,作者愁情无限。

伫立在台阶,阶下落梅似雪般纷乱,花瓣沾衣,拂去一身片刻便又落满。有雁飞过,但不曾带来远人的片纸音讯,山长水阔,远路使梦中也难觅归影。

作者离恨满怀,他将之比为春草,无处不在,无限地蔓延,滋生。

破阵子

四十年来家国①,三千里地山河。凤阁龙楼连霄汉,玉树琼枝作烟萝。几曾识干戈②?

一旦归为臣虏,沈腰潘鬓消磨③。最是仓皇辞庙日④,教坊犹奏别离歌⑤。垂泪对宫娥。

【注释】

①"四十年"句：南唐始祖建国到最后为宋所灭，历三朝共三十八年。②干戈：指战争。③沈腰：《南史·沈约传》记载，沈约怀才不遇，曾写信给好友说自己因病消瘦，以至于要收束腰带。后人因以形容人憔悴消瘦。潘鬓：晋潘岳《秋兴赋》序中云："余春秋三十有二，始见二毛。"后人因以形容人的鬓发斑白。④辞庙：辞别宗庙。指离开南唐祖业，被押赴宋廷。⑤教坊：古时宫廷中管理音乐的官署。

【词解】

以阶下囚的身份对亡国往事作痛定思痛之想，自然不胜感慨系之。四十年来家国基业，三千里地的秀美河山，耸入云霄的凤阁龙楼，玉树琼枝般的奇花佳木，看惯了歌舞升平的后主何曾识得干戈。

只是一朝成为臣虏，他的精神与肉体都倍感折磨。最让他失魂落魄的记忆是那辞别宗庙、肉袒北上的日子，旧臣俱已风流云散，只剩教坊之人仍前来为他奏起别离悲歌，后主千言万语终作无声泪水，他垂泪对宫娥。

敦煌曲子词

20世纪初，大量五代写本被发现于敦煌莫高窟（又称千佛洞）。随之而重新问世的唐五代民间词曲，或称为敦煌曲子词，或称为敦煌歌辞。内容广泛，形式活泼，风格繁富，有鲜明的个性特征和浓郁的生活气息，反映了词兴起于民间时的原始形态。

菩萨蛮

枕前发尽千般愿：要休且待青山烂①。水面上秤锤浮，直待黄河彻底枯。

白日参辰现②，北斗回南面。休即未能休，且待三更见日头③。

【注释】

①休：休弃。②参（shēn）辰：皆为星宿名。参星在西，辰星（即商星）在东，此消彼现，永不相见。③三更见日头：意谓半夜三更看见太阳。

【词解】

全词从爱情的巅峰一泄而下。爱极深而惧变，于是她在枕前反复立誓发愿：和我分手须等到青山烂，黄河彻底枯，水面上浮秤锤，大白天看到参星、辰星一起出现，北斗星跑到了南天。如此还嫌不够，女子继而又追加道：即使这些事情全部实现也还不能分手，你须半夜三更看到日头！

鹊踏枝

叵耐灵鹊多谩语①,送喜何曾有凭据?几度飞来活捉取,锁上金笼休共语。

比拟好心来送喜②,谁知锁我在金笼里。欲他征夫早归来,腾身却放我向青云里。

【注释】

①叵(pǒ)耐:不可忍耐。灵鹊:古人认为鹊能报喜,故称"灵鹊"。谩语:不实之语。②比拟:原来准备。

【词解】

此词通过人与鹊的对话来传达闺情。上阕是少妇语,她在责怪喜鹊,她说:"我真是再也受不了你的虚言妄语了,你每每来送喜,可是何曾灵验过?我如今将你逮住锁在笼里,你且安安静静地反省一下吧!"

下阕是喜鹊语,它满腹委屈地说:"我来送喜是好心啊,可你却把我锁在了笼子里。"继而又满含期待地叨念着:"让她的丈夫早些归来吧,我想,到那时候,他一定会打开笼门,腾身将我放飞向青云里。"

望江南

天上月,遥望似一团银。夜久更阑风渐紧,与奴吹散月边云。照见负心人。

【词解】

明月当空,夜阑人静,女子整夜辗转难眠。她希望这渐紧的夜风吹散月边浮云,让月光照见负心人。

潘阆

潘阆(?~1009),字逍遥,大名(今属河北)人。太宗至道元年(995年)召对,赐进士第,授四门国子博士。后以"狂妄"罪名被斥,漂泊江湖,以卖药为生。真宗时得到赦免,出任滁州(今安徽滁县)参军。与寇准、林逋等交游唱和,往来于苏杭,现存词皆歌咏杭州西湖景色。笔调清新,颇具浪漫色彩。有《逍遥词》。

酒泉子

长忆观潮①,满郭人争江上望②。来疑沧海尽成空,万面鼓声中。弄潮儿向涛头立③,手把红旗旗不湿。别来几向梦中看,梦觉尚心寒。

【注释】

①观潮:指观每年中秋前后的钱塘潮。古人在钱塘潮来临之日要举行隆重的观潮盛典,人们会倾城而出,争相到江堤上观望。②郭:城。③弄潮儿:戏潮的健儿。

【词解】

经常回忆起观看钱塘潮的情景:人们倾城而出,争相到江堤上观望。当钱塘潮汹涌而来的时候,好像大海之水全倾泻到了钱塘江中;潮声轰鸣,犹如千万面战鼓齐响。弄潮健儿们手举红旗,迎潮而立,靠着娴熟的技艺踏浪而行,与巨浪狂涛共舞。这一幕幕动人心魄、紧张惊险的场面让作者难以忘怀,所以虽然离开了杭州,还时而梦到。而每次梦醒时,他还总是心有余悸,手脚冰凉。

林 逋

林逋(967~1028),字君复,钱塘(今浙江杭州)人,北宋初年著名隐逸诗人。长期隐居于杭州西湖孤山,不仕不娶,无子,种梅养鹤以自娱,人称其"梅妻鹤子",死后赐谥和靖先生。工诗词,风格淡远、婉丽。著有《和靖集》,存词三首。

长相思

吴山青,越山青,两岸青山相送迎。谁知离别情?君泪盈,妾泪盈,罗带同心结未成①。江头潮已平。

【注释】

①"罗带"句:古时女子常将罗带打成心形的结,送给自己的爱人以示永不分离之愿。此句是说同心结未打成,爱人就要离去了。

【词解】

处在钱塘江两岸的吴山、越山,自古以来便见惯了人间的迎来送往；山色青翠，不曾因为人间的儿女情长而动容。然而在此分别的人们，常常是怀着缠绵悱恻的心情，忍受着肝肠寸断的痛楚，这滋味，从词中女子"谁知离别情"的反问中不难体会。

分别的时刻，他泪眼盈盈，她也泪眼盈盈，两人虽然情投意合，但却避免不了这一场分别。当潮水涨到和堤岸齐平，他终于要乘船远去，在这"江头潮已平"的结束语中，蕴含的是难言的不舍与伤情。

范仲淹

范仲淹（989～1052），字希文，祖籍邠州（今陕西彬县），移居吴县（今江苏苏州）。少时贫困好学，真宗大中祥符八年（1015年）进士。官至枢密副使、参知政事。范仲淹是北宋著名的政治家和文学家，曾积极推行"庆历新政"，为人廉洁公正，奉行"先天下之忧而忧，后天下之乐而乐"的做人准则。词作仅存五首，描写边塞秋思，羁旅情怀，突破了宋初词专写儿女柔情的界限，风格明健豪放。有《范文正公集》。

苏幕遮

碧云天，黄叶地，秋色连波，波上寒烟翠。山映斜阳天接水，芳草无情，更在斜阳外。

黯乡魂，追旅思，夜夜除非，好梦留人睡。明月楼高休独倚，酒入愁肠，化作相思泪。

【词解】

碧空衔云，黄叶满地，连绵的秋色一直向远方延伸，与那里的溟濛空翠的烟波相连。若在夕阳西下时寻去，登上水边的山峦，可见层林尽为余晖所染，一江寒水远走天边，还有隔岸弥望无尽的芳草地。

山川寥廓，风物壮美，常人见之易生感慨，而苦于漂泊之人见之则易动乡思。让人黯然神伤的离愁，对一路辛苦奔波的追忆，无不让作者感到凄恻难耐；想要得以解脱，怕只有祈求夜夜好梦来缓解对现实的无可奈何。百情塞胸之时，作者想要倚楼痛饮、对月寄怀以为宣泄，但终因心中有所警悟，继而打消此念。他意识到了什么？——酒入愁肠，会化作相思清泪。那种感觉，更让他难以承受！

渔家傲

塞下秋来风景异，衡阳雁去无留意①。四面边声连角起②，千嶂里③，长烟落日孤城闭。

浊酒一杯家万里，燕然未勒归无计④。羌管悠悠霜满地，人不寐，将军白发征夫泪。

【注释】

①衡阳雁去：古人认为大雁南飞至衡阳而止。②边声：边境上的马嘶、风号等声音。角：军中号角。③嶂：形容高险如屏障的山峦。④燕然未勒：谓外患未平。燕然：东汉窦宪大破北匈奴后，曾登燕然山（今蒙古杭爱山）刻石纪功。勒：刻。

【词解】

词中这样咏叹边塞的风景和将士的情怀：秋色降临边塞啊，风景就变得大不相同。大雁飞去衡阳啊，不愿在此稍作停留。杂乱的边声夹着凄凉的号角声从四面涌起，群山环抱中，长烟直上，夕阳下孤城紧闭。举起浊酒一杯，想念万里之遥的家乡；归思无限啊，但边患一日不平，便是有家难回。伴随着悠悠羌管，寒霜覆盖了大地。这里的人们长夜不寐；将军的头发已经变白，士卒的面颊上挂着辛酸的眼泪。

柳　永

柳永（约987～1053），原名三变，字景庄，后改名柳永，字耆卿，崇安（今属福建）人。仁宗景祐初进士，官至屯田员外郎，世称柳屯田。柳永为人狂放不羁，往返于秦楼楚馆，仕途坎坷，终生潦倒。其词多写歌伎愁苦和羁旅行役之情，所作慢词居多，音律和婉，是把词从宫廷引向民间的第一个专业作家。柳永的词深受平民阶层的欢迎，甚至出现"凡有井水处，皆能歌柳词"（《避暑录话》）的盛况。

蝶恋花

伫倚危楼风细细①，望极春愁，黯黯生天际。草色烟光残照里，无言谁会凭栏意②。

拟把疏狂图一醉③，对酒当歌，强乐还无味。衣带渐宽终不悔，为伊消得人憔悴④。

【注释】

①伫（zhù）：久站。危楼：高楼。②会：理解。③拟：想要。④伊：她。

【词解】

在高楼上凭栏久立、凝望远方的时候,和风一直在轻轻吹拂。恍惚中,春愁从天边涌起,然后蔓延开来。夕阳残照里,草色暮色一派迷茫,静默之中,词人轻叹无人能理解自己凭栏凝伫的心意。

会想到放浪狂荡地以醉消愁,但真正对酒当歌时,深深感到的是勉强作乐的索然无味;眼看衣带渐宽,人渐憔悴,但既是为她才这样,心中是始终如一的无怨无悔。

雨霖铃

寒蝉凄切,对长亭晚,骤雨初歇。都门帐饮无绪①,留恋处,兰舟催发。执手相看泪眼,竟无语凝噎②。念去去千里烟波,暮霭沉沉楚天阔。

多情自古伤离别,更那堪、冷落清秋节。今宵酒醒何处?杨柳岸、晓风残月。此去经年③,应是良辰好景虚设。便纵有千种风情,更与何人说?

【注释】

①都门帐饮:意谓于京城郊外搭帐设宴饯别。②凝噎(yē):形容喉咙里像塞了东西,说不出话来。③经年:年复一年。

【词解】

当黄昏的一场骤雨过后,伴随着暮蝉凄切的鸣声,作者即将与恋人分别。酒无心饮,食不甘味,情绪低落的作者草草结束了都门的别宴,来到水边,准备乘舟南下。在这最后的缠绵时刻,两人手把着手,泪眼相对,哽咽无语。

念及烟波渺渺的南国,暮霭低沉,征途千里,念及多情者自古最伤离别,而今却还要离别在这凄冷的清秋时节,作者百感交集,肠回九转。他想着今夜酒醒,难免泊船柳岸,独对一弯残月、冷冷晓风;他预想自此别后,便遇得良辰好景,也是如同虚设。离开了心爱的她,纵有千般人世风情,又能与谁倾心絮语?

望海潮

东南形胜①,三吴都会②,钱塘自古繁华。烟柳画桥,风帘翠幕,参差十万人家。云树绕堤沙,怒涛卷霜雪,天堑无涯③。市列珠玑④,户盈罗绮⑤,竞豪奢。

重湖叠巘清嘉⑥,有三秋桂子,十里荷花。羌管弄晴,菱歌泛夜⑦,嬉嬉钓叟莲娃。千骑拥高牙⑧,乘醉听箫鼓,吟赏烟霞。异日图将好景⑨,归去凤池夸⑩。

【注释】

①形胜:位置重要,交通便利。②三吴:此处泛指江浙的广大地区。③天堑:天然的险阻。此处指钱塘江。④珠玑(jī):珠宝。⑤罗绮:绫罗绸缎。⑥重湖:北宋时西湖已有里湖、外湖之分,故云。叠巘:层叠的山峦。⑦菱歌:采菱女子们欢唱的歌曲。⑧高牙:本指军前大旗,此处指高官的仪仗旗帜。⑨异日:他日。图:描绘。⑩凤池:凤凰池,此处指代朝廷。

【词解】

既是东南地区的交通枢纽,又是三吴等地的重要都市,杭州自古以来便以繁华闻名。那轻烟笼罩的杨柳,美丽精致的画桥,各式各样的竹帘翠幕,参差错落在十万人家之间。你还可以看到望之如云的树木环抱着沙堤,澎湃似怒的海潮卷起白浪,以及壮美钱塘江的无边无涯。如果走在街市,眩目的是处处的珠光宝气、锦缎光华。

谈到秀美多姿,那就一定要说说杭州的重湖群山。你可以于秋季向山中寻桂子,可以在夏季观览湖中的十里荷花;坐在西湖岸边,可以晴天听羌管,夜来听菱歌,喜看湖中嬉戏的钓叟莲娃。如果有幸跟随将军的盛大仪仗出游,则可以乘醉听箫鼓,吟赏烟霞。

作者赞叹杭州的富庶美丽,他不但以文记述,更要以画描摹,以便他日前往京城时,好向同僚夸。

八声甘州

对潇潇暮雨洒江天,一番洗清秋。渐霜风凄紧①,关河冷落②,残照当楼。是处红衰翠减,苒苒物华休③。惟有长江水,无语东流。

不忍登高临远,望故乡渺邈④,归思难收。叹年来踪迹⑤,何事苦淹留⑥?想佳人,妆楼颙望⑦,误几回,天际识归舟。争知我⑧,倚阑干处,正恁凝愁⑨!

【注释】

①凄紧:秋风渐冷渐急。②关河:关山与河流。③苒苒:渐渐地。④渺邈:遥远。⑤年来:近年来。⑥淹留:久留。⑦颙(yóng):仰望。⑧争知:怎知。⑨恁(nèn):如此,这样。

【词解】

潇潇暮雨遍洒江天,雨水洗出了高爽的清秋,秋风渐冷渐急,关河寥落,残阳照在词人登临的高楼。四望红衰翠减,万物凋败,只有长江水,无语东流。

每每登高临远,词人便不胜惆怅,望不见故乡,心中的归思又浓重得难以排遣。他回顾近年来漂泊的足迹,自问为何事而久久不归。遥想佳人终日倚楼凝望,心怜她几次三番地将来船误认为自己回归的小舟。所以情不自禁地叹息道:"你怎知此时此刻,我正与你一样凝愁相望!"

张 先

张先（990～1078），字子野，湖州乌程（今浙江吴兴）人。仁宗天圣八年（1030年）进士。官至都官郎中，晚年退居乡里。为人疏放不羁。能诗善词，尤工于乐府，其词多写男女恋情和花月景色，雕词琢句，尤以小令见长。与柳永齐名。因善用"影"字，世称张三影。有《张子野词》。

天仙子

水调数声持酒听①，午醉醒来愁未醒。送春春去几时回？临晚镜，伤流景②，往事后期空记省③。

沙上并禽池上暝④，云破月来花弄影。重重帘幕密遮灯，风不定，人初静，明日落红应满径。

【注释】

①水调：曲调名，相传为隋炀帝所作。②流景：流逝的时光。③记省（xǐng）：清楚地记得。④并禽：双宿双飞的鸟儿。暝（míng）：昏暗。

【词解】

数声《水调》持酒听，午醉醒来愁未醒。作者默念春天一去不知何时才会回来，黄昏照镜，他伤叹着似水般流过的光景，伤叹往事种种，前约旧誓空成记忆。

池塘昏暗下来，对对鸳鸯栖息在沙岸；风儿吹散流云，月光下花影随风摇动。作者回到屋内，拉起重重帘幕护住烛光，听门外风声不停，不眠至夜深人静。他想，明日的落花，应该会铺满园中小径。

千秋岁

数声鶗鴂①，又报芳菲歇②。惜春更把残红折。雨轻风色暴，梅子青时节。永丰柳③，无人尽日花飞雪。

莫把幺弦拨④，怨极弦能说。天不老，情难绝。心似双丝网，中有千千结。夜过也，东方未白孤灯灭。

【注释】

①鹈(tí)鴂(jué)：即杜鹃。②芳菲歇：意谓春日已过，又是花儿凋谢的时候。③永丰：白居易《杨柳词》有："永丰坊里东南角，尽日无人属阿谁。"④幺弦：琵琶的第四弦，音细。此处指代琴弦。

【词解】

耳边数声杜鹃啼叫，又报春日将尽，作者心中的惜春之情因而强烈起来。他想到把开败的花儿折下，让枝头的繁荣得以延续，但时节已到雨疏风狂、梅子初生的暮春三月，街道上缭乱的是如雪般飘飞的柳絮。

"莫把幺弦拨，因为它能奏出心中最深的忧怨。天不会老，情不会绝，我的心好似双丝织成的网，其中有千千万万的结。"作者深情抒发。一夜无眠，记录下自己的心事，等到收起笔墨，发现天还未大亮，他于是吹灭孤灯，悄然睡下。

晏　殊

晏殊（991～1055），字同叔，抚州临川（今江西抚州）人。七岁能写文章，十五岁赐同进士出身，任秘书省正字。屡擢知制诰、翰林学士。庆历初，拜集贤殿大学士、同中书门下平章事兼枢密使。后知永兴军，徙河南，以疾回京师，卒，赠司空兼侍中，谥元献。其词多写四季景物、男女恋情、诗酒优游、离愁别恨，文词典雅华丽，雍容华贵，韵味独特，又不失清新雅淡，含蓄委婉，有"导宋词之先路""为北宋倚声家之初祖"的美誉。今存《珠玉词》一卷及清人所辑《晏元献遗文》。

浣溪沙

一曲新词酒一杯，去年天气旧亭台。夕阳西下几时回？
无可奈何花落去，似曾相识燕归来。小园香径独徘徊。

【词解】

赋一曲新词，饮一杯清酒，和去年一样的天气，依旧是去年所登临的亭台。一切似乎无甚变化，可是夕阳西下何曾回头，花儿落去谁又能阻拦？时光不停地流走，今年毕竟不是去年。燕子归来旧巢，但只是似曾相识，词人在花间小径上独自徘徊，惆怅在"逝者如斯"的感慨里。

蝶恋花

槛菊愁烟兰泣露①，罗幕轻寒②，燕子双飞去。明月不谙离恨苦③，斜光到晓穿朱户。
昨夜西风凋碧树，独上高楼，望尽天涯路。欲寄彩笺兼尺素④，山长水阔知何处。

【注释】

①槛菊：栏杆旁的菊花。②罗幕：丝罗做的帷幕，此指屋内。③谙：知晓。④彩笺兼尺素：指书信、题诗。

【词解】

以愁眼看栏杆下的菊与兰，菊含愁，兰泣露。作者身边虽有罗幕，却挡不住寒气透入。他目送双燕飞过，心中满含离别愁苦，他埋怨月儿不懂人情，直到拂晓仍将清光遍洒入窗户。

昨夜西风吹凋绿树，今晨起来，独上高楼，望尽天涯路。想要寄给情人书信一封，无奈山长水阔，不知她身在何处。

破阵子

燕子来时新社①，梨花落后清明。池上碧苔三四点，叶底黄鹂一两声。日长飞絮轻。

巧笑东邻女伴②，采桑径里逢迎。疑怪昨宵春梦好，元是今朝斗草赢③，笑从双脸生。

【注释】

①新社：即春社。古时祭祀土神的日子有春社、秋社之分，一般在立春、立秋后第五个戊日。②巧笑：美丽的笑容。③斗草：古时妇女常做的一种游戏，以手中草赌斗输赢。

【词解】

燕子来时，春社在即，梨花落后，清明便为期不远。在这个季节，池塘中会疏疏落落地点缀着几点绿苔，树荫里则不时传来一两声莺啼，白昼渐长，尽日飘飞的是轻轻的柳絮。

忽而笑声盈耳，原来是邻里的两位女子在采桑小径上相逢，二人继而玩起了斗草游戏。斗赢的一方充满欢乐，她随即想到：怪不得昨天晚上做了那样的一个好梦，原来是今天斗草要赢的兆头。想到这里时，笑容已然绽放在她的脸上。

宋　祁

宋祁（998～1061），字子京，安州安陆（今属湖北）人，后徙居开封雍丘（今河南杞县）。仁宗天圣二年（1024年）进士。历官龙图阁学士、知制诰、工部尚书、翰林学士承旨。因其词《玉楼春》中有"红杏枝头春意闹"之句，人称"红杏尚书"。卒谥景文。为人喜奢侈，好游宴。其词多抒写个人生活情怀，构思新颖，语言流利描写生动,今仅存数首。有《宋景文集》。

玉楼春

东城渐觉风光好,縠皱波纹迎客棹①。绿杨烟外晓寒轻,红杏枝头春意闹。

浮生长恨欢娱少,肯爱千金轻一笑②?为君持酒劝斜阳,且向花间留晚照。

【注释】

①縠(hú)皱:形容水波纹如绉纱一样褶皱。②肯:怎肯。

【词解】

行向城东,感觉风景越走越好,轻柔的水波迎来客船,烟笼绿杨,透露出轻轻晓寒;红杏枝头,呈现出蓬勃喧闹的春意。人生短暂,作者常恨欢乐的时光少之又少,他反问道:"我怎会因为爱惜千金而放弃歌舞欢笑?"

不知不觉中夕阳西下,为了让欢乐的时光能够再延续一晌,作者于是举起酒杯劝说夕阳,请它向花间留下晚照。

欧阳修

欧阳修(1007~1072),字永叔,自号醉翁,晚号"六一居士",吉州庐陵(今江西吉安)人。幼年丧父,由寡母教养成人。仁宗天圣八年(1030年)进士。历官知制诰、翰林学士、枢密副使、参知政事等。早年支持范仲淹新政,因此屡遭贬谪。晚年思想趋于保守,反对王安石变法。卒赠太子太师,谥文忠。北宋诗文革新运动的领袖,唐宋八大家之一。其词以小令见长,多写男女恋情、伤春怨别,亦有疏狂豪放之作。曾与宋祁等合修《新唐书》,并独撰《新五代史》。有《六一词》。

诉衷情

清晨帘幕卷轻霜,呵手试梅妆。都缘自有离恨,故画作远山长。
思往事,惜流芳,易成伤。拟歌先敛,欲笑还颦①,最断人肠!

【注释】

①"拟歌先敛"二句:是说唱歌之前先作愁态,笑之前先要皱眉,以此来增添妩媚。

【词解】

词写一位歌女十分动人的一个生活片断：

清晨醒来，她一如既往地起身下地，卷起窗帘。但觉寒气逼人，仔细一看，才发现窗帘上结了一层薄霜。她呵了呵手，坐到镜前，开始用心地化时下流行的梅花妆。因为心中有离恨无穷，所以不经意间，将双眉画得远山一样的绵长。

回忆过往的时候，她叹惜逝去的青春年华，心中每每泛起感伤。然而最是苦涩和不堪回首的，便是青春年少时那段"拟歌先敛，欲笑还颦"的声色生涯。

踏莎行

候馆梅残①，溪桥柳细。草薰风暖摇征辔②。离愁渐远渐无穷，迢迢不断如春水。

寸寸柔肠，盈盈粉泪。楼高莫近危阑倚③。平芜尽处是春山④，行人更在春山外。

【注释】

①候馆：驿馆。②摇征辔（pèi）：指策马远行。③危阑：高楼上的栏杆。④平芜：绵延不断、向远方伸展的草地。

【词解】

旅舍边梅花已然凋败，溪桥边柳树上新生的枝条细如垂丝。在和煦的春风中，柔嫩的芳草地上，女子目送自己的爱人骑马远去，心中的离愁也随之变得如春水般无穷无尽。

分别以后，女子每每柔肠百结，因不堪相思之苦而粉泪满面。她想凭高望远，却怕触景伤情，因为极目远眺虽然可见辽阔芳草地外的青山，但爱人更在那渺远的青山之外。

生查子

去年元夜时，花市灯如昼。月上柳梢头，人约黄昏后。

今年元夜时，月与灯依旧。不见去年人，泪湿春衫袖。

【词解】

去年元夜的京城，人潮如涌，华灯将花市照得如同白昼。作者与恋人相约在黄昏后，举头间看到月亮升起在柳树梢头。

转眼又是今年元宵，月依旧，灯依旧，只是作者不能再见到去年的情人，泪水沾湿了他春衫的衣袖。

蝶恋花

庭院深深深几许？杨柳堆烟，帘幕无重数。玉勒雕鞍游冶处^①，楼高不见章台路^②。

雨横风狂三月暮，门掩黄昏，无计留春住。泪眼问花花不语，乱红飞过秋千去。

【注释】

①玉勒雕鞍：镶玉的马笼头和雕花的马鞍。游冶处：即冶游处。指歌楼妓馆。②章台：妓女住所的代称。

【词解】

词写闺怨，主人公是一位满心愁苦的贵族少妇。

庭院深深，深到什么程度？那里杨柳丛丛，堆叠着烟雾，那里帘幕重重，不可胜数。

只是深深庭院禁锢的是闺中少妇，她那风流成性的夫君终日游荡在外，家中虽有高楼，却望不到他寻花问柳所经之路。

在雨横风狂的三月暮，女子常常在黄昏时掩上房门，叹息无计将哪怕一个春日留住。她含泪问花如之奈何，花儿非但没有回答，反而随风飘落过秋千去。

浪淘沙

把酒祝东风，且共从容^①。垂杨紫陌洛城东^②，总是当时携手处，游遍芳丛。

聚散苦匆匆，此恨无穷。今年花胜去年红，可惜明年花更好，知与谁同？

【注释】

①且共从容：意谓暂且一起悠闲一刻，不要急于离去。②紫陌：指京城郊外的道路。

【词解】

手持酒杯向东风祝愿，愿美好春光且作停留。离别在即，作者和朋友再次沿着垂杨紫陌来到了繁花似锦的洛阳城东，重温去岁此时携手遍游芳丛的惬意和快乐。

作者深深地知道，世事无常，聚散匆匆，离别是人生摆脱不掉的憾恨。他觉得今年的花儿比去年开得红艳，所以推测明年的花儿也应更红更好于今年今日，但人却未必能复如今日一样相聚。无限感慨惆怅，自在不言之中。

王安石

王安石（1021～1068），字介甫，晚号半山老人，抚州临川（今江西抚州）人。仁宗庆历二年（1042年）进士。嘉祐三年（1058年）上万言书，主张改革政治。神宗熙宁二年（1069年）为参知政事，次年拜相，积极推行新法，并取得了一定成就。由于保守派的反对，熙宁七年罢相，熙宁八年再相，次年被迫辞职，后退居金陵，封荆国公，世称王荆公。其词风格高峻豪放，感慨深沉，别具一格。有《半山词》存世。

桂枝香

登临送目，正故国晚秋①，天气初肃。千里澄江似练，翠峰如簇。归帆去棹残阳里，背西风，酒旗斜矗。彩舟云淡，星河鹭起，画图难足。

念往昔，繁华竞逐。叹门外楼头②，悲恨相续。千古凭高，对此谩嗟荣辱③。六朝旧事随流水，但寒烟、衰草凝绿。至今商女，时时犹唱，后庭遗曲④。

【注释】

①故国：指金陵。金陵为六朝旧都，故云。②门外楼头：杜牧《台城曲》有："门外韩擒虎，楼头张丽华。"隋将韩擒虎引大军灭陈时，陈后主还与宠妃张丽华在楼台上寻欢作乐。③谩嗟：空叹。④后庭遗曲：陈后主所作的《玉树后庭花》，后人常视为亡国之音。

【词解】

登高望远，正是金陵晚秋，天气刚刚开始清肃，千里长江，有如一条白色的丝绸青翠的远山，仿佛尖尖的箭镞。江上夕阳残照，船儿往来不休，西风中，斜竖的酒旗招展飘扬。而当流云映衬着彩舟，白鹭从一河星辉中翩然而起，那美妙的景色，纵使画图也难以完全描绘而出。

作者念及六朝君王的竞逐奢华，感叹荒淫之君可以无视敌兵压境而犹自在宫中寻欢作乐，致使亡国悲恨代代延续，千古之下凭吊往事，他不由得空叹人世的盛衰荣辱。

六朝旧事尽已随流水而去，旧址唯有寒烟衰草无际。只是直到今天，歌女们还时时唱起那哀婉颓靡的后庭遗曲。

王　观

王观（1035～1100），字通叟，如皋（今属江苏）人，仁宗嘉祐二年（1057年）

进士。神宗熙宁中,曾以将仕郎守大理寺丞,知扬州江都县事。作《扬州赋》,受神宗褒赏。后官至翰林大学士,奉诏作《清平乐》"黄金殿里"词一首,被罢职,自号逐客。有《冠柳集》一卷,《全宋词》录词十六首,《全宋词补辑》又增补十二首。其词构思新颖,造语佻丽,有所独创。

卜算子

水是眼波横,山是眉峰聚。欲问行人去那边?眉眼盈盈处①。才始送春归,又送君归去。若到江南赶上春,千万和春住。

【注释】

①盈盈:美好的样子。

【词解】

浙东素以山清水秀闻名,因而词也就从山水写起。作者用女子含情脉脉的眼波来形容浙东的水,用女子颦拢的眉来形容浙东的山,更用"眉眼盈盈"一语注入灵气,凸显出江南山水的柔情绰态。

别离是伤感的,何况是在春日将尽的时候,惜春惜别之情一同搅缠于心中的滋味确实不好受。但作者想到友人此去江南兴许还能赶上春天在那里逗留的脚步,不禁又为他庆幸。他于是叮嘱友人,如果真的赶上了春天,千万要拣那春意最浓的地方住下。

晏几道

晏几道(约1030~1106),字叔原,号小山,抚州临川(今江西抚州)人。晏殊幼子,人称"小晏"。曾任颖昌府许田镇监、开封府推官等。一生仕途失意,晚年家道中落。能文善词,其词多写四时景物、男女爱情,尤长于小令。词风近其父,轻柔流丽,典雅和婉,但情感较为伤感沉郁。有《小山词》。

临江仙

梦后楼台高锁,酒醒帘幕低垂。去年春恨却来时①。落花人独立,微雨燕双飞。记得小蘋初见②,两重心字罗衣③。琵琶弦上说相思。当时明月在,

曾照彩云归。

【注释】

①却来：又来。②小蘋（pín）：歌女的名字。③心字罗衣：古时女子穿的衣领形如"心"字的罗衣。

【词解】

这是一首怀念情人的词，所怀之人便是词中的小蘋。

暮春的一天，作者于酒醉中醒来，静默在门窗皆闭、帘幕低垂的屋内，回想着去年此时那难忘的一幕——那是作者与小蘋初见的夜晚，她穿着两重心字领口的罗衣，柔媚曼妙，娇俏可人。那天她怀抱琵琶唱出相思情意，离去时朦胧绰约的身影宛如明月照归的彩云。

无奈世事无常，风云难测，小蘋现在已不知下落，留下作者在此暮春之时空自伤怀。他常常呆望着簌簌落花叹息小蘋的命运，也曾在细雨中注视着双飞燕子，羡慕着它们的美好爱情。

蝶恋花

醉别西楼醒不记，春梦秋云，聚散真容易。斜月半窗还少睡，画屏闲展吴山翠。

衣上酒痕诗里字，点点行行，总是凄凉意。红烛自怜无好计，夜寒空替人垂泪①。

【注释】

①"红烛"两句：化用唐杜牧《赠别》中"蜡烛有心还惜别，替人垂泪到天明"句。

【词解】

欢宴之后酩酊大醉地回到家，夜半醒来时，已记不清宴会上狂欢的情景；但觉人生聚散犹如春梦秋云，缥缈无定。作者无法再次入睡，他卧看月儿斜挂窗外，闲对画屏上青秀的吴山。继而瞥见衣物上的酒痕，桌案上的诗稿，一点点、一行行，所记录的，总逃不过"凄凉"二字。

长夜将尽，寒气愈积愈浓；红烛焚芯，流下滴滴蜡泪。在作者看来，那红烛宛若在替自己哀伤，哀伤着自己的身世，却又无可奈何。

鹧鸪天

小令尊前见玉箫①,银灯一曲太妖娆。歌中醉倒谁能恨,唱罢归来酒未消。

春悄悄,夜迢迢,碧云天共楚宫遥②。梦魂惯得无拘检,又踏杨花过谢桥③。

【注释】

①尊:酒器。②楚宫:指代玉箫居处。③谢桥:谢娘桥。谢娘为唐代妓人。此处代指冶游之地,或指与情人欢会之地。

【词解】

词写作者对一位美丽歌女的怀念之情。"玉箫"指代歌女,作者在一次宴会上偶然遇到她,久久不能忘怀。

酒宴歌席间第一次见到玉箫,银灯璀璨的光华下,她清歌一曲,让作者连连叹息"太妖娆"。他情愿歌中醉倒而无怨恨,宴毕后一路陶醉归来,酒意未消。

春悄悄,夜迢迢,作者空对碧色云天,叹息佳人远隔,不无惆怅。他于是求助于不受束缚的梦境,踏杨花,过谢桥,一路寻去,往见昼思夜想的玉箫。

苏 轼

苏轼(1036～1101),字子瞻,号东坡居士,眉州眉山(今属四川)人。仁宗嘉祐二年(1057年)进士,神宗时因与王安石政见不合请求外调,历任杭州通判与密、徐、湖三州知州。因作诗讽刺新法,贬黄州团练副使。哲宗朝,召为翰林学士,新党再度执政,又贬惠州,再贬琼州(今海南岛)。徽宗即位,赦还,途中卒于常州。苏轼的诗、词、文均代表了北宋文学的最高水平,词别开风气,冲破了晚唐、五代以来的绮罗香泽之气,在题材、意境、风格方面都做了开拓和革新,词集有《东坡乐府》。

水龙吟 次韵章质夫杨花词

似花还似非花,也无人惜从教坠①。抛家傍路,思量却是,无情有思②。萦损柔肠,困酣娇眼,欲开还闭③。梦随风万里,寻郎去处,又还被,莺呼起④。

不恨此花飞尽，恨西园，落红难缀⑤。晓来雨过，遗踪何在？一池萍碎⑥。春色三分，二分尘土，一分流水。细看来，不是杨花，点点是离人泪。

【注释】

①从教坠：任其飘落。②无情有思：意谓杨花随风飘舞，看似无情，却也有它自己的思绪。③"萦损"三句：此三句是将杨花想象成闺中少妇，写尽夫婿远行后她整日百无聊赖的姿态。④莺呼起：唐金昌绪《春怨》："打起黄莺儿，莫教枝上啼。啼时惊妾梦，不得到辽西。"⑤落红难缀：意谓花儿纷纷凋落，再也不能连结在枝头了。缀：连结。⑥萍碎：古人认为杨花落水变成浮萍。

【词解】

此词作虽为和词，但自出新意，以大胆的夸张和想象为线，深挚的感情为针，结合贴心的体会，细致的捕捉，将思妇清晨慵起、梦里寻郎、惜春伤逝等一系列情态与杨花之轻柔飘洒、随风远行、落水为萍等影迹交织在一起，在一种若即若离、空灵超逸的氛围中表现出思妇幽怨缠绵的心绪，使情物交融至浑化无迹之境，堪称咏物抒情词中的绝唱，也是苏轼词中婉约风格的代表作。

水调歌头

明月几时有？把酒问青天。不知天上宫阙，今夕是何年？我欲乘风归去，又恐琼楼玉宇①，高处不胜寒。起舞弄清影，何似在人间②？

转朱阁③，低绮户④，照无眠。不应有恨，何事长向别时圆？人有悲欢离合，月有阴晴圆缺，此事古难全。但愿人长久，千里共婵娟⑤。

【注释】

①琼楼玉宇：指月宫，也指朝廷。②在人间：也含有出任地方官的意思。③朱阁：朱红色的楼阁。④绮户：雕花的门窗。⑤婵娟：月亮。

【词解】

词从对青天明月的诘问写起，问中蕴含着作者对盛景难逢的感慨和对朝廷的牵挂之情。此时的作者，虽然心中仍存着对"天上宫阙"的向往，但终究已了解到"高处不胜寒"，于是从容地安居人间，享受月下婆娑起舞的乐趣。

月华如水，清光或流转于高楼之上，或低洒入雕花窗里，但每每映在心含离愁别恨之人的脸上。当此中秋之夜，作者格外地思念弟弟苏辙。良辰好景，而兄弟却无法相聚，他不禁诘问月儿何以总在人不团圆时变圆；继而意识到，月亮的阴晴圆缺一如人间的悲欢离合，变化无常，难求永恒完满。于是变埋怨为祝愿——"但愿人长久，千里共婵娟"。

念奴娇　赤壁怀古

　　大江东去，浪淘尽，千古风流人物。故垒西边，人道是，三国周郎赤壁。乱石穿空，惊涛拍岸，卷起千堆雪。江山如画，一时多少豪杰。

　　遥想公瑾当年，小乔初嫁了，雄姿英发。羽扇纶巾①，谈笑间，樯橹灰飞烟灭②。故国神游③，多情应笑我，早生华发④。人生如梦，一尊还酹江月⑤。

【注释】

　　①纶巾：用青丝带做的头巾。②樯橹：指曹操水军。樯：桅杆。橹：船桨。③故国：指赤壁古战场。④华发：白发。⑤酹（lèi）：将酒倒在地上以表祭奠。

【词解】

　　大江东去，浪花淘尽千古风流人物，旧时营垒的西边，有人说，那便是三国周郎的用武之地。作者面对着陡向天空的乱石，看惊涛拍岸，感叹江山如画，感叹在那遥远的三国年代，一时涌现出多少英雄豪杰。

　　他遥想起年轻周郎手摇羽扇、头扎纶巾，刚娶得国色天香的小乔时的风流倜傥、英姿勃发，想起他在谈笑间让前来的万千敌船灰飞烟灭的雄才伟略、从容自如，继而自笑多情善感以致白发早生，叹息人生如梦；而后满斟酒杯，祭酒永世不变的滔滔江水和朗朗明月。

定风波

　　三月七日，沙湖道中遇雨。雨具先去，同行皆狼狈，余独不觉。已而遂晴，故作此词。

　　莫听穿林打叶声，何妨吟啸且徐行。竹杖芒鞋轻胜马①，谁怕？一蓑烟雨任平生。

　　料峭春风吹酒醒，微冷，山头斜照却相迎。回首向来萧瑟处②，归去，也无风雨也无晴。

【注释】

①芒鞋：草鞋。②向来：刚才。

【词解】

"不要去听那风雨潇潇，穿林打叶之声，何不吟诗长啸，信步缓行？"脚踏草鞋，手拄竹杖，词人感到轻松自在胜于乘马，他更说道："小小风雨有何可怕？平生一路走来，带着一身烟雨，我也能处之泰然。"料峭春风吹来，词人酒意渐醒，刚感到微微寒冷，山头晚照又将他温馨相迎。回头看看那所经过的凄冷萧瑟之处，然后淡然归去；归去，也无风雨也无晴。

卜算子　黄州定惠院寓居作

缺月挂疏桐，漏断人初静①。谁见幽人独往来②？缥缈孤鸿影。

惊起却回头，有恨无人省③。拣尽寒枝不肯栖④，寂寞沙洲冷。

【注释】

①漏断：漏壶里的水滴尽了，指夜已深了。②幽人：幽居之人，与下句的"孤鸿"都是作者自指。③省（xǐng）：理解，懂得。④拣：选择。

【词解】

一弯月儿挂在稀疏的梧桐枝头，夜深人静，万籁俱寂。幽人独自在清冷的月光下徘徊，孑然身影，有如远处飞来的缥缈孤鸿。孤鸿在惊飞中不断回头，它惊惶不安、满怀幽怨，但是无人理解。它拣尽高枝而不肯栖息，最后归宿于冷冷的沙洲。

"谁见"二句极写一腔孤寂，人雁合一，曲尽其怨。下阕更借孤鸿喻指凄惶处境，表达出甘守寂寞孤独而不愿随波逐流的心志。

洞仙歌

冰肌玉骨，自清凉无汗。水殿风来暗香满。绣帘开，一点明月窥人，人未寝，欹枕钗横鬓乱①。

起来携素手②，庭户无声，时见疏星渡河汉③。试问夜如何？夜已三更，金波淡，玉绳低转④。但屈指，西风几时来？又不道，

流年暗中偷换⑤。

【注释】

①欹（qī）：斜靠着。②素手：女子洁白的双手。③河汉：天河。④金波淡：月光暗淡。玉绳：位于北斗柄尾的两颗星。⑤流年：流逝的年华。

【词解】

词文描写花蕊夫人冰肌玉骨、绝世无双的美丽，描写她在月明星稀、水风送爽的夜晚于闺中闲卧的绰约风姿。作者更拟想蜀主与她携手漫步深夜庭院，仰望流星穿越银河的浪漫，还有他们看到斗转星移，感叹凉秋将至、流年似水的怅然。

江城子　密州出猎

老夫聊发少年狂①，左牵黄，左擎苍。锦帽貂裘，千骑卷平冈。为报倾城随太守②，亲射虎，看孙郎③。

酒酣胸胆尚开张，鬓微霜，又何妨！持节云中，何日遣冯唐④？会挽雕弓如满月，西北望，射天狼⑤。

【注释】

①聊：姑且，暂且。②倾城：举城的人。③看孙郎：三国孙权曾亲自射虎，此处是作者自喻。④"持节"二句：汉文帝时魏尚镇守云中以拒匈奴，功绩显著。后获罪，得冯唐上书相救。文帝遂遣冯唐持节赦之。此处作者是以魏尚自比，希望朝廷不计自己以前的过失，重新委以重任。⑤天狼：此处是泛指西北边陲进犯之敌。

【词解】

那一天，作者忽为少年般的豪情和狂放所冲动，他左手牵着黄狗，右手擎着苍鹰，戴锦帽，穿貂裘，带领着大队人马，席卷原野山冈。为了报答全城百姓的相随出猎，他要亲自射虎，仿效当年的孙郎。

猎罢开宴，作者酒酣耳热，心胸气魄更加豪放，他抒发了"鬓微霜，又何妨"的激奋，表达出对于重新受到朝廷重用的渴望，而那力挽雕弓，遥望西北，射落天狼的英雄形象，便是他对为国戍边抗敌的未来的慷慨设想。

江城子　乙卯正月二十日夜记梦

十年生死两茫茫①，不思量，自难忘。千里孤坟②，无处话凄凉。纵使相逢应不识，尘满面，鬓如霜。

夜来幽梦忽还乡，小轩窗，正梳妆。相顾无言，惟有泪千行。料得年年肠断处，明月夜，短松冈。

【注释】

①十年：作者作此词时，其妻王氏辞世恰已十年。②千里孤坟：王氏死后葬于苏轼故乡眉州眉山，与苏轼其时所在的密州相隔千里。

【词解】

十年生死相隔，别来音容渺茫。就算是不去追忆往事前情，心中对于妻子却总是念念不忘。妻子的坟冢远在千里之外，作者无法在她旁边诉说凄凉。

十年人生路，作者走得坎坷，走得忧伤，他猜想纵使能与妻子相逢，她也应认不出自己，因为自己满面风尘，鬓已如霜。

夜来忽入幽梦，在梦中回到了故乡。作者看到熟悉的小轩窗，看到年轻秀丽的妻子正坐在窗下梳妆。两人相见无言而泣，流下泪水千行。明月朗照的夜里，遍植矮松的小山冈，那里静默着妻子的坟垒，让作者年年为之断肠。

蝶恋花

花褪残红青杏小。燕子飞时，绿水人家绕。枝上柳绵吹又少，天涯何处无芳草！

墙里秋千墙外道，墙外行人，墙里佳人笑。笑渐不闻声渐悄，多情却被无情恼。

【词解】

独自漫步于暮春之初，作者感受着杏树枝头残红落尽果实初现的盎然生意，放情于燕子低飞徘徊、绿水环绕人家的惬意舒松，既为柳絮渐少这春天将去的征兆而叹惋，也为茂盛葱翠、无处不生的芳草上寄挂的希望而欣慰。

由人家院外经过，他看到高出院墙的秋千架，听到了墙内女子游戏的欢笑声，于是驻足停留，陶醉遐想在这天真悦耳的声音中。可惜笑声渐渐隐去，不多时便只剩下满院的寂静。墙内人自是进行着日常的作息，墙外人却感到惆怅懊恼，但这墙内"无情"与墙外人短暂的遇缘，又何尝不是缘起于墙外人的善感多情？

李之仪

李之仪（1038？~1117），字端叔，号姑溪居士，乐寿（今河北献县）人。

神宗元丰进士。苏轼任定州知州时，为幕僚。徽宗初以文章获罪，编管太平州。终朝请大夫。有《姑溪居士文集》。

卜算子

我住长江头，君住长江尾。日日思君不见君，共饮长江水。
此水几时休，此恨何时已。只愿君心似我心，定不负相思意！

【词解】

词以一位女子的口吻，向自己的爱人倾诉衷肠。这对恋人虽是同住长江边，共饮长江水，却相隔遥远，不能常常见面。对于女子来讲，那东流的江水正像一条纽带连接着爱人与她，承载着她太多的思念，日日如一，绵长无绝。面对着现实的阻隔，女子没有办法，她唯将一腔真情热盼尽皆付出作为填补，留下了"只愿君心似我心，定不负相思意"的坚定誓言。

黄　裳

黄裳（1044～1130），字勉仲，延平（今福建南平）人。北宋神宗元丰五年（1082年）进士第一。历官端明殿学士、礼部尚书。卒赠少傅。有《演山先生文集》，其词集为《演山词》。

减字木兰花　竞渡

红旗高举，飞出深深杨柳渚①。鼓击春雷，直破烟波远远回。
欢声震地，惊退万人争战气。金碧楼西，衔得锦标第一归。

【词解】

词写端午节赛龙舟的热烈场面。上片写红旗高举的龙舟从杨柳茂密的小洲中疾驰而出，穿云破雾，来去如电，四面鼓声如雷。下片写比赛结束时欢声动地，一扫比赛中如箭在弦、如疆场厮杀般的紧张气氛。获胜者在金碧楼西捧得锦标归来，驾龙舟行进于人们面前以示胜利。

王　雱

王雱（1044～1076），字元泽，抚州临川人（今江西省东乡县上池村），文学家、道学、佛学学者。北宋著名政治家、思想家、文学家王安石之子。作有《老子训传》《佛书义解》《南华真经新传》二十卷、《论语解》十卷、《孟子注》十四卷，多已散佚。《全宋词》《江西诗征》及《宋诗纪事》存词二首、诗五首。

眼儿媚

杨柳丝丝弄轻柔，烟缕织成愁。海棠未雨，梨花先雪，一半春休。

而今往事难重省，归梦绕秦楼。相思只在，丁香枝上，豆蔻梢头。

【词解】

本词情感细腻缠绵，从春愁写到离愁，抒发了作者既对妻子难以忘怀，又不忍重温往事的矛盾心情。结尾处说相思之情寄挂在丁香枝上、豆蔻梢头，一语双关，不但讲出了思念的无从断绝、遇时而发，也将妻子青春秀雅的样貌隐约其中，意蕴深长，耐人回味。

黄庭坚

黄庭坚（1045～1105），字鲁直，号山谷道人，洪州分宁（今江西修水）人。英宗治平四年（1067年）进士。曾任秘书省校书郎、著作佐郎等职，后屡遭贬谪，卒于宜州任所。苏门四学士之一。书法精妙，与苏轼、米芾、蔡襄并称"宋四家"。长于诗，开一代风气，为江西派宗主。其词早年学柳永，俚俗轻艳，晚年近苏轼，豪放纵逸。有《山谷词》。

清平乐

春归何处？寂寞无行路。若有人知春去处，唤取归来同住。

春无踪迹谁知？除非问取黄鹂。百啭无人能解，因风飞过蔷薇。

【词解】

怅问过"春归何处"，寂寞的词人凄凄而不知该向何方行路，他说如果有人晓得春天的去处，请将春天唤回同住。

四处找寻不到春天离去的行踪，词人想到去询问逢春而啼的黄莺，黄莺低回婉转地说了许多，但他不解莺语。一阵风来，莺儿乘风飞入蔷薇丛中，蔷薇花开，说明夏已临，词人也终于清醒地认识到：春天确实是不会回来了。

秦　观

秦观（1049～1100），字少游，一字太虚，号淮海居士。扬州高邮（今属江苏）人。神宗元丰八年（1085年）进士。历官太常博士、秘书省正字兼国史院编修。后新党掌权，因与苏轼关系密切，屡遭贬谪。徽宗即位，卒于赦还途中。与黄庭坚、晁补之、张耒齐名，称"苏门四学士"。能诗善词，其词多写男女恋情和迁谪愁苦。笔法致密，音律和美，语言清丽自然，情致柔婉含蓄。有《淮海集》《淮海居士长短句》。

望海潮

梅英疏淡①，冰澌溶泄②，东风暗换年华。金谷俊游③，铜驼巷陌④，新晴细履平沙。长记误随车⑤。正絮翻蝶舞，芳思交加⑥。柳下桃蹊⑦，乱分春色到人家。

西园夜饮鸣笳。有华灯碍月⑧，飞盖妨花⑨。兰苑未空，行人渐老，重来是事堪嗟！烟暝酒旗斜⑩。但倚楼极目，时见栖鸦。无奈归心，暗随流水到天涯。

【注释】

①梅英：梅花。②澌（sī）：冰。③金谷：金故园，为晋人石崇所建，著名的饮宴游乐之处。俊游：指与诸俊杰同游。④铜驼巷陌：指铜驼路，因竖有铜驼而得名。⑤误随车：因车水马龙而跟错了车子。⑥芳思：春思。⑦桃蹊：两边种着桃花的小路。⑧华灯碍月：形容灯光明亮，连月亮也因之失去了光辉。⑨飞盖：飞驰的华舆。⑩烟暝：指日近黄昏，暮烟霭霭。

【词解】

冬去春来，年华暗换，词人忆起昔日与好友同游名都佳园，赏览春光的轻松惬意，忆起共饮西园的纵情欢乐，不禁感慨系之。佳园依旧，但人渐衰老，故地重游，事事皆堪哀叹。昏暗的暮烟中，一帘酒旗斜挑，倚楼极目处，时见晚鸦归巢。晚鸦归巢，词人思归之情，也"暗随流水到天涯"。

满庭芳

山抹微云，天连衰草，画角声断谯门①。暂停征棹，聊共引离尊②。多少蓬莱旧事，空回首，烟霭纷纷。斜阳外，寒鸦万点，流水绕孤村。

消魂。当此际，香囊暗解，罗带轻分。谩赢得青楼，薄幸名存③。此去何时见也？襟袖上，空惹啼痕。伤情处，高城望断，灯火已黄昏。

【注释】

①画角：军中号角。谯门：城门上的望楼。②聊共：姑且一同。离尊：离别之酒。③薄幸：薄情寡义。

【词解】

山上微云轻抹，城外衰草连天，谯楼上刚吹过黄昏报时的号角。作者暂让行舟等候，与心上人举酒话别。

多少欢乐情事已成过往，回首只见茫茫暮霭、纷纷烟云。斜阳外，寒鸦万点，流水绕孤村，二人解下贴身之物以为临别纪念，此时此刻，此情此景，让人销魂。

作者仕途困顿，游宦四方，半生来，功名不就，空赢得薄情郎的恶名。此地一别，他不知道何时才能与她再次相见，两人相对无奈啜泣，襟头袖口空惹泪痕。

他最终满怀伤感地离去，高城逐渐淡出视野，望处只见一片灯火黄昏。

鹊桥仙

纤云弄巧，飞星传恨，银汉迢迢暗度①。金风玉露一相逢②，便胜却人间无数。

柔情似水，佳期如梦，忍顾鹊桥归路！两情若是久长时，又岂在朝朝暮暮。

【注释】

①银汉：银河。②金风：秋风。

【词解】

丝丝彩云变幻成各种图案，那是织女巧手织成的云锦；闪亮的流星飞过银河，替牛郎、织女二星传递着离愁别恨。七月初七的夜晚，多情的喜鹊架起长桥，那秋风白露中的一次欢聚，便胜过人间的千次万次。

绵绵温情，似水般柔美；相逢的喜悦，把人带入梦境。只是那成就团圆的鹊桥，转眼间便要成为分离的归路，又让人怎忍回顾！

作者说，两人若是真诚相爱，并不一定形影不离、相伴朝朝暮暮。

踏莎行

雾失楼台，月迷津渡①，桃源望断无寻处。可堪孤馆闭春寒，杜鹃声里斜阳暮。

驿寄梅花，鱼传尺素②，砌成此恨无重数。郴江幸自绕郴山③，为谁流下潇湘去？

【注释】

①津渡：渡口。②尺素：指书信。③郴（chēn）江、郴山：在今湖南郴州。幸自：本自。

【词解】

词作寓情于景，以凄迷的暮春景色的烘托沦落天涯的作者迷茫、孤苦的心境，以质问郴江为何不安分地环绕郴山而流，却要远下潇湘自嘲身世，讽喻自己本可安贫自守，却因为出仕而卷进政治旋涡。除此之外，作者还写到亲朋的书信不但不能让他感到慰藉，反而让他心中累恨积怨，真实地表现出谪贬之人复杂的内心世界和痛苦的心灵挣扎。

贺 铸

贺铸（1052～1125），字方回，自号庆湖遗老，卫州共城（今河南辉县）人。元佑中任泗州、太平州通判。晚年退居苏州，杜门校书。为人豪侠尚气，秉性刚直，不附权贵，喜论天下事。以词作名世，其词内容、风格丰富多样。有《东山词》。

半死桐　思越人

重过阊门万事非①，同来何事不同归？梧桐半死清霜后，头白鸳鸯失伴飞。

原上草，露初晞②，旧栖新垅两依依③。空床卧听南窗雨，谁复挑灯夜补衣！

【注释】

①阊门：指苏州西门，作者旧居所在。②露初晞（xī）：意谓露水刚刚为太阳所蒸干。

③垅：坟头。

【词解】

作者重游旧居阊门，触景思人，想起曾随自己游宦至此却未得同归的妻子，不由得悲从中来。他以半死梧桐、失伴鸳鸯比喻如今的自己，足见其对亡妻的一往情深和失去妻子后难以自拔的悲痛。

清晨，青草上的露水很快被初阳晒干，作者感慨人生短暂有如朝露转瞬即逝；面对着依依相望的妻子新坟和旧时居所，则更令他肝肠寸断。夜晚，他躺在空空的床上听窗外的风雨，伤叹妻走以后，再没有人挑亮灯烛，于夜深时为自己缝补衣衫。

芳心苦

杨柳回塘①，鸳鸯别浦②，绿萍涨断莲舟路。断无蜂蝶慕幽香，红衣脱尽芳心苦③。

返照迎潮，行云带雨，依依似与骚人语④。当年不肯嫁春风，无端却被秋风误。

【注释】

①回塘：曲折的水塘。②别浦：分支的入水口。③芳心苦：莲子味苦，故云。④骚人：诗人。

【词解】

这是一首咏物寄情的词，所咏者荷花，所寄托的是作者的心志和对身世的感伤。词中的荷花不但体现着红衣苦心、淡香幽远的绝俗风貌，更是独自开放在"回塘""别浦"这样少有人迹的地方，身处在绿萍深处，蜂蝶不来采，莲女不来摘。遥想作者一生，何尝不似这荷花一般，因本性耿介、不合俗流而寂寞无闻，一任年华空逝，所赖唯是清白自守、孤芳自赏。夕阳西下时，当晚潮涨起，天边一抹行云又夹带着寒雨而来，那随波摇曳的荷花仿佛要向作者诉说些什么。作者说那是它在叹息自己当年未随春风之便而展露芳容于人间，待到放下矜持，想要伺时绽放却暗惊秋风已至。这是荷花的悲哀吗？这是作者的悲哀。

横塘路

凌波不过横塘路①，但目送，芳尘去。锦瑟华年谁与度②？月桥花院，琐窗朱户③，只有春知处。

飞云冉冉蘅皋暮④，彩笔新题断肠句。试问闲情都几许？一川烟草，满城风絮，梅子黄时雨。

【注释】

①凌波：形容女子脚步轻盈，飘移如履水波。②锦瑟华年：唐李商隐《锦瑟》有："锦瑟无端五十弦，一弦一柱思华年。"③琐窗：有锁链形纹饰的窗子。④冉冉：渐渐地。蘅皋：长满香草的高地。

【词解】

轻盈的脚步不曾移向自己所居住的横塘，作者只得无可奈何地目送她远去，他猜想着她的青春年华会与何人一起度过，他觉得她一定住在有小桥、有鲜花、有精致房屋的庭院里，并且，只有春天才知道那庭院在哪里。

不晓得痴立了多久，但回过神来，只见飞云冉冉飘过，暮色已然苍茫。作者提起多情妙笔写下惆怅的词句，词中自问闲愁几许，还以比喻作答：如遍地春草弥望无际，如满城风絮铺天盖地，如绸缪浓密、挥散不尽的梅子黄时雨。

周邦彦

周邦彦（1056～1121），字美成，自号清真居士，钱塘（今浙江杭州）人。为太学生时献《汴京赋》，被神宗擢为太学正。历官州教授、县令、秘书省正字、校书郎、秘书监等职，提举大晟府。精通音律，能自度曲，为北宋重要词家。其词集北宋婉约派大成，长调尤善铺叙，富丽精工，历来被奉为词坛正宗，对南宋及后代均有巨大影响。有《清真集》。

苏幕遮

燎沉香，消溽暑①。鸟雀呼晴，侵晓窥檐语②。叶上初阳干宿雨③。水面清圆，一一风荷举。

故乡遥，何日去？家住吴门，久作长安旅。五月渔郎相忆否？小楫轻舟，梦入芙蓉浦。

【注释】

①溽（rù）暑：潮湿闷热。②侵晓：拂晓。③宿雨：昨夜的雨。

【词解】

夏日晨起，燃起沉香一支，驱散闷热的湿气。这时候，屋檐上的鸟雀们开始躁动起来，它们叽叽喳喳地聒噪着，报告着天晴的消息。阳光从空中直射下来，将荷叶上残留着的夜雨轻轻蒸干。池塘里，望去，满是一顶顶挺直了腰身的绿色小伞，微风吹来，清香阵阵。

作者由此想到家乡吴地的"十里荷花"，此时一定更加的嫣然可爱，他还思忖着家乡的朋友是否会想念自己，然后惆怅长久羁滞在外，不知何日才得回归。想着想着，他沉沉睡去，于梦中驾舟荡桨，前往那久违了的家乡荷塘。

少年游

并刀如水①，吴盐胜雪②，纤手破新橙。锦幄初温，兽烟不断③，相对坐调笙。

低声问：向谁行宿？城上已三更。马滑霜浓，不如休去，直是少人行。

【注释】

①并刀：并州出产的刀，以锋利著称。②吴盐：吴地出产的盐。③兽烟：兽形香炉里冒出的香烟。

【词解】

先是光洁如水的并刀，晶莹似雪的吴盐，而后是正在破开新橙的纤纤玉手，再后是织锦的床帷，香烟袅袅的金兽香炉，最后才将相对而坐，男子调弄笙管，女子听音校准的情景呈现在读者眼前。上片的写作手法有如一台由细节到全景的摄影机，着重突出着词中人高雅舒适的生活。下片直录女子话语，她低声问他："已经三更了，你还要到哪里去住啊？"继而又自语道："外面霜气正浓，连个人影都没有，就是现在出去，马儿也会打滑呀。你不如就不要走了吧？"短短几语，已将女子试探的神情、深深的关切、满心的期待完全呈现出来，惟妙惟肖，呼之欲出。

兰陵王　柳

柳阴直，烟里丝丝弄碧。隋堤上，曾见几番①，拂水飘绵送行色。登临望故国②，谁识京华倦客？长亭路，年去岁来，应折柔条过千尺③。

闲寻旧踪迹，又酒趁哀弦，灯照离席。梨花榆火催寒食④。愁一箭风快，半篙波暖，回头迢递便数驿⑤。望人在天北。

凄恻，恨堆积！渐别浦萦回⑥，津堠岑寂⑦。斜阳冉冉春无极。念月榭携手⑧，露桥闻笛⑨。沉思前事，似梦里，泪暗滴。

【注释】

①隋堤：汴京汴河之堤，为隋时所建，故称"隋堤"。②故国：故乡。③柔条：柳枝。

④榆火：唐制，清明取榆柳之火赐近臣。⑤迢递：遥远。⑥别浦：送别的水边。⑦津堠（hòu）：渡口守望的高台。岑寂：清冷寂寥。⑧月榭：月光遍照的亭榭。⑨露桥：凝结露水的小桥。

【词解】

词为作者离开汴京时所作。汴河隋堤两岸，杨柳成行，柳丝飘拂，柳绵乱飞。这里的柳色，作者因为送别而看过很多次，这一次，轮到了送自己。他站在高处远望故乡，心中满是客子的疲惫和惆怅。默默估算着，这堤岸因为送别而折下的柳枝，总也应该超过千尺了。

船儿启程，闲念旧时踪迹，思绪又回到了那令人难以忘怀的一夜——寒食节，在凄凄丝竹声中饮酒，在灯烛闪烁中与她告别。因为留恋着她，作者所以忧愁风顺船疾，回头之间便过数驿，伊人从此远隔。

行渐远，恨堆积，一路说不尽的迂回寂寞，举目所见，夕阳冉冉西下，春色一望无边。作者怀想着与伊人月下携手漫步，在结满露水的小桥共赏悠扬的笛声，感到往事前情恍然如梦。想着想着，泪水已然不知不觉地流了下来。

谢　逸

谢逸（？～1113），字无逸，号溪堂，抚州临川（今江西抚州）人。屡举进士不第，以诗文自娱，布衣终身。曾作蝶诗三百首，时人称"谢蝴蝶"。其词长于写景，风格柔婉飘逸。有《溪堂词》。

江城子

杏花村馆酒旗风，水溶溶，飏残红。野渡舟横，杨柳绿阴浓。望断江南山色远，人不见，草连空。

夕阳楼外晚烟笼，粉香融，淡眉峰。记得年时，相见画屏中。只有关山今夜月，千里外，素光同。

【词解】

上片写景，多化用前人成句，将江南暮春景色像展开一幅画卷一样地呈现于我们面前，"望断江南山色远，人不见，草连空"几句，初露怀人之情。下片亦以景起，由景而兴起对佳人面容的回忆，对二人相见情景的回想；继而临月寄情，抒发了对相隔遥远之现实的无奈和希望超越时空求得永恒的情怀。

毛 滂

毛滂（1055？～1120？）字泽民，衢州江山（今属浙江）人。官至祠部员外郎、知秀州，一生仕途失意。其词受苏轼、柳永影响，无浓艳词语，自然深挚，别具一格。有《东堂集》十卷，《东堂词》一卷，存词二百余首。

惜分飞　富阳僧舍代作别语

泪湿阑干花着露①，愁到眉峰碧聚。此恨平分取，更无言语空相觑②。

断雨残云无意绪，寂寞朝朝暮暮。今夜山深处，断魂分付潮回去。

【注释】

①阑干：栏杆。②觑（qù）：凝视。

【词解】

词的上片追忆二人依依惜别的情景，以"花着露"形容女子泪垂粉面的样子，以"眉峰碧聚"形容她紧蹙黛眉的愁苦神情。又道出离恨并非女子一人所有，自己也是一般无二，自然而然地引出两人黯然相对、无语凝咽一幕，情真景真，让人有如在目前之感。下片写羁旅之孤苦和对她无从逃躲的思念，"断魂分付潮回去"一语不但反映出离开恋人后惆怅失落的心境，也呈现对她魂牵梦萦、难于割舍却又无可奈何的忧伤，情笃思奇，让人赞叹。

叶梦得

叶梦得（1077～1148），字少蕴，号石林居士，苏州吴县（今属江苏）人。哲宗绍圣四年（1097年）进士，徽宗时官至翰林学士。高宗立，迁尚书左丞、江东安抚制置大使兼知建康府，移知福州，致力于抗金防务。晚年居乌程（今浙江湖州）卞山，自号石林居士。能诗善词。有《石林词》。

点绛唇　绍兴乙卯登绝顶小亭

缥缈危亭①，笑谈独在千峰上。与谁同赏，万里横烟浪。

老去情怀，犹作天涯想。空惆怅，少年豪放，莫学衰翁样。

【注释】

①危亭：位于高处的亭子。

【词解】

年且六旬、业已归田的叶梦得，犹可登临绝顶小亭，笑谈于千峰之上。每到饱览万里江山之时，他心中又总是豪情激荡、壮思不已。无奈任凭老骥志在千里，眼下却只堪伏枥。惆怅之余，他寄厚望于少年人，希望他们能有豪情壮志，致力于报效国家，而不要沦落于衰惫颓唐的老翁模样。

汪 藻

汪藻（1079～1154），字彦章，饶州德兴（今属江西）人。崇宁二年（1103年）进士。北宋时官至太常少卿、起居舍人，拜翰林学士。南宋时，官至显谟阁大学士、左大中大夫，封新安郡侯。存词四首。

点绛唇

新月娟娟，夜寒江静山衔斗。起来搔首，梅影横窗瘦。

好个霜天，闲却传杯手①。君知否？乱鸦啼后，归兴浓于酒。

【注释】

①传杯：宴会上传递酒杯。

【词解】

新月升起，干净而明亮，清寒的夜色中，北斗静挂于远山之上，江水无声流淌。作者从闲睡中醒来，搔了搔自己的头发，目光停在了窗子上映着的几道清瘦梅影之上。

好一个霜天，远离了官场的作者不再受到同僚宴集赏景的邀约，但他却毫无遗憾。因为听过一阵乱鸦啼后，他心中的归隐兴味比酒更浓。

曹 组

曹组（生卒年不详），字元宠，颍昌（今河南许昌）人。徽宗宣和三年（1121年）进士。后召试中书，历任武阶兼阁门宣赞舍人、给事殿中等职，深得徽宗宠信。其词作喜用俗语，多谑词、艳词。也有清幽秀劲之作，风格近秦观、毛滂。有《元宠词》。

蓦山溪　梅

洗妆真态①，不假铅华御②。竹外一枝斜，想佳人天寒日暮。黄昏院落，无处着清香。风细细，雪垂垂，何况江头路。

月边疏影，梦到销魂处。结子欲黄时，又须作廉纤细雨③。孤芳一世，供断有情愁。消瘦损，东阳也，试问花知否？

【注释】

①洗妆真态：洗净脂粉，露出真实的姿容。②铅华：用来化妆的铅粉。③廉纤：纤细，细微。

【词解】

此词咏梅。作者先是将梅花比喻成一位甘于清苦、洁身自好的佳人，说它不着脂粉，素雅脱俗，也为它香清色淡而不易被人发现，以至于孤立院隅江头而感到惋惜。继而又以"梦到销魂处"来形容梅影给人的朦胧凄清的印象，以"结子欲黄时，又须作廉纤细雨"讲述梅花落去时的悄幽隐微、不留痕迹。结尾处作者自比因无所遇合而抑郁成疾、消瘦异常的南朝文士沈约，将沈约、梅花和自己联系在一起，寄托出自己"孤芳一世"的情怀。全词以梅况己，借梅抒怀，思致奇巧，笔法生动，堪称咏梅题材中的佳作。

朱敦儒

朱敦儒（1081～1159），字希真，号岩壑，河南（治今河南洛阳）人。高宗绍兴二年（1132年）应召入朝，赐进士出身，历官秘书省正字、擢兵部郎中、两浙东路提点刑狱。秦桧为相时，任鸿胪少卿；桧死，遭罢免。早年生活放荡，词风尚婉丽。中年逢北方沦陷，多感怀忧愤之作。晚年隐居山林，词多描写闲适生活。有《樵歌》。

鹧鸪天　西都作①

我是清都山水郎②，天教分付与疏狂。曾批给雨支风券，累上留云借月章。

诗万首，酒千觞，几曾着眼看侯王。玉楼金阙慵归去，且插梅花醉洛阳。

【注释】

①西都：北宋以洛阳为西都。②清都：传说中天帝的宫阙。山水郎：掌管山水胜景的官。

【词解】

词人自称是掌管山川胜景的郎官，他说，是天帝赋予了他这般疏狂模样，他曾经拥有支风使雨的权力，也屡次递上流云借月的奏章。作得清诗万首，喝下美酒千觞，热爱自由的词人从不瞩目那些富贵显赫的侯王。他意兴慵懒地走过高大华丽的玉楼金阙，斜插梅花，无拘无束地醉在热闹繁华的洛阳。

赵 佶

赵佶（1082～1135），即宋徽宗，神宗之子，哲宗时封端王。在位时任用蔡京、童贯等人主持国政，穷奢极欲，兴建苑囿宫观，滥增捐税。宣和七年传位与赵桓（钦宗），自称太上皇。靖康二年（1127年）被金兵所俘，后死于五国城（今黑龙江依兰）。赵佶书画、音乐、词赋无不精擅。有《宋徽宗词》。

燕山亭　北行见杏花

裁剪冰绡，打叠数重，淡着燕脂匀注。新样靓妆，艳溢香融，羞杀蕊珠宫女。易得凋零，更多少、无情风雨。愁苦。闲院落凄凉，几番春暮。

凭寄离恨重重，这双燕、何曾会人言语？天遥地远，万水千山，知他故宫何处？怎不思量，除梦里、有时曾去。无据。和梦也、新来不做。

【词解】

花瓣似冰绡裁叠、色泽如胭脂淡染的杏花，娇嫩柔美，艳溢香融，胜似天宫仙女。但身为俘虏的徽宗观之，叹美丽花儿容易凋零，更叹无情风雨的横加摧残。他的内心充满愁苦，悲问凄凉院落，春暮已到何时。

看到空中燕子，徽宗想要托付它们向故宫寄去满怀的离愁别恨，但燕子不识人语，何况故宫又在万水千山之外！肠回九转的思量是免不了的，只是故地重游、旧事重现全在梦中，但现而今，就算这样的梦也越发的难得了。

李清照

李清照（1084～1151），自号易安居士，历城（今山东济南）人，著名学者李格非之女。十八岁嫁给金石考据家赵明诚为妻，婚后生活美满，夫妇二人雅好词章，常相唱和，并共同从事金石学研究。金兵攻陷汴梁后，流徙南方，仓皇中丧失了多年收藏的金石书画，后明诚病死，李清照只身漂泊杭州、绍兴、金华、温州等地，在孤苦中度过了晚年。

南歌子

天上星河转，人间帘幕垂。凉生枕簟泪痕滋，起解罗衣，聊问夜何其？

翠贴莲蓬小，金销藕叶稀。旧时天气旧时衣，只有情怀，不似旧家时！

【词解】

天上星河移转，人间夜幕笼罩。秋凉从枕席间透出来，枕上褥边，点点斑斑是词人洒落的泪痕。

她难耐这秋夜的清寂与清寒，起身更衣，向他人问起夜已几何。而当取出那件贴着翠色莲蓬、金色荷叶绣样的襦衣，睹物之情更将悲怀深深触动。"旧时天气旧时衣，只有情怀，不似旧家时"。同样的天气，同样的衣衫，只有历经沧桑的心情，不再和从前一样。

一剪梅

红藕香残玉簟秋①。轻解罗裳，独上兰舟。云中谁寄锦书来？雁字回时，月满西楼。花自飘零水自流。一种相思，两处闲愁。此情无计可消除，才下眉头，却上心头。

【注释】

①簟：席子。

【词解】

在那藕花香减、竹席渐凉的秋天，词人轻解罗衣，登上小舟，一个人在荷塘中徜徉。她看到天空中南归的雁阵，猜想着它们是否带来了丈夫的书信，也意识到大雁南归，团圆

节将至，月儿将圆满在西楼。

然而月圆人不圆，花儿有凋落的时候，流水一去不回头，词人叹息年华在两地的相思与离愁中空自流走，叹息这相思与离愁，刚从眉间散开，便泛起在她的心头。

渔家傲

天接云涛连晓雾，星河欲转千帆舞。仿佛梦魂归帝所，闻天语，殷勤问我归何处。我报路长嗟日暮，学诗谩有惊人句。九万里风鹏正举，风休住，蓬舟吹取三山去。

【词解】

这也许是遥望海天时的遐想，也许是于缥缈梦境的游离，总之，那苍茫壮阔的云涛雾海，令人目眩的灿烂星河，还有随风舞荡的千叶白帆确乎是在同一时刻映入了词人的眼帘，让她胸怀尽敞，飘飘乎如在回归天帝居处的路上。她也果真听到了似曾相识的声音从天空中清晰传来，亲切地问她将往何处。词人率真作答，感叹求索之路漫长曲折，感伤满腹才华却不知有何用处；她不无激动地请求天帝让那举鹏高飞的九万里长风来辅助自己的小舟，将自己带到那理想的仙山琼阁。

如梦令

常记溪亭日暮，沉醉不知归路。兴尽晚回舟，误入藕花深处。争渡，争渡，惊起一滩鸥鹭。

【词解】

曾经独泛小舟于溪畔荷塘，又在酒酣兴尽后驾舟归来，只是恍惚迷离间已不辨归途，因而不知不觉地误入到藕花深处。天色渐晚，归心渐切，正因荷丛密密匝匝难以速出而略显焦急，却误打误撞惊起一群已经栖息了的鸥鹭，故而重新唤来意兴一片。

如梦令

昨夜雨疏风骤，浓睡不消残酒。试问卷帘人，却道海棠依旧。知否？知否？应是绿肥红瘦。

【词解】

昨夜的雨疏风骤对于侍女而言不过是暮春时节极为普通的一幕，但女主人却因之愁烦不已，借了许多酒力才得入眠。若问她为何于晨起时忙忙问到落红几何而不亲自前去观看，若问她听到"海棠依旧"的率尔一答后为何耐心更正应是"绿肥红瘦",正因她爱春之情深入肺腑而不忍看到春残花落,正因她已为叶茂花稀、春之将去而叹息良久。

醉花阴

薄雾浓云愁永昼,瑞脑消金兽①。佳节又重阳,玉枕纱厨②,半夜凉初透。

东篱把酒黄昏后③,有暗香盈袖。莫道不消魂,帘卷西风,人比黄花瘦。

【注释】

①瑞脑消金兽:意谓香炉中的香快燃尽了。瑞脑:香料名。金兽:兽形的铜香炉。②纱厨:纱帐。③东篱:指植有菊花的地方。

【词解】

此词意在抒发孤居独处的少妇情怀。

轻雾蒙蒙,浓云密布,整个白天正如词人之愁,阴郁,悠长。她点燃瑞脑香,看香烟从金炉中袅袅升起,寂寞,惆怅。

又到重阳佳节,无奈独自闺中,夜半不眠时,词人但觉玉枕纱帐渐为凉意浸透。她也曾在菊丛中把酒消愁,一直到黄昏以后,归来时却只空惹菊香淡淡盈袖。她自语:"谁说这一切不让人魂消神伤,帘幕被西风卷起,你会看到人儿比菊花还要清瘦。"

武陵春

风住尘香花已尽①,日晚倦梳头。物是人非事事休,欲语泪先流。

闻说双溪春尚好②,也拟泛轻舟。只恐双溪舴艋舟③,载不动、许多愁。

【注释】

①尘香:尘土中的落花香。②双溪:在浙江金东区,唐宋时已成为文人骚客游赏吟咏的胜地。③舴(zé)艋(měng)舟:小船。

【词解】

风住,花儿尽已零落成泥,所余痕迹,只有尘香。日晚,词人倦梳头发,举目所见,物是人非；不待张口倾吐，眼泪已先行流了下来。词人听说双溪春色尚好，也想到那里泛舟散忧，却担心舴艋小舟，载不动自己这许多忧愁。

声声慢

寻寻觅觅，冷冷清清，凄凄惨惨戚戚。乍暖还寒时候，最难将息①。三杯两盏淡酒，怎敌他、晚来风急。雁过也，正伤心，却是旧时相识。

满地黄花堆积，憔悴损，如今有谁堪摘？守着窗儿，独自怎生得黑？梧桐更兼细雨，到黄昏，点点滴滴。这次第②，怎一个愁字了得？

【注释】

①将息：将养休息。②次第：情形，景况。

【词解】

首句连下七对叠字，创意新奇，笔力浑厚，呈现词人孤寂凄苦、怅然若失的心情神态。在这个冷暖不定的深秋，晚来渐紧的风势使词人的处境变得更为艰难。三杯两盏淡酒抵挡不住那透心彻骨的寒冷，而看到"旧时相识"的雁儿飞过，又勾起她对往事的辛酸回忆。庭院里满是凋落的菊瓣，无人摘取，无人怜惜，正如词人身世。她独自坐在窗前，到黄昏，屋里已是难耐的漆黑。窗外，冷雨敲打桐叶，点滴作响，词人此时的心情，又远非一个"愁"字所能概括。

吕本中

吕本中（1084～1145），原名大中，字居仁，世称东莱先生，寿州（今安徽寿县）人。徽宗朝为枢密院编修官。高宗朝历官中书舍人、权直学士院。因触忤秦桧罢官。其词以婉丽见长，也有悲慨时事、渴望收复中原故土的词作。有《紫微词》。

采桑子

恨君不似江楼月，南北东西，南北东西。只有相随无别离。

恨君却似江楼月，暂满还亏，暂满还亏。待得团圆是几时？

【词解】

同一事物，引发出两种感叹。一者感叹恋人不似"江楼月"，不能照耀自己南北东西，只有相随，没有别离。一者感叹恋人却似"江楼月"，才满便亏，不能与自己长久团圆。

词文明白如话，用喻巧妙自然，尽系真情流露而成，所以尤为难能可贵。

蔡伸

蔡伸（1088～1156），字伸道，号友古居士，莆田（今属福建）人。书法家蔡襄之孙，政和五年（1115年）进士，官至左中大夫。著有《友古居士词》一卷，存词一百七十五首。

苍梧谣

天，休使圆蟾照客眠①。
人何在，桂影自婵娟②。

【注释】

①圆蟾：圆月，古人以为月中有桂树、玉蟾，故称。②婵娟：指月光美好。

【词解】

前两句向天呼告：天啊，请不要让圆月照着我这在异乡作客的人。后两句一问一叹：我的心上人何在？明月桂影啊，可惜你白白呈现着圆满与美好！

李重元

李重元，生卒年不详，生平不详，工词。《全宋词》收其《忆王孙》词四首。

忆王孙 春词

萋萋芳草忆王孙①，柳外楼高空断魂，杜宇声声不忍闻②。欲黄昏，雨打梨花深闭门。

【注释】

①"萋萋"句：《楚辞·招隐士》："王孙游兮不归，春草生兮萋萋。"②杜宇：杜鹃。

【词解】

面对萋萋芳草思念远出不归的行人，空自在窗前柳枝轻拂的高楼上眺望、惆怅，不忍听杜鹃凄厉的啼声。

天向黄昏，晚风暮雨吹打梨花，少妇不忍看残花落地，于是深深地关闭了家门。

陈与义

陈与义（1090~1138），字去非，号简斋，洛阳人。徽宗政和三年（1113年）登太学上舍甲科，授文林郎、开德府教授。后历官太学博士、秘书省著作佐郎等职，不久谪监陈留酒税。高宗朝历任中书舍人、侍讲、礼部侍郎、翰林学士等职。绍兴七年（1137年）任左中大夫，参知政事。其词语意超绝，笔力横空，疏朗明快。有《无住词》。

临江仙　夜登小阁忆洛中旧游

忆昔午桥桥上饮①，坐中多是豪英。长沟流月去无声②。杏花疏影里，吹笛到天明。

二十余年如一梦，此身虽在堪惊。闲登小阁看新晴。古今多少事，渔唱起三更。

【注释】

①午桥：在洛阳县南十里，为作者昔日与友人把酒言欢的处所。②长沟：长长的河道。

【词解】

想起从前在午桥上宴饮的情景，在座的都是英雄豪杰，那一个个月光随溪水无声流走的夜晚，作者一干人等在杏花疏淡影子的笼罩下，聆听笛奏，直到天明。

转眼二十年过去，沧海桑田，恍若一梦。作者身虽健在，但回首一路经历，犹让人惊魂难定。他闲来登上小阁楼，仰望雨后晴朗的夜空，听古往今来多少人间事，都化入午夜悠扬的渔唱声中。

张元干

张元干（1091~1170？），字仲宗，号芦川居士、隐山人，永福（今福建永泰）人。长于词，多清丽婉转之作，独《贺新郎》二篇，以慷慨悲凉胜。著有《芦川归来集》十卷，《芦川词》二卷。

贺新郎　送胡邦衡待制赴新州

梦绕神州路。怅秋风，连营画角，故宫离黍①。底事昆仑倾砥柱，九地黄流乱注？聚万落，千村狐兔②。天意从来高难问，况人情老易悲难诉。更南浦，送君去。

凉生岸柳催残暑。耿斜河，疏星淡月③，断云微度。万里江山知何处？回首对床夜语。雁不到，书成谁与？目尽青天怀今古，肯儿曹恩怨相尔汝！举大白④，听金缕⑤。

【注释】

①故宫离黍（shǔ）：指故都的宫苑长满了庄稼。②"底事"三句：以昆仑砥柱之倾比喻宋朝的颠危，黄河泛滥比喻金兵的猖獗，以狐兔聚村落形容中原的荒凉景象。③耿：明亮。④大白：酒盏名。⑤金缕：《贺新郎》曲之别名。

【词解】

即便在梦中也不能忘记神州故土，但秋风中，唯是军营相望，号角相闻，故都的宫阙，该是一派荒凉吧。词人愤而问天，为何昆仑柱折，黄流滚滚，四处狐兔盘踞？但天意亦如朝廷旨意无法猜测，他伤叹人老易悲，有恨难诉。送君远去，正值夏末秋初，疏星淡月，银河斜转；与君离别，从此天各一方，鸿雁不到，空留下邻床夜语的美好回忆。但君与我都是展望天下、胸怀古今之人，词人劝勉莫作小儿女之悲，且举杯豪饮，听此一曲《贺新郎》。

岳　飞

岳飞（1103～1142），字鹏举，相州汤阴（今属河南）人。出身贫寒，二十岁应募为"敢战士"，身经百战，屡建奇功，是南宋初期的抗金名将。绍兴十年（1140年）统率岳家军大破金兵于郾城，进军朱仙镇，准备渡河收复中原失地。但朝廷执行投降政策，勒令其退兵。后被赵构、秦桧以"莫须有"的罪名杀害。岳飞流传下来的作品不多，有《岳武穆集》。今存词仅三首。

满江红

怒发冲冠，凭阑处、潇潇雨歇。抬望眼，仰天长啸，壮怀激烈。三十功名尘与土，八千里路云和月。莫等闲、白了少年头，空悲切。

靖康耻①，犹未雪。臣子恨，何时灭？驾长车，踏破贺兰山缺②。壮志饥餐胡虏肉，笑谈渴饮匈奴血。待从头、收拾旧山河，朝天阙。

【注释】

①靖康耻：指靖康二年徽、钦二帝被掳入北廷之事。②贺兰山：在今内蒙古境内，此代金人基地。

【词解】

怒发冲冠，凭栏时，潇潇风雨方过。将军极目远眺，继而仰天长啸，只为胸中热血沸腾，豪情激烈。他慨叹三十年功名如尘土般微不足道，他回首八千里征战的艰苦岁月，他自诫莫轻易虚度了年少光阴，以至老大后徒然悲切。尚未洗雪的靖康之耻，长存心中的覆国之恨，将军欲驾长车踏破贺兰山口，饥则食虏肉，渴则饮虏血，重新收拾起旧日山河，然后向国家报捷，庆贺胜利。

小重山

昨夜寒蛩不住鸣①，惊回千里梦，已三更。起来独自绕阶行，人悄悄，窗外月胧明。

白首为功名，旧山松竹老，阻归程。欲将心事付瑶琴，知音少，弦断有谁听。

【注释】

①蛩（qióng）：蟋蟀。

【词解】

昨夜为蟋蟀鸣寒的声音所惊醒，我的梦魂从很远的地方飞回。在那三更的深夜，我不能继续入睡，于是起来，披衣在庭院徘徊。人们都悄然安睡，月光明亮而柔和。

想起这一生白首为功名，故乡的青松翠竹也将老去吧，但我却身不由己，不能回到她的身边。我想要用琴声诉说的我的心事，但知音稀少，就是弹断了琴弦，又有谁能明白？

朱淑真

朱淑真，宋代女词人。一作淑贞，号幽栖居士，钱塘（今浙江杭州）人。出身宦家，博通经史，能文善画，精晓音律，尤工诗词。嫁给一文法小吏，因志趣不合，抑郁而终。

有《断肠集》十卷、《断肠词》一卷行世。

蝶恋花　送春

楼外垂杨千万缕，欲系青春，少住春还去。犹自风前飘柳絮，随春且看归何处。

绿满山川闻杜宇①，便做无情，莫也愁人苦②？把酒送春春不语，黄昏却下潇潇雨。

【注释】

①杜宇：杜鹃。②莫也：岂不也。

【词解】

由楼外杨柳万千垂条的招展披拂而想到它们是在希望能将春天系住片刻，由柳絮的随风飘飞而想象它们是去探寻春的归处，情感细腻的词人对于春天有着深深的眷恋。当她看到满眼的山川已变得碧绿一片，听到杜鹃哀鸣声声，不由得发出了"即便心中无情，这般景况也足以让人愁苦"的感叹。

词人举起酒盏，打算就此为春送行，然而春天却缄口不语，飘然洒下蒙蒙细雨，似向词人挥泪告别。

张　抡

张抡（生卒年不详），字才甫，自号莲社居士，开封（今属河南）人。孝宗淳熙五年（1178年）为宁武军承宣使。后知阁门事，兼客省四方馆事。其词多描写山水景物，风格清丽秀雅。有《莲社词》。

踏莎行　山居

秋入云山，物情潇洒。百般景物堪图画。丹枫万叶碧云边，黄花千点幽岩下。

已喜佳辰，更怜清夜。一轮明月林梢挂。松醪常与野人期①，忘形共说清闲话。

【注释】

①松醪：用松膏酿制的酒。野人：山野之人。

【词解】

秋天走入白云掩映的山林，各色景物干净而明丽，正合用图画加以描绘。蓝天、白云、山崖上的万叶红枫、幽岩下的千点黄菊。美丽的秋日让人欣喜，清爽的秋夜更惹人怜爱。当一轮明月挂上树梢，词人便携带着自酿的松醪前去赴约，与山农野老在月光下无拘无束地闲话家常，谈天说地。

陆 游

陆游（1125～1210），字务观，号放翁，越州山阴（今浙江绍兴）人。少有大志，二十九岁应进士试，名列第一，因"喜论恢复"，被秦桧除名。孝宗时赐进士出身，任历官枢密院编修兼类圣政所检讨、夔州通判。乾道八年（1172年），入四川宣抚使王炎幕府。孝宗淳熙五年（1178年），离蜀东归，在江西、浙江等地任职，终因坚持抗金复国，不为当权者所容而罢官。居故乡山阴二十余年。后曾出修国史，任宝章阁待制。其词风格变化多样，多圆润清逸，不乏忧国伤时、慷慨悲壮之作。有《剑南诗稿》《渭南文集》《渭南词》等。

钗头凤

红酥手①，黄縢酒②，满城春色宫墙柳。东风恶，欢情薄。一怀愁绪，几年离索。错，错，错！

春如旧，人空瘦，旧痕红浥鲛绡透③。桃花落，闲池阁。山盟虽在，锦书难托。莫，莫，莫！

【注释】

①红酥手：红润白嫩的双手。②黄縢酒：黄纸封坛的美酒。③浥（yì）：浸湿。鲛绡：丝帕。

【词解】

见到唐琬，往日她酥手侑酒、与自己春日漫步在宫墙边、柳荫下的情景又浮现在眼前。无奈欢情短暂，一场"东风"的无情摧残让恩爱的情侣分离，作者怀着不散的愁绪，度过了别后的几年。他最深刻的感触是：这是一次由因缘到人事彻彻底底的大错。

再见唐琬，春色依旧，但她比从前消瘦了很多。作者知道那是因为流过太多泪水，溶了胭脂，湿透了鲛绡。美丽的桃花已然飘落，知音一去，空闲了池阁，海誓山盟虽然还清晰在耳，但已不能写封书信将自己的情感和盘而托，作者沉痛而无奈地叹息："莫！莫！莫！"

卜算子 咏梅

驿外断桥边，寂寞开无主。已是黄昏独自愁，更著风和雨。

无意苦争春，一任群芳妒。零落成泥碾作尘，只有香如故。

【词解】

风雨的黄昏，词人走过驿站，看到断残的小桥旁寂寞地开放着梅花。梅花独处黄昏已然愁苦，却还要忍受风吹雨淋。词人歌颂它无意争春，淡然对待群芳的妒恨，纵然飘落成泥，碾作灰尘，却依然是清香如故。

诉衷情

当年万里觅封侯，匹马戍梁州①。关河梦断何处？尘暗旧貂裘②。

胡未灭，鬓先秋，泪空流。此生谁料，心在天山，身老沧洲。

【注释】

①梁州：今陕西汉中一带。②尘暗旧貂裘：意谓貂裘上积满了尘土，颜色也因日久而改变。

【词解】

这首词也是作者晚年隐居山阴后所作。上片回顾了当年的英雄气魄和戎马生涯，慨叹其后长年闲居废置、请缨无路的境遇。下片更作悲凉语，表达出他如今仍旧心系国事，但自知已是身老力乏、难以为用的凄哀心情，同时也抒发出对被迫退隐命运的痛心和对当权者去正存邪、压制爱国力量的强烈愤慨。

唐 琬

唐琬，字蕙仙，生卒年月不详。她是陆游母舅唐诚的女儿，为陆游的第一任妻子，被陆母拆散，后嫁给了皇家后裔同郡士人赵士程。陆游在沈园偶然遇唐琬，在墙上题了一首《钗头凤》（红酥手）词，唐琬和了一阕《钗头凤》（世情薄）。随后抑郁而终。

钗头凤

世情薄，人情恶，雨送黄昏花易落。晓风干，泪痕残，欲笺心事，独倚斜阑。难，难，难！

人成各，今非昨，病魂常似秋千索。角声寒，夜阑珊①，怕人寻问，咽泪装欢。瞒，瞒，瞒！

【注释】

①阑珊：将尽。

【词解】

世情凉薄，人情险恶，黄昏暮雨中花儿最易凋落。晨风吹干泪水，泪痕残留脸上，本想写下心事，却终作倚栏自语，唐琬哀叹："难，难，难。"人已离散，今非昔比，如今的唐琬犹如秋千架上的绳索，摇摇荡荡，多病多忧。她每每长夜无眠，愁听清寒号角，直到夜色阑珊。她有苦无处倾诉，因为怕人询问，还要咽泪装欢，她只能将一切深深地隐瞒，隐瞒。

严　蕊

严蕊（生卒年不详），字幼芳，天台（今属浙江）营妓（军营里的妓女）。周密《癸辛杂识》称她"善琴弈、歌舞、丝竹、书画，色艺冠一时。间作诗词，有新语。颇通古今"。朱熹任地方官时曾以有伤风化的罪名把她关在牢里，加以鞭打。她不屈服。朱熹改官后，岳霖继任，把她释放。今传词三首。

卜算子

不是爱风尘①，似被前缘误。花落花开自有时，总赖东君主②。

去也终须去，住也如何住。若得山花插满头，莫问奴归处。

【注释】

①风尘：指艺伎生涯。②东君：司春之神。主：做主。

【词解】

并非是自愿堕入风尘，好似是前定因缘的耽误，花开花落自有其时，但终归还要依靠东君做主。脱离苦海只在早晚，但身处其中着实难捱，若得自由自在地满插山花在头，便毋庸追问奴家将身归何处。

张孝祥

张孝祥（1132～1169），字安国，号于湖居士，历阳乌江（今安徽和县）人。高宗绍兴二十四年（1154年）进士，廷试第一。曾因触犯秦桧，下狱。孝宗时，任中书舍人，先后六守外郡。其词早期多清丽婉约之作，南渡后转为慷慨悲凉，多抒发爱国思想，激昂奔放，风格近苏轼。有《于湖集》《于湖词》。

念奴娇　过洞庭

洞庭青草①，近中秋，更无一点风色。玉鉴琼田三万顷②，着我扁舟一叶。素月分辉，明河共影③，表里俱澄澈。悠然心会，妙处难与君说。

应念岭表经年④，孤光自照，肝胆皆冰雪。短发萧骚襟袖冷⑤，稳泛沧溟空阔⑥。尽挹西江，细斟北斗，万象为宾客。扣舷独啸，不知今夕何夕。

【注释】

①青草：青草湖，与洞庭湖相通，二者亦合称洞庭湖。②玉鉴琼田：形容湖水清亮有如玉镜琼田一样。③明河：天河。④岭表：指五岭以外，今两广一带。⑤萧骚：萧疏。⑥沧溟（míng）：苍茫浩瀚。

【词解】

上片写作者于月夜游洞庭的所见所感：时值仲秋，玉宇澄清，水波不兴，泛一叶小舟于万顷静湖之上，但见素月分辉，银河下影，水光接天。如此澄澈之景象，亦如作者此时的心境，空明干净，无怪乎他要说："悠然心会，妙处难与君说。"下片抒志，作者用"肝胆皆冰雪"来昭示自己的高洁忠贞，用"西江酌斗，宾客万象"的豪迈气概来回答小人的龌龊的谗言构陷，尽显其豪放旷达、不与世俗同流合污的高尚品质。

辛弃疾

辛弃疾（1140～1207），字幼安，号稼轩，济南历城（今属山东）人。年轻时参加耿京抗金义军，为掌书记。南归后历任建康通判、江西、湖南、湖北安抚使等职，颇有政绩。他力主抗金复国，以恢复中原为己任，屡受朝中投降派排挤，淳熙八年（1181年）被劾落职，闲居二十余年，其间曾两度被起用，任福建、浙江安抚使等，但都不久于职。终以报国无路，忧愤而死。辛弃疾能诗善文，尤工词，是继苏轼以后的又一位大词人。现存词六百二十余首，风格多样，或慷慨豪迈，或沉郁悲壮，或清新自然，或婉转细腻，其中抒写爱国思想之作占有极重要的地位。他大量吸收口语、古语入词，善于用典，扩大了词的表现力。有《稼轩长短句》。

摸鱼儿

更能消，几番风雨，匆匆春又归去。惜春长怕花开早，何况落红无数。春且住！见说道、天涯芳草迷归路。怨春不语，算只有殷勤，画檐蛛网，尽日惹飞絮。

长门事，准拟佳期又误，蛾眉曾有人妒。千金纵买相如赋，脉脉此情谁诉①？君莫舞！君不见，玉环飞燕皆尘土②。闲愁最苦。休去倚危阑，斜阳正在，烟柳断肠处。

【注释】

①"长门事"五句：司马相如《长门赋序》："孝武皇帝陈皇后，时得幸，颇妒（有逸人嫉妒），别在长门宫，愁闷悲思。闻蜀郡成都司马相如天下工为文，奉黄金百斤，为相如文君取酒，因于解悲愁之辞。而相如为文以悟主上，皇后复得亲幸。"此处是说：因为有人嫉妒，纵然千金买得司马相如一赋，心中真情也是无从诉说的。②"君莫舞"三句：意谓善妒之人也不要得意忘形，你不见即便是像杨玉环、赵飞燕那样得宠的妃子终不是都化为尘土了吗？此处是以玉环、飞燕都不得善终来警告那些嫉贤妒能之辈。

【词解】

上片托物寄兴，通过描写春去时花木零落的景象隐喻南宋江山之风雨飘摇，通过抒写自己怜春、惜春、留春之情，寄寓出对国家的热爱和对时局的无奈。下片用《离骚》"众女嫉余之蛾眉"、司马相如代作《长门赋》、杨妃赵后之不得善终诸事典寄出抱负难展的苦闷，以及对于朝廷亲佞远贤的不满。

水龙吟　登建康赏心亭

楚天千里清秋，水随天去秋无际。遥岑远目①，献愁供恨，玉簪螺髻②。落日楼头，断鸿声里，江南游子。把吴钩看了③，阑干拍遍，无人会、登临意。

休说鲈鱼堪脍④,尽西风、季鹰归未⑤?求田问舍,怕应羞见,刘郎才气⑥。可惜流年,忧愁风雨,树犹如此⑦!倩何人,唤取红巾翠袖⑧,揾英雄泪⑨。

【注释】

①遥岑:远山。此指沦陷地区的群山。②玉簪螺髻:形容远山如玉簪,如盘起的发髻。③吴钩:古代吴地出产的一种弯刀,后泛指锋利的刀剑。④脍:将鱼肉切成细丝。⑤季鹰:张翰,字季鹰。《晋书·张翰传》:"翰因见秋风起,乃思吴中菰菜、莼羹、鲈鱼脍,曰:'人生贵得适志,何能羁宦数千里以要名爵乎?'遂命驾而归。"⑥"求田问舍"三句:以三国时刘备责许汜只知购置房产而全然不管国计民生之事,来责备那些只为一己私利的人。⑦树犹如此:东晋桓温北征,见昔日所种柳树已粗十围,叹曰:"树犹如此,人何以堪。"⑧红巾翠袖:借指歌女。⑨揾(wèn):擦拭。

【词解】

词文上片写登高远望之所见:天无际,水随天,远山层层叠叠,如"玉簪螺髻"。江山虽美,但在作者眼里竟为"献愁供恨"之物,因为他空握长剑而不能杀敌,满怀抱负却无处施展。下片评古论今,表示自己不愿效仿张翰退隐,也不愿学许汜求田问舍,而是想报效国家,有所作为。继而又叹流年似水,光阴虚度。情到伤心,他不禁潸然洒泪。英雄失路之悲,让人嘘嗟不已。

菩萨蛮　书江西造口壁

郁孤台下清江水①,中间多少行人泪。西北望长安②,可怜无数山。青山遮不住,毕竟东流去。江晚正愁予,山深闻鹧鸪③。

【注释】

①郁孤台:在今江西赣州市西南,唐宋时为游览胜地。②长安:指代北宋京师汴梁。③鹧鸪:其鸣声似"行不得也哥哥"。

【词解】

郁孤台下的清江水,其中汇聚了多少流离逃亡之人的眼泪,举头向西北方向眺望长安,无数青山将视线遮拦。青山能遮断行人的望眼,却遮断不了江水的奔流,亦如胡虏虽猖、奸佞虽多,却挡不住仁人志士的抗敌报国的热血豪情。

江天渐晚,词人愁情又浓,岁月在屡受排挤、报国无门的苦闷中空流。这个时候,深山中又传来鹧鸪的叫声:"行不得也哥哥,行不得也哥哥……"

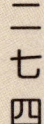

青玉案　元夕

东风夜放花千树，更吹落、星如雨。宝马雕车香满路。凤箫声动，玉壶光转①，一夜鱼龙舞。

蛾儿雪柳黄金缕②，笑语盈盈暗香去。众里寻他千百度；蓦然回首，那人却在，灯火阑珊处③。

【注释】

①玉壶：喻月亮。②蛾儿、雪柳、黄金缕：此三样皆为元宵时妇女们佩戴的饰物。③阑珊：零落。

【词解】

正月十五的汴京灯市，灿烂灯火有如东风吹绽鲜花无数，又如满天星斗飘落人间，熙熙攘攘的车马人流，听不完的凤箫声乐。月亮移过天空，人间正在通宵达旦地鱼龙狂舞。

群群笑语盈盈、盛装而行的游女经过，身上香气飘散，作者不曾停下寻觅的步伐，他在寻找自己的意中人，千寻百找，不辞辛苦。百寻不见，猛然回首的时候，却看到那人就在灯火零落的地方。

西江月　夜行黄沙道中

明月别枝惊鹊，清风半夜鸣蝉。稻花香里说丰年，听取蛙声一片。

七八个星天外，两三点雨山前。旧时茅店社林边①，路转溪桥忽见。

【注释】

①社：土地庙。

【词解】

清新的语言，轻快的情致，让我们的心充分舒展，放松；让我们如同身临那明月林梢挂，清风习习的爽朗秋夜，闻到风中淡淡的稻花香，听到人们快乐地闲话着丰年，蛙儿们兴高采烈地对唱。你也可以坐在作者带来的情境里，仰望七八个星天外，静观两三点雨山前，或者，随他漫步村林，走过溪桥，感受他忽见到曾住过的茅店时的欣慰与悠然。

丑奴儿　书博山道中壁

少年不识愁滋味，爱上层楼。爱上层楼，为赋新词强说愁。

而今识尽愁滋味，欲说还休。欲说还休，却道天凉好个秋。

【词解】

历尽沧桑，饱尝愁滋味之后，回想起少年时代爱上高楼，为了赋一首新词强要说愁的单纯幼稚，作者不禁哑然失笑。少年时是故作愁态，怕人不知自己有愁，而今愁满胸中，却不知从何说起。在数次的"欲说还休"之后，吐出"天凉好个秋"的不相干的话聊以应景。作者是无可奈何，只好回避不谈。

破阵子 为陈同甫赋壮语以寄之

醉里挑灯看剑，梦回吹角连营。八百里分麾下炙①，五十弦翻塞外声②。沙场秋点兵。

马作的卢飞快③，弓如霹雳弦惊。了却君王天下事，赢得生前身后名。可怜白发生！

【注释】

①八百里分麾（huī）下炙：八百里：指牛。晋代有良牛名"八百里驳"。意谓营中士兵们，在战旗下分吃着烤牛肉。②五十弦翻塞外声：意谓各种乐器合奏出雄壮的军歌。③的卢：骏马名。

【词解】

词由灯下醉看长剑写入梦境，极力描绘抗金部队雄壮的军容，生动地刻画了将士们矫健威武、横戈跃马的身姿，直抒作者"了却君王天下事，赢得生前身后名"的心愿，豪情恣肆，气壮山河，交织着他忠君爱国的思想和强烈的个人功名观念。然而通篇的壮词竟以"可怜白发生"之悲语收尾，又反映出作者壮志难酬的悲愤心情。

鹧鸪天

壮岁旌旗拥万夫，锦襜突骑渡江初①。燕兵夜娖银胡䩮②，汉箭朝飞金仆姑③。

追往事，叹今吾，春风不染白髭须④。却将万字平戎策⑤，换得东家种树书⑥。

【注释】

①锦襜突骑：穿着锦衣的精锐骑兵。②燕兵：指北方抗金义军。娖（chuò）：整理。银胡䩮（lù）：镶银的箭袋。③金仆姑：箭名。④"春风"句：意谓人老了便无法恢复青春。⑤平戎策：指作者归宋后屡次上呈朝廷的抗金方略。⑥"换得"句：感叹晚年失意，从事农业。

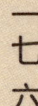

【词解】

　　与客人闲谈功名，唤起作者对于一生经历的回忆。词文上片追忆了年轻时代自己率义军夜袭金营、捉回叛徒张安国，而后引兵南归诸事，豪情四溢，声情并茂，颇显出作者对这段经历的得意之情。下片自叹年老，抒发有志报国却被投闲废置的牢骚，自嘲之中蕴含着深深的失望。

永遇乐　京口北固亭怀古

　　千古江山，英雄无觅，孙仲谋处。舞榭歌台，风流总被雨打风吹去①。斜阳草树，寻常巷陌，人道寄奴曾住②。想当年，金戈铁马，气吞万里如虎③。

　　元嘉草草，封狼居胥，赢得仓皇北顾④。四十三年，望中犹记，烽火扬州路⑤。可堪回首，佛狸祠下⑥，一片神鸦社鼓⑦。凭谁问，廉颇老矣，尚能饭否？

【注释】

　　①"风流"句：意谓孙仲谋英雄事业的风流余韵已在历史的风吹雨打中远去。②寄奴：南朝宋武帝刘裕小字寄奴。③"想当年"三句：刘裕曾率军北伐，先后灭掉南燕和后秦，光复洛阳、长安等地。④"元嘉"三句：是说宋文帝不能继承父亲刘裕的功业，草率派兵北伐，想要像当年汉将霍去病战胜匈奴、封狼居胥山一样荡平北方，到头来只落得仓皇北望，后悔冒然北伐带来的惨败。⑤"四十三年"三句：辛弃疾于四十三年前南归，其时扬州地区正烽火弥漫。⑥佛狸祠：北魏太武帝拓跋焘击败南朝宋军后，于长江北岸的瓜步山上所建行宫，当地百姓年年在祠下举行迎神赛会。⑦神鸦：庙里吃祭品的乌鸦。社鼓：祭祀的鼓声。

【词解】

　　上片追忆孙权、刘裕二人事迹，表达出作者对既能守成抗敌，又能进取破虏的君王的期盼。下片引宋文帝仓促北伐而招致全败之事，提醒掌权者不可贪功冒进；通过写历史上佛狸祠的迎神赛会，表示了对江北各地沦陷已久、人民将安于异族统治的隐忧。最后得结论于欲图恢复大计，当重用老成练达之臣。

南乡子　登京口北固亭有怀

　　何处望神州？满眼风光北固楼。千古兴亡多少事，悠悠。不尽长江滚滚流。

　　年少万兜鍪①，坐断东南战未休②。天下英雄谁敌手？曹刘。生子当如孙仲谋。

【注释】

①兜鍪（móu）：古代打仗时戴的头盔。此处指代将士。②坐断：占据。

【词解】

何处可以望到中原？站在北固楼上眺望，满眼是美好的风光，但是中原还是看不见。千古兴亡，往事悠悠，都随不尽的长江水，滚滚东流。

当年轻的孙权成为三军统帅，他能够独霸东南，坚持抗战。天下的英雄有谁堪称是他的敌手？只有曹操和刘备而已，所以也就难怪曹操说："生子当如孙仲谋。"

石孝友

石孝友，生卒年不详，字次仲，江西南昌人。宋孝宗乾道二年（1166年）进士。著有《金谷遗音》一卷。填词常用俚俗之语，状写男女情爱。

卜算子

见也如何暮①，别也如何遽②。别也应难见也难，后会难凭据。
去也如何去，住也如何住。住也应难去也难，此际难分付。

【注释】

①暮：晚。②遽：仓促。

【词解】

上片既恨相见之晚，又恨相别之匆促，更恨后会之无凭。下片写离别时心情：留既不能，去又不忍，使人不知如何是好。

陈　亮

陈亮（1143～1194），字同甫，人称龙川先生，婺州永康（今属浙江）人。著名思想家。孝宗淳熙五年（1178年）上书论国事。后曾两次被诬入狱。光宗绍熙四年（1193年）举进士。授建康府官厅公事，未到任而卒。有《龙川文集》《龙川词》。

水调歌头　送章德茂大卿使虏

不见南师久①，谩说北群空②。当场只手，毕竟还我万夫雄。自笑堂堂汉使，得似洋洋河水，依旧只流东。且复穹庐拜③，会向藁街逢④。

尧之都，舜之壤，禹之封。于中应有，一个半个耻臣戎⑤。万里腥膻如许⑥，千古英灵安在？磅礴几时通？胡运何须问，赫日自当中。

【注释】

①南师：指南宋的军队。②谩说：妄说。北群空：唐韩愈《送温处士赴河阳军序》："伯乐一过冀北之野，而马群遂空。夫冀北马多天下，伯乐遂善知马，安能空其群耶？解之曰：吾所谓空，非无马也，无良马也。"此处是喻没有人才了。③穹庐：毡帐。④藁街：京都外国使臣居住的地方。⑤耻臣戎：意谓耻于臣服金人。戎：中国古代对西方或北方少数民族的称谓。⑥膻：羊臊气。

【词解】

词以"久不见南宋之师，就妄言我们已无人可用"的嘲讽语开篇，对金人的嚣张气焰给予当头棒喝。继而赞章德茂有独当一面的才能，寄希望于他能通过应变周旋维护国家尊严；同时慨叹堂堂汉使竟要如河水东流般前往金国朝贡，但坚信这种局面只是暂时的，形势终究会逆转。下片大声呼唤华夏民族不屈不挠、英勇无畏之精神，慷慨放言大宋国势正如日中天，气势磅礴，雄浑无比。

刘　过

刘过（1154～1206），字改之，号龙洲道人。吉州太和（今江西泰和）人。少怀志节，读书论兵，好言古今治乱盛衰之变。曾多次上书朝廷。因屡试不第，漫游江、浙等地。与陆游、陈亮、辛弃疾等交游，布衣终身。有《龙洲集》《龙洲词》。

唐多令

安远楼小集，侑觞歌板之姬，黄其姓者，乞词于龙洲道人，为赋此。同刘阜之、刘去非、石民瞻、周嘉仲、陈孟参、孟容，时八月五日也。

芦叶满汀洲，寒沙带浅流。二十年、重过南楼①。柳下系舟犹未

稳，能几日，又中秋？

　　黄鹤断矶头②，故人今在否？旧江山，浑是新愁。欲买桂花同载酒，终不似，少年游。

【注释】

　　①南楼：在武昌黄鹤山上，唐宋时为文人骚客游赏胜地。②黄鹤断矶头：黄鹤山西北有黄鹄矶，临长江，故云。

【词解】

　　二十年光阴荏苒，作者故地重游，不禁感慨系之。时近中秋，放眼四望，但见芦叶落满汀洲，澄浅的河水从清冷的沙滩旁流走，行迹匆匆的作者系身未稳便来到曾与朋友共度佳节的黄鹄矶头，深情问起："故人今在否？"漂泊多年，交游自多零落，唯眼前江山依旧，当此情状，作者平添新愁。何以遣愁？可邀二三知己，重新买花载酒，但作者知道，即便如此，也终于不能像少年时候一样满怀豪情地潇洒畅游了。

　　全词语言通俗清新，寄寓着作者含蓄而深沉的心理感受，在当时就深受人们欢迎。

姜　夔

　　姜夔(1155～1221)，字尧章，号白石道人，饶州鄱阳(今江西波阳)人。早年随父宦游，居汉阳。屡试不第，布衣终身。其词或感慨时世、抒写恋情，或写景咏物、记述交游。琢句精工，韵律谐婉，寄意幽邃。有《白石道人诗集》《白石道人歌曲》《诗说》等。

点绛唇　丁未冬过吴松作

　　燕雁无心，太湖西畔随云去。数峰清苦①，商略黄昏雨②。
　　第四桥边③，拟共天随住④。今何许？凭栏怀古，残柳参差舞。

【注释】

　　①清苦：形容山峰清寂荒凉。②商略：酝酿。③第四桥：指吴江城外甘泉桥。④天随：晚唐诗人陆龟蒙，号天随子。

【词解】

　　初冬的黄昏，寥落、冷清的群峰之间正在酝酿着一场暮雨。燕雁对美丽的太湖毫无眷恋之情，竟随云而去。作者来到第四桥边，心中便生无限追慕之情，期愿与陆龟蒙这样的高雅之士朝夕相伴。无奈斯人已逝，他凭栏怀古，眼前唯见长短不齐的残柳，被冷风吹得乱舞而已。

扬州慢

淳熙丙申至日，余过维扬，夜雪初霁，荠麦弥望。入其城，则四顾萧条，寒水自碧。暮色渐起，戍角悲吟，余怀怆然，感慨今昔。因自度此曲，千岩老人以为有黍离之悲也。

淮左名都①，竹西佳处②，解鞍少驻初程。过春风十里③，尽荠麦青青④。自胡马窥江去后，废池乔木⑤，犹厌言兵。渐黄昏，清角吹寒，都在空城。

杜郎俊赏⑥，算而今、重到须惊。纵豆蔻词工⑦，青楼梦好⑧，难赋深情。二十四桥仍在⑨，波心荡，冷月无声。念桥边红药⑩，年年知为谁生。

【注释】

①淮左：扬州在宋代属淮南东路。古时以左指东，故云。②竹西佳处：竹西亭,扬州名胜。③春风十里：指代扬州街市，杜牧《赠别》诗中云："春风十里扬州路,卷上珠帘总不如。"④荠(jì)：荠菜。⑤废池乔木：荒废的池苑和高大的树木。⑥杜郎：唐代诗人杜牧。俊赏：卓越的鉴赏力。⑦豆蔻：杜牧《赠别》诗中云："娉娉袅袅十三余,豆蔻梢头二月初。"⑧青楼：杜牧《遣怀》诗中云："十年一觉扬州梦,赢得青楼薄幸名。"⑨二十四桥：杜牧《寄扬州韩绰判官》诗中云："二十四桥明月夜,玉人何处教吹箫。"⑩红药：红芍药。

【词解】

初次来到扬州，在它风光最佳处稍作停留，但往日"春风十里"的繁华美景，此时已换作了满目的野麦青青；自金人劫掠过后，这里荒凉破败，人们至今提起战争，仍无不切齿痛恨。黄昏时，清寒的角声响起，长久地回荡在空城。杜郎俊赏，只是他如在今日来到这里，也会感到心惊吧。他纵然能写出豆蔻诗，写出感人的青楼梦，怕也难写出此时的心情。二十四桥还在，桥下月影荡动，冷而无声。不知桥边的红色芍药，年复一年为谁而生。

疏　影

苔枝缀玉，有翠禽小小，枝上同宿。客里相逢，篱角黄昏，无言自倚修竹①。昭君不惯胡沙远，但暗忆、江南江北。想佩环，月夜归来②，化作此花幽独。

犹记深宫旧事，那人正睡里，飞近蛾绿③。莫似春风，不管盈盈，早与安排金屋。还教一片随波去，又却怨、玉龙哀曲④。等恁时，重觅幽香，已入小窗横幅。

【注释】

①无言自倚修竹：用杜甫《佳人》"天寒翠袖薄，日暮倚修竹"句意。②"想佩环"二句：化用杜甫《咏怀古迹》"环佩空归月夜魂"句意。佩环：指代昭君。③"犹记"三句：相传宋武帝女寿阳公主日卧于含章殿檐下，梅花落公主头上，留下了花瓣的印记，三天后才褪去。蛾绿：蛾眉。④玉龙哀曲：指笛曲《梅花落》。玉龙：笛名。

【词解】

梅花像玉一样缀在长着苔藓的梅枝上，枝头栖息着小小翠鸟。在词人的眼中，白梅如同杜甫诗中的高洁佳人，无言独倚修竹；它又好似眷念故乡、月夜归来的昭君灵魂所化，美丽中透露出忧郁与孤独。词人还联想到那深宫旧事：寿阳公主小憩之时，梅花飘落在她的眉间，留下了五瓣梅花印。

词人劝说世人准备金屋珍藏美好清洁的梅花，莫学春风，让它随处飘零。待到梅花逐水漂走，词人要为它吹上一曲忧伤的《梅花落》。而当梅花落尽，再要寻觅它的踪迹，怕是只能到小窗上的图画中去欣赏了。

史达祖

史达祖（生卒年不详），字邦卿，号梅溪，汴京（今河南开封）人。屡试不第，曾为韩侂胄门下堂吏，负责撰拟文稿，颇有权势。及韩被诛杀，亦遭牵连，穷困而死。其词多写个人闲情逸致，尽态极妍。有《梅溪词》。

双双燕　咏燕

过春社了①，度帘幕中间，去年尘冷。差池欲往②，试入旧巢相并。还相雕梁藻井③，又软语商量不定。飘然快拂花梢，翠尾分开红影④。

芳径，芹泥雨润⑤。爱贴地争飞，竞夸轻俊。红楼归晚⑥，看足柳昏花暝。应自栖香正稳，便忘了天涯芳信。愁损翠黛双蛾，日日画阑独凭。

【注释】

①春社：古时祭祀土神的日子，一般在立春第五个戊日。②差池：形容燕子摆动双翼和尾羽的样子。③相：打量。藻井：古时建筑天花板上一方一方的彩画。④红影：花影。

⑤芹泥：长着芹草的泥地。⑥红楼归晚：谓燕子回巢已晚。红楼：富贵人家，燕子做巢的地方。

【词解】

　　过了春社，燕子才飞进帘幕，旧巢已然覆盖了一层清冷尘灰。双燕抖动翅膀，似要齐入巢中栖息，继而却重新打量一下屋梁藻井，呢喃细语，商量不定。它们时而轻盈飞起，飘然掠过花梢，以翠尾分开花影；时而贴近被春雨润湿了的地面，你追我赶，竞争轻俊。直到饱览了柳弱花娇，直到天色已晚，才归来红楼。于是酣然睡去，浑然忘记了思妇托付它们带给爱人的书信。那一边，她忧愁憔悴，日日倚着画栏，等候远方爱人寄来的回信。

卢祖皋

　　卢祖皋（约1174～1224），字申之，一字次夔，号蒲江，永嘉（今属浙江）人。庆元五年（1199年）进士。今诗集不传，有《蒲江词稿》行世。宋黄升《中兴以来绝妙词选》卷八评云："申之乐章甚工，字字可入律吕，浙人皆唱之。"

江城子

　　画楼帘幕卷新晴，掩银屏，晓寒轻。坠粉飘香，日日唤愁生。暗数十年湖上路，能几度，着娉婷①。

　　年华空自感飘零，拥春醒，对谁醒？天阔云闲，无处觅箫声。载酒买花年少事，浑不似，旧心情。

【注释】

　　①娉（pīng）婷：美好的样子。

【词解】

　　卷起帘幕，画楼外是一派春日新晴，但仍有侵晓的轻寒，词人所以略遮银屏。飘香坠粉，花开花落，在这个春天里，词人日日愁绪萦怀，他因为春天美好但却短暂而忧伤，进而忆起十年风流岁月，慨叹人生能有几度年少风华。岁月如流，身世飘零，虽然总是怀着春愁醉去，但又有何人可以让自己为之不醉呢？纵然天阔云闲，但旧情已逝，旧爱无踪，便更觉自己孤苦伶仃。从前买花载酒度春日，如今虽欲为此少年事，只是完全不似旧心情。

刘克庄

刘克庄（1187～1269），字潜夫，号后村居士，莆田（今属福建）人。以父荫入仕，曾任建阳、仙都县令。因写《落梅》诗，得罪权贵，废置十年。理宗朝赐同进士出身，历任枢密院编修、中书舍人、兵部侍郎等，以龙图阁直学士致仕。其词多感慨时事，风格豪放悲壮，近辛弃疾词。有《后村长短句》。

贺新郎　送陈真州子华

北望神州路①，试平章②，这场公事，怎生分付？记得太行山百万，曾入宗爷驾驭③。今把作，握蛇骑虎。君去京东豪杰喜，想投戈下拜真吾父④。谈笑里，定齐鲁。

两河萧瑟惟孤兔⑤。问当年，祖生去后⑥，有人来否？多少新亭挥泪客⑦，谁梦中原块土？算事业，须由人做。应笑书生心胆怯⑧，向车中闭置如新妇。空目送，塞鸿去⑨。

【注释】

①神州路：指中原沦陷之地。②平章：评论。③"记得"两句：宗泽曾号召山东、河北各地地方武装一同抗金，聚兵于太行山。④真吾父：《宋史·岳飞传》载，张用在江西作乱，岳飞写信给他，张用读毕叹曰："真吾父也。"遂降。⑤两河：黄河南北的中原失地。⑥祖生：东晋名将祖逖，曾统兵北伐，收复黄河以南地区。⑦新亭：在今江苏南京市南，东晋建立后，北方士大夫多于此宴集，遥望中原失地，挥泪叹息。⑧书生：作者自称。⑨塞鸿去：因陈子华北迁，故以飞往塞外的鸿雁喻之。

【词解】

这首词是作者为将要前往真州赴任的友人陈子华而作的。作者在词的上片中回忆了南宋初年北方民众同仇敌忾、英雄豪杰皆入老将宗泽麾下协力抗金的盛况，慨叹南宋朝廷对待民间抗金力量"握蛇骑虎"般既用又怕的龌龊态度；并且对友人寄予厚望，希望他能在任上广纳俊杰，联络四方抗金力量，为今后收复中原打下基础。下片抒发了对于南宋君臣懦弱苟且的强烈愤慨，以及自己书生之百无一用，只能徒然目送老友慷慨北行的无奈之情，但仍有"算事业、须由人做"的劝勉之语，悲而能壮，是刘词当行本色。

一剪梅　戏林推

年年跃马长安市，客舍似家家似寄。青钱换酒日无何，红烛呼卢宵不寐①。

易挑锦妇机中字，难得玉人心下事。男儿西北有神州，莫滴水西桥畔泪。

【注释】

①呼卢：指赌博。

【词解】

此词是作者为规劝林姓友人而作。上片写友人生活的放荡：他跃马于京都街市之上，长年以客舍为家，而在家的日子倒像是寄宿一般短暂。他贪杯无度，常常于青楼妓馆彻夜赌博，生活可谓奢靡颓废。友人的这种生活状态让作者不无忧虑，他在下片中对其进行了规劝。"易挑锦妇机中字，难得玉人心下事"二句警醒友人：家中妻子才是真正对自己情深意挚的人，青楼女子的三心二意、逢场作戏很难谈到有什么真感情。末尾处作勉励之语，告诉友人好男儿志在四方，当以收复中原为己任，不可沉湎于偎红倚翠的生活当中，满心尽是儿女情长。

蒋　捷

蒋捷，生卒年不详，字胜欲，号竹山，宋末元初阳羡（今江苏宜兴）人。咸淳十年（1274年）进士。南宋亡，深怀亡国之痛，隐居不仕，人称"竹山先生""樱桃进士"。长于词，与周密、王沂孙、张炎并称"宋末四大家"。有《竹山词》一卷。

一剪梅　舟过吴江

一片春愁待酒浇，江上舟摇，楼上帘招。秋娘渡与泰娘桥，风又飘飘，雨又潇潇。

何日归家洗客袍？银字笙调，心字香烧。流光容易把人抛，红了樱桃，绿了芭蕉。

【词解】

心头的一片春愁等待用酒来浇。船儿经过吴江，随波浪轻轻摇荡；江岸上酒楼的酒帘，迎风儿殷勤相招。过了秋娘渡，来到泰娘桥，斜风飘飘，细雨潇潇，斜风细雨牵起了词人想家的情思，他想着，何时才能回到家里，让妻为自己洗去长袍上的风尘，与她共调笙瑟，焚香闲话。

时光依旧不停地流逝着，快得让人每每恍然惊叹，转眼间春去夏来，景物已换成红樱桃，绿芭蕉。

黄公绍

黄公绍（生卒年不详），字直翁，邵武（今属福建）人。度宗咸淳元年（1265年）进士，宋亡不仕，隐居樵溪。有《在轩词》。

青玉案

年年社日停针线，怎忍见、双飞燕。今日江城春已半，一身犹在，乱山深处，寂寞溪桥畔。

春衫着破谁针线？点点行行泪痕满。落日解鞍芳草岸，花无人戴，酒无人劝，醉也无人管。

【词解】

年年社日都要与妻携手出游，但今年不在一处，所以相信她和自己都会有离愁，不忍去看那双宿双飞的燕子。盘算着此时故乡小城的春天已经过了一半，作者因为自己犹在乱山深处、寂寞溪桥畔而感到非常凄凉，凄凉中看着已然破旧的春衫上妻子的细针密线，不由得泪洒衣衫。

日暮时分，露宿在芳草岸边。他摘下鲜花，却意识到无人可以插戴，他要以酒遣愁，却叹息没有她在身边相陪，醉倒后，沉沉睡去，还伤心得不到她的照管。

方　岳

方岳（1199～1262），字巨山，自号秋崖，祁门（今属安徽）人。理宗绍定五年（1232年）进士。累官至吏部侍郎，历知饶、抚、袁州，加朝散大夫。南宋后期著名诗人，有《秋崖先生小稿》。

水调歌头　平山堂用东坡韵

秋雨一何碧，山色倚晴空。江南江北愁思，分付酒螺红。芦叶蓬舟千里，菰菜莼羹一梦①，无语寄归鸿。醉眼渺河洛②，遗恨夕阳中。

蘋洲外，山欲暝，敛眉峰。人间俯仰陈迹，叹息两仙翁③。不见当时杨柳④，只是从前烟雨，磨灭几英雄。天地一孤啸，匹马又西风。

【注释】

①"菰菜"句：《晋书·张翰传》载："翰因见秋风起，乃思吴中菰菜、莼羹、鲈鱼脍，曰：'人生贵得适志，何能羁宦数千里以要名爵乎？'遂命驾而归。"②河洛：黄河与洛水，指中原沦陷之地。③两仙翁：指欧阳修和苏轼，两人都曾登平山堂并留有诗词。④当时杨柳：欧阳修建平山堂并曾亲手植柳一株。

【词解】

一场秋雨过后，群山一洗如碧，在万里晴空的映衬下，显得格外秀朗多姿。但这令人开郁宣滞的景色却不能消解作者的忧愁，他手把红螺酒杯，将要以酒浇之。

作者的忧愁在于平生游宦四方，漂泊无定，想要归去故乡却始终未能成行。作者的忧愁在于故国沦丧，山河破碎，这忧愁中加载着深深的憾恨。当愁眼再次抬起远望，方才还颇为明朗的景物此时已变得黯淡无光。

在平山堂上，作者遥想先贤文采风范，叹息人世沧桑，其间逝去几多英雄；在孤独的人生旅途中，作者还将驻马西风，于天地间长啸悲鸣。

吴文英

吴文英（1212～1272），字君特，号梦窗，晚年又号觉翁，四明（今浙江宁波）人。一生未仕，但平生所交，皆一时显贵。其词典丽而工，多雕琢，音律和谐。有《梦窗词》。

风入松

听风听雨过清明，愁草瘗花铭①。楼前绿暗分携路②，一丝柳，一寸柔情。料峭春寒中酒③，交加晓梦啼莺④。

西园日日扫林亭，依旧赏新晴。黄蜂频扑秋千索，有当时、纤手香凝。惆怅双鸳不到⑤，幽阶一夜苔生。

【注释】

①瘗花铭：南北朝著名的文学家庾信曾作《瘗花铭》以悼落红。②分携：分手，离别。

③中酒：醉酒。④交加：形容嘈杂的鸟鸣声。⑤双鸳：指恋人的鞋子。

【词解】

听着风声和雨声过了清明，词人满怀春愁，草拟了伤悼落红的《瘗花铭》。他的目光又落在楼前当日与她分别的小路，那里已是绿树成荫；丝丝垂柳，唤人思念她从前的寸寸柔情。回忆往事，词人不觉在春暮余寒中醉酒，破晓时，浅梦却被杂乱的莺啼扰断。

还是一如既往地日日打扫西园林亭，还是依旧坐在亭子里欣赏雨后的新晴。看蜜蜂儿频频扑向秋千，词人想，那是因为秋千索上有当时她纤手香凝。他于是因为园中小路上再也见不到她的足迹而惆怅，他静默着，痴看一夜过后，幽阶上生出的苔藓青青。

王清惠

王清惠，生卒年不详，度宗（1265～1274年在位）昭仪（宫中女官）。恭帝德祐二年（1276年），临安（南宋京城，今浙江杭州）沦陷，随三宫一同被俘往元都，途径汴梁夷山驿站，题词《满江红》（太液芙蓉），传遍中原。后自请为女道士，号冲华。

满江红

太液芙蓉，浑不似，旧时颜色。曾记得，春风雨露，玉楼金阙。名播兰馨妃后里，晕潮莲脸君王侧。忽一声，鼙鼓揭天来①，繁华歇。

龙虎散，风云灭。千古恨，凭谁说？对山河百二，泪盈襟血。驿馆夜惊尘土梦，宫车晓辗关山月。问姮娥，于我肯从容②，同圆缺。

【注释】

①鼙（pí）鼓：战鼓。②姮（héng）娥：即嫦娥。肯从容：容许相伴随。

【词解】

王清惠在词中回顾了自己从前在玉楼金阙之中承恩受宠、艳冠群芳的往昔，倾诉战火突起、祸从天降的惊心动魄，以及对家亡国破、君臣作鸟兽散之结局的深深怅恨。北行途中，风尘扰攘，宫车晓行，满腹凄凉。清惠在词中明志：宁愿前往那清寒寥落的月宫去陪伴嫦娥，也要保全名节，免遭羞辱。全词情感深挚，笔调悲凉，尽显亡国之初一位宫妃身心所受的痛苦和对人世巨变的惊悸与怅恨。

第六篇

元 曲

元好问

元好问（1190～1257），字裕之，号遗山，世称遗山先生。金宣宗兴定五年（1221年）进士，历官任尚书省掾、左司都事员外郎。金亡不仕，以著述为事。他是金元间最有成就的诗人，风格质朴沉郁。今存小令九首，大都清润疏俊，被奉为楷模。

人月圆　卜居外家东园

玄都观里桃千树，花落水空流。凭君莫问①，清泾浊渭②，去马来牛。谢公扶病③，羊昙挥涕④，一醉都休。古今几度，生存华屋，零落山丘。

【注释】

①凭君莫问：意谓随您怎样，只是不要问。②泾（jīng）：泾水。它是渭水的支流。泾、渭二水，一清一浊，虽合流汇聚，却清浊分明。③谢公：东晋谢安。晚年受权臣王道子排挤，抑郁而死。④羊昙（tán）：谢安的外甥，当时的名士。谢安死后，他行路不忍经过谢安生前所居的西州路。一日，醉中误入西州门，觉察后悲吟曹植之诗："生存华屋处，零落归山丘。"吟毕大哭而去。

骤雨打新荷

绿叶阴浓，遍池塘水阁，偏趁凉多①。海榴初绽②，朵朵蹙红罗。乳燕雏莺弄语，有高柳鸣蝉相和。骤雨过，琼珠乱撒，打遍新荷。人生有几，念良辰美景，休放虚过。穷通前定③，何用苦张罗。命友邀宾玩赏，对芳樽浅酌低歌④。且酩酊，任他两轮日月，来往如梭。

【注释】

①偏趁凉多：意谓此处比别处更为清凉。②海榴：即石榴。③穷通：困厄与发达。④樽：酒杯。

杨 果

杨果（1197～1269），字正卿，号西庵，祁州蒲阴（今河北安国）人。金正大元年（1224年）进士，历官偃师、陕县县令，入元官至参知政事、怀孟路总管，以廉干称。著有《西庵集》。散曲今存小令十一首，套曲五首。

小桃红　采莲女

满城烟水月微茫，人倚兰舟唱。常记相逢若耶上①，隔三湘，碧云望断空惆怅②。美人笑道：莲花相似，情短藕丝长。

【注释】

①若耶：若耶溪。它源出若耶山，相传西施曾在溪边浣纱。②望断：望尽。

赏花时　[套数]

秋水粼粼古岸苍，萧索疏篱偎短冈。山色日微茫，黄花绽也①，妆点马蹄香。见一簇人家入屏帐②，竹篱折补苔墙。破设设柴门上张着破网③。几间茅屋，一竿风旆④，摇曳挂长江。晚风林，萧萧响，一弄儿凄凉旅况⑤。见壁指一似桑榆侵着道旁⑥，草桥崩柱摧梁。唱道向、红蓼滩头⑦，见个黑足吕的渔翁鬓似霜⑧。靠着那驼腰拗桩⑨，瘿累垂脖项⑩，一钩香饵钓斜阳。

【注释】

①黄花：菊花。②屏帐：此指画屏。谓人家如在画中。③破设设：残破的样子。④风旆（pèi）：指在风中飘扬的酒旗。⑤一弄儿：全部，全都是。⑥壁指：墙壁。⑦唱道：此曲固定嵌字。蓼：生在浅水的一种草。⑧黑足吕：乌黑。足吕是助词，无义。⑨驼腰拗桩：指弯曲盘结的老树桩。⑩瘿（yǐng）：颈瘤，俗称大脖子。

刘秉忠

刘秉忠（1216～1274），原名侃，字仲晦，号藏春散人，邢州（今河北邢台）人。金亡出家为僧，法名子聪。后为元世祖忽必烈赏识，还俗，为元朝开国建制运筹决策，多有贡献，官至太保、参领中书省事。著有《藏春集》等。散曲苍劲疏秀，受到民歌的影响，为早期代表作家。

干荷叶

干荷叶，色苍苍，老柄风摇荡。减了清香，越添黄。都因昨夜一场霜，寂寞在秋江上。

杜仁杰

杜仁杰（1201？～1283？），字仲梁，号止轩，济南长清（今属山东）人。金末隐内乡山中，入元不仕。散曲诙谐幽默，极善以俚语入曲，机锋叠出。

耍孩儿　庄家不识勾阑① ［套数］

风调雨顺民安乐，都不似俺庄家快活。桑蚕五谷十分收，官司无甚差科②。当村许下还心愿，来到城中买些纸火③。正打街头过，见吊个花碌碌纸榜④，不似那答儿闹穰穰人多⑤。见一个人手撑着椽做的门，高声的叫"请请"，道："迟来的满了无处停坐"。说道"前截儿院本调风月⑥，背后么末敷演刘耍和⑦"。高声叫："赶散易得⑧，难得的妆哈⑨！"要了二百钱放过咱，入得门上个木坡⑩。见层层叠叠团圞坐⑪。抬头觑是个钟楼模样⑫，往下觑却是人旋窝。见几个妇女向台儿上坐，又不是迎神赛社⑬，不住的擂鼓筛锣。一个女孩儿转了几遭，不多时引出一伙。中间里一个央人货⑭。裹着枚皂头巾顶门上插一管笔，满脸石灰更着些黑道儿抹[15]。

知他待是如何过？浑身上下，则穿领花布直裰[16]。念了会诗共词，说了会赋与歌，无差错。唇天口地无高下，巧语花言记许多。临绝末[17]，道了低头撮脚，爨罢将么拨[18]。一个妆做张太公，他改做小二哥[19]。行行行说向城中过[20]。见个年少的妇女向帘儿下立，那老子用意铺谋待取做老婆。教小二哥相说合，但要的豆谷米麦，问甚布绢纱罗。教太公往前那不敢往后那[21]，抬左脚不敢抬右脚。翻来覆去由他一个。太公心下实焦燥，把一个皮棒槌一下打做两半个[22]。我则道脑袋天灵破[23]，则道兴词告状，划地大笑呵呵[24]。则被一胞尿爆的我没奈何[25]。刚捱刚忍更待看些儿个，枉被这驴颓笑杀我[26]。

【注释】

①庄家：农户。勾阑：宋元时演出戏剧杂耍的场所。②官司：官府。差科：差役。③纸火：还愿用的香烛纸钱。④花碌碌：花花绿绿。纸榜：指演出海报。⑤那答儿：那边。闹穰穰：人声嘈杂，乱哄哄的样子。⑥院本：金元时流行的一种戏剧演出形式，以调笑、歌舞为主。⑦么末：即杂剧。刘耍和：金时著名艺人，其故事后被编为杂剧上演。⑧赶散：指没有固定演出场所的民间戏班子。⑨妆哈：正规的全场演出。⑩木坡：观众坐的梯形看台。⑪团圞：环绕。⑫觑（qù）：把眼睛眯成一条缝看。钟楼模样：指戏台。⑬迎神赛社：古时逢神诞或社日，按习俗要鼓乐迎神，祭祀祷告。⑭央人货：即殃人货，指害人精。⑮"满脸"句：形容黑白相间的脸谱。⑯直裰（duō）：长袍。⑰临绝末：临结束的时候。⑱爨：为宋杂剧、金院本的开场戏。拨：开始表演。⑲小二哥：指张太公的仆人。此角色应是前面所说的"央人货"改扮的。⑳行行行说：边走边说。㉑那：通"挪"。㉒皮棒槌：演出时所用的道具，又叫"磕瓜"，用以增加声音效果。㉓则道：只道。此人不知那皮棒槌打作两半是演出需要，只道是演员用力过猛所致。㉔划（chǎn）地：平白无故地。㉕爆：胀。㉖驴颓：骂人话。指张太公。

王和卿

王和卿，生平不详，大名（今属河北）人。与关汉卿为挚友，为人滑稽旷达。散曲今存小令二十一首，套数二首，想象奇特，表现出玩世不恭、桀骜不驯的风格。

醉中天　咏大蝴蝶

挣破庄周梦①,两翅架东风。三百座名园一采一个空。

谁道风流种？唬杀寻芳的蜜蜂。轻轻的飞动,把卖花人搧过桥东②。

【注释】

①庄周梦：《庄子·齐物论》说庄周梦见自己化成蝴蝶,翩翩而飞,竟然忘记了自己是庄周。②搧：通"扇"。

拨不断　大鱼

胜神鳌①,夯风涛②,脊梁上轻负着蓬莱岛③。

万里夕阳锦背高④,翻身犹恨东洋小。太公怎钓⑤？

【注释】

①神鳌（áo）：传说中海里的大龟。②夯：砸,撞击。③蓬莱岛：传说中海上三仙山之一。④锦背：指鱼脊。⑤太公：指姜太公。

商　挺

商挺（1209～1288）,字孟卿,号左山,曹州济阴（今山东曹县）人。曲家商正叔之侄。金亡后为元世祖赏识,历官宣抚副使、参知政事、同金枢密院事,累迁枢密副使。后以疾病免。散曲今存小令十九首,多写闺情,描摹女儿神态、心理极其细腻。

潘妃曲

戴月披星耽惊怕,久立纱窗下。等候他,蓦听得门外地皮儿踏①。

只道是冤家②,原来风动荼蘼架③。

【注释】

①蓦：猝然,忽然。②冤家：对所爱人的昵称。③荼蘼（mí）：花名,又名木香。

刘 因

刘因（1249～1293），字梦吉，号静修，保定容城（今河北容城县）人。至元十九年（1282年），征拜为承德郎、右赞善大夫，以母疾辞归，后累征不出。他是著名理学家，著有《静修集》。散曲今仅存小令二首。

人月圆

茫茫大块洪炉里①，何物不寒灰。古今多少，荒烟废垒，老树遗台。太行如砺，黄河如带②，等是尘埃③。不须更叹，花开花落，春去春来。

【注释】

①大块：大自然。洪炉：冶炉。②"太行"两句：《史记·高祖公侯年表》中记载汉高祖刘邦在封爵时曾有誓言说："使河如带，泰山若厉，国以永宁，爱及苗裔。"③等是：同样是。

王 恽

王恽（1226～1304），字仲谋，号秋涧，卫州汲县（今属河南）人。元好问弟子。元世祖中统年间出仕，历官国史编修、监察御史、翰林学士等职，谥文定。以诗文称，雄深雅健，著有《秋涧先生大全集》。散曲今存小令四十一首，题材广泛，描写真切，风格或清丽典雅，或豪迈爽朗。

平湖乐

采菱人语隔秋烟，波静如横练①。入手风光莫流转②。共留连，画船一笑春风面。江山信美③，终非吾土。问何日是归年？

【注释】

①横练：展开的带子。②入手：即到手，此处指映入眼帘。流转：流走。③信：确实。

卢挚

卢挚（1242～1315？），字处道，一字莘老，号疏斋，涿郡（今河北涿州）人。世祖至元初举进士，历任少中大夫、河南路总管。大德初授集贤学士，官至翰林学士承旨。其散曲今存者尽为小令，有八十余首，多写闲情，风格自然活泼、清新爽朗。而以怀古为题材的散曲，则富有较深厚的兴衰感慨。

蟾宫曲　长沙怀古

朝瀛洲暮舣湖滨①，向衡麓寻诗②，湘水寻春。泽国纫兰③，汀洲搴若④，谁与招魂？空目断苍梧暮云⑤，黯黄陵宝瑟凝尘⑥。世态纷纷，千古长沙，几度词臣？

【注释】

①朝：早晨。瀛洲：传说中的海上仙山，此指京城官署集贤院。作者于大德初年授集贤学士，故云。舣（yǐ）：泊船。②衡麓：即岳麓山。③纫兰：把兰花穿起来。屈原《离骚》中云："纫秋兰以为佩。"④汀洲：水中小洲。搴若：拔取香草杜若。屈原《湘夫人》中云："搴汀洲兮杜若，将以遗兮远者。"⑤苍梧：山名，上有舜墓。⑥黄陵：又名湘山，上有舜妃娥皇、女英之墓。

陈草庵

陈草庵（生卒年不详），名英，字彦卿，号草庵，析津（今北京）人。一生仕履显赫，曾任宣抚，延祐初拜河南省左丞。其散曲今存小令二十六首，多愤世嫉俗之作。

山坡羊

晨鸡初叫，昏鸦争噪，那个不去红尘闹①？路遥遥，水迢迢，功名尽在长安道②。今日少年明日老。山，依旧好；人，憔悴了。

【注释】

①红尘：闹市的飞尘，借指繁华纷扰的人世。②长安道：指通往京城的道路。

山坡羊

伏低伏弱①,装呆装落②,是非犹自来着莫③。任从他,待如何?天公尚有妨农过,蚕怕雨寒苗怕火。阴,也是错;晴,也是错。

【注释】

①伏:承认。②装落:装作失魂落魄的样子。③着莫:烦扰,纠缠之义。

关汉卿

关汉卿(约1220~1300),元代杂剧作家,是中国古代戏曲创作的代表人物。号已斋(一作一斋)、已斋叟,解州人(今山西运城)。关于他的籍贯,还有祁州(今河北安国市)伍仁村、大都(今北京市)人之说。大约生于金代末年(1220年前后),卒于元成宗大德初年(1300年)前后。与马致远、郑光祖、白朴并称为"元曲四大家",关汉卿位于"元曲四大家"之首。

四块玉 闲适

旧酒投①,新醅泼②,老瓦盆边笑呵呵。共山僧野叟闲吟和。他出一对鸡,我出一个鹅,闲快活。

【注释】

①投:即"酘(dòu)",酒再酿。②醅(pēi)泼:即"醅醱(pō)",醅、醱都是未滤过的酒。

碧玉箫

秋景堪题①,红叶满山溪。松径偏宜②,黄菊绕东篱。正清樽斟泼醅③,有白衣劝酒杯④。官品极,到底成何济⑤!归,学取他渊明醉。

【注释】

①堪题:值得品评、赞赏。②偏宜:形容景物搭配得正好。③泼醅(pēi):重酿的没

有过滤的新酒。④白衣：指布衣之士。⑤成何济：有何用。

一枝花　不伏老 [套数（节选）]

我是个蒸不烂、煮不熟、捶不扁、炒不爆、响当当一粒铜豌豆，恁子弟每谁教你钻入他锄不断、斫不下、解不开、慢腾腾千层锦套头①。我玩的是梁园月②，饮的是东京酒③，赏的是洛阳花④，攀的是章台柳⑤。我也会围棋、会蹴鞠、会打围、会插科、会歌舞⑥、会吹弹、会咽作、会吟诗、会双陆⑦。你便是落了我牙、歪了我口、瘸了我腿、折了我手，天赐与我这几般儿歹症候⑧，尚兀自不肯休⑨。则除是阎王亲自唤，神鬼自来勾，三魂归地府，七魄丧冥幽。天哪，那其间才不向烟花路儿上走⑩。

【注释】

①恁（nèn）：这样，如此。斫（zhuó）：砍。锦套头：指风月场诱人的圈套。②梁园：汉梁孝王所建，是古时著名的游赏宴饮之所。③东京：北宋都城开封。④洛阳花：指洛阳牡丹。⑤章台柳：指代最好的妓女。⑥蹴（cù）鞠（jū）：踢球。打围：即打猎。插科：即插科打诨，指滑稽表演。⑦咽作：唱曲。双陆：古时一种搏胜负的游戏。⑧歹症候：坏毛病。⑨兀自：犹，仍。⑩烟花路：指风流放荡的生活。

白　朴

　　白朴（1226～1306？），原名恒，字仁甫，后改名朴，字太素，号兰谷，隩州（今山西河曲）人。客居真定（今河北正定），晚岁移居金陵（今江苏南京），终身未仕。他是元代著名的文学家、杂剧家，元曲四大家之一。作杂剧十六种，今存三种，《梧桐雨》为代表作。有《天籁集》词二卷，散曲有《天籁集摭遗》一卷，收其小令三十七首，套曲四套。

醉中天　佳人脸上黑痣

疑是杨妃在①，怎脱马嵬灾②。曾与明皇捧砚来③，美脸风流杀。叵奈挥毫李白，觑着娇态，洒松烟点破桃腮④。

【注释】

①杨妃：指杨贵妃。②马嵬：安史之乱起后，唐玄宗逃往蜀中。车驾行至马嵬驿时，护驾将士因怨恨杨氏兄妹祸国而发生兵变，玄宗被迫将杨贵妃缢死于路旁祠下。③明皇：唐玄宗。④"叵（pǒ）奈"三句：用杨妃捧砚侍奉李白作《清平调》之事。叵奈：无奈。松烟：指墨。古时制墨以松木在火中燃烧产生的烟灰为原料，而后与其他添加剂混合加工而成。

沉醉东风　渔父词

黄芦岸白蘋渡口，绿杨堤红蓼滩头①。虽无刎颈交②，却有忘机友③。点秋江白鹭沙鸥。傲杀人间万户侯，不识字烟波钓叟。

【注释】

①红蓼：开着浅红色花儿的水蓼。②刎颈交：刎颈之交，指可以共生死的朋友。③忘机：抛却人世间的机心。

姚 燧

姚燧（1238～1313），字端甫，号牧庵，洛阳人。元代名儒，官至太子少傅、翰林学士承旨知制诰。著有《牧庵集》。散曲今存小令二十九首，套数一篇。曲风力求出新，雅致缠绵，富有情趣。

凭阑人　寄征衣

欲寄君衣君不还，不寄君衣君又寒。
寄与不寄间，妾身千万难①。

【注释】

①妾身：古代女子自称。

刘敏中

刘敏中（1243～1318），字端甫，济南章丘（今属山东）人。至元中，由中书掾擢为兵部主事，拜监察御史，因弹劾权臣桑哥，获罪辞官归家。不久，又起用为御史台都事，历官燕南肃政廉访副使、翰林直学士兼国子祭酒、东平路总管、集贤学士、参议中书省事、翰林学士承旨，后以疾还乡。著有《中庵集》。

黑漆弩　村居遣兴

长巾阔领深村住，不识我唤作伧父①。掩白沙翠竹柴门，听彻秋来夜雨。闲将得失思量，往事水流东去。便宜教画却凌烟②，甚是功名了处？

【注释】

①伧父：粗野、鄙贱之人。②便宜：轻易得到之义。画却凌烟：画像于凌烟阁之上。凌烟：凌烟阁。唐太宗曾命人在凌烟阁上画了长孙无忌、魏徵等二十四位开国功臣的画像，以示嘉奖。

马致远

马致远（1250？～1321？），号东篱，大都（今北京）人。仕途坎坷，漂泊经年，曾任江浙江行省务官，不甘屈居下僚，五十岁左右退隐。元曲四大家之一，著有《汉宫秋》等杂剧十五种，散曲今存辑本《东篱乐府》。他的曲被推为元人第一，有"曲状元"之誉，所作豪放清丽、本色流畅。

蟾宫曲　叹世

咸阳百二山河①，两字功名，几阵干戈。项废东吴②，刘兴西蜀③，梦说南柯。韩信功兀的般证果④？蒯通言那里是风魔⑤？成也萧何，败也萧何⑥，醉了由他。

【注释】

①百二山河：极言山河之险固。②项废东吴：指项羽兵败。项羽起兵吴中，率八千子弟兵逐鹿天下。及至兵败乌江，吴中子弟已无一人生还。③刘兴西蜀：指刘邦以巴蜀之地为根基，逐步统一天下。④兀的：怎的。证果：结果。⑤蒯通：即蒯彻。他是韩信幕下谋士，曾劝韩信起兵反叛刘邦，自己统一天下。⑥成也萧何，败也萧何：指当初举

荐韩信的是萧何，后来助吕后设计杀韩信的也是萧何。

天净沙　秋思

枯藤老树昏鸦①，小桥流水人家，古道西风瘦马②。夕阳西下，断肠人在天涯。

【注释】

①昏鸦：黄昏归巢的乌鸦。②古道：古老的驿道。

夜行船　秋思 [套数]

百岁光阴一梦蝶①，重回首往事堪嗟。今日春来，明朝花谢，急罚盏夜阑灯灭②。想秦宫汉阙，都做了衰草牛羊野。不恁么渔樵没话说。纵荒坟横断碑，不辨龙蛇③。投至狐踪与兔穴④，多少豪杰。鼎足虽坚半腰里折⑤，魏耶？晋耶？天教你富，莫太奢，没多时好天良夜。富家儿更做道你心似铁⑥，争辜负了锦堂风月⑦。眼前红日又西斜，疾似下坡车。不争镜里添白雪，上床与鞋履相别⑧。休笑巢鸠计拙⑨，葫芦提一向装呆⑩。利名竭，是非绝。红尘不向门前惹，绿树偏宜屋角遮，青山正补墙头缺；更那堪竹篱茅舍。

蛩吟罢一觉才宁贴⑪，鸡鸣时万事无休歇。何年是彻？看密匝匝蚁排兵，乱纷纷蜂酿蜜，急攘攘蝇争血。裴公绿野堂⑫，陶令白莲社⑬。爱秋来时那些：和露摘黄花，带霜分紫蟹，煮酒烧红叶。想人生有限杯，浑几个重阳节？人问我顽童记者⑭：便北海探吾来⑮，道东篱醉了也！

【注释】

①梦蝶：用庄周梦蝶之事典，喻时光荏苒，恍如一梦。②罚盏：罚酒。夜阑：夜深。③龙蛇：指墓碑上的字迹。④狐踪与兔穴：指墓地已成为狐兔出没安家的地方。⑤鼎足：指三国时代魏、蜀、吴三国鼎立。⑥更做到：即便是，即使是。⑦锦堂：泛指华丽的住宅。风月：清风明月。⑧"上床"句：喻死去，意谓鞋脱下来就再也穿不上了。⑨巢鸠计拙：相传斑鸠性拙，不善筑巢，常借鹊巢而居之。⑩葫芦提：糊涂。⑪蛩（qióng）：蟋蟀。宁贴：安稳，舒适。⑫裴公：指唐代杰出政治家裴度，他晚年于洛阳府第中筑"绿野堂"，

退官隐居。⑬白莲社：晋代名僧慧远发起，曾邀陶渊明参加。⑭记者：记着。⑮北海：东汉末的北海太守孔融，生性好客，常常是宾客盈门。此处是作者自指所居之地。

冯子振

冯子振（1257～1325？），字海粟，号怪怪道人、瀛洲客，攸州（今湖南攸县）人。至元中以荐入仕，官至承事郎集贤待制。博学强记，才思敏捷，著有《海粟集》。散曲今存四十四首，贯云石《阳春白雪序》称赞他的散曲"豪辣灏烂"。

鹦鹉曲　农夫渴雨

年年牛背扶犁住①，近日最懊恼杀农夫。稻苗肥恰待抽花，渴煞青天雷雨②。恨残霞不近人情，截断玉虹南去。望人间三尺甘霖，看一片闲云起处③。

【注释】

①扶犁住：扶着犁耙干活。②渴煞：极其盼望。③闲云：不能成雨的云。

鹦鹉曲　赤壁怀古

茅庐诸葛亲曾住，早赚出抱膝梁父①。笑谈间汉鼎三分②，不记得南阳耕雨③。叹西风卷尽豪华，往事大江东去。彻如今话说渔樵④，算也是英雄了处。

【注释】

①梁父：即《梁父吟》，相传诸葛亮生前最喜吟此曲。②汉鼎：鼎在古代是国家重器，象征着帝业，汉鼎即指汉家天下。三分：指魏、蜀、吴三分天下。诸葛亮未出茅庐之前便预言了天下三分的局面。③南阳：诸葛亮出山之前隐居于襄阳城西的隆中。④彻：直至。

朱帘秀

朱帘秀（生卒年不详），又作珠帘秀，元代著名的杂剧女演员，在元大都（今北京）

杂剧舞台上非常活跃，与关汉卿、卢挚、王恽等均有交往。亦能作曲，其曲作语言流转而自然，传情执着而纯真。曾一度在扬州献艺，晚景不幸。今存小令、套数各一首。

寿阳曲　答卢疏斋

山无数，烟万缕，憔悴煞玉堂人物①。
倚篷窗一身儿活受苦②，恨不得随大江东去。

【注释】

①玉堂人物：指卢挚。宋以后翰林院也称玉堂，卢挚曾任翰林学士，故称。②篷窗：船窗。

贯云石

贯云石（1286～1324），原名小云石海涯，号酸斋，又号芦花道人，维吾尔族人。师从著名古文学家姚燧。袭父亲官职，仁宗时，官至翰林侍读学士、中奉大夫、知制诰。后弃官南下归隐。曲风豪放清逸，明朱权《太和正音谱》评他的散曲如"天马脱羁"。今存散曲小令七十九首，套数九套。

塞鸿秋　代人作

战西风几点宾鸿至①，感起我南朝千古伤心事。展花笺欲写几句知心事②，空教我停霜毫半响无才思③。往常得兴时，一扫无瑕疵④。今日个病恹恹刚写下两个相思字⑤。

【注释】

①战：通"颤"，发抖。宾鸿：指依节气而南来北往行如宾客的大雁。②花笺：指精美的信纸。③霜毫：指毛笔。④一扫：即一挥而就。瑕疵（cī）：原指玉器上的斑点，在此借指作品的缺陷。⑤病恹恹：精神萎靡不振的样子。

红绣鞋

挨着靠着云窗同坐①，偎着抱着月枕双歌②。听着数着愁着怕着早四更过。四更过情未足，情未足夜如梭。天哪，更闰一更儿妨甚么③！

【注释】

①云窗：饰有云样窗棂的窗子。②月枕：月牙形的枕头。③闰：增加，延长。

清江引　惜别

若还与他相见时，道个真传示：不是不修书，不是无才思，绕清江买不得天样纸！

鲜于必仁

鲜于必仁（生卒年不详），名去矜，号苦斋，渔阳（今北京密云）人。太常寺典簿鲜于枢之子。他继承家学，长于音律，散曲以写景见长，豪放飘逸，清远超脱，朱权评谓其词"如金墙腾辉"。今存小令二十九首。

折桂令　苏学士

叹坡仙奎宿煌煌①。俊赏苏杭②，淡笑琼黄③。月冷乌台④，风清赤壁⑤，荣辱俱忘。侍玉皇金莲夜光⑥，醉朝云翠袖春香⑦。半世疏狂，一笔龙蛇⑧，千古文章。

【注释】

①坡仙：对苏轼的尊称。苏轼号东坡居士。奎宿：二十八宿之一，俗称"文曲星"。②苏杭：苏轼曾出任杭州通判。③琼黄：苏轼曾经被贬官到琼州（今海南琼山）和黄州（今湖北黄冈）。④乌台：指宋神宗元丰二年苏轼因"乌台诗案"入狱。⑤赤壁：苏轼曾在黄州赤壁矶作《赤壁赋》。⑥侍玉皇金莲夜光：指宣仁太后和宋哲宗曾召苏轼入官座谈，而后又命撤御前金莲烛送苏轼归翰林院一事。⑦朝云：王朝云，苏轼侍妾。⑧龙蛇：喻书法文章精妙灵动。

张养浩

张养浩（1270～1329），字希孟，号云庄，济南人。历官东平学政、监察御史、礼部尚书、中书参议，后因批评时政而罢官。文宗天历二年（1329年），关中大旱，他被任命为陕西行台中丞，日夜办理赈灾事务，积劳成疾而死。他以风度气节闻名天下，是元代著名散文家、词曲家，著有《归田类稿》。今存小令一百六十一首，套数三首，题材广泛，风格豪放，朱权评为"如玉树临风"。

山坡羊　潼关怀古

峰峦如聚，波涛如怒，山河表里潼关路①。望西都②，意踟蹰③。伤心秦汉经行处，宫阙万间都做了土。兴，百姓苦！亡，百姓苦！

【注释】

①山河表里：指潼关西近华山，北据黄河，地势非常险要。②西都：指长安（今西安）。③踟蹰（chú）：此指思绪起伏。

雁儿落兼得胜令　退隐

云来山更佳，云去山如画。山因云晦明①，云共山高下。倚杖立云沙，回首见山家。野鹿眠山草，山猿戏野花。云霞，我爱山无价。看时行踏②，云山也爱咱③。

【注释】

①晦：昏暗。②行踏：往来走动。③咱：我。

白　贲

白贲（生卒年不详），字无咎，号素轩，钱塘（今浙江杭州）人。曾任温州路平阳州教授、南安路总管府经历。他是元散曲史上最早的南籍散曲作家之一。曲以《鹦鹉曲》著名，今存世不多，皆写离情别绪，情意缱绻，词语雅丽。

鹦鹉曲　渔父

侬家鹦鹉洲边住①，是个不识字渔父。浪花中一叶扁舟，睡煞江南烟雨②。觉来时满眼青山③，抖擞绿蓑归去。算从前错怨天公，甚也有安排我处④。

【注释】

①侬（nóng）家：我家。鹦鹉洲：在湖北汉阳县西南长江中。②睡煞：沉睡不醒。③觉来时：醒来时。④甚：实在。

郑光祖

郑光祖（生卒年不详），字德辉，平阳襄陵（今山西临汾）人。做过杭州路吏，死后葬于西湖里灵芝寺。他是元代后期著名杂剧作家，以曲名满天下，声振闺阁，有《倩女离魂》等杂剧十八种。散曲以清丽缠绵著称，善于言情。

蟾宫曲　梦中作

半窗幽梦微茫①，歌罢钱塘②，赋罢高唐③。风入罗帏，爽入疏棂④，月照纱窗。缥缈见梨花淡妆，依稀闻兰麝余香。唤起思量，待不思量，怎不思量？

【注释】

①半窗：指窗光半明半暗。②歌罢钱塘：《春渚纪闻》载宋人司马才仲于洛阳昼寝，一美人入梦而歌曰："妾本钱塘江上住，花落花开，不管流年度。燕子衔将春色去，纱窗几阵黄梅雨。"此句指美人入梦。③赋罢高唐：宋玉《高唐赋》言楚怀王曾与巫山神女幽会，神女辞别时说自己"旦为朝云，暮为行雨"。④棂（líng）：窗户框。

范　康

范康（1260?～1330?），字子安，杭州（今属浙江）人。道士，能词章，通音律，作有杂剧《杜子美游曲江》等三种。散曲存世小令四首，套数一首。

寄生草　酒

常醉后方何碍，不醉时有甚思？糟腌两个功名字①，醅淹千古兴亡事②，曲埋万丈虹霓志③。不达时皆笑屈原非④，但知音尽说陶潜是。

【注释】

①糟腌：用酒糟腌制。②醅（pēi）：未滤过的酒。③曲：酒母。④达：通达，显达。

睢景臣

睢景臣（生卒年不详），一作舜臣，字景贤，一作嘉贤，扬州（今属江苏）人，寓居杭州。自幼刻苦读书，酷嗜音律，所作大多不传。今存套曲三首，以本色见长。

哨遍　高祖还乡

社长排门告示①，但有的差使无推故②。这差使不寻俗。一壁厢纳草除根③，一边又要差夫，索应付④。又言是车驾，都说是銮舆⑤，今日还乡故。王乡老执定瓦台盘⑥，赵忙郎抱着酒葫芦⑦。新刷来的头巾，恰糨来的绸衫⑧，畅好是妆么大户⑨。瞎王留引定火乔男女⑩，胡踢蹬吹笛擂鼓⑪。见一彪人马到庄门⑫，匹头里几面旗舒⑬。

一面旗白胡阑套住个迎霜兔⑭，一面旗红曲连打着个毕月乌⑮。一面旗鸡学舞⑯，一面旗狗生双翅⑰，一面旗蛇缠葫芦⑱。红漆了叉，银铮了斧⑲。甜瓜苦瓜黄金镀。明晃晃马镫枪尖上挑⑳，白雪雪鹅毛扇上铺。这几个乔人物，拿着些不曾见的器仗，穿着些大作怪衣服。辕条上都是马㉑，套顶上不见驴㉒。黄罗伞柄天生曲㉓。车前八个天曹判㉔，车后若干递送夫㉕。更几个多娇女㉖，一般穿着，一样妆梳。那大汉下的车，众人施礼数㉗。那大汉觑得人如无物㉘。众乡老展脚舒腰拜，那大汉那身着手扶㉙。猛可里抬头觑㉚，觑多时认得，险气破我胸脯。

你须身姓刘㉛，你妻须姓吕㉜。把你两家儿根脚从头数㉝：你本身做亭长耽几盏酒㉞，你丈人教村学读几卷书。曾在俺庄东住，也曾与我喂牛切草，拽坝扶锄㉟。春采了桑㊱，冬借了俺粟，零支了米麦无重数。换田契强秤了麻三秤，还酒债偷量了豆几斛㊲。有甚胡

三〇七

突处㊳？明标着册历㊴，见放着文书。少我的钱差发内旋拨还㊵，欠我的粟税粮中私准除㊶。只道刘三、谁肯把你揪摔住㊷，白甚么改了姓更了名唤做汉高祖㊸！

【注释】

①社长：元制乡村中五十家为一社，择年高长者为社长。排门告示：即挨户通知。②但有：所有。推故：借故推托。③一壁厢：一面。纳草除根：指供给饲料。④索：须，得。⑤銮舆（yú）：指天子的车驾。⑥乡老：乡里较有地位的人物。瓦台盘：瓦制的托盘。⑦忙郎：牧童。⑧糨：给衣服上浆。⑨畅好是：正好是。妆么大户：装作是有身份的阔人。⑩王留：对一般农民的通称，犹如张三、李四。火：一伙。乔男女：不三不四的人。⑪胡踢蹬：村民的绰号。⑫一彪：一队。⑬匹头：劈头、迎头。舒：飘展。⑭"白胡阑"句：指皇帝仪仗中的月旗。胡阑：即"环"的复音。迎霜兔：指玉兔，传说月中有玉兔捣药。⑮"红曲连"句：指皇帝仪仗中的日旗。曲连：即"圈"的复音。毕月乌：指乌鸦，传说太阳中有三足乌。⑯鸡学舞：指凤旗。⑰狗生双翅：指飞虎旗。⑱蛇缠葫芦：指蟠龙旗。⑲银铮（zhēng）：镀银。⑳马镫：指镫杖，俗称"朝天镫"。㉑辕条：连接车与驾车牲口的直木。㉒套顶：当作"套项"，驾车时套在牲口脖子上的曲木。㉓"黄罗"句：即帝王仪仗中所用"曲盖"。㉔天曹判：指皇帝车驾前的导驾官。㉕递送夫：指皇帝车驾后拿着各种物品伺候的随从。㉖多娇女：指随驾的嫔妃腰嫱。㉗施礼数：行礼。㉘觑（qù）：看。㉙那身：即"挪身"。㉚猛可里：猛然。㉛须：当是。㉜"你妻"句：刘邦之妻姓吕名雉，故云。㉝根脚：即俗语中说的"老底儿"。㉞亭长：刘邦曾任泗水亭长。耽：嗜好。㉟拽坝：拉耙耕作。㊱春采了桑：意谓春天采了俺家的桑。㊲斛（hú）：五斗的容量。㊳胡突：糊涂。㊴册历：账簿。㊵差发：当官差。也可以交钱免差，称差发钱。旋：立刻。㊶私准除：暗中批准扣除。㊷刘三：刘邦又称刘季。摔（zuó）：揪，抓。㊸白甚么：平白地为什么。

第六篇 元曲

周文质

周文质（1280?～1334），字仲彬，原籍建德（今属浙江），迁杭州。家世业儒，学问广博，文笔新奇，善丹青，精音律。散曲多写男女恋情，清新俊逸，现存小令四十三首，套数五首。朱权评谓"如平原孤隼"。

叨叨令 自叹

筑墙的曾入高宗梦①，钓鱼的也应飞熊梦②。受贫的是个凄凉梦，做官的是个荣华梦。笑煞人也末哥③，笑煞人也末哥，梦中又说人间梦④。

【注释】

①筑墙的：指殷代的传说。据说高宗梦见圣人，于是派人四处寻访，发现了正在劳作的傅说。②"钓鱼"句：《史记·齐太公世家》上记载："西伯将出猎，卜之，曰：所获非龙非螭，非虎非罴；所获霸王之辅。"后世讹传为周文王梦飞熊而得太公望。③笑煞：笑死人。也末哥：语尾助词，无义。④白居易《读禅经》中云："言下忘言一时了，梦中说梦两重虚。"

乔 吉

乔吉（1280？～1345），字梦符，号笙鹤翁，别号惺惺道人，太原人，寓居杭州。一生落拓，博学多才，著有杂剧十一种，今存《两世姻缘》《扬州梦》《金钱记》三种。散曲尤为著名，曲与张可久齐名，著有《惺惺道人乐府》等。作品多为叹世之作，伤感哀婉，时存愤嫉，风格多样；讲究锤炼，又不失质朴通俗。今存小令二百零九首、套数十一套，以及词一首。

绿幺遍　自述

不占龙头选①，不入名贤传。时时酒圣，处处诗禅。烟霞状元②，江湖醉仙。笑谈便是编修院③。留连，批风抹月四十年④。

【注释】

①龙头：状元的别称。②烟霞：指山水、自然。③编修院：即翰林院。④批风抹月：古代词曲多以风花雪月为题材，故称填词作曲为批风抹月。

卖花声　悟世

肝肠百炼炉间铁，富贵三更枕上蝶①，功名两字酒中蛇。尖风薄雪②，残杯冷炙③，掩青灯竹篱茅舍。

【注释】

①枕上蝶：化用庄生梦蝶典。②尖风：指刺骨的寒风。③冷炙：指已冷的菜肴。

刘时中

刘时中,生卒年不详,洪都(今江西南昌)人。元代散曲家,约元成宗大德中前后在世,官学士。工作曲,今存小令六十余支,套数三首,以《水仙子·西湖四时渔歌》最著名。

朝天子　邸万户席上

柳营①,月明,听传过将军令。高楼鼓角戒严更②,卧护得边声静③。横槊吟情④,投壶歌兴⑤,有前人旧典型。战争,惯经,草木也知名姓⑥。

【注释】

①柳营:即细柳营,汉将周亚夫屯军的地方,驻军以军纪严明著称。②戒严更:指戒严的更鼓之声。③卧护:指不费力地守护。④横槊吟情:曹操下江陵大举攻吴时曾在船头横槊赋诗。⑤投壶:古时的一种游戏,投物入壶,以投中多少定输赢。⑥"草木"句:语本唐德宗对张万福说"朕以为江淮草木亦知卿姓名"。

山坡羊　与邸明谷孤山游饮

诗狂悲壮,杯深豪放,恍然醉眼千峰上。意悠扬,气轩昂,天风鹤背三千丈①,浮生大都空自忙②。功,也是谎;名,也是谎。

【注释】

①天风鹤背三千丈:意谓仿佛进入神仙境界。②浮生:语本《庄子·刻意》:"其生若浮,其死若休。"以人生在世,虚浮不定,因称人生为浮生。

薛昂夫

薛昂夫(生卒年不详),字九皋,维吾尔族人。历官江西省令史、金典瑞院事、太平路总管等职,晚年归隐杭州西湖。以诗名,存世散曲小令六十五首,套数三首,其中咏史之作,议论尖新深刻,用笔幽默宕逸。

朝天曲

沛公，大风①，也得文章用。却教猛士叹良弓②，多了游云梦。驾驭英雄，能擒能纵，无人出彀中③。后宫，外宗④，险把炎刘并⑤。

【注释】

①大风：汉高祖刘邦曾作《大风歌》，歌曰："大风起兮云飞扬，威加海内兮归故乡。安得猛士兮守四方？"②叹良弓：刘邦以游云梦为名诱捕了韩信。韩信被捕后，长叹一声道："果如人言：'狡兔死，走狗烹；飞鸟尽，良弓藏；敌国破，谋臣亡。'天下已定，我固当烹。"③彀（gòu）中：弩射程所及的范围，喻圈套、牢笼。④后宫、外宗：指吕后和诸多吕姓外戚。刘邦死后诸吕作乱，后为周勃、陈平等大臣平定。⑤炎刘：刘邦自称因火德而兴，故称炎刘。

赵善庆

赵善庆（生卒年不详），字文宝，饶州乐平（今江西乐平）人。善卜术，曾官阴阳学正。著有杂剧六种，均佚。散曲多写景之作，《太和正音谱》评谓"如蓝田美玉"。今存小令二十九首。

普天乐　秋江忆别

晚天长，秋水苍。山腰落日，雁背斜阳。璧月词①，朱唇唱。犹记当年兰舟上，洒西风泪湿罗裳。钗分凤凰，杯斟鹦鹉②，人拆鸳鸯。

【注释】

①璧月词：南朝陈后主与宠姬们寻欢作乐时所作艳歌。此指华美的歌词。②鹦鹉：指用鹦鹉螺壳制作的酒杯。

马谦斋

马谦斋，约元仁宗延祐中前后在世，与张可久同时，且相识。曾在大都（今北京）做过官，后隐居杭州。工散曲，《太平乐府》等曲选集中所收颇多。

柳营曲　叹世

手自搓①，剑频磨，古来丈夫天下多。青镜摩挲②，白首蹉跎，失志困衡窝③。有声名谁识廉颇④，广才学不用萧何⑤。忙忙的逃海滨，急急的隐山阿。今日个平地起风波。

【注释】

①搓：用手掌揉擦。②摩挲：用手轻按着抚摩。③衡窝：指简陋的房屋。④廉颇：战国时赵国的大将。⑤萧何：汉丞相，辅佐刘邦建立了西汉王朝。

张可久

张可久（1279～1354?），字小山，庆元（今浙江鄞州区）人。曾任绍兴路吏、桐庐典史等小官，仕途颇不得意。交游遍天下，晚年移家杭州西湖，纵情诗酒，以山水自娱。专攻散曲，特别致力于小令，他的《小山乐府》存小令八百五十五首，套数九首，为元人留存散曲最富者，与乔吉并称"元散曲两大家"。作品多写景抒情，感怀不遇。《太和正音谱》评其曲"如瑶天笙鹤"，又说"其词清而且丽，华而不艳，有不吃烟火食气"。

卖花声　怀古

美人自刎乌江岸，战火曾烧赤壁山，将军空老玉门关①。伤心秦汉，生民涂炭，读书人一声长叹。

【注释】

①"将军"句：《后汉书·班超传》中载，班超于迟暮之年上书皇帝说："臣不敢望到酒泉郡，但愿生入玉门关。"

徐再思

徐再思（生卒年不详），字德可，喜爱吃甜食，因自号甜斋，浙江嘉兴人。曾官嘉兴路吏。以散曲著名，与贯云石齐名，明李开先辑两人散曲为《酸甜乐府》。所作以自然景物和闺情相思为长，描写细腻深婉，风格清丽俊俏。今存小令一百零三首。

蟾宫曲　春情

平生不会相思，才会相思，便害相思。身似浮云，心如飞絮，气若游丝。空一缕余香在此，盼千金游子何之[①]？证候来时[②]，正是何时？灯半昏时，月半明时。

【注释】

①何之：到哪里去。②证候：同"症候"，症状。

吕止庵

吕止庵（生卒年、字号、生平均不详），从其留下的作品来看，是位浪迹天涯的游子，今存散曲小令三十三首，套数四首。《太和正音谱》评其曲"如晴霞结绮"。

后庭花　秋思

西风黄叶疏，一年音信无。要见除非梦，梦回总是虚。梦虽虚，犹兀自暂时节相聚[①]，近新来和梦无。

【注释】

①犹兀自：还能够。

真　真

真真（生卒年不详），福建建宁人，歌伎。现存小令一首。

解三酲

奴本是明珠擎掌，怎生的流落平康[①]？对人前乔做作娇模样，背地里泪千行。三春南国怜飘荡，一事东风没主张。添悲怆，那里有珍珠十斛②，来赎云娘。

【注释】

①平康：唐代长安平康坊，妓女聚居之地，后世用作花街柳巷的代称。②珍珠十斛：用晋石崇以珍珠数斛聘得绿珠之事典。

查德卿

查德卿，籍贯、生平均不详，约元仁宗延祐中（1317年）前后在世。工作曲，《太平乐府》中选录甚多。其散曲作品内容有吊古、抒怀、伤离情之类，风格典雅。

寄生草　感叹

姜太公贱卖了磻溪岸①，韩元帅命博得拜将坛②。羡傅说守定岩前版③，叹灵辄吃了桑间饭④，劝豫让吐出喉中炭⑤。如今凌烟阁一层一个鬼门关⑥，长安道一步一个连云栈。

【注释】

①磻（pán）溪：水名，在今陕西宝鸡市东南，相传姜太公垂钓于此而遇周文王。②韩元帅：指韩信，他是刘邦取天下的重要力量之一，后按谋反罪被处死。③傅说：相传他原是傅岩（今山西平陆东）从事版筑的奴隶，后被商王武丁任以为相，辅佐国政。④灵辄：春秋时晋国人，晋赵宣子曾施舍食物给他，后他知恩图报，帮助赵宣子逃离危难。⑤豫让：春秋时晋国人，他曾经吞炭漆身，改变自己的形貌，以求为主人智伯报仇。⑥凌烟阁：唐太宗时曾派人在凌烟阁上绘下了二十四位功臣的画像以示表彰。

赵显宏

赵显宏，号学村，里居、生卒年及生平均不详，约元仁宗延祐末前后在世，与孙周卿同时。工散曲，其中有和李伯瞻的《殿前欢》四支，今犹存。

满庭芳　樵

腰间斧柯①，观棋曾朽②，修月曾磨③。不将连理枝梢挫④，无缺钢多。不饶过猿枝鹤窠，惯立尽石涧泥坡。还参破⑤，名缰利锁，云外放怀歌。

【注释】

①柯：斧柄。②观棋曾朽：传说晋人王质上山伐木，遇仙人对弈，观棋忘返，棋局终了发现斧柄已经烂掉。③修月：古时传说月亮乃七宝合成，上有八万二千户常以斧凿修。④挫：指折伤。⑤参破：看破，悟透。

李德载

李德载，约元仁宗延祐中前后在世，里居、生卒年及生平均不详。工曲，存《赠茶肆》十支。

阳春曲　赠茶肆

茶烟一缕轻轻扬，搅动兰膏四座香①。烹煎妙手赛维扬②。非是谎③，下马试来尝！

【注释】

①兰膏：泽兰炼成的油，清香可人，此处形容茶的清香。②维扬：即扬州。③谎：指妄言虚语。

贾　固

贾固（生卒年不详），字伯坚，沂州（今山东临沂）人，曾官扬州路总管、中书左参政，因为歌伎金莺儿作曲被劾罢官。

醉高歌过红绣鞋　寄金莺儿

乐心儿比目连枝①，肯意儿新婚燕尔。画船开抛闪的人独自②，遥望关西店儿。黄河水流不尽心事，中条山隔不断相思③。当记得夜深沉、人静悄、自来时。来时节三两句话，去时节一篇诗。记在人心窝儿里直到死。

【注释】

①比目连枝：指比目鱼和连理枝。②抛闪：抛弃。③中条山：在山西西南部。

张鸣善

张鸣善（生卒年不详），名择，号顽老子，祖籍平阳（今山西临汾），安家湖南，流寓扬州，曾官淮东道宣慰司令史。填词度曲词藻丰富，构思巧妙，语言诙谐，被推为"一代之作手"，多讽刺时政之作，尖辣生新，自成一体。今存小令十三首，套数两首。

水仙子　讥时

铺眉苦眼早三公①，裸袖揎拳享万钟②，胡言乱语成时用。大纲来都是烘③，说英雄谁是英雄？五眼鸡岐山鸣凤④，两头蛇南阳卧龙，三脚猫渭水飞熊⑤。

【注释】

①铺眉苦眼：指装模作样，装腔作势。三公：元代以太师、太傅、太保为三公，这里泛指高官。②裸袖揎拳：捋袖露臂。万钟：指俸禄优厚。③大纲来：总而言之。烘：同"哄"。④五眼鸡：即乌眼鸡，好斗的公鸡。岐山鸣凤：相传周朝兴起，有凤鸣于岐山。⑤渭水飞熊：《史记·齐太公世家》上记载："西伯将出猎，卜之，曰，所获非龙非螭，非虎非罴；所获霸王之辅。"后世讹传为周文王梦飞熊而得太公望。此指姜太公。

杨朝英

杨朝英（1265？～1351？），字英甫，号澹斋，青城（今山东高青）人，居龙兴（今江西南昌）。曾官郡守、郎中，后归隐，与贯云石等唱和。他是著名的散曲集《阳春白雪》与《太平乐府》的作者，元散曲多赖以传世。《太和正音谱》评其曲"如碧海珊瑚"。今存小令二十七首。

水仙子

雪晴天地一冰壶，竟往西湖探老逋①，骑驴踏雪溪桥路②。笑王维作画图③，拣梅花多处提壶④。对酒看花笑，无钱当剑沽，醉倒在西湖。

【注释】

①老逋：指北宋诗人林逋，他隐居孤山，以梅鹤为伴，故此处用"老逋"来指代梅花。②骑驴踏雪：唐代诗人孟浩然曾于雪日骑驴过灞桥，踏雪寻梅。③王维：唐代诗人、画家，作有《雪溪图》《雪里芭蕉图》等名画。④提壶：倒酒。

周德清

周德清（1277～1365），字日湛，号挺斋，高安（今属江西）人。精音律，总结北方语音特点，著《中原音韵》，为散曲家用韵之本。所作散曲，格调精严，意境清高，为人激赏。今存小令三十一首，套数三篇。

蟾宫曲　别友

倚蓬窗无语嗟呀①，七件儿全无，做甚么人家？柴似灵芝，油如甘露，米若丹砂。酱瓮儿恰才罄撒②，盐瓶儿又告消乏③。茶也无多，醋也无多。七件事尚且艰难，怎生教我折柳攀花④？

【注释】

①蓬窗：蓬草编的窗户，形容清贫。嗟呀：叹息。②罄撒：没有了。③消乏：将用尽。④折柳攀花：指到青楼妓馆寻欢作乐。

钟嗣成

钟嗣成（生卒年不详），字继先，号丑斋，大梁（今河南开封）人，居杭州。他著有《录鬼簿》，是第一部记录元杂剧剧目和记述元杂剧作家、散曲作家事迹的著作，为研究元曲最重要的文献。今存小令五十九首，套数一篇。

凌波仙　吊周仲彬

丹墀未知玉楼宣①，黄土应埋白骨冤，羊肠曲折云更变②。料人生亦惘然，叹孤坟落日寒烟。竹下泉声细，梅边月影圆，因思君歌舞十全。

【注释】

①丹墀（chí）：宫殿前的红色台阶。玉楼宣：据说李贺梦到神人对他说："上帝白玉楼成，命你作记。"没过多久就去世了。此指友人英年早逝。②羊肠：喻曲折的人生路。云更变：喻命运的变化无常。

周　浩

周浩（生卒年、字号、生平均不详），大致与钟嗣成同时，今存小令一首。

蟾宫曲　题《录鬼簿》

想贞元朝士无多①，满目江山，日月如梭。上苑繁华②，西湖富贵，总付高歌。麒麟冢衣冠坎坷③，凤凰台人物蹉跎。生待如何，死待如何？纸上清名，万古难磨。

【注释】

①贞元朝士无多：刘禹锡在离开朝廷二十多年后归朝，作"休唱贞元供奉曲，当时朝

士已无多"诗句，慨叹二十年的世事变迁。②上苑：指供帝王玩赏、打猎的园林。③麒麟冢：指埋葬杰出的曲作家们的坟冢。

汪元亨

汪元亨（生卒年不详），字协贞，号云林，别号临川佚老。元末明初饶州（今江西波阳）人。曾做浙江省掾，徙居常熟。《录鬼簿续编》称其有《归田录》百篇行世，现存小令正好百篇，皆为归隐之作，或即《归田录》。此外存套数一曲，杂剧三种。

醉太平　警世

憎苍蝇竞血，恶黑蚁争穴。急流中勇退是豪杰，不因循苟且①。叹乌衣一旦非王谢②，怕青山两岸分吴越③，厌红尘万丈混龙蛇。老先生去也。

【注释】

①因循：指随波逐流。②乌衣：乌衣巷，在今南京市，为东晋时王导、谢安两大望族的居所。③分吴越：春秋时，吴国越国山水相连，却互相敌对，世代为仇。

兰楚芳

兰楚芳（生卒年不详），西域人，曾任江西元帅，功绩多著，"丰神英秀，才思敏捷"（钟嗣成《录鬼簿》），与刘庭信唱和，时人以唐人元稹、白居易拟之。今存小令九首，套数三首。

四块玉　风情

我事事村①，他般般丑②。丑则丑村则村意相投。则为他丑心儿真，博得我村情儿厚。似这般丑眷属、村配偶，只除天上有。

【注释】

①村：粗俗，愚笨。②般般：样样。

汤 式

汤式（生卒年不详），字舜民，号菊庄，元末象山（今浙江象山）人。初为本县县吏，后流落江湖。明成祖朱棣为燕王时，待之甚优，晚年生活甚为得意。性滑稽，工散曲，著《笔花集》。存世小令一百七十首，套数六十八首。

谒金门　长亭道中

起初，看书，只想学干禄①。误随流水到天隅，迷却长亭路。古灶苍烟，荒村红树。问田文何处居②？老夫，满腹，都是登楼赋③。

【注释】

①干禄：求取俸禄，谋得官位之义。②田文：战国孟尝君的名字，他以广纳人才、礼贤下士闻名于当时。③登楼赋：汉末王粲所作，文章抒发的是他怀才不遇的忧愤和思乡之情。

无名氏

红绣鞋

窗外雨声声不住，枕边泪点点长吁。雨声泪点急相逐，雨声儿添凄惨，泪点儿助长吁。枕边泪倒多如窗外雨。

红绣鞋

一两句别人闲话，三四日不把门踏。五六日不来呵在谁家？七八遍买龟儿卦①。久已后见他么，十分的憔悴煞②。

【注释】

①龟儿卦：古时以龟甲来占卜算卦。②憔悴煞：憔悴到极点。

第七篇

宋、元、明、清诗

范仲淹

江上渔者

江上往来人，但爱鲈鱼美①。君看一叶舟，出没风波里。

【注释】

①但：只。鲈鱼：体长而扁，头大鳞细，银灰色，味鲜美，以松江所产尤为著名。这首诗说人们只知鲈鱼的味道鲜美，却不会想到渔人在江上捕鱼时的艰辛。

张　俞

张俞（生卒年不详），字少愚，号白云先生，益州郫县（今四川郫县）人，祖籍河东（今山西）。屡试不第，因人推荐，录用为秘书省校书郎，但他却把官职让给父亲，自己回家隐居。益州长官文彦博特别优待他，为其出资买得唐人杜光庭青城山白云溪故居安置，因此号称白云先生。有《白云集》。

蚕　妇

昨日入城市①，归来泪满巾。遍身罗绮者，不是养蚕人。

【注释】

①城市：城中之市。市：街市，做买卖的地方。

王安石

王安石（1021～1086），号半山。北宋杰出的政治家、思想家、文学家、改革家，"唐宋八大家"之一。晚年退居江宁（今江苏南京），建半山园，终老。封荆国公，谥"文"。有《王临川集》《临川集拾遗》等存世。

泊船瓜洲

京口瓜洲一水间①,钟山只隔数重山②。
春风又绿江南岸,明月何时照我还?

【注释】

①京口:今江苏镇江,与瓜洲渡南北相对。瓜洲:瓜洲渡,长江渡口,在扬州南。一水:指长江。②钟山:今南京紫金山。

登飞来峰

飞来山上千寻塔①,闻说鸡鸣见日升。
不畏浮云遮望眼②,只缘身在最高层。

【注释】

①千寻:八尺为一寻,千寻极言其高,是夸张的说法。②畏:惧怕。

元 日

爆竹声中一岁除,春风送暖入屠苏①。
千门万户曈曈日②,总把新桃换旧符③。

【注释】

①屠苏:酒名。古代风俗,正月初一日合家饮屠苏酒。②曈曈(tóng):太阳初出渐渐明亮的样子。③桃符:古代风俗,春节时用桃木板绘神(shēn)荼(shū)、郁垒(lù)二神像(或书其名),悬挂门旁,以为能驱邪,后来逐渐被春联代替。

梅 花

墙角数枝梅,凌寒独自开。
遥知不是雪,为有暗香来①。

【注释】

①"遥知"二句:远远地就能感知它不是白雪,因为有一股幽香不知不觉地潜来。蔡正孙引胡仔说,"南朝苏子卿有《梅花》诗云,'只言花是雪,不悟有香来。'"王安石虽袭此意,"然思益精,而语益工也"(《诗林广记》后集卷二)。

苏 轼

游金山寺

我家江水初发源①,宦游直送江入海。闻道潮头一丈高,天寒尚有沙痕在。中泠南畔石盘陀②,古来出没随涛波③。试登山顶望乡国④,江南江北青山多。羁愁畏晚寻归楫⑤,山僧苦留看落日。微风万顷靴文细,断霞半空鱼尾赤⑥。是时江月初生魄⑦,二更月落天深黑。江心似有炬火明,飞焰照山栖乌惊⑧。怅然归卧心莫识,非鬼非人竟何物?江山如此不归山,江神见怪惊我顽⑨。我谢江神岂得已,有田不归如江水⑩。

【注释】

①家:家住。江:指长江。古人认为岷江(流经眉山之东,入长江)是长江源头。故有"初发源"之语。②中泠(líng):泉名,在金山西北江心中。盘陀:山石高大不平的样子。③出没:露出或没入水面。④乡国:故乡。⑤羁愁:羁旅之愁。寻归楫(jí):寻返回镇江的船。当时金山孤立江中,不与陆地相连。楫,桨,指代船。⑥鱼尾:指霞的颜色。⑦初生魄:初生的月光(刚刚有点亮起来的月光)。⑧"江心"二句:作者自注,"是夜所见如此"。一种没有得到确解的自然现象,偶见于晦冥之夜的江海水面上。⑨"江山"二句:大意是江山如此美好,而我却不知归去,江神责怪我冥顽不灵,故以"阴火"惊醒一下。⑩"我谢"二句:大意是我告诉江神说,出仕是为了衣食,不得已如此,将来有田可耕,就一定回去。

饮湖上初晴后雨

其 二

水光潋滟晴方好①,山色空蒙雨亦奇②。
欲把西湖比西子③,淡妆浓抹总相宜④。

【注释】

①潋滟：湖面上波光荡漾的样子。②空蒙：雾气迷蒙的样子。③西子：即西施，春秋时越国美女。④淡妆：应第一句。浓抹：应第二句。总：都。清人查慎行说："多少西湖诗被二语扫尽，何处着一毫脂粉颜色！"

题西林壁

横看成岭侧成峰，远近高低各不同。
不识庐山真面目，只缘身在此山中①。

【注释】

①缘：由于。后人引此二句，常用来说明当局者迷，旁观者清；执着于局部，而不能洞察全局的哲理。

惠崇春江晚景

其 一

竹外桃花三两枝，春江水暖鸭先知。
蒌蒿满地芦芽短①，正是河豚欲上时②。

【注释】

①蒌蒿：多年生草本植物，花淡黄色，其茎可食。②河豚：鱼名。肉味鲜美而内脏有毒。

李清照

乌 江

生当作人杰，死亦为鬼雄。
至今思项羽①，不肯过江东②。

【注释】

①项羽：秦末起义军领袖，对灭秦有重大贡献。秦亡后，与刘邦争战，于乌江兵败后

自杀。②"不肯"句:《史记·项羽本纪》载,项羽兵败,乌江亭长驶船让项羽渡乌江,项羽不肯,最后自刎而死。江东:长江下游以南地区。

陆 游

书 愤

早岁那知世事艰,中原北望气如山。楼船夜雪瓜洲渡①,铁马秋风大散关②。塞上长城空自许,镜中衰鬓已先斑③。出师一表真名世,千载谁堪伯仲间④?

【注释】

①"楼船"句:指南宋高宗绍兴三十一年(1161年)冬天,金主完颜亮欲自瓜洲渡江侵犯南宋,当时的将领虞允文等造楼船战舰抵抗的事情。瓜洲:在江苏邗江区南,与镇江相对,又称瓜埠洲。②"铁马"句:指高宗绍兴三十一年(1161年)秋天,吴璘部与金人激战于大散关,最终取胜,击败金兵收复大散关。大散关在陕西宝鸡南面的大散岭上,是渭河平原进入秦岭的要道,也称散关。③塞上长城:典出《南史·檀道济传》,南朝宋文帝欲杀名将檀道济,檀怒叱道:"乃坏汝万里长城!"④堪:可以,能够。伯仲:是古代长幼次序之称,伯为长,仲为次。后用以衡量人物等差。这句是说:千载以来没有人可以与写《出师表》的诸葛亮相比。

示 儿

死去元知万事空,但悲不见九州同①。
王师北定中原日,家祭无忘告乃翁。

【注释】

①但:只。九州同:古代中国分为九州,这里指国家统一。同:统一。

游山西村

莫笑农家腊酒浑①,丰年留客足鸡豚②。山重水复疑无路,柳暗花明又一村。箫鼓追随春社近,衣冠简朴古风存。从今若许闲乘月,拄杖无时夜叩门。

【注释】

①腊酒：指农家在上年腊月里自酿的浊酒，多为过年时祭祖先、祭百神和自家饮用。
②鸡豚：鸡与猪。豚，小猪。

杨万里

杨万里（1127～1206），字廷秀，号诚斋，吉州吉水（今属江西）人。南宋杰出的诗人，与尤袤、范成大、陆游合称南宋"中兴四大诗人"。宋高宗绍兴二十四年（1154年）进士。历官太常博士、太子侍读、秘书监等。初学江西诗派，又学王安石、晚唐诗，后独辟蹊径，自成一家。擅"活法"，诗风新巧风趣，多写自然景物，被称为"诚斋体"。有《诚斋集》。

小　池

泉眼无声惜细流，树阴照水爱晴柔①。
小荷才露尖尖角，早有蜻蜓立上头。

【注释】

①"树阴"句：树影投映在池水上，仿佛爱恋着那明净柔美的水面。

晓出净慈寺送林子方

毕竟西湖六月中，风光不与四时同。
接天莲叶无穷碧，映日荷花别样红。

宿新市徐公店

其　一

篱落疏疏一径深①，树头花落未成阴。
儿童急走追黄蝶，飞入菜花无处寻。

【注释】

①篱落：篱笆。

朱 熹

朱熹（1130～1200），字元晦，一字仲晦，号晦庵，晚号晦翁，别称紫阳，徽州婺源（今属江西）人，后迁徙到建阳（今属福建）考亭。南宋著名的理学家、思想家、哲学家、教育家、诗人。闽学派的代表人物，世称朱子，是孔子、孟子以来最杰出的弘扬儒学的大师。与李宽、韩愈、李士真、周敦颐、张栻、黄干同祀石鼓书院七贤祠，世称"石鼓七贤"。宋高宗绍兴十八年（1148年）进士，曾任秘阁修撰、焕章阁待制等职。卒谥"文"，世称朱文公。著述甚丰，有《四书章句集注》《诗集传》《周易本义》《楚辞集注》等，后人编有《晦庵先生朱文公文集》《朱子语类》等。

春 日

胜日寻芳泗水滨①，无边光景一时新。
等闲识得东风面②，万紫千红总是春。

【注释】

①胜日：风光美好的日子。寻芳：游赏美景。泗水：在今山东境内，流经孔子的家乡曲阜之北。②等闲：轻易地。

观书有感

其 一

半亩方塘一鉴开①，天光云影共徘徊。
问渠那得清如许？为有源头活水来。

【注释】

①一鉴开：像一面打开的镜子。

姜　夔

过垂虹

自作新词韵最娇①，小红低唱我吹箫②。

曲终过尽松陵路，回首烟波十四桥。

【注释】

①自作新词：指作者在石湖所作《暗香》《疏影》两首词。娇：这里指音调谐婉柔美。②小红：歌伎。《砚北杂志》载："小红，顺阳公（即范成大）青衣也，有色艺。顺阳公之请老，姜尧章诣之。一日，授简征新声，尧章制《暗香》《疏影》二曲，公使二伎习之，音节清婉。公寻以小红赠之。其夕大雪，过垂虹，赠诗曰。"

林　升

林升,生卒年不详,约生活于宋孝宗淳熙(1174～1189)年间,字梦屏,温州平阳(今属浙江)人,是一位擅长诗文的士人。事见《东瓯诗存》卷四。《西湖游览志余》录其诗一首。

题临安邸

山外青山楼外楼，西湖歌舞几时休？

暖风熏得游人醉，直把杭州作汴州①。

【注释】

①汴州：北宋都城，即今河南开封市。

叶绍翁

叶绍翁，字嗣宗，号靖逸，建安蒲城（今属福建）人，本姓李，继嗣于处州龙泉（今属浙江）叶氏。约生于绍熙（1190～1194）年间。南宋中期诗人，擅作绝句，言近旨远。有《靖逸小集》《四朝闻见录》。

游园不值

应怜屐齿印苍苔①，小扣柴扉久不开。

春色满园关不住，一枝红杏出墙来②。

【注释】

①"应怜"句：这是猜想园主人爱惜绿苔，怕被踩上鞋印子。屐（jī）：木鞋，鞋底有前后二齿，便于泥地行走。②"春色"二句：脱胎于陆游《马上作》"杨柳不遮春色断，一枝红杏出墙头"和南宋另一诗人张良臣《偶题》"一段好春藏不尽，粉墙斜露杏花梢"的诗意。

文天祥

文天祥（1236～1283），字履善，一字宋瑞，号文山，又号浮休道人，吉州庐陵（今江西吉安）人。南宋后期杰出的军事家、诗人和政治家。宋理宗宝祐四年（1256年）进士第一，官至右丞相。文天祥以忠烈名传后世，抗元被俘后，元世祖以高官厚禄劝降，他宁死不屈，从容赴义。生平事迹被后世称许，与陆秀夫、张世杰并称为"宋末三杰"。有《文山先生全集》《文山乐府》。

过零丁洋

辛苦遭逢起一经①，干戈寥落四周星②。山河破碎风飘絮，身世浮沉雨打萍。惶恐滩头说惶恐，零丁洋里叹零丁。人生自古谁无死，留取丹心照汗青。

【注释】

①遭逢：遇合，指得到皇帝的知遇。起一经：精通一种经书，由科举走上仕途。②干戈寥落：连续不断地战争。寥落：多而连续不断的样子。四周星：指四年。自德祐元年（1275年）正月，文天祥响应号召起兵勤王，至祥兴元年（1278年）十二月兵败被俘，恰为四年。

王 冕

王冕（1287～1359），字元章，别号煮石山农、饭牛翁、梅花屋主等，诸暨（今属浙江）人。元代著名画家、诗人、书法家，尤以画"没骨梅"著名。诗风质朴、自然，诗作内容丰富多彩，多写隐逸生活。有《竹斋集》。

墨 梅

我家洗砚池头树①，朵朵花开淡墨痕。
不要人夸好颜色，只留清气满乾坤②。

【注释】

①我家：既是自指，又泛指王姓的人。洗砚池：洗笔砚的池塘。晋代书法家王羲之有"临池学书，池水尽黑"的传说。作者与王羲之同姓，所以说"我家"。池头：池边。②"只留"句：只愿留下清香之气充溢在天地之间。乾坤：指天地。

于 谦

于谦（1398～1457），字廷益，钱塘（今浙江杭州）人。明代名臣，民族英雄。与岳飞、张煌言并称"西湖三杰"。永乐十九年（1421年）进士。官至兵部尚书。万历年间谥"忠肃"。一生功业在政治军务，有《于忠肃集》。

石灰吟

千锤万凿出深山，烈火焚烧若等闲①。
粉身碎骨浑不怕，要留清白在人间②。

【注释】

①若：如同。等闲：平常。②清白：以石灰的清白比喻人的品质清白纯洁。

唐 寅

唐寅（1470～1523），字伯虎，又字子畏，号六如居士、桃花庵主等，吴县（今属江苏）人。明朝著名画家、诗人。与祝枝山、文征明、徐祯卿并称"江南四才子"，与沈周、文征明、仇英并称"吴门四家"。弘治十一年（1498年）中解元（举人第一名）。弘治十二年参加进士考试时因科场舞弊案牵连下狱，出狱后无意功名，放浪形骸，自称"江南第一才子"。其诗华丽畅达，语浅意隽，其画笔墨细秀，布局疏朗，风格秀逸清俊。

言 志

不炼金丹不坐禅①，不为商贾不耕田。
闲来写就青山卖②，不使人间造孽钱③。

【注释】

①金丹：古代方士用黄金、丹砂（即辰砂）等炼成的药物。坐禅：指佛教徒静坐潜修领悟教义。②写就青山：绘画。③使：用。造孽钱：做坏事得来的钱。

王士禛

王士禛（1634～1711），字子真、贻上，号阮亭，又号渔洋山人，人称王渔洋，谥"文简"。新城（今山东桓台）人。清初杰出诗人，与朱彝尊并称。顺治进士，官至刑部尚书。博学好古，能鉴别书、画、鼎彝之属，精金石篆刻等。他以神情韵味为诗的最高境界，创神韵一派，成为一代诗坛盟主。有《带经堂集》等。

秦淮杂诗①

其 一

年来肠断秣陵舟②，梦绕秦淮水上楼。
十日雨丝风片里③，浓烟春景似残秋。

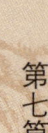

【注释】

①《秦淮杂诗》：以秦淮河为背景，抚今追昔，传诵一时。这是第一首，描写初春秦淮河冷落情景，抒发盛衰兴亡之慨。秦淮：秦淮河，流经南京城中，古时两岸遍布着歌楼酒肆，为著名游览胜地。②秣（mò）陵：指南京。顺治十八年（1661年），诗人以扬州推官至南京，居秦淮河侧。③雨丝风片：细雨微风。

郑燮

郑燮（1693～1765），字克柔，号板桥，江苏兴化人。清代著名画家、书法家，"扬州八怪"之一。其诗、书、画称为"三绝"。乾隆元年（1736年）进士，曾任范县、潍县知县。其诗多为反映现实生活，同情民间疾苦之作。风格质朴泼辣，体现了作者正直倔强的性格。有《郑板桥集》。

竹 石①

咬定青山不放松，立根原在破岩中②。
千磨万击还坚劲③，任尔东西南北风。

【注释】

①这是一首题画诗，把竹子人格化。赞美竹石坚定顽强的同时，隐喻作者坚贞刚劲的风骨。②破岩：岩石缝隙。③千磨万击：指狂风暴雨等磨折摧残。

龚自珍

龚自珍（1792～1841），字璱人，号定盦，浙江仁和（今杭州）人。清代思想家、文学家，他还是近代思想、文学及改良主义的先驱者。道光九年（1829年）进士，官至礼部祠祭司行走、主客司主事。其诗文主张"更法""改图"，揭露清统治者的腐朽，饱含忧国忧民之情和追求理想的精神。风格瑰丽奇肆，情感激切，富于浪漫主义色彩。有《龚自珍全集》。

己亥杂诗①

其 五

浩荡离愁白日斜②，吟鞭东指即天涯③。
落红不是无情物，化作春泥更护花。

【注释】

①道光十九年（1839年），作者辞官南归，后又北上接家属，往返途中杂述见

闻、感想以及往事回忆等，写成这组诗，共计315首。②浩荡离愁：浩大深广的离愁。③吟鞭：行吟诗人的马鞭。东指：离京东行。即天涯：指归向远在天涯的东南故乡。刘禹锡《和令狐相公别牡丹》诗："莫道两京非远别，春明门外即天涯。"此化用其意。

其一百二十五

九州生气恃风雷①，万马齐喑究可哀②！我劝天公重抖擞③，不拘一格降人材④。（过镇江，见赛玉皇及风神、雷神者⑤，祷词万数，道士乞撰青词⑥。）

【注释】

①九州：相传古代中国分为九州，后用成中国的代称。生气：生命力，活力。恃：依赖，倚仗。风雷：狂风和雷暴，比喻气势浩大而猛烈的冲击力量。②万马齐喑（yīn）：喻当时全国死气沉沉的局面。喑：哑。究：毕竟，到底。③重：重新。抖擞：振作，奋发。④不拘一格：不局限于一种规格、标准。降：下降，产生。⑤赛：酬报，旧时祭祀酬神之称。⑥青词：道士设坛祈祷用的祝文，以朱笔写在青藤纸上，所以称为青词。

谭嗣同

谭嗣同（1865～1898），字复生，号壮飞，又号华相众生、东海褰冥氏、廖天一阁主等，湖南浏阳人。著名维新派人物，与林旭、杨深秀、刘光第、杨锐、康广仁六人并称"戊戌六君子"。甲午战后提倡新学，积极推行新政。变法失败后被捕入狱，慷慨就义。有《莽苍苍斋诗》《谭嗣同全集》等。

狱中题壁①

望门投止思张俭，忍死须臾待杜根②。
我自横刀向天笑③，去留肝胆两昆仑④。

【注释】

①光绪二十四年（1898年）变法失败，作者拒绝亲友们出奔避险的劝告，被捕入狱，意态从容，慷慨就义。此诗即遇害前在狱中所作。②须臾：片刻。③横刀：横陈佩刀，以示英勇无所畏惧。④肝胆：比喻真诚的心。两昆仑：梁启超《饮冰室诗话》："所谓两昆仑者，其一指南海（康有为），其一乃侠客大刀王五……浏阳（谭嗣同）少年尝从之受剑术，以道义相期许。戊戌之变，浏阳与谋夺门迎辟（指营救光绪帝），事未就而浏阳被捕，王五怀此志不衰。"

第八篇

金、元、明、清词

蔡松年

蔡松年(1107～1159)，字伯坚，因家乡别墅有萧闲堂，故自号萧闲老人。真定(今河北正定县)人。金代文学家。曾任真定府判官、吏部尚书，官至右丞相，封卫国公，卒谥"文简"。文笔雅洁清丽，尤工乐府，元好问谓："百年以来，乐府推伯坚与吴彦高，号'吴蔡体'。"著有《萧闲公集》，词名《明秀集》。

尉迟杯

紫云暖①。恨翠雏珠树双栖晚②。小花静院相逢，的的风流心眼③。红潮照玉碗④。午香重，草绿宫罗淡⑤。喜银屏小语，私分麝月⑥，春心一点。

华年共有好愿⑦。何时定妆鬟，暮雨零乱⑧。梦似花飞，人归月冷，一夜小山幽怨⑨。刘郎兴，寻常不浅。况不似、桃花春溪远⑩。觉情随、晓马东风，病酒余香相伴⑪。

【注释】

①紫云暖：指春日花暖。李商隐《野菊》诗："紫云新苑移花处。"②翠雏：翠羽小鸟。珠树：相传珠树在厌火国北，生赤水上，其树如柏，叶皆为珠。张九龄《感遇》诗："侧见双翠鸟，巢在三珠树。"③的的：明亮的样子。④红潮：指醉颜泛起的酒晕。苏轼诗："红潮登颊醉槟榔。"⑤草绿宫罗淡：形容宫罗淡绿如草色。⑥麝月：指茶。杨慎《词品》云："麝月，茶名，麝言香也，月言圆也。"徐陵《玉台新咏序》："麝月共嫦娥竞爽。"⑦华年：青年时代。⑧妆鬟：梳妆发髻，指美人。暮雨：引用楚怀王梦高唐神女之事。宋玉《高唐赋》："昔先王尝游高唐，梦见一妇人，王因幸之，去而辞曰：妾在巫山之阳，高丘之岨(jū)，朝为行云，暮为行雨。朝朝暮暮，阳台之下。"⑨小山：小山眉。小山眉传为唐明皇设计的画眉样式。⑩刘郎：刘晨。他与阮肇入天台山遇仙，山上有桃树，下有大溪。见《幽明录》。⑪病酒：醉酒。李清照《凤凰台上忆吹箫》词："非干病酒，不是悲秋。"

【词解】

这首词主要描写的是离别之情。作者从双栖的翠鸟联想到与情人的相会，又想到情人之间的定情与离散，以及别后的思念。词笔凝重，欲落不落，格调清新真切。上阕写女子情芽乍展，尤为旖旎动人。下阕以"华年"句开始，化去了上、下阕的町畦。整首词上下浑然一片，妙合无痕，令人回味不尽。

党怀英

党怀英（1134～1210），字世杰，号竹溪，谥号"文献"，冯翊（今陕西大荔县）人，徙家泰安（今山东泰安市）。金代著名文学家、书法家，与济南辛弃疾同门读书，一时并称"辛党"。大定（完颜雍年号）十年擢进士甲科，历任咸阳军判官、泰定军节度使，官至翰林学士承旨，故世称"党承旨"。诗似陶渊明、谢灵运，有魏晋之风。善篆籀书法，工词。有《竹溪词》。

青玉案

红莎绿蒻春风饼①，趁梅驿，来云岭②，紫桂岩空琼窦冷③。佳人却恨，等闲分破，缥缈双鸾影④。

一瓯月露心魂醒，更送清歌助清兴⑤。痛饮休辞今夕永。与君洗尽，满襟烦暑，别作高寒境⑥。

【注释】

①红莎绿蒻（ruò）春风饼：制茶成饼，形如圆月，用红莎绿蒻包裹着。红莎，草名，开红色花，故名红莎。绿蒻，即香蒲。②趁梅驿，来云岭：指形状如圆月的茶饼沿着驿道云岭而来。梅驿，陆凯诗"折梅逢驿使"。③紫桂岩空琼窦冷：月光照在紫桂花的岩穴间，使人感到寒光清冷。紫桂，《拾遗记》："河之北紫桂成林，群仙饵焉。"琼窦，即玉窦，亦指岩穴。沈约诗："玉窦膏滴酒。"④"分破""鸾影"二句：合用破镜和鸾镜的典故。据《古今诗话》："徐德言尚乐昌公主，陈政衰，德言谓妻曰：国破必入权豪家。乃破镜各分其半，约他日以正月望日卖于都市。及陈亡，妻为杨素所得，德言至京，有苍头卖半镜者，德言出半镜合之，题曰：'镜与人俱去，镜归人未归，无复姮娥影，空留明月辉，'乐昌得诗悲泣不食，素知之，乃召德言还其妻。"又《异苑》载："罽（jì）宾王获鸾三年不鸣，夫人曰：尝闻鸟见其类则鸣，可悬镜映之，王从其言，鸾睹影悲鸣，哀响中宵，一奋而绝。"⑤"一瓯"句：指饮茶能够涤荡人心中的烦躁，有益于人心神的清醒明澈。⑥今夕永：意思是说今夜很长。高寒境：用苏轼《水调歌头》"又恐琼楼玉宇，高处不胜寒"词意。全词以饮茶兼赏月作结。

【词解】

这首咏茶词，从茶的制作、运送，一直写到品尝的情致。以双关的手法把品茶与赏月结合在一起，构思巧妙，联想丰富。

前人对此词有很多的评语。杨慎《词品》云："党承旨《茶词》：'红莎绿蒻春风饼，趁梅驿，来云岭。'金自明昌、大定时，文物已侔中国，而制茶之精，如此风味，亦何减宋人。"况周颐《蕙风词话》云："党承旨《青玉案》云：'痛饮休辞今夕永。与君洗尽，满襟烦暑，别作高寒境。'以松秀之笔，达清劲之气，倚声家精诣也。'松'字最不易做到。"

赵秉文

赵秉文（1159～1232），字周臣，号闲闲居士，晚年称闲闲老人，磁州滏阳（今河北磁县）人。金朝著名学者。大定二十五年（1185年）进士。历任安塞主簿、邯郸令、唐山令、同知制诰、翰林直学士等职，官至礼部尚书。"历五朝，官六卿"，朝廷中的诏书、册文、表，以及与宋、夏两国的国书等多出其手。著述甚丰，有《滏水集》传世。

水调歌头

昔拟栩仙人王云鹤赠予诗云①：寄兴闲闲傲浪仙，枉随诗酒堕凡缘。黄尘遮断来时路，不到蓬山五百年。其后玉龟山人云：子前身赤城子也。予因以诗寄之云：玉龟山下古仙真，许我天台一化身。拟折玉莲骑白鹤，他年沧海看扬尘。吾友赵礼部庭玉说：丹阳子谓予再世苏子美也②，赤城子则吾岂敢，若子美则庶几焉。尚愧辞翰微不及耳，因作此以寄意焉。

四明有狂客，呼我谪仙人③。俗缘千劫不尽，回首落红尘。我欲骑鲸归去④，只恐神仙官府，嫌我醉时真。笑拍群仙手，几度梦中身。

倚长松，聊拂石，坐看云。忽然黑霓落手⑤，醉舞紫毫春。寄语沧浪流水，曾识闲闲居士，好为濯冠巾⑥。却返天台去⑦，华发散麒麟。

【注释】

①拟栩仙人：王云鹤（中立）的别号。②丹阳子：马钰（从义）的别号。③"四明"二句：贺知章，字季真，四明（今为宁波）人，自号四明狂客。《唐书·李白传》："李白至长安，往见贺知章，知章见其文，叹曰：'子谪仙人也。'"④骑鲸：李白自称海上骑鲸客。⑤忽然黑霓落手：指写字题诗醉墨染纸如黑色云霓一般。⑥沧浪：水名。《孟子·离娄》："有孺子歌曰：沧浪之水清兮，可以濯吾缨；沧浪之水浊兮，可以濯吾足。"也指水色青苍。闲闲居士：作者自号。⑦天台：山名，在今浙江天台县北。

【词解】

词人以谪仙自喻,俱见题序。词作采取李白《梦游天姥吟留别》之诗境,写入慢调。气势飞腾壮阔,用语瑰丽华美,具有浓郁的浪漫主义色彩。

董解元

董解元,其生卒年、字、号、籍贯均不详。约为金章宗(完颜璟)时人。其称解元,非科举之名,实为金元士子之普通称谓。金戏曲作家。主要著作有根据元稹《会真记》而创作出的《西厢弹挡词》(亦名《弦索西厢》),为元杂剧《西厢记》的本源,世称"董西厢"。工于词,代表作为《哨遍》。

哨　遍

太皞司春,春工着意,和气生旸谷①。十里芳菲,尽东风、丝丝柳搓金缕②。渐次第桃红杏浅,水绿山青,春涨生烟渚③。九十日光阴能几?早鸣鸠呼妇④,乳燕携雏。乱花满地任风吹,飞絮濛空有谁主?春色三分,半入池塘,半随尘土⑤。

满地榆钱,算来难买春光住⑥。初夏永,薰风池馆,有藤床冰簟纱厨。日转午。脱巾散发,沈李浮瓜,宝扇摇纨素⑦。著甚消磨永日,有扫愁竹叶,侍寝青奴⑧。霎时微雨送新凉,些少金风退残暑。韶华早暗中归去⑨。

【注释】

①太皞司春:古代传说东方之帝叫太皞,统管春事。《礼·月令》:"孟春之月其帝太皞,其神句芒。"春工:把春天拟人化,称为春工,如东君、春神之类。"旸谷"句:言和暖之气生于日出之地。《书经》:"分命羲仲,宅嵎夷曰旸谷,寅宾出日。"传:"日出于谷而天下明,故称旸谷。"②芳菲:指花草争奇斗艳的样子。韩愈《晚春》诗:"百般红紫斗芳菲。"③渐次第:渐渐地,一个接一个地。春涨生烟渚:春水上涨到烟雾笼罩的小岛中。④九十日:春天三个月共为九十天。鸣鸠呼妇:《埤雅》:"鸠阴则辟逐其妇,晴则呼之。语曰:天欲雨,鸠逐妇,既雨鸠呼妇。"《田家杂占》:"鸠鸣有还声者谓之呼妇,主晴。无还声者谓之逐妇,主雨。"⑤"春色三分"句:用苏轼《水龙吟》"春色三分,二分尘

土,一分流水"词意。⑥榆钱:形似钱串的榆荚。庾信《燕歌行》:"榆荚新开巧似钱。"⑦纨素:素绢。⑧扫愁竹叶:酒名有竹叶青。张华诗:"苍梧竹叶清,宜城九酝醝。"又苏轼饮酒诗:"应呼钓诗钩,亦号扫愁帚。"侍寝青奴:青奴,即竹夫人,凉寝竹器。黄庭坚《竹夫人》诗:"青奴元不解梳妆,合在禅斋梦蝶床。"⑨金风:秋风。韶华:韶光,春光。

【词解】

况周颐《蕙风词话》云:"柳屯田《乐章集》为词家正体之一,又为金元已还乐语所自出。金董解元《西厢记》,挡弹体传奇也。时论其品,如'朱汗碧蹄,神采骏逸'。董有《哨遍》词……此词连情发藻妥帖易施,体格于乐章为近。明胡元瑞《笔丛》,称董西厢记精工巧丽,备极才情。盖笔能展拓,则推演为如千字何难矣。自昔诗词之递变,大都随风会为转移,词曲之为体,诚迥乎不同。董为北曲初祖,而其所为词,于屯田有沉澺之合,曲由词出,渊源斯在。"

完颜璟

完颜璟(1168~1208),即金章宗,大定二十九年(1189年)嗣位,在位二十年,卒年四十一。谥号天光运仁文义武神圣英孝皇帝。博学工诗,善书法,知音律,雅尚汉文化。文风冠绝一代,为世所称。词存二首,见刘祁《归潜志》卷一。

蝶恋花 聚骨扇①

几股湘江龙骨瘦,巧样翻腾,叠作湘波皱②。金缕小钿花草斗③,翠条更结同心扣④。

金殿珠帘闲永昼,一握清风,暂喜怀中透⑤。忽听传宣颁急奏,轻轻褪入香罗袖⑥。

【注释】

①聚骨扇:就是聚头扇,折叠扇。郭若虚《图画见闻志故事拾遗》载:"宋熙宁(神宗年号)丙辰冬,高丽遣使来至中国,用折叠扇为私觌物,其扇用鸦青纸为之。是折叠扇,宋时即有之。"②湘江龙骨:即湘妃竹,竹身有斑如泪痕,产于湖南,可以做折叠扇骨。龙骨是形容湘竹的样子。③金缕小钿花草斗:形容金缕扇面上所绣的花草争艳斗美。钿,金嵌的饰物。④翠条更结同心扣:言竹子扇骨聚头处很像同心结扣在一起的样子。⑤一握清风:指扇子摇动时发出的凉风。⑥急奏:紧急文书的递进。褪入:藏入。

【词解】

此词描绘聚骨扇,不取形而取神,不用事而用意。不仅体物入微,而且寄意题外,是十分出色的作品。

高　永

高永(约1186～1231),初名夔,字舜卿,一字信卿,又名揆,号应庵,渔阳(今河北蓟县)人。南渡后居嵩州(今为河南嵩县),拜李纯甫为师。累举不第。倜傥风流豪爽义气,喜交游。文词豪放,气势不凡,其《大江东去》,著称一时。

大江东去　滕王阁①

闲登高阁,叹兴亡,满目风烟尘土。画栋珠帘当日事,不见朝云暮雨。秋水长天,落霞孤鹜,千载名如故②。长空澹澹,去鸿嘹唳谁数③。

遥忆才子当年,如椽健笔④,坐上题佳句。物换星移知几度,遗恨西山南浦。往事无凭,昔人安在,何处寻歌舞⑤。长江东注,为谁流尽千古?

【注释】

①大江东去:朱彝尊《词综》作《大江西上曲》。滕王阁:旧址在江西南昌章江门城上,西临大江,唐高祖子元婴都督洪州时建阁。王勃有《滕王阁序》,极负盛名。②秋水长天:借用王勃《滕王阁序》中"秋水共长天一色"之句。③嘹唳:鸿雁的叫声。④如椽健笔:形容文笔之美。《晋书·王珣传》:"珣梦人以大笔如椽与之。既觉,语人曰:'此当有大手笔事。'"这里是赞美王勃所写的《滕王阁序》。⑤何处寻歌舞:《词综》作"漫向寻歌舞"。

【词解】

这首词遣词用典大多依据《滕王阁序》,但作者却写得十分流利自然,无斧凿之痕迹。

元好问

元好问(1190～1257),字裕之,号遗山,秀容(今山西忻县)人。金末元初最有成就的作家和历史学家，文坛盟主，是宋金对峙时期北方文学的主要代表，又是金元之际在文学上承前启后的桥梁，被尊为"北方文雄""一代文宗"。兴定五年进士，历任内乡令、南阳令、尚书省掾、左司都事等，官至尚书省左司员外郎。金亡不仕。其诗、文、词、曲，各体皆工。著有《元遗山先生全集》，词集为《遗山乐府》。又辑《中州集》《中州乐府》，保存了大量金代文学作品。

迈陂塘①

太和五年乙丑岁，赴试并州，道逢捕雁者云："今日获一雁，杀之矣。其脱网者悲鸣不能去，竟自投于地而死。"予因买得之，葬之汾水之上，累石为识，号曰雁邱。时同行者多为赋诗，予亦有《雁丘词》。旧所作无宫商，今改定之。

问世间，情是何物？直教生死相许②。天南地北双飞客，老翅几回寒暑。欢乐趣，离别苦，就中更有痴儿女③。君应有语，渺万里层云，千山暮雪，只影向谁去？

横汾路，寂寞当年箫鼓，荒烟依旧平楚④。招魂楚些何嗟及，山鬼暗啼风雨⑤。天也妒，未信与，莺儿燕子俱黄土。千秋万古，为留待骚人，狂歌痛饮，来访雁邱处。

【注释】

①迈陂塘：即《摸鱼儿》，词牌名。②直教生死相许：用生命来报答。直，竟。许，报答。③就中：于此，在这里面。痴儿女：元好问另有《迈陂塘》词，其叙曰，"太和中，大名民家小儿女，有以私情不如意赴水者"云云。"痴儿女"意指痴情的人儿。④"横汾"句：汉武帝《秋风辞》："泛楼船兮济汾河，横中流兮扬素波，箫鼓鸣兮发棹歌。"这里是以当日游幸的盛况来反衬今日的冷落。平楚：平林，远树。⑤"招魂"二句：《招魂》《山鬼》均为《楚辞》篇名。楚些：《招魂》中多以"些"字收尾。故亦用成楚辞的代称。

【词解】

此词主要写的是雁之悲，由雁悲转以悲人。通过雁之同死，为天下痴儿女一哭。是一曲献给坚贞爱情的颂歌。寓意深刻，所感甚大。

水龙吟

从商帅国器猎于南阳，同仲泽、鼎玉赋此①。

少年射虎名豪，等闲赤羽千夫膳②。金铃锦领，平原千骑，星流电转③。路断飞潜，雾随腾沸，长围高卷④。看川空谷静，旌旗动色，得意似，平生战。

城月迢迢鼓角，夜如何？军中高宴。江淮草木，中原狐兔，先声自远⑤。盖世韩彭，可能只办，寻常鹰犬⑥。问元戎早晚，鸣鞭径去，解天山箭⑦。

【注释】

①商帅国器：人名。南阳：南山。仲泽：王渥的字。鼎玉：据施国祁《元遗山乐府笺注》指的就是燕人王铉。②"少年"二句：《汉书·李将军列传》："李广出猎，见草中石，以为虎而射之，中石没镞，视之石也。"名豪：英豪，指商帅国器。等闲：无足轻重。赤羽千夫膳：《唐书·刘悟传》："宝历（唐敬宗李湛年号）初，巫者妄言，师道以兵屯琉璃陂，悟惶恐命祷祭，具千夫膳，自往求哀。"杜甫《武卫将军歌》："赤羽千夫膳，黄河十月冰。"赤羽：旗帜。高适《送白少府送兵之陇右》诗："军容随赤羽。"③金铃锦领：指车骑之华美。星流电转：形容打猎车骑奔驰的迅速。④飞潜：天上的飞禽和水里的游鱼。长围：指打猎合围以困鸟兽。《南史·宋高祖纪》："慕容超固其小城，乃设长围以守之。"⑤"草木"一句：指的是"草木皆兵"的故事。谢玄等于淝水之战打败苻坚，苻坚的队伍溃乱奔逃，望八公山上草木，听到风声鹤唳，以为那都是晋兵。这里是形容围猎声威。先声：指军骑先张声势。⑥韩彭：指韩信和彭越，都是西汉时著名武将，后来韩信以谋反罪被杀死在钟室，彭越谋反不成也被处死。鹰犬：指为人所驱使利用。⑦天山箭：唐薛仁贵曾率军战胜九姓突厥于天山，军中于是有"将军三箭定天山"的说法。

【词解】

这首猎词从正面描写了出猎的阵势，可称得上是威武雄壮，描写猎后的高宴，也是有声有色。但作者的过人之处在于他的独到见解，在作者看来，像韩信、彭越这样反复不定的人，不过是供人驱遣的鹰犬罢了，只有"三箭定天山"这样的英雄才是值得效法的。

况周颐《蕙风词话》云："遗山之词，亦浑雅，亦博大。有骨干，有气象。以比坡公，得其厚矣，而雄不逮焉者。豪而后能雄，遗山所处不能豪，尤不忍豪。牟端明《金缕曲》云：'扑面胡尘浑未扫，强欢讴、还肯轩昂否？'知此，可与论遗山矣。设遗山虽坎坷，犹得与坡公同，则其词之所造，容或尚不止此。其《水调歌头·赋三门津》：'黄河九天上'云云，何尝不奇崛排奡。坡公之所不可及者，尤能于此等处不露筋骨耳。《水调歌头》当是遗山少作。晚岁鼎镬余生，栖迟零落，兴会何能飙举。知人论世，以谓遗山即金之坡公，何遽有愧色耶！充类言之，坡公不过逐臣，遗山则遗臣孤臣也。"

鹧鸪天

只近浮名不近情①,且看不饮更何成。三杯渐觉纷华远,一斗都浇磊块平②。

醒复醉,醉还醒。灵均憔悴可怜生③。离骚读杀浑无味,好个诗家阮步兵④。

【注释】

①只近浮名不近情:是说自己虽薄有虚名,但自己的本心里却无追求荣华利禄的心情。②纷华:尘世的浮华。远:也有的文集里写作"近"。本文依据阳泉山庄所刻何义门校本写作"远"。磊块:即块磊。③灵均憔悴:是说自己和屈原一样憔悴可怜。灵均,是屈原字。可怜生:可怜。生:语气助词,没有实际的意义。④阮步兵:《晋书·阮籍传》:"籍闻步兵营厨人善酿,有贮酒三百斛。乃求为步兵校尉,遗落世事。虽去佐职,恒游府内。朝宴必与焉。"

【词解】

这是一首抒怀词,作者以酒遣愁,写屈原憔悴,阮籍佯狂,其实暗指金亡之后的自己,时局混乱,生活流离,满怀愁苦。元好问的晚年遭遇与屈原、阮籍的境遇十分相似。所以作者虽然以一种放达的态度来写此词,但是其哀痛家国、感念世乱的悲苦之情跃然纸上,令人有惆怅之感。

赵孟頫

赵孟頫(1254～1322),字子昂,号松雪道人,湖州(今浙江吴兴县)人。元代著名画家,楷书四大家(欧阳询、颜真卿、柳公权、赵孟頫)之一。宋末以父荫补官,入元仕为翰林学士。博学多才,能诗善文,懂经济,工书法,精绘艺,擅金石,通律吕,解鉴赏。书法和绘画成就最高,开创元代新画风,被称为"元人冠冕"。诗格清逸,词亦有风致,为人所称。有《松雪词》一卷。

渔父词

渺渺烟波一叶舟,西风木落五湖秋①。盟鸥鹭②,傲王侯。管甚鲈鱼不上钩。

【注释】

①五湖：指江苏太湖。②盟鸥鹭：与白鹭沙鸥结盟为伴。语出《列子》。

【词解】

这首渔父词写渔家逍遥自在的生活，与张志和《渔歌子》风格相似。

《太平清话》云："松雪夫人管仲姬，生㳇西小蒸，至今其路尚名管道。工诗善画，亦能小词，尝题《渔父图》云：'人生贵极是王侯，浮利浮名不自由，争得似，一扁舟。弄月吟风归去休。'松雪和之云云。"

虞 集

虞集（1272～1348），字伯生，号道园，又号邵庵，宋丞相虞允文五世孙，其先武州宁远（今山西宁远）人，徙居江西崇仁。元代文学家，文与揭傒斯、柳贯、黄溍并称"元儒四家"；诗与揭傒斯、范梈、杨载齐名，人称"元诗四家"。大德初（1297年）荐授大都路儒学教授，累迁奎章阁侍书学士。纂修《经世大典》。平生为文多至万篇，著有《道园学古录》五十卷，《道园遗稿》六卷。

风入松　寄柯敬仲①

画堂红袖倚清酣，华发不胜簪②。几回晚直金銮殿，东风软、花里停骖③。书诏许传宫烛，轻罗初试朝衫④。

御沟冰泮水挼蓝。飞燕语呢喃⑤。重重帘幕寒犹在，凭谁寄银字泥缄⑥。为报先生归也，杏花春雨江南。

【注释】

①柯敬仲：即柯九思，仙居（浙江县名）人，字敬仲，工诗善画，官至奎章阁学士。②清酣：清新酣畅。苏轼《西太一见王荆公旧诗偶次其韵》诗："雨馀风日清酣。"华发不胜簪：是说白发稀少，已经没有办法再插住簪子了。③晚值金銮殿：金銮殿，皇帝宝殿。《文献通考·学士院》："故事，学士掌内庭书诏，故学士院常在金銮殿侧……前朝因金銮坡以

为门名，与翰林院相接，故为学士者称金銮，以美之。"停骖：停驻车马。骖，车辕两侧之马。④传宫烛：传唤执烛的宫人。这里指用金莲烛送学士归院事。⑤呢喃：燕子的叫声。⑥银字泥械：指书信。梁简文帝诗："昔日书银字。"

【词解】

这是一首寄赠友人的作品。以景结情，运情于景，可谓文采风流，自然雅致。"凭谁"句流露出对对方的思念，而"为报"句紧接之以自己的归讯相告，写得十分紧凑。

陶宗仪《辍耕录》云："吾乡柯敬仲先生，际遇文宗，起家为奎章阁鉴书博士，以避言路居吴下。时虞邵庵先生在馆阁赋《风入松》词寄之，词翰兼美，一时争相传刻，而此曲遂遍满海内矣。"瞿宗吉《归田诗话》云："虞邵庵在翰林，有诗云：'屏风围坐鬓毵毵，银烛烧残照暮酣。京国多年情尽改，忽听春雨忆江南。'又作《风入松》词云云，盖即诗意也，但繁简不同尔。曾见机坊以词织成帕，为时所贵重如此。张仲举词云：'但留意江南杏花春雨，和泪在罗帕。'即指此也。"

张以宁

张以宁（1301～1370），字志道，福建古田人。家住翠屏山下，自号翠屏山人。元泰定中举进士，任翰林学士。明初任侍读学士。博学强记，才华横溢，名噪一时，人呼"小张学士"。为诗高雅俊逸，词意境高远。有《翠屏集》。

明月生南浦

广州南汉王刘䶮故宫铁铸四柱犹存，周览叹息之余，夜泊三江口，梦中作一词，觉而忘之。但记二句云："千古兴亡多少恨，总付潮回去。"因檃括为此词。

海角亭前秋草路①。榕叶风清，吹散蛮烟雾②。一笑英雄曾割据。痴儿却被潘郎误③。

宝气消沈无觅处。薜晕犹残，铁铸遗宫柱④。千古兴亡知几度。海门依旧潮来去。

【注释】

①海角亭：亭名，在广州。②榕叶：榕树叶。榕树为常绿乔木，高四五丈，产于闽广一带。枝干繁茂，树荫极广。叶椭圆平滑，花淡红色。蛮烟雾：南方边远山地的瘴气。辛弃疾《水调歌头》："万里蛮烟瘴雨，往事莫惊猜。"③潘郎误：周必大《二老堂杂志》："太祖（赵匡胤）常令李煜作书，谕广南刘䶮，令归中国，煜命其臣潘佑视草，文甚辨丽，累数千言。

潘郎指潘佑。④铁铸遗宫柱：方信儒《南海百咏野史》："刘䶮铸铁柱十二，筑乾和殿，今府之治事所尚植其四……其二犹见于相安亭濠水中，余不知所在。"

【词解】

　　这是一首凭吊兴亡之词。词的上片由海角亭秋景写起，联想到当年宋朝潘佑草文诱降南汉刘䶮之事。下片写南汉故宫铁柱已被苔藓侵蚀，只有海门潮水来去依旧，正所谓世事变迁，沧海桑田，寄托了作者的无限感怀之情。

萨都剌

　　萨都剌（1308～1355），字天锡，号直斋，蒙古族人，居雁门（今山西代县）。元代著名诗人、画家、书法家。泰定四年（1327年）进士，历官闽海廉访知事、河北廉访经历等职。为文雄健而诗笔清丽，长于抒情。著有《雁门集》三卷，集外诗一卷。亦善词曲，有《天锡词》传世。

小阑干

　　去年人在凤凰池，银烛夜弹丝①。沉水香消，梨云梦暖，深院绣帘垂②。

　　今年冷落江南夜，心事有谁知？杨柳风柔，海棠月澹，独自倚阑时。

【注释】

　　①凤凰池：中书省所在地。《晋书·荀勖传》："勖自中书监除尚书令，人贺之，勖曰：夺我凤凰池，诸君何贺耶。"弹丝：弹奏琴瑟弦索。②沉水香消：即沉香。梨云梦暖：王建《梦梨花》诗："落落漠漠路不分，梦中唤作梨花云。"

【词解】

　　这首词是作者贬官江南之后所写的。上片写作者在翰林院应官时，宾僚宴集时的情景。下片写自己被贬官江南后独倚栏杆的寂寞心情。两处的春夜景色一对比，含蓄地表达了作者心中的感怀触动。

　　《词苑》云："笔情何减宋人。"

刘 基

刘基（1311～1375），字伯温，浙江青田人。元末明初军事家、政治家及诗人。在文学史上，刘基与宋濂、高启并称"明初诗文三大家"。元末进士，任江西高安县丞。后弃官归。以辅佐朱元璋完成帝业、开创明朝驰名天下，被后人比作诸葛武侯。明洪武三年封诚意伯，明武宗正德九年被追赠太师，谥文成，因而后人又称他刘诚意、刘文成、文成公。通经史、晓天文、精兵法。诗文闳深顿挫，自成一家。有《诚意伯文集》等传世。

水龙吟

鸡鸣风雨潇潇，侧身天地无刘表①。啼鹃迸泪，落花飘恨，断魂飞绕。月暗云霄，星沈烟水，角声清嫭②。问登楼王粲，镜中白发，今宵又添多少③。

极目乡关何处，渺青山髻螺低小④。几回好梦，随风归去，被渠遮了⑤。宝瑟弦僵，玉笙指冷，冥鸿天杪⑥。但侵阶莎草，满庭绿树，不知昏晓。

【注释】

①鸡鸣：《诗经》："风雨潇潇，鸡鸣胶胶。"潇潇：风雨的声音。侧身天地：杜甫诗："侧身天地更怀古。"侧身：戒慎恐惧，不能安身的样子。刘表：后汉高平人，字景升，官荆州刺史。当时中原混战，荆州之地偏安一隅，于是当时的很多士人百姓都归附于他。②角声清嫭：画角声清，余音不断。嫭同嫋。苏轼《前赤壁赋》："余音嫋嫋，不绝如缕。"③登楼王粲：三国时王粲登襄阳城楼写下了流传千古的《登楼赋》。词里作者以王粲自比。④髻螺：盘成螺形的发髻。形容远山苍翠的样子。释惠洪诗："落日远山螺髻青。"⑤被渠：被他。渠，他。⑥冥鸿：高飞的鸿雁。扬子《法言》："鸿飞冥冥，弋人何慕焉。"

【词解】

这首词是作者还未取得显赫的声名之前所作。上片"鸡鸣风雨潇潇"二句，说元末政治局势动荡不安，而这时的士民却没有刘表那样的人物可以投靠依附。"啼鹃迸泪"三句，写心中的无限愁绪。"月暗"以下几句，以王粲作客他乡、登楼作赋自比。下片承"登楼"意，写思乡之情。"不知昏晓"，与起句关合，反映了他对时势的看法。这首词化豪迈雄壮于婉约之中，富有特色。

《草堂词评》云此词"感喟激昂"。徐珂云："伯温为元进士，入明以佐命功显，封诚意伯。此词为未遇时作。"

杨 基

杨基（1326～1378），字孟载，号眉庵，其先祖是嘉定州（今四川乐山市）人，后迁至吴中（今江苏吴县）。元末明初诗人，明初十才子之一，与高启、张羽、徐贲为诗友，并称为"吴中四杰"。明初任荥阳知县，后任山西按察使。后来因事被免官，罚作劳役，死于贬所。著有《眉庵集》。

蝶恋花

新制罗衣珠络缝，消瘦肌肤，欲试犹嫌重①。莫信鹊声相侮弄，灯花几度成春梦。

风雨又将花断送，满地胭脂，补尽苍苔空②。独自移将萱草种，金钗挽得花枝动。

【注释】

①"罗衣"一句：是说在罗衣夹缝处缀以珍珠，指珍贵华丽的衣服。②空：读去声，空隙。

【词解】

托意闺阁，以闺中女子的身份，抒发内心的感怀。神韵凄婉，有花间派的风韵。

高 启

高启（1336～1374），字季迪，江苏长洲（今苏州）人。元末隐居吴淞江畔的青丘，号青丘子。元末明初著名诗人，与杨基、张羽、徐贲齐名，被誉为"吴中四杰"。明初，召入编修《元史》，为翰林院国史编修。升户部侍郎，固辞不受。后得罪当权者，被腰斩。有《青丘集》及《扣舷词》一卷。

沁园春 雁

木落时来，花发时归，年又一年。记南楼望信，夕阳帘外，西窗惊梦，夜雨灯前。写月书斜，战霜阵整，横破潇湘万里天①。风吹断，见两三低去，似落筝弦②。

相呼共宿寒烟。想只在、芦花浅水边。恨呜呜戍角，忽催飞起，悠悠渔火，长照愁眠③。陇塞间关，江湖冷落，莫恋遗粮犹在田④。须高举，教弋人空慕，云海茫然⑤。

【注释】

①"潇湘"一句：钱起《雁》诗，"潇湘何事等闲回"。②筝弦：筝柱上的弦索。李商隐《昨日》诗，"十三弦柱雁行斜"。③"悠悠渔火"二句：用张继《枫桥夜泊》"江枫渔火对愁眠"诗意。④间关：道路艰险。莫恋遗粮犹在田：用杜甫《同诸公登慈恩寺塔》"君看随阳雁，应为稻粱谋"诗意。⑤弋人空慕：扬子《法言》："鸿飞冥冥，弋人何慕焉。"

【词解】

这是一首写大雁的词作。末句"须高举，教弋人空慕，云海茫然"，隐喻自己应该韬光养晦像大雁那样高飞，免受弋人射杀。然而让人喟叹的是作者虽然匿迹韬光，最终还是得罪了当权者，被腰斩。

聂大年

聂大年（1402～1455），字寿卿，江西临川人。明代文学家。博通经史，亦善诗词。叶盛称其诗谓"为三十年来绝唱"。宣德末荐授仁和县训导，迁仁和县教谕。景泰六年荐入翰林修史。著有《东轩集》。

卜算子

杨柳小蛮腰①，惯逐东风舞。学得琵琶出教坊，不是商人妇②。忙整玉搔头，春笋纤纤露③。老却江南杜牧之，懒为秋娘赋④。

【注释】

①杨柳小蛮腰：白居易诗："樱桃樊素口，杨柳小蛮腰。"小蛮，是白居易家的歌伎，善舞。②教坊：唐代设有教坊，专为练习音乐歌舞的场所。崔令钦有《教坊记》。商人妇：白居易《琵琶行》有"老大嫁作商人妇"句。这里反用其意。③玉搔头：玉钗。《西京杂记》："武帝过李夫人，取玉簪搔头。自此后宫人搔头皆用玉。"春笋：形容美人手。谢逸《南歌子》词："夜静寒生春笋，理琵琶。"④秋娘：唐诗人杜牧有《杜秋娘》诗。

【词解】

此词写美人,引用了很多典故,词句工整艳冶,腔调温婉柔美。

夏 言

夏言(1482~1548),字公谨,江西贵溪人。正德十二年(1517年)进士,世宗朝参与机务,居首辅。为严嵩所嫉,诬陷至死。言诗文宏整,以词曲擅名。

浣溪沙

庭院沈沈白日斜,绿阴满地又飞花。䒱腾春梦绕天涯①。
帘幕受风低乳燕②,池塘过雨急鸣蛙。酒醒明月照窗纱。

【注释】

①䒱腾:睡梦迷糊的状态。王建宫词:"香篆暖处睡䒱腾。"②受风:杜甫《春归》诗:"轻燕受风斜。"词句据此而来。

【词解】

白日西斜,春深夏浅,扶头一醉,便觉月上窗纱,写出了时光的短促。"䒱腾春梦绕天涯"为词作的主旨,把主人公珍惜流年的情绪,委婉道出,显得高华有致。

杨 慎

杨慎(1488~1539),字用修,号升庵,四川新都人。正德六年(1511年)进士第一及第。官经筵讲官。以直谏忤旨,被明世宗朱厚熜廷杖谪戍云南永昌,死于贬所。升庵博闻广识,著述极富,有《升庵词》二卷。其词好入六朝丽字,似近而远,然其妙处亦能过人。

临江仙

《廿一史弹词》第三段说秦汉开场词①。

滚滚长江东逝水,浪花淘尽英雄②。是非成败转头空。青山依旧在，几度夕阳红。

白发渔樵江渚上，惯看秋月春风。一壶浊酒喜相逢。古今多少事，都付笑谈中。

【注释】

①《廿一史弹词》：长篇弹词，为杨慎所作，以正史所记载的事迹为题材写成唱文。②"滚滚"两句：用杜甫《登高》诗"不尽长江滚滚来"诗意，以及苏轼《念奴娇》词"大江东去，浪淘尽，千古风流人物"词意。

王世贞

王世贞（1526～1590），字元美，号凤洲，自称弇州山人，江苏太仓人。嘉靖十六年（1547年）进士。官至刑部尚书。著名文学家，才识渊博，好为诗古文。著有《弇州山人四部稿》。

忆江南

歌起处，斜日半江红。柔绿篙添梅子雨，淡黄衫耐藕丝风①。家在五湖东②。

【注释】

①梅子雨：即黄梅雨。《四时纂要》载："闽人以立夏后逢庚日为入梅雨，芒种后逢壬日为出梅，得雨乃宜耕耨。"藕丝风：如藕丝般微细的风。②五湖：对于五湖的解说人们有不同的看法，有的认为五湖指具区、洮滆、彭蠡、青草、洞庭这五个湖泊，记载见《史记索隐》。又有的认为五湖是太湖的别名，因为太湖周行有五百余里，所以叫作五湖，记载见《吴录》。本词中五湖当指太湖而言。

【词解】

这是一首写景词，作者用寥寥数语，描绘了一幅如画般的江南美景，让人不禁心生向往。语言简洁，风格清丽。

汤显祖

汤显祖（1550～1617），字义仍，号海若，一字若士，别署清远道人，江西临川人，明代著名词曲家、评词家。万历十一年（1583年）进士。因弹劾权贵被贬，后投劾归。居玉茗堂，常以作曲自娱。有《玉茗堂词》《汤评〈花间集〉》传世。

阮郎归

不经人事意相关。牡丹亭梦残①。断肠春色在眉弯。倩谁临远山。

排恨叠，怯衣单，花枝红泪弹。蜀妆晴雨画来难②。高唐云影间。

【注释】

①牡丹亭：汤显祖著有《牡丹亭》传奇，共五十五出，内容写杜丽娘与柳梦梅的生死恋爱故事。以浪漫主义的手法揭露了封建礼教的罪恶。文辞飘逸韶秀，真挚动人，对后世戏剧的发展影响很大。它与《南柯记》《邯郸记》《紫钗记》合称"四梦"，实为《西厢记》以后少见之佳作。词里"牡丹亭梦残"句，即指此。②蜀妆：四川妇女的妆饰。

【词解】

沈雄《柳塘词话》评曰："义仍精思异彩见于传奇，出其馀绪，以为填词……必指为义仍杰作也。"

陈子龙

陈子龙（1608～1647），初名介，字卧子、懋中、人中，号大樽、海士、轶符等。南直隶松江华亭（今上海市松江）人，著名诗人、词人、文学家。仕为兵科给事中。清兵入关时，子龙上防守要策，未被朝廷采纳，遂辞归。后南京失陷，陈子龙在松江起兵。兵败后避于山中。后联络太湖义军，图谋起事，因事情败露被捕，投水而死。其词风婉约清丽，晚作更绵邈凄恻。著有《湘真阁》等。

唐多令　寒食

碧草带芳林，寒塘涨水深，五更风雨断遥岑①。雨下飞花花上泪，吹不去，两难禁。

双缕绣盘金，平沙油壁侵，宫人斜外柳阴阴②。回首西陵松柏路，肠断也，结同心。

【注释】

①遥岑：远山。山小而高叫岑。②双缕绣盘金：指刺绣的金缕衣。油壁：用油漆彩饰的车子。宫人斜：埋葬宫女的墓地。

【词解】

此为感怀亡国之作。"雨下飞花花上泪"句，使人深感凄恻至极。

归 庄

归庄（1613～1673），一名祚明，字玄恭，号恒轩，又号悬弓、逸群公子等，江苏昆山人，古文学家归有光之曾孙。为明诸生，复社成员。明亡后，往来湖山，野服终身，谈忠义者以庄为归。晚年寄食僧舍，终年六十一岁。与邑人顾炎武齐名，世称"归奇顾怪"。工文辞，善书画。平生著作颇多，有《恒轩集》等。

锦堂春　燕子矶①

半壁横江矗起，一舟载雨孤行。凭空怒浪兼天涌②，不尽六朝声。

隔岸荒云远断，绕矶小树微明。旧时燕子还飞否③？今古不胜情。

【注释】

①燕子矶：在江苏南京附近之观音山。②兼天涌：兼天，连天。兼天涌，形容波浪之高。③旧时燕子还飞否：引郦道元《水经注》："石燕山相传其石或大或小，及有雷风则石燕群飞。"

【词解】

王士禛云："玄恭为太仆文孙（应为曾孙），诗歌行草无不道丽卓绝，小词疏快，直逼六一原唱。"

王夫之

王夫之（1619～1692），字而农，号㵉斋，湖南衡阳人。明末清初杰出的思想家、哲学家，与方以智、顾炎武、黄宗羲同称"明末四大学者"。明崇祯举人。瞿式耜荐于桂王，授官行人。晚年居衡阳石船山，筑土室曰观生居，闭门著书，世称"船山先生"。后往深山。王夫之学问渊博，尤精于经学、史学、文学。一生著作很多，如《读通鉴论》，后汇刊为《船山遗书》三百二十四卷，附《鼓棹》及《潇湘怨词》。

蝶恋花　衰柳

为问西风因底怨①。百转千回，苦要情丝断。叶叶飘零都不管，回塘早似天涯远。

阵阵寒鸦飞影乱。总趁斜阳，谁肯还留恋。梦里鹅黄拖锦线②，春光难借寒蝉唤。

【注释】

①因底怨：底，作什么事解。这句是说因什么缘故而生怨气。②鹅黄：浅黄色。

【词解】

这首词用托物寄怀之法，意在言外。上片"叶叶飘零都不管，回塘早似天涯远"，下片"梦里鹅黄拖锦线，春光难借寒蝉唤"句，喻明朝大势已去，局势已无法挽救。语调婉转而意义深远，把眷恋故国的悲怆之情含蓄而深致地表达了出来。

夏完淳

夏完淳，明末著名诗人。他的诗词悲壮慷慨，作有《大哀赋》，奇情异彩，读来令人惊心动魄。

卜算子

秋色到空闺，夜扫梧桐叶。谁料同心结不成①，翻就相思结。

十二玉阑干，风有灯明灭。立尽黄昏泪几行，一片鸦啼月。

【注释】

①同心结：古人用彩丝缠绕做同心之结。喻永结同心之意。

【词解】

　　这首词表面写闺怨，但寄意遥深。"立尽黄昏泪几行"，寓有国破家亡、身世凄凉之感。沈雄《柳塘词话》评云："夏存古《玉樊堂词》……慷慨淋漓，不须易水悲歌，一时凄感，闻者不能为怀。"

毛奇龄

　　毛奇龄（1623～1716），字大可，又名甡，字初晴，一字于一，又号齐于、秋晴、晚晴，别号河右，浙江萧山人。清代的大学者、文学家。以郡望西河，学者称"西河先生"，与其兄万龄有"江东二毛"之称，清康熙十七年（1678年）举博学鸿词，授翰林院检讨，预修《明史》。工诗词，其小令仿学"花间"，兼有南朝乐府风味，在清初词家中，独树一帜。著书数百卷，有《西河全集》附《桂枝词》六卷。

相见欢

　　花前顾影粼粼①，水中人，水面残花片片绕人身。

　　私自整，红斜领，茜儿巾。却讶领间巾底刺花新②。

【注释】

　　①粼粼：水流清澈貌。②茜：暗红色。刺花：刺绣成的花朵。

【词解】

　　这首词写一个妇女在水边照影时，水面残花与人面交相辉映之景。艺术手法从温庭筠《菩萨蛮》"照花前后镜，花面交相映。新贴绣罗襦，双双金鹧鸪"词中转化而来。

　　陈廷焯《白雨斋词话》评毛词云："西河经术湛深，而作诗却能谨守唐贤绳墨，词亦在五代、宋初之间，但造境未深，运思多巧；境不深尚可，思多巧则有伤大雅矣。"

朱彝尊

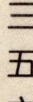

　　朱彝尊（1629～1709），字锡鬯，号竹垞，又号金风亭长、醑舫，晚号小长芦钓鱼师，浙江嘉兴人。清康熙十八年（1679年）举博学鸿词，以布衣授翰林院检讨，入直南书房，曾参加纂修《明史》。曾出典江南省试，后因疾未及毕其事而罢归。其学识渊博，通经史，擅长诗词古文。词推崇姜夔、张炎，为浙派词的创始者。

所作咏物词和集句词，偏重形式。作品有《曝书亭集》等。

卖花声　雨花台①

衰柳白门湾，潮打城还②。小长干接大长干③。歌板酒旗零落尽，剩有渔竿。

秋草六朝寒，花雨空坛④。更无人处一凭阑。燕子斜阳来又去，如此江山⑤！

【注释】

①雨花台：在江苏南京。②白门：此言刘宋都门事，即今南京。潮打城还：浪潮拍打城墙而回。③小长干、大长干：均为南京地名。④六朝：吴、东晋、宋、齐、梁、陈。花雨空坛：花雨，指雨花台。此句谓雨花台只剩下空坛了。⑤燕子斜阳来又去：燕子在斜阳中飞来飞去。

【词解】

这首词是作者游览雨花台的吊古伤今之名作。雨花台所在地南京，不仅是六朝的都会，明朝开国皇帝朱元璋和明末的福王也曾以南京为都城。作者生于明清交替之际，游览雨花台时有所感触。词中写道：繁华的都市荒凉，歌板酒旗零落，雨花台成为空坛，豪门贵族家的燕子飞到寻常老百姓家中去了。尤其是末二句："燕子斜阳来又去，如此江山！"是全词中的警句。这二句运用唐人诗意，写出作者对时过境迁而江山依旧这种沧桑兴亡的感慨。《卖花声》即《浪淘沙》。前代词家用《浪淘沙》词牌作词的，少见雄健之风，多有凄婉之意，朱彝尊这首词却写得刚断道劲，声调雄健，从艺术性上看，有其独到之处。

纳兰性德

纳兰性德（1654～1685），原名成德，字容若，号楞伽山人，满洲正黄旗人。太学士明珠长子。康熙进士，官一等侍卫。他为人淡泊名利，所交游皆一时隽异，与顾贞观、陈维崧等尤契厚。善骑射，好读书，擅长于词。作词主情致，工小令，诗词多哀感顽艳，有南唐后主李煜之遗风。其悼亡词情真意切，痛彻肺腑，令人不忍卒读。他的诗词不但在清代词坛享有很高的声誉，在整个中国文学史上，也以"纳兰词"为词坛一说而占有一席之地。

杨芳灿曾说纳兰词："骚情古调，侠肠俊骨，隐隐奕奕，流露于豪楮间。"又曰：

"先生貂珥朱轮，生长华腴，其词则哀怨骚屑，类憔悴失职者之所为。盖其三生慧业，不耐浮尘，寄思无端，抑郁不释，韵淡疑仙，思幽近鬼，年之不永，即兆于斯。"纳兰词初名《侧帽》，后名《饮水》，现统称纳兰词。

浣溪沙

谁念西风独自凉？萧萧黄叶闭疏窗。沈思往事立残阳。

被酒莫惊春睡重，赌书消得泼茶香①。当时只道是寻常。

【注释】

①赌书消得泼茶香：李清照《金石录后序》："余性偶强记，每饭罢，坐归来堂烹茶，指堆积书史，言某事在某书某卷第几页第几行，以中否角胜负，为饮茶先后。中，即举杯大笑，至茶倾覆怀中，反不得饮而起。"

【词解】

这是一首悼亡词。上片写丧偶后的孤单。下片"被酒""赌书"一联是回忆往事。结尾句从黄东肯《眼儿媚》"当时不道春无价，幽梦费重寻"句中化出，意思是说：生活里常常有这么一种情况——当时以为是极其寻常的事，到了后来追忆起来，才觉得它是多么珍贵！

菩萨蛮

催花未歇花奴鼓①，酒醒已见残红舞。不忍覆余觞，临风泪数行。

粉香看又别②，空剩当时月。月也异当时，凄清照鬓丝。

【注释】

①花奴鼓：引《杨妃外传》："汝阳王琎，小名花奴，尤善羯鼓。帝尝谓侍臣曰：'召花奴将羯鼓来为我解秽。'"②粉香：指妇女。

【词解】

这首词由离筵写起，羯鼓催花还没停，却见落花纷纷，暗比好景不常在。写盛筵将散，表现出伤离别的惆怅之情。下阕紧承上阕再渲染悲伤情绪，"空剩当时月"顿现寂寞凄凉。末二句回归实处，写独在月下的痴情思念，无法排解的幽伤。

蝶恋花

辛苦最怜天上月。一昔如环，昔昔都成玦①。若似月轮终皎洁，不辞冰雪为卿热②。

　　无那尘缘容易绝。燕子依然，软踏帘钩说。唱罢秋坟愁未歇，春丛认取双栖蝶③。

【注释】

　　①一昔如环：谓一夜满月如环。一昔，一夜。环，圆形玉璧。昔昔都成玦（jué）：谓夜夜明月都如玉玦。半环玉佩曰玦。②冰雪：谓月轮中很冷。③秋坟：即指坟地。双栖蝶：东晋会稽梁山伯，以病死。相传梁山伯曾与上虞祝英台同学，祝适马氏，过山伯墓，大号恸，地忽自裂，遂与山伯同葬，后来化为双飞蝴蝶。

【词解】

　　这是一首情词，也可能是悼亡词。上片说，爱情如同月之圆缺，圆满的时间短，缺损的时间长。接着又说，如果爱情能像月亮一般始终皎洁，即使你在冰雪之中，我也要用爱情之火来温暖你。下片写伤逝者的哀伤：双燕在帘间呢喃，衬托出人的孤单。结语把永恒的爱情寄托在化蝶上。

浣溪沙

　　记绾长条欲别难，盈盈自此隔银湾①。便无风雪也摧残。

　　青雀几时裁锦字，玉虫连夜翦春旙②。不禁辛苦况相关。

【注释】

　　①记绾长条欲别难：谓两情相悦，如柳条系住，不易分离。绾，钩系。长条，指柳条。盈盈自此隔银湾：谓情人离别就像隔了一条清浅的银河。盈盈，清浅貌。银湾，银河。②青雀：《洞冥记》："有女人爱悦于帝（汉武帝），名曰巨灵。帝傍有青珉唾壶，巨灵出入其中。东方朔望见，目之，因飞去，化成青雀。帝乃起青雀台，时见青雀来，不见巨灵也。"锦字：指锦字书。玉虫连夜翦春旙：谓连夜在灯花下翦春旗。玉虫，指灯花。春旙，春旗。

【词解】

　　这是一首感伤离别的词，极言离别对于人的摧残，有如风雪。下片"青雀"一联是说春天到了，她的书信写了没有呢？他一连几夜在灯下等待着。赵师秀诗："有约不来过夜半，闲敲棋子落灯花。""闲敲棋子"和"翦春旙"同一机杼。结语说，思念人是很辛苦的事，何况她是他相关的人呢！

金缕曲　赠梁汾①

德也狂生耳！偶然间、缁尘京国，乌衣门第②。有酒惟浇赵州土，谁会成生此意③？不信道、遂成知己。青眼高歌俱未老，向尊前、拭尽英雄泪④。君不见，月如水。

共君此夜须沈醉。且由他、蛾眉谣诼，古今同忌⑤。身世悠悠何足问，冷笑置之而已！寻思起、从头翻悔。一日心期千劫在，后身缘恐结他生里⑥。然诺重⑦，君须记！

【注释】

①梁汾：顾贞观号。②德也狂生耳：纳兰性德自谓。缁尘京国：谓在京城奔走供职，衣裳为风尘染黑。缁，黑色。乌衣门第：乌衣，乌衣巷，六朝时王谢两大望族的居住地。此句谓生在贵族之家。③有酒惟浇赵州土：引李贺《浩歌》诗："买丝绣作平原君，有酒惟浇赵州土。"此说是因为平原君是赵国的贤公子，还因为燕赵自古多慷慨悲歌之士。成生：性德自指。不信道、遂成知己：不信道，表示惊怪之意。遂成知己：谓与顾贞观遂成知己朋友。④青眼：眼睛色青。喜时正视，则见青处。表示对之喜爱或尊重。尊前：酒杯前。尊同"樽"，盛酒的器具。⑤蛾眉谣诼：谓美女遭人妒忌。蛾眉：此指美女。谣诼：造谣诽谤。⑥一日心期千劫在：谓一日心期相许，成为知己，其情感虽经历千劫，仍然存在。后身缘：即身后因缘。这句话的意思是：到来生还要成为知己朋友。⑦然诺重：答允了的话，不再食言。

【词解】

纳兰性德在清初做了不少团结知识分子的工作。他以满族贵公子兼词家的身份，结交了许多汉族知名人士，徐乾学称纳兰性德"君所交游，皆一时隽异，于世所称落落难合者，若无锡严绳孙、顾贞观，秦松龄、宜兴陈维崧、慈溪姜宸英尤所契厚。吴江吴兆骞，久徙绝域，君闻其才名，赎而还之。坎轲失职之士，走京师，生馆死殡，于赀财无所计惜"。这首词中"有酒唯浇赵州土"句，是引用李贺的诗句，以此来说明他服膺平原君的为人。纳兰性德招揽当时许多文人才士，不仅为文坛增添声色，且对清初的政治局面起了稳定作用。

南乡子　为亡妇题照①

泪咽却无声，只向从前悔薄情。凭仗丹青重省识，盈盈，一片伤心画不成②。

别语忒分明，午夜鹣鹣梦早醒③。卿自早醒侬自梦，更更，泣尽风檐夜雨铃④。

【注释】

①亡妇：性德之妻。②丹青：指画。盈盈：形容美女之词。一片伤心画不成：谓眼前一片伤心之景作不成画。③忒（tuī）：太。鹣鹣：古称比翼鸟。④夜雨铃：用"雨霖铃"故事。《碧鸡漫志》记载：唐玄宗幸蜀，于霖雨中闻铃声，帝悼念贵妃，作《雨霖铃》，以寄恨。

【词解】

陈维崧《词评》评纳兰词："饮水词哀感顽艳，得南唐二主之遗。"顾贞观《通志堂词序》："容若天资超逸，翛然尘外，所为乐府小令，婉丽凄清，使读者哀乐不知所主。"《箧中词》引周之琦评语："容若长调多不协律，小令则格高韵远，极缠绵婉约之致。能使残唐坠绪，绝而复续，第其品格，殆叔原、方回之亚乎？"王国维《人间词话》："纳兰容若以自然之眼观物，以自然之舌言情，此由初入中原，未染汉人风气，故能真切如此，北宋以来，一人而已。"丁药园曰："容若填词，有《饮水》《侧帽》二本，大约于尊前马上得之，读之如名花美锦，郁然而新。又如太液波澄，明星皎洁。"聂晋人曰："容若为相国才子，少工填词，香艳中更觉清新，婉丽处又极逸俊，真所谓笔花四照，一字动移不得者也。"

曹　寅

曹寅（1658～1712），字子清，号荔轩，又号楝亭，满洲正白旗包衣人。官至通政使，管理江宁织造，巡视两淮盐漕监察御史。善骑射，能诗，风格清整，亦善词曲，有《楝亭诗钞》《词钞》等。又汇刻前人文字、音韵书为《楝亭五种》，艺文杂著为《楝亭书十二种》，校勘颇精。

浣溪沙

曲曲蚕池数里香，玉梭纤手度流黄。天孙无暇管凄凉①。
一自昭阳新纳锦，边衣常碎九秋霜。夕阳冷落出高墙②。

【注释】

①蚕池：作者自注："蚕池，明时宫人纳锦之所，今有故基云机庙。"玉梭：白色的织布之梭。纤手：谓女子的手细长柔美。流黄：褐黄色。此指黄茧之丝。天孙：织女星之别名。②昭阳：指后妃居住之所。"边衣"一句：边境士兵于九月降霜季节，还穿破碎衣裳。高墙：指蚕池高墙。

【词解】

　　这首词上阕描写了当时织锦女工的凄凉生活。下阕写皇宫后妃新织衣锦而边关的战士霜降季节依然身着破碎的衣裳，反映了康乾盛世的另一个侧面。

蒋士铨

　　蒋士铨（1725～1785），字心馀、清容、苕生，号藏园，江西铅山人。乾、嘉时期一个有影响的诗人，与袁枚、赵翼并称"乾隆三大家"。乾隆三十二年（1757年）进士，授编修。工诗、词、剧曲，词格与陈维崧为近。著有《铜弦词》。

水调歌头　舟次感成

　　偶为共命鸟，都是可怜虫①。泪与秋河相似②，点点注天东。十载楼中新妇，九载天涯夫婿，首已似飞蓬③。年光愁病里，心绪别离中。

　　咏春蚕，疑夏雁，泣秋蛩④。几见珠围翠绕⑤，含笑坐东风？闻道十分消瘦，为我两番磨折，辛苦念梁鸿⑥。谁知千里夜，各对一灯红。

【注释】

　　①共命鸟：《翻译名义集·杂宝藏经》中记载的一种鸟。可怜虫：形容男儿胆小。②秋河：秋夜的银河。③飞蓬：形容头发散乱。④咏春蚕：李商隐诗："春蚕到死丝方尽。"疑夏雁：夏天无雁，故曰疑夏雁。泣秋蛩：此谓泣如秋蛩。⑤几见珠围翠绕：几曾见她（指妻）珠围翠绕？珠围翠绕：此喻富足华贵。⑥梁鸿：东汉人。

【词解】

　　这是作者怀念妻子之作。"十载楼中新妇，九载天涯夫婿"谓十年中九年远别。"几见珠围翠绕，含笑坐东风"谓不能使妻子过上富足无忧的生活，因而心感歉疚。

　　谭献《箧中词》评此词曰："生气远出，善学坡仙。"

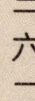